Architecte, femme et mère

Un amour pour Noël

JOSS WOOD

Architecte, femme et mère

Traduction française de
ROSELINE AULIAC

Passions

HARLEQUIN

Collection : PASSIONS

Titre original :
THE RIVAL'S HEIR

HARPERCOLLINS FRANCE
83-85, boulevard Vincent-Auriol, 75646 PARIS CEDEX 13
Service Lectrices — Tél. : 01 45 82 47 47

www.harlequin.fr

ISBN 978-2-2804-1652-8 — ISSN 1950-2761

Prologue

Callie Brogan embrassa du regard la somptueuse salle de réception du Lockwood Country Club et se dirigea discrètement sur le côté. Elle avait organisé et assisté à suffisamment de manifestations dans cette salle pour en connaître toutes les issues.

Encore deux ou trois pas à reculons et elle se retrouverait adossée aux immenses baies vitrées. Après de petits tâtonnements, elle fit coulisser le panneau vitré et se faufila sur le petit balcon qui courait sur toute la longueur de la façade. Elle mit quelques secondes pour s'habituer à l'obscurité.

À vrai dire, l'obscurité et le froid ne la gênaient pas, au contraire. Elle les préférait à la musique assourdissante, aux rires et aux bavardages joyeux. Avant d'affronter la nouvelle année, elle avait besoin d'un instant de tranquillité pour réfléchir à son avenir.

Ray, son mari bien-aimé, était mort depuis plusieurs années.

Il était temps de le laisser partir.

Elle ne pouvait pas se raccrocher à lui pendant qu'elle avait une aventure avec l'homme qui l'avait accompagnée ici ce soir. C'était injuste pour l'un comme pour l'autre.

Callie contempla la bague que Ray avait glissée à son doigt plus de trente ans auparavant. Le moment était venu de l'enlever ou, du moins, de la mettre à sa main droite. Elle n'appartenait plus à Ray.

Et même si elle couchait de temps à autre avec Mason – un homme aventureux, tatoué et tellement sexy –, elle ne lui appartenait pas non plus. Elle avait besoin de se forger une nouvelle vie. Sa propre vie. Elle ne voulait plus être la femme qu'elle était, mais elle ne savait pas non plus qui elle voulait être.

Elle devait se réinventer.

Mais comment ?

Soudain, un manteau soyeux se posa sur ses épaules et de grandes mains viriles lui encerclèrent la taille.

— Tu vas bien ? susurra Mason, son souffle chaud sur son oreille.

— Oui, répondit Callie plus sèchement qu'elle n'aurait voulu.

Elle avait simplement eu besoin de quelques minutes de solitude pour faire le point.

Mais c'était le réveillon du nouvel an, et ils étaient à un bal. Elle se demanderait demain pourquoi sa vie actuelle ne lui convenait plus malgré la présence d'un homme hyper sexy dans son lit. La musique jouait, et le compte à rebours commencerait bientôt. Ses problèmes pouvaient attendre.

Souriant, elle pivota et noua ses bras autour du cou de Mason.

— Rentrons à l'intérieur, buvons une coupe et dansons, proposa-t-elle, s'efforçant à la gaieté.

Mason recula d'un pas et secoua la tête.

— Je t'observe depuis une dizaine de minutes. J'ai vu comment tu jouais avec ta bague.

Callie ne put s'empêcher de jeter un coup d'œil au solitaire qui rutilait à son annulaire.

— Oui. Et alors ? répliqua-t-elle, perplexe.

— Juste une fois, Callie, j'aimerais aller quelque part, faire quelque chose sans que le souvenir de ton défunt mari plane au-dessus de nous.

Sans lui laisser le temps de protester qu'elle ne pensait pas à Ray, il poursuivit :

— Est-ce que ce sera comme cela l'année prochaine ? Les deux années suivantes ? Les dix autres années ? Je te pose la question pour savoir combien de temps je vais devoir me battre pour capter toute ton attention.

Une fois remise de sa surprise, Callie sentit la colère monter en elle.

— Ce que tu dis est injuste !

— Non. Ce qui est injuste, c'est que tu t'esquives pour le rejoindre par la pensée alors que je suis ici. Ce qui est injuste, c'est que tu portes sa bague au moment où je te fais jouir, la photo de ton mari enfouie dans le tiroir de ta table de chevet. Est-ce que tu la remets à sa place après mon départ, Callie ?

Seigneur ! Oui, elle le faisait, et Mason le savait.

Pour masquer son embarras, elle passa à l'attaque :

— Pourquoi te montres-tu aussi possessif et jaloux ? Je pensais que nous avions une simple aventure.

Mason ouvrit la bouche pour répondre, lâcha un juron, puis pinça les lèvres, son visage dénué d'expression.

— Tu as raison. Pardonne-moi, dit-il d'un ton glacial.

À l'intérieur, les invités commençaient le compte à rebours, et quand ils se mirent à hurler et à se congratuler, Mason déposa un baiser froid sur sa joue, l'air distant.

— Bonne Année, Callie.

Quand elle réintégra la salle de bal quelques minutes plus tard, Mason avait disparu.

- 1 -

Contrairement aux autres architectes présents dans la salle et très attentifs, Darby Brogan écoutait d'une oreille distraite l'orateur exposer le projet du nouveau musée d'art de Boston qui faisait l'objet d'un appel d'offres. Bien qu'elle ait l'intention de poser sa candidature, à cet instant, ce projet était le cadet de ses soucis.

Agacée, Darby tapota son téléphone sur son genou, intimant mentalement l'ordre à l'orateur de se dépêcher. Un bâtiment moderne, original, remarquable, respectueux de l'environnement… Oui, elle savait tout cela. C'était mentionné dans le cahier des charges.

Soudain, elle sentit son portable vibrer dans sa main. Elle glissa son doigt sur l'écran et lut les messages postés dans le groupe Facebook composé d'elle-même, de Jules, sa sœur jumelle, et de DJ, leur meilleure amie et associée.

Où es-tu ? Pourquoi n'es-tu pas rentrée ? Comment s'est passé ton rendez-vous avec le Dr Mackensie ?

Darby tapa une brève réponse à la question de DJ :

Suis à la présentation de l'offre pour le projet de musée. Serai de retour dans une heure environ.

Voyant que Jules tapait un message, elle attendit qu'il apparaisse à l'écran. Comme elle le présumait, il ne concernait pas le travail mais son rendez-vous.

Raconte-nous !

Darby regrettait d'avoir récemment incité DJ à se confier plus facilement. Désormais, Darby ne pouvait faire autrement que de partager ses secrets intimes avec sa sœur et son amie.

Le résultat n'est pas bon. Si je veux avoir un enfant, je dois tenter une fécondation in vitro dans les six prochains mois.

Elle marqua un temps avant d'ajouter :

C'est une décision importante que je dois prendre. Et vite.

Voyant que ses amies ne lui répondaient pas dans la foulée, Darby comprit qu'elles tâchaient, comme elle, d'assimiler la nouvelle ô combien déprimante.

Darby voulait des enfants. Être une maman était son souhait le plus cher. Mais, tout en connaissant ses problèmes de fertilité, elle avait toujours cru qu'elle aurait du temps devant elle pour les affronter. Sauf que… ce n'était pas le cas. Selon le médecin, son état déjà jugé sérieux s'était aggravé, et elle devrait subir une hystérectomie au cours des prochaines années.

Et elle n'avait pas encore trente ans.

Je pensais que j'aurais un mari, du moins un partenaire, le moment venu. Je n'aurais jamais imaginé devoir faire cela seule – si tant est que je me décide à le faire.

La réponse de Jules fusa :

Tu ne seras jamais seule ! ! !

Elles avaient beau être formidables et réconfortantes, Darby aurait préféré se réfugier dans les bras virils d'un compagnon. On la disait belle, forte et intelligente. Il n'empêche qu'elle était seule dans son lit, tous les soirs.

Être une femme alpha était assez mal perçu par la plupart des hommes. Mais être une femme alpha avec des problèmes de fertilité était rédhibitoire. La triste vérité, c'est qu'elle ne pouvait plus se permettre d'attendre de rencontrer un homme partageant ses rêves de fonder une famille. Si elle voulait un enfant, elle devait le faire maintenant et seule. Du moins, avec l'aide de la science. Et celle d'un donneur de sperme.

Le nom de DJ réapparut sur l'écran.

Comment pouvons-nous t'aider ?

Darby sourit, heureuse d'avoir ces deux femmes dans sa vie. Ignorant résolument ses yeux brûlants de larmes, elle redressa ses épaules. Certes, les nouvelles étaient mauvaises, mais tout espoir n'était pas perdu.

Essaie de relativiser. L'humour étant une arme de défense efficace pour lutter contre les aléas de la vie, elle tapa :

J'espère que vous m'aiderez à sélectionner un donneur de sperme.

Jules répondit aussitôt :

Je suis partante. Tous les prétextes sont bons pour reluquer les beaux mecs !

DJ abonda dans son sens, ajoutant deux émoticônes aux visages souriants et aux yeux en forme de cœur pour exprimer son enthousiasme. Bien sûr, Darby savait qu'elles voulaient simplement la réconforter. Toutes deux étaient fiancées et éperdument amoureuses de leurs compagnons respectifs, intelligents, prospères et très séduisants.

Non, Darby n'était pas jalouse.

Enfin… si. Un peu.

Toutes – y compris sa mère ! – avaient un homme sexy dans leurs lits. Jules était fiancée à son ami d'enfance et DJ à son amoureux de longue date. Quant à sa mère, Callie ? Elle avait une aventure avec un homme terriblement attirant et plus jeune qu'elle de dix ans.

Darby aussi aimerait bien passer du bon temps avec un homme tatoué et sexy. Depuis plus d'un an, elle travaillait d'arrache-pied et se divertissait très peu. À vrai dire, ce programme résumait bien toute sa vie. Quelle tristesse !

Après une série ininterrompue de succès scolaires et universitaires, elle avait été récemment désignée comme une des quarante architectes de moins de quarante ans les plus prometteuses par un célèbre magazine spécialisé dans l'architecture et la décoration d'intérieur. Elle était associée dans le cabinet réputé être le meilleur de Boston, voire de toute la côte Est. Elle était raisonnablement jolie, riche et en bonne santé. Bon. Mis à part son satané appareil reproducteur.

Et elle était célibataire.

Hélas, très, très célibataire.

Elle sentit la panique la gagner. Et si elle était incapable d'aimer quelqu'un ? De tout partager avec lui ? Et si elle était trop indépendante, trop volontaire, trop compétitrice dans l'âme pour bâtir une vie avec un homme ?

Quant à devenir une maman célibataire, en serait-elle capable ?

Darby s'agita nerveusement sur son siège. Elle refusait de donner libre cours à ces pensées négatives. Elle voulait un enfant et elle serait une maman célibataire grâce à la science. Bien sûr, elle regrettait de ne pas avoir rencontré quelqu'un de spécial, mais elle était contente de ne pas avoir perdu son temps avec un partenaire médiocre.

Si elle devait se marier un jour, ce serait avec un homme qui aurait les mêmes aspirations qu'elle, c'est-à-dire… tout. Des enfants, une carrière fabuleuse, une relation stable et respectueuse.

La paix dans le monde, la fin de la famine…

Soudain, Darby se rendit compte que l'orateur ne parlait plus. Jetant un regard alentour, elle remarqua que l'attention de l'assistance s'était reportée sur le fond de la salle. Pivotant sur son siège, elle haussa les sourcils, stupéfaite, en apercevant la silhouette masculine adossée nonchalamment contre le mur, une cheville croisée sur l'autre.

Oh...

Oh... waouh !

Judah Huntley était encore plus beau au naturel que sur les photos. Plus grand aussi, environ un mètre quatre-vingt-dix. Sous son costume anthracite digne d'un styliste italien, son corps était plus charpenté et plus musclé qu'elle n'aurait cru. Il affichait de larges épaules, de longues jambes, des bras robustes et un visage viril. Une ombre de barbe bleuissait sa mâchoire, son nez semblait avoir été cassé à une ou deux reprises, et ses épais cheveux bruns ondulés semblaient peignés avec les doigts.

Sexy, bien bâti, doté d'un esprit brillant, il avait tout pour plaire.

Darby déglutit avec peine, consciente que sa bouche était sèche et que son cœur cognait violemment dans sa poitrine. Une chaleur inhabituelle se lovait au creux de ses cuisses – sa libido était enfin de retour ! Oh ! oui, elle irait bien faire un petit tour entre les draps de Judah Huntley.

Bon sang, Darby, qu'est-ce qui te prend ?

Elle sortait peu et couchait très rarement, mais, elle le savait, il suffirait que Judah Huntley lui fasse signe pour qu'elle accoure aussitôt.

De fait, elle ne parvenait pas à détacher son regard du visage d'ange déchu de cet homme.

Sois raisonnable, Darby.

Cette attirance torride était une aberration, le fruit de son esprit perturbé. Il n'y avait rien d'alarmant. Elle était simplement fascinée par le talent de cet architecte hors pair qui avait conçu cette superbe maison respectueuse de l'environnement au Danemark, ce complexe hôtelier sensationnel à Davos et le siège central d'un des plus importants éditeurs de logiciels à Austin. Il était original et créatif aussi bien dans les techniques de construction que dans les matériaux qu'il utilisait.

Et il était suffisamment sexy pour susciter en elle des tonnes de regrets.

Soudain, les yeux sombres – noirs ou bleus ? – de Judah Huntley croisèrent les siens.

Sous leur impact, elle sentit l'univers trembler sous elle.

Un petit sourire étira les coins de sa bouche charnue. Troublée, elle posa une main sur son cœur. Seigneur ! Cette façon qu'il avait de la dévisager, comme s'il l'imaginait nue…

Il se redressa et glissa les mains dans les poches de son pantalon, dévoilant un ventre plat. Elle se souvint d'avoir vu une photo de lui courant sur une plage à Chypre. Tout ce déploiement de muscles… Sa seule vue lui procurait plus de plaisir qu'elle n'en avait eu depuis un bon bout de temps.

De façon inopinée, une image s'imposa à elle : celle de ses ovocytes et du sperme de Judah Huntley entrant en collision dans une boîte de Petri et créant un embryon. Puis elle se représenta au lit avec lui, pratiquant l'art de faire des bébés de façon classique… Stop ! Elle allait imploser. Mais la perspective était tellement séduisante.

— Mademoiselle Brogan ? *Mademoiselle ! Brogan !*

La voix irritée de l'orateur la tira de sa rêverie. Quel était le problème ? Les sourcils froncés, elle jeta un coup d'œil alentour et remarqua les visages amusés de ses collègues.

— Puis-je continuer ?

Les joues en feu, Darby acquiesça d'un signe de tête. Elle entendit des rires étouffés. Bon sang, tous les participants l'avaient surprise en train de dévorer des yeux Judah Huntley. Et comme, aux dires de sa famille, elle avait un visage très expressif, ils avaient compris qu'elle se l'était figuré nu.

Terriblement gênée, Darby se tassa sur son siège et résista à l'envie de se cacher le visage dans ses mains. Même si elle trouvait le courage de lui faire des avances – une hypothèse hautement improbable –, coucher avec lui était inenvisageable. Surtout maintenant qu'elle s'était couverte de ridicule.

Darby garda les yeux rivés sur l'orateur, résistant vaille que vaille à l'envie de jeter un nouveau coup d'œil derrière elle. Quand il eut terminé la présentation du projet, dix interminables minutes plus tard, elle se leva et se retourna discrètement.

Mais Judah Huntley avait disparu.

Six semaines plus tard

Judah Huntley but une gorgée du champagne trop doux qu'on lui avait servi et réprima une grimace. Seigneur, il détestait ce genre de réceptions ! Il aurait préféré cent fois recevoir un mail l'informant si oui ou non il avait remporté l'appel d'offres. Arborer un smoking et un nœud papillon, et échanger des banalités l'agaçaient prodigieusement.

Mais Jonathan, son directeur commercial, avait répondu pour le compte de Judah qu'il serait ravi d'assister au cocktail organisé par la fondation. Il avait aussi promis que si Huntley and Associates était chargé de concevoir le nouveau musée d'art, Judah engagerait un architecte local chargé d'assurer la liaison avec le cabinet new-yorkais.

Cet architecte local s'acquitterait des tâches ennuyeuses, notamment les démarches auprès des services de l'urbanisme, et il aplanirait les difficultés éventuelles. Mais il ne participerait pas à la conception du projet. Judah avait une équipe parfaitement rodée à New York pour mettre en œuvre ses idées.

En tant que gagnant de deux des plus prestigieuses récompenses dans le domaine architectural, il savait que sa candidature à ce projet de musée avait de quoi surprendre. Financé par une fondation à but non lucratif, ce projet n'était pas très important ni même rentable ; ses honoraires seraient dérisoires. Mais, grâce aux hommes d'affaires richissimes désireux de voir son nom figurer sur leurs bâtiments, Judah avait un compte en banque bien garni et pouvait se permettre d'accepter un projet peu rémunérateur.

Il avait construit des édifices partout dans le monde, mais pas à Boston, sa ville natale. Il voulait créer quelque chose de beau et de fonctionnel, dont les Bostoniens seraient fiers. Il était renommé pour ses bâtiments d'entreprise innovants et ses demeures à l'architecture révolutionnaire, mais il y avait quelque chose d'exaltant à concevoir un édifice abritant des œuvres d'art et des trésors. L'écrin devrait être aussi excitant et sensationnel que son contenu…

Voilà pourquoi il se tenait dans une salle de bal bondée, attendant que quelqu'un annonce ce que tout le monde savait déjà : Judah se verrait attribuer le contrat.

Se retrouver à Boston était à la fois un avantage et un inconvénient. Le site était magnifique et le projet intéressant. Mais tout lui rappelait sa vie d'autrefois. Étouffante. Exigeante. Claustrophobe. Chargée de responsabilités et dépourvue d'amusement.

Judah fut reconnaissant à la main féminine qui se posa sur son bras et le ramena à la réalité. Une femme séduisante se tenait devant lui, blonde, les lèvres rouges et le regard intrépide. Il bavarda poliment avec elle, mais ce n'était pas la femme qui avait occupé son esprit en premier.

La dernière fois qu'il s'était tenu dans cette salle, il avait croisé le regard d'une blonde plus jeune, plus sexy et beaucoup plus troublante. Au début, elle lui avait fait penser à Cendrillon à cause d'une certaine fragilité qu'il avait cru déceler en elle, puis il avait surpris la lueur dans ses yeux, l'expression sur ses traits, et il avait décidé qu'elle était plus duchesse que princesse, plus raffinée que simple.

Il se demanda si elle assistait à la réception.

Et même si c'était le cas, qu'importait ? Bien qu'il ait été troublé par leur attirance instinctive – à quand remontait la dernière fois où il avait eu ce genre de réaction physique instantanée vis-à-vis d'une femme ? – l'idée de bavarder avec elle et de l'inviter à danser était au-dessus de ses forces.

Courtiser une femme, l'emmener dans sa chambre d'hôtel et coucher avec elle lui faisait penser aux montagnes russes d'une fête foraine. Il fallait de la patience pour atteindre le sommet, puis venait la brève sensation de plaisir avant l'inévitable déception quand le wagon s'arrêtait.

Après Carla, il avait usé et abusé des montagnes russes. Un an et une kyrielle de femmes plus tard, il s'était rendu compte qu'il n'était pas fait pour les relations sexuelles sans lendemain. Et il avait arrêté d'un seul coup. Durant les dix-huit derniers mois, il était passé de la monogamie aux rencontres d'un soir puis à l'abstinence charnelle.

Judah soupira. Certes, il était seul, mais du moins sa vie était dépourvue de drame.

Il n'empêche, cette blonde qu'il avait vue ici – grande, mince, hyper sexy – était la première femme qui suscitait son intérêt depuis six mois. À tel point qu'elle avait fait grimper en flèche sa température interne. Elle avait le visage d'un elfe mutin, le corps d'un mannequin et les yeux d'une naïade. Quand il l'avait regardée, la réalité s'était estompée. Il l'avait imaginée allongée sur un tapis devant un feu ronflant dans la cheminée, nue sur le sable blanc de Tahiti ou sur le comptoir en marbre d'une cuisine haut de gamme. Et même contre le mur de cette salle de bal quelconque.

Oh ! oui, il l'avait désirée.

Et parce qu'il avait été terriblement tenté de s'avancer vers elle, de la prendre par la main et de l'entraîner vers le lieu privé le plus proche pour faire un festin de son corps de rêve, il s'était comporté comme l'adulte responsable qu'il se targuait d'être et avait quitté la salle. Il ne voulait plus d'aventures d'un soir, et en même temps l'idée de s'impliquer dans une relation et de nouer des liens affectifs le terrifiait.

Il se retrouvait donc dans une sorte de no man's land. Seul avec lui-même. Et Dieu sait s'il était las de cette situation…

À moitié concentré sur sa conversation avec la femme qui l'avait abordé, il vit le président du conseil d'administration de la fondation se diriger vers le podium. De sa place au fond de la salle, Judah jeta un regard circulaire sur les invités et reconnut certains candidats qu'il avait aperçus quelques semaines plus tôt.

Il jura à part soi en se rendant compte qu'il cherchait une superbe blonde dotée de jambes exceptionnelles.

— Mesdames et messieurs, au nom de la Grantham-Ford Foundation…

Prêtant une oreille distraite aux remarques préliminaires du président, il jeta un coup d'œil vers la porte et remarqua un homme d'âge mûr en costume de ville qui balayait la salle du regard, visiblement à la recherche de quelqu'un. Son visage hâlé lui était vaguement familier, comme un rappel désagréable de son passé.

Intrigué, Judah se rapprocha de la porte. L'homme perçut son mouvement, et contre toute attente le soulagement se peignit sur son visage. C'était *lui* que l'homme recherchait. Mais pourquoi ici, à l'hôtel, au milieu d'une réception ? Judah avait un bureau et un assistant qui gérait son emploi du temps.

Bizarre.

— Nous avons tous été émerveillés par les plans qui nous ont été soumis et nous avons eu le plus grand mal à choisir…

Judah fronça les sourcils en voyant l'inconnu lui faire signe de le rejoindre dans le couloir. Comme l'orateur ne semblait pas pressé d'en arriver au fait, il obtempéra à contrecœur et laissa la porte entrouverte au cas où on le chercherait.

— Monsieur Huntley ! Je suis si heureux de vous avoir trouvé !

Judah eut un coup au cœur en entendant l'accent italien du compatriote de Carla. Puis une colère sourde monta en lui. Pourquoi diable son ex, richissime héritière et chanteuse d'opéra, lui envoyait-elle ses sous-fifres ? Il n'avait rien à lui dire, de vive voix ou par le truchement de ses employés. Elle l'avait trompée, et ce n'était sans doute pas la première fois, mais ce jour-là il l'avait prise en flagrant délit avec son amant dans *son* propre appartement et dans *son* propre lit. Nue dans *ses* draps.

Judah ne partageait pas. Jamais. Il était intransigeant en matière de fidélité. Et il en voulait encore à Carla d'avoir dû acheter un nouveau lit et de nouveaux draps. Il avait même envisagé de vendre son appartement tant il était écœuré, mais c'eût été exagéré. Carla ne méritait pas qu'il lui sacrifie la vue fantastique qu'il avait sur Central Park.

Il leva une main pour interrompre son interlocuteur.

— Cela ne m'intéresse pas.

— Attendez, monsieur Huntley.

Judah haussa un sourcil, l'air dédaigneux.

— Vous avez trente secondes. Et je vous les accorde uniquement parce que cette soirée manque de distractions.

L'homme redressa les épaules et, d'une main soignée, repoussa une mèche argentée qui retombait sur son front.

— Je m'appelle Maximo Rossi et je suis l'avocat personnel de Carla.

Soit. Et qu'attendait-il de lui ? Étant seule bénéficiaire des milliards de son père, Carla était riche comme Crésus, en plus d'être dotée d'une plastique superbe et d'une voix d'ange. Cela faisait dix-huit mois qu'ils n'avaient plus aucun contact, alors pourquoi maintenant ? Judah sentit son estomac se nouer sous l'effet de l'appréhension car il n'attendait rien de bon de cet entretien.

— Carla va bien ? demanda-t-il, se forçant à rester calme.

— Oui… en partie.

Oh ! Seigneur ! Il perçut la lassitude et la frustration dans le regard de son interlocuteur. Il ne put s'empêcher de ressentir un élan de compassion envers lui. Carla Barlos n'était pas une femme de tout repos, tant s'en faut.

— Que voulez-vous dire ?

— Bertolli a écrit un nouvel opéra à son intention.

La musique de ce compositeur avait le don d'écorcher les oreilles de Judah. Malgré tout, c'était un des compositeurs les plus renommés au monde, et il comprenait que cet opéra soit une aubaine pour Carla.

— Il s'agit d'un conte moral. Le personnage principal interprété par Carla milite en faveur de la réforme morale.

Tout en appréciant l'ironie de la situation, Judah ne voyait pas où Rossi voulait en venir. Que lui importait ce que Carla faisait ? Elle était sortie de sa vie depuis dix-huit mois.

Décidant qu'il n'avait plus rien à faire ici, il s'apprêtait à prendre congé quand les portes de l'ascenseur s'ouvrirent et qu'une longue paire de jambes perchées sur des escarpins verts émergea de la cabine. Une robe couleur menthe à l'eau dansait autour de cuisses fuselées.

Sa belle inconnue venait d'arriver.

Au diable Rossi.

Comme aimanté, le regard de Judah remonta plus haut, interceptant une ceinture soulignant une taille fine et un corsage emprisonnant des seins menus mais pointés fièrement en avant. La silhouette était athlétique et en même temps tellement féminine. Et juste ciel, ce visage !

Le cœur de Judah bondit dans sa poitrine tandis que son sang refluait vers son bas-ventre. Sa belle inconnue avait une grande bouche pulpeuse faite pour les baisers, des pommettes hautes, des yeux gris acier sous des sourcils délicats et des cheveux blonds noués en une queue-de-cheval lisse.

La dernière fois qu'il l'avait vue, c'était dans une

salle bondée, des semaines auparavant. Il l'avait trouvée séduisante. Mais aujourd'hui il la trouvait hyper sexy et ultra-féminine.

Il la désirait. Là, maintenant, contre le mur, ses mains pétrissant ses cuisses hâlées, sa langue se promenant sur son cou, ses seins, son nombril. Il redeviendrait chaste demain…

Encore fallait-il qu'elle le remarque. Car son attention était monopolisée par les autres occupants de l'ascenseur, une femme d'âge moyen au visage sévère, portant un bébé aux cheveux et aux yeux bruns. La femme tenait la fillette de façon maladroite et craintive, comme si elle était une fiole de poison. Il ne la blâmait pas ; lui-même ne raffolait pas des enfants.

Pourtant, il fut un temps où il avait joué le rôle de nounou. Quand il était jeune et stupide.

Rossi s'éclaircit la gorge.

— Voici mon assistante. Et le bébé s'appelle Jacquetta Huntley. Carla a besoin que vous la preniez pendant au moins six mois. Elle ne peut pas s'en occuper car elle prépare le plus grand rôle de sa carrière.

Pendant que Judah s'efforçait de comprendre le sens des paroles de Rossi, la voix tonitruante de l'orateur retentit jusque dans le couloir :

— Je suis heureux et fier de vous annoncer que l'architecte désigné pour concevoir le Grantham-Ford Art Museum est Judah Huntley. Judah, s'il vous plaît, venez dire quelques mots.

Le regard atterré de Judah se posa tour à tour sur Rossi, le bébé et la blonde.

C'était officiel. Il venait d'être catapulté dans un univers parallèle.

- 2 -

Trois choses vinrent en même temps à l'esprit de Darby :

Judah Huntley était plus beau que dans son souvenir.

Il ignorait qu'il avait une enfant.

Elle n'était pas la seule à avoir un gros problème dans la vie.

Elle ne pouvait qu'admirer la faculté de cet homme à contrôler ses émotions. De fait, en apprenant qu'il avait une enfant, son expression avait à peine changé. Seul son regard bleu outremer avait trahi son incrédulité et une bonne dose de « Bon sang, c'est quoi cette histoire ? » Le bébé, adorable avec ses joues roses et ses cheveux couleur chocolat amer, les contemplait avec de grands yeux depuis son perchoir dans les bras raides de cette femme.

Darby avait conscience qu'elle devait s'éloigner, les laisser régler leurs problèmes entre eux, mais…

C'était plus fort qu'elle. Elle était curieuse de voir comment Judah Huntley réagirait en apprenant qu'il avait remporté l'appel d'offres *et* qu'il était papa. Piquerait-il une crise ? Resterait-il pétrifié ? S'enfuirait-il à toutes jambes ?

Oh ! oui, elle avait hâte de le découvrir.

Le bébé poussa un petit cri, Judah fut de nouveau invité à monter sur le podium, et la femme s'avança, lui tendant le bébé comme s'il était un colis encombrant. Judah leva les mains, horrifié, et le bébé répondit par un cri perçant.

Oubliant le drame qui se nouait sous ses yeux, Darby concentra son attention sur le petit visage convulsé virant au rouge. Les cris s'intensifièrent, et un homme qu'elle reconnut comme étant un membre du conseil d'administration de la fondation apparut sur le seuil de la porte.

— Monsieur Huntley, on vous appelle. Vous avez obtenu le contrat.

Cela ne la surprenait pas. Il était un architecte remarquable.

Mais sa capacité à ignorer les cris du bébé la contrariait. Passant devant l'homme aux cheveux gris, elle tendit les bras vers l'enfant, ignorant l'expression de soulagement sur le visage de la femme. Calant la fillette au creux de son bras, elle introduisit l'extrémité de son auriculaire dans la petite bouche qui l'aspira aussitôt.

— Elle a faim, dit-elle, s'adressant à Judah.

Il leva derechef les mains en l'air et secoua la tête.

— Ce n'est pas mon problème.

— Apparemment, si, répliqua-t-elle sèchement.

— Hum, monsieur Huntley, il faut que vous veniez, insista le représentant de la fondation, le tirant par la manche de sa veste.

Darby ne peut s'empêcher de remarquer *de nouveau* que ladite veste recouvrait des bras robustes et de larges épaules. Elle avait beau être irritée par l'attitude négative de Judah envers ce superbe bébé, ses hormones n'en avaient cure et suivaient leur propre logique, l'incitant perfidement à imaginer à quoi ressemblait le corps de Huntley sous ce smoking onéreux.

Judah passa une main nerveuse dans ses cheveux à la coupe impeccable, et elle l'entendit jurer entre ses dents. Oh ! oui, sa soirée s'annonçait mouvementée.

Après un bref instant de réflexion, il se redressa de toute sa hauteur, et Darby perçut la détermination sur ses traits et l'assurance dans son regard. L'alpha mâle dans toute sa splendeur.

— Je dois retourner à l'intérieur pour accepter ce contrat. Rossi, reprenez le bébé et appelez-moi plus tard pour qu'on fixe un rendez-vous et qu'on discute de l'attitude irresponsable de Carla. Et ne vous avisez plus de me tendre une embuscade !

Puis il darda son regard bleu outremer sur elle.

— Quant à vous, j'ignore qui vous êtes, mais, si vous pouviez rendre ce bébé à qui de droit, nous pourrions reprendre le cours de nos vies.

Sur quoi, il pivota sur ses talons et retourna dans la salle de bal, suivi de près par le représentant de la fondation. Darby entendit un tonnerre d'applaudissements et contempla la fillette dans ses bras.

Elle avait le nez et la forme des yeux de Judah. Sans oublier la fossette qui creusait sa joue gauche. Comme lui, elle avait des cheveux brun foncé et des sourcils bien dessinés. Et elle fixait Darby de ses grands yeux sombres – marron et non bleus –, ravie de sucer son petit doigt.

C'était le plus beau bébé que Darby ait jamais vu, et comme elle était obsédée par les bébés depuis plus longtemps qu'il n'était raisonnable, elle en avait vu beaucoup.

Avant de mourir, le père de Darby avait été un homme d'affaires réputé, et ses parents avaient fait partie du gratin bostonien. Elle avait donc eu un avant-goût de la renommée. Mais Huntley et son ex-petite amie étaient célèbres sur un tout autre plan. Chanteuse d'opéra superbe et richissime, Carla avait des millions de *followers* et faisait les choux gras des tabloïds. Judah faisait aussi la une des médias grâce à son talent, son sex-appeal et son penchant pour les mannequins et les actrices.

Cependant, à cet instant, les parents de la fillette n'impressionnaient pas Darby. Tant s'en faut.

Comment Carla pouvait-elle se défaire de son enfant comme d'un colis encombrant ? Et pourquoi Judah refusait-il de s'en charger ? Ne comprenaient-ils pas qu'un enfant était un don du ciel ? Qu'est-ce qui clochait chez eux ?

Le monde était-il devenu fou ?

Le bébé fit un rot, puis son visage se crispa et ses yeux

se fermèrent. Darby avait suffisamment d'expérience pour savoir que la fillette était sur le point de remplir sa couche. Bientôt, l'odeur caractéristique se répandit, et Darby esquissa un sourire. Oui, elle avait vu juste.

Levant les yeux, elle remarqua que le couple grimaçait de dégoût.

— Elle a besoin d'être changée, intervint Darby, au cas où ils n'auraient pas fait le lien entre l'odeur et le problème.

Elle eut droit à deux regards horrifiés.

— Non ! s'écrièrent-ils en chœur, reculant de deux pas.

Le bébé s'agita dans les bras de Darby et poussa un cri strident. Bon. Il était temps qu'elle s'en sépare.

Après tout, elle était venue ici pour travailler. Comme elle s'y attendait, c'était Huntley qui avait remporté l'appel d'offres, mais il y avait des membres du Tout-Boston aux comptes en banque bien garnis dans la salle, et certains d'entre eux auraient peut-être envie de se faire construire une résidence d'été ou de rénover un appartement.

Les affaires s'étaient ralenties récemment, et elle avait besoin de décrocher un nouveau projet lucratif. Elle devait aussi terminer la rénovation de deux petits immeubles d'habitation qu'elle possédait dans le quartier chic de Back Bay avant de les mettre sur le marché, mais elle savait que cela prendrait du temps pour les vendre au prix qu'elle voulait.

Par chance, demain, elle percevrait son dividende trimestriel au titre de sa participation dans le cabinet Winston and Associates. Avec cet argent et celui qu'elle réussirait à économiser durant les quatre prochains mois, elle pourrait entamer les démarches pour sa fécondation in vitro.

Car, contrairement à Huntley et à son ex, elle désirait par-dessus tout un enfant.

Comme les deux Italiens ne se décidaient toujours pas à se charger de la corvée du changement de couche, Darby se fit plus insistante :

— Il faut vraiment que je parte.

Un sourire charmant éclaira le visage de l'homme.

— La nourrice que nous avions engagée en Italie pour s'occuper de Jacquetta a été renvoyée. Pourriez-vous la changer car nous ne savons pas comment procéder ?

— Qu'est-ce qui vous permet de penser que je saurais le faire ? demanda Darby.

Toujours souriant, l'homme haussa les épaules, et Darby comprit qu'elle avait été dupée. Cela faisait des années qu'elle n'avait pas changé une couche, mais elle avait fait du baby-sitting, adolescente. C'était sûrement comme le vélo, cela ne s'oubliait pas. Et, si elle laissait cette adorable fillette entre leurs mains, elle serait encore plus malheureuse qu'elle ne l'était. Après tout, il ne s'agissait que d'une simple couche.

Darby tendit sa main libre pour récupérer le sac accroché à l'épaule de l'assistante. Elle changerait Jacquetta – *Jac* sonnait mieux –, lui préparerait un biberon puis la remettrait au couple. Oh ! elle ne risquait pas d'oublier cette rencontre ! Un homme sexy, un bébé adorable, un drame…

— Il y a une salle à langer juste après le tournant. Venez avec moi, dit-elle, s'adressant à la femme.

— *Perché* ?

Comment ça, pourquoi ? C'était l'évidence même !

— Parce qu'on ne remet pas un bébé à une inconnue !

L'homme ne se départit pas de son sourire.

— Le couloir se termine à la hauteur des toilettes. Si vous vouliez enlever Jacquetta, vous seriez obligée de passer devant nous. Et nous vous attendrons ici.

Darby hésita, mal à l'aise.

— Par ailleurs, insista-t-il, c'est un des meilleurs hôtels de Boston et il est truffé de caméras de surveillance.

Comme le volume sonore des cris du bébé s'intensifiait, Darby s'engagea dans le couloir à contrecœur. Sentant leurs regards fixés sur son dos, elle se retourna. Son instinct lui dictait que leurs expressions étaient trop innocentes pour être honnêtes. Comment diable s'était-elle retrouvée dans cette situation ?

Jac poussa un hurlement strident, et Darby reporta son attention sur elle, compatissant à sa détresse. Cette fillette sans défense et innocente passait en premier. Darby la changerait, lui préparerait un biberon, la câlinerait un peu, puis la rendrait au couple.

Sa vie redeviendrait normale dans une dizaine de minutes.

Elle accéléra le pas, tapotant le petit derrière de Jac et déposant un baiser sur ses boucles brunes. Parvenue dans la salle, elle l'allongea sur la table à langer et contempla son adorable frimousse.

— Aurai-je bientôt un bébé aussi mignon que toi ?

Bien sûr, Jac, guère plus âgée de neuf mois, n'en avait aucune idée.

Jac tétait son biberon tandis que Darby longeait le couloir en sens inverse, la courroie du sac à langer très lourd lui sciant l'épaule. La fillette était propre et heureuse, et Darby s'apprêtait à reprendre le cours normal de sa vie.

Sauf qu'après le tournant il n'y avait plus personne à qui remettre le bébé.

Entendant le coulissement des portes de l'ascenseur, elle fit volte-face et aperçut les deux Italiens dans la cabine.

— Remettez le bébé à Judah Huntley, lui lança l'homme alors que les portes se refermaient sur le couple.

Darby se figea, interdite. Ils avaient osé laisser Jac à une inconnue ! Comment pouvaient-ils savoir qu'elle n'était pas psychopathe ou qu'elle ne s'enfuirait pas avec le bébé ?

Déposant le sac dans la poussette, elle poussa la porte de la salle de bal avec sa hanche et balaya l'assemblée du regard. Elle n'eut aucun mal à repérer Huntley car il dominait la plupart des invités de sa haute taille. Il semblait prêter une oreille attentive à une brunette au teint olivâtre et au profond décolleté. À en juger par son expression aguicheuse, elle ne dirait pas non si Huntley l'invitait à visiter sa suite ou le recoin le plus proche.

Agacée malgré elle, Darby se focalisa sur les photos défilant sur l'écran de présentation à l'autre extrémité de la salle. La première photo montrait le projet proposé par Huntley pour le nouveau musée d'art. Le bâtiment tout en courbes avait un côté féminin, sensuel, voire sexy. Il était fabuleux et tellement plus original que ses propres plans. L'homme méritait vraiment de remporter l'appel d'offres. Alors que les photos de ses précédentes réalisations défilaient sur l'écran, elle demeura là, fascinée par ce qu'elle voyait.

Elle s'arracha à la contemplation de ces images et reporta son attention sur le concepteur de ces magnifiques constructions. Quelle ne fut pas sa surprise de constater qu'il avait les yeux rivés sur elle. Seigneur, comme il était beau et fascinant ! À la fois sexy et intelligent, rude et taciturne.

Elle lui fit signe de venir la rejoindre et l'observa pendant qu'il s'avançait vers elle d'une démarche féline malgré sa haute taille et sa robustesse.

Reculant dans le couloir, elle contempla la petite forme endormie dans ses bras, souriant à la version féminine de cet homme si séduisant. Elle lui remettrait Jac et tâcherait de se rappeler que ce superbe bébé n'était pas son problème. Sa vie était suffisamment compliquée comme cela.

Au moment où Judah la rejoignait, l'orateur tapota son verre avec une cuiller, et le silence se fit dans la salle.

— Étant donné la volonté affirmée de la fondation de soutenir les talents bostoniens, je comprends que certains de nos professionnels locaux aient pu être déçus par notre décision d'attribuer le contrat à un architecte dont le cabinet est situé à New York, mais son plan était tout simplement remarquable. Cela dit, j'ai le grand plaisir de vous annoncer que Huntley and Associates recherche un architecte local pour travailler sur le projet avec Judah Huntley.

Un tonnerre d'applaudissements salua cette annonce, et Darby arqua un sourcil surpris en direction de Judah.

Il haussa les épaules avant de murmurer :

— Il exagère. La personne que j'engagerai sera simple stagiaire et assurera la liaison entre la fondation et moi-même.

— Cette personne ne participera pas au dossier de construction ? demanda Darby, déçue.

— Non. J'ai une équipe très compétente à New York qui s'en chargera.

Dans ces conditions, le poste ne l'intéressait pas. Elle était une architecte confirmée, pas une stagiaire.

— Comptez-vous rémunérer cette personne ou travaillera-t-elle pour avoir l'honneur de mentionner votre nom comme référence sur son CV ?

— Elle sera rémunérée, répondit-il, ignorant son sarcasme.

— Combien ? s'enquit Darby.

Même si elle n'était pas intéressée, elle était curieuse de savoir combien payait un architecte mondialement renommé.

Judah mentionna un chiffre, et Darby écarquilla les yeux, abasourdie. Tant que cela ? Mince ! À ce tarif-là, son intérêt grimpait en flèche. Quel dommage qu'il se montre aussi odieux avec cet adorable bébé, sinon elle aurait volontiers posé sa candidature.

Jac hoqueta dans son sommeil, et Judah reporta son attention sur cette poupée vivante. Darby chercha une trace d'acceptation ou de compassion sur son visage et n'en trouva aucune. Elle ne l'appréciait pas, mais elle était forcée d'admettre que son expression dure et maussade était aussi séduisante que la façade courtoise qu'il offrait au monde.

Il se désintéresse de son propre enfant ! Il est le contraire de ce que tu recherches chez un homme.

— Pourquoi avez-vous encore le bébé ?

Darby tiqua devant la sécheresse de son ton.

— Parce que j'ai changé sa couche à la demande de vos amis. Ils m'ont dit qu'ils m'attendraient dans le couloir, mais ils sont partis avant que je puisse leur rendre le bébé.

Une lueur d'inquiétude traversa le regard de Judah.

— Quoi ?

Il était intelligent. Était-ce si difficile à comprendre ?

— Faites un effort, Huntley ! J'ai changé sa couche, je lui ai préparé un biberon, et quand je suis revenue les deux Italiens étaient dans l'ascenseur. J'ai songé à les rejoindre, puis je me suis dit que le plus simple était de vous remettre Jac.

— Jack ? Elle s'appelle Jack ?

Percevant le léger tremblement dans sa voix, Darby se demanda pourquoi ce prénom le troublait autant.

— Les deux Italiens l'appellent Jacquetta, mais le diminutif de Jac me paraît plus adapté pour ce bout de chou, expliqua-t-elle. Tenez, prenez-la.

Darby lui tendit le bébé, mais il se recula, horrifié.

Ah, non, l'intermède était terminé. Elle s'était suffisamment dévouée comme cela.

— C'est une enfant, Huntley ! *Votre* enfant, apparemment, et non un colis qu'on peut refuser.

Judah se frotta la nuque, l'air consterné.

— Maudite Carla. À quoi joue-t-elle ? grommela-t-il.

— Vous ignoriez l'existence de Jac ?

— Évidemment ! Elle n'est pas…

Judah se tut brusquement et exhala un soupir de frustration.

Il s'apprêtait sûrement à dire qu'elle n'était pas sa fille. Mais Darby n'était pas stupide. Le bébé lui ressemblait comme deux gouttes d'eau.

— Je ne peux pas la prendre, dit-il à la fin.

Oh ! c'en était trop ! De sa main libre, elle agrippa le revers de la veste de Judah et se dressa sur la pointe des pieds, contrariée de ne pas assez être grande pour le regarder droit dans les yeux.

— Bien sûr que si ! Ce bébé vous a été confié personnellement. Quant à ces deux crétins, si je les retrouve, je leur arrache les yeux pour avoir laissé Jac aux mains d'une inconnue avant de disparaître. J'aurais aussi bien pu appartenir à un réseau de trafiquants d'enfants ou être une psychopathe !

Contre toute attente, une lueur d'amusement traversa le regard de Judah.

— Et c'est le cas ?

À la vue de la fossette qui se creusait dans sa joue gauche, son arme de séduction fatale, elle se sentit chavirer.

Pourquoi fallait-il qu'elle pense à son charme ? Elle était censée lui faire la leçon ! Qu'à cela ne tienne, elle allait lui dire le fond de sa pensée.

— Il faut vraiment que vous soyez stupide pour ne pas vous rendre compte que Jac est votre portrait craché ! Et, même si je suis la seule personne à me soucier d'elle, je n'en suis pas responsable.

— Vous avez accepté de la changer. Vous avez laissé les deux Italiens partir. Vous auriez pu la leur rendre.

Comment cet homme qui créait de véritables œuvres d'art pouvait-il se montrer aussi insensible, aussi froid ?

— Vous n'avez pas de cœur ! Vous ne savez pas à quel point vous avez de la chance d'avoir un enfant. Vous ne savez pas le nombre de gens qui aimeraient être à votre place.

Elle se rendait compte qu'elle élevait la voix, mais elle était trop ulcérée pour s'en soucier. Quelqu'un devait prendre fait et cause pour Jac, et manifestement ce rôle lui incombait.

— Quels que soient vos différends avec sa mère, Jac

est une victime innocente. Et, si vous ne le comprenez pas, vous n'êtes pas digne de considération.

Elle était au bord des larmes. Elle prenait cette situation trop à cœur. Il valait mieux qu'elle s'en aille, sinon elle risquait de craquer… Ou de partir avec le bébé dont personne ne se souciait.

Déposant un baiser sur le front lisse de Jac, elle la casa de force au creux du bras de Judah et s'assura qu'il la tenait fermement avant de relâcher sa prise. Puis elle lui fourra le biberon vide dans son autre main.

Levant les yeux vers Judah, elle lui décocha une dernière flèche :

— Mon amie DJ dit qu'avoir des enfants devrait être strictement réglementé et faire l'objet d'une autorisation préalable. Je n'ai jamais été plus d'accord avec elle qu'à cet instant.

Elle contempla son beau visage viril, et sa colère céda le pas à la confusion.

— Je ne comprends pas comment quelqu'un d'aussi talentueux que vous et capable de mettre autant de sensibilité dans ses créations peut se montrer aussi dur et aussi froid.

Judah inclina alors la tête vers elle, et quand son souffle frôla son oreille, elle ne put faire autrement que d'inhaler sa fragrance à base de citron, de savon et de masculinité – une fragrance tellement grisante qu'elle lui donnait envie d'enfouir son visage dans le cou de cet homme. Durant une fraction de seconde, elle s'imagina qu'elle et Judah formaient un couple et qu'il montait la garde auprès de sa famille, mais les mots qui sortirent de sa bouche brisèrent le charme.

— Ce bébé n'est pas à moi.

Comme si elle allait croire un mensonge aussi éhonté !

— Dites plutôt que vous ne voulez pas qu'elle soit à vous, marmonna-t-elle, furieuse. Elle se tiendra tranquille pendant une demi-heure environ. Après quoi, j'espère qu'elle vous fera vivre un enfer ! Sur ce, bonsoir.

Elle croisa une dernière fois le regard de Judah. Toute cette beauté virile masquait un cœur sec. Quel gâchis !

Bonne chance, Jacquetta. Avec des parents pareils, tu vas en avoir besoin.

- 3 -

Judah jura entre ses dents en voyant les portes de l'ascenseur se refermer sur la Duchesse. Pourtant, il devrait se réjouir qu'elle soit partie.

Elle s'était mêlée d'une situation qui ne la regardait pas et elle l'avait critiqué vertement. Or, au lieu d'être furieux après elle, il avait été excité… ! Mais, pour sa défense, elle était tellement séduisante.

Et elle l'avait laissé en plan.

Judah secoua la tête. Il devait se faire une raison. Reportant son attention sur le bébé niché au creux de son bras, il contempla sa jolie frimousse. C'était un fait, elle lui ressemblait. Mais lui et Jake tenaient de leur père, et rien ne laissait deviner qu'ils étaient demi-frères.

Judah avait cru qu'il avait été la seule victime du week-end que Jake et Carla avaient passé de façon illicite dans son appartement, mais il s'était trompé. Ces deux-là n'étaient pas du genre à faire les choses à moitié.

Une profonde amertume le submergea. Dix-huit mois s'étaient écoulés depuis cette double trahison. Comment se faisait-il qu'elle le fasse encore souffrir ? Il caressa la joue soyeuse de Jac. Et soudain il comprit que ce n'était pas seulement pour lui mais aussi pour ce bébé qu'il ressentait de la colère et de la douleur. Ce petit être humain méritait mieux que des parents stupides et dysfonctionnels.

De sa main libre, il sortit son téléphone de la poche intérieure de sa veste et fit défiler la liste de ses contacts.

Il n'avait pas composé ce numéro depuis dix-huit mois. Restait à espérer qu'il était encore opérationnel.

Le téléphone bourdonna, bipa, puis commença à sonner.

Reste calme…

— Judah !

Au son de cette voix sensuelle, sa colère redoubla.

— Bon sang, Carla, es-tu devenue folle ? Que veux-tu que je fasse d'un bébé ?

— Je comprends que tu sois surpris, mais j'ai besoin que tu la prennes, le temps que je finalise ce projet.

— Non ! Mille fois non ! C'est hors de question ! s'exclama-t-il, ulcéré et faisant un suprême effort pour ne pas hurler.

— Il le faudra bien, répliqua Carla, durcissant le ton. Toi ou ton frère serez forcés de vous en occuper jusqu'à ce que je décide de la reprendre.

— Alors, appelle Jake, pour l'amour du ciel ! C'est lui le père et non moi ! Vous n'avez même pas daigné m'informer que j'avais une nièce.

— À qui la faute ? Tu nous as clairement déclaré que tu ne voulais plus entendre parler de nous.

— Tu sembles oublier que je vous ai trouvé nus dans mon lit dans une position qui ne laissait place à aucune équivoque. Puis tu as répandu des détails dégoûtants sur notre rupture pour empêcher les médias de découvrir que tu m'avais trompé avec mon jeune frère.

Pourquoi se donnait-il la peine d'évoquer le passé ? Carla s'en fichait éperdument.

— Demande à Rossi ou à Jake de venir récupérer ta fille, ajouta-t-il. Elle. N'est. Pas. Mon. Problème !

— Crois-tu que ce serait une bonne idée la confier à Jake ? Il est toxicomane et par ta faute il a un casier judiciaire. Il n'est pas en mesure de s'occuper d'un bébé.

— Carla, tu ne peux pas te débarrasser de ton enfant comme si c'était un colis encombrant !

Bon, c'était l'argument utilisé par la Duchesse, mais

il était pertinent. Seigneur, comment avait-il pu tomber sous le charme de Carla ? Oh ! bien sûr, le sexe avait été fantastique, mais Carla était comme les loukoums, il ne fallait pas en abuser.

— Viens la chercher toi-même, Carla.

— Non ! J'ai besoin de temps. Écoute-moi, Judah, s'il te plaît.

Il ne devrait pas la laisser plaider sa cause, mais elle profita de son silence pour poursuivre sur sa lancée :

— J'ai une nouvelle proposition de travail. Bertolli a composé un opéra et il m'accorde le premier rôle.

— Oui. Un rôle à contre-emploi, ironisa-t-il.

— Hélas, tu n'es pas le seul à en faire la remarque. Beaucoup de bruits malveillants circulent sur mon passé, sur toi, sur ma relation avec Bertolli.

— Quelles insinuations ?

Carla ne répondit pas. Cela signifiait donc qu'elle couchait avec Bertolli. Elle jouait avec le feu. Si le bruit se répandait qu'elle avait une liaison avec l'homme le plus conformiste, le mari le plus fidèle, le compositeur préféré des Italiens – un trésor national ! –, on la qualifierait de séductrice immorale, et elle serait clouée au pilori.

Judah alla se poster devant la baie vitrée à l'extrémité du couloir et contempla les rues encombrées du centre-ville de Boston, le front appuyé contre la vitre froide.

— Le bruit a couru récemment que tu n'étais pas son père. Je ne peux pas prendre le risque que les gens apprennent que Jake est le père de Jacquetta et non toi. Déjà que j'ai suscité le scandale en ayant un enfant hors mariage, si on apprenait en outre ma liaison avec Jake…

— Une aventure passagère.

— Si on apprenait qu'il est ton frère, héroïnomane et le père de mon bébé, l'histoire ferait la une des tabloïds du monde entier. Ce serait un énorme scandale. Or, mon contrat avec la production stipule que ma réputation doit être sans tache.

Un horrible sentiment de frustration l'envahit. Rien de tout ceci ne le concernait. Jake et Carla avaient fait l'amour dans le lit de Judah et maintenant ils devaient assumer les conséquences de leurs actes. Il n'était pas responsable d'eux ni du fruit de leurs ébats.

Judah jeta un coup d'œil à la fillette et ignora le nœud qui lui obstruait la gorge.

Elle aurait pu être sa fille…

Non, il ne voulait pas d'enfant ; il n'en avait jamais voulu. Il se rappelait avoir changé les couches de Jake et l'avoir bercé nuit après nuit pour qu'il s'endorme parce que leurs parents étaient sortis ou s'étaient absentés pour quelques jours. Pendant six ans, il s'était occupé de Jake, lui achetant des vêtements et lui préparant ses repas. Judah n'avait alors que douze ans, mais il avait assumé cette responsabilité d'adulte parce que son père et sa belle-mère étaient d'une inconséquence coupable. Et Judah s'était juré qu'il ne se retrouverait plus jamais dans ce genre de situation.

À l'université, il avait eu la peur de sa vie quand il avait cru avoir mis une jeune fille enceinte. Par chance, c'était une fausse alerte, et il avait envisagé une vasectomie pour ne plus être confronté à ce genre de problème. Mais le médecin avait refusé, lui expliquant qu'il était trop jeune et qu'il pouvait changer d'avis. Furieux, il s'était promis de voir un autre médecin, puis sa carrière avait pris son essor, et il n'avait jamais trouvé le temps de faire pratiquer cette intervention.

Mais il le ferait. Dès qu'il mettrait fin à son abstinence charnelle. Désormais, il avait trente-cinq ans, et on ne pourrait plus lui opposer le moindre refus. Adolescent, il avait élevé un enfant, et il était hors de question qu'il renouvelle l'expérience.

À l'époque, l'obtention d'une bourse pour l'université lui avait permis de fuir cette vie contraignante, mais il se sentait encore coupable d'avoir laissé Jake, alors âgé de six ans, derrière lui. Malgré ses efforts pour garder un œil sur lui, Jake avait mal tourné. À treize ans, il fumait de la marijuana ; à seize ans, il devenait dépendant aux drogues dures et volait des voitures pour acheter ses doses ; à dix-huit ans, il s'était retrouvé dans un centre de détention pour mineurs.

Plus jamais Judah ne se verrait contraint de choisir entre son avenir et ses obligations. Voilà pourquoi il ne voulait pas d'enfant. De la même façon, après des liaisons qui ne l'avaient mené nulle part et après la tornade Carla, il ne voulait plus nouer de liens durables avec une femme.

Jamais.

Judah prit une profonde inspiration pour calmer ses nerfs à vif.

— Je suis descendu à l'hôtel Sheraton, dans le centre-ville de Boston. Suite présidentielle. Demande à Rossi de venir me voir.

— J'ai essayé de le contacter juste avant ton coup de fil, mais il ne répond pas.

Ulcéré, Judah jura entre ses dents.

— Bon sang, Carla, trouve une solution !

Après une pause interminable, Carla suggéra :

— Je vais appeler une agence. Ils t'enverront une nourrice.

Seigneur, elle allait envoyer une inconnue pour récupérer Jac ? C'était exactement le genre de démarche irresponsable que son père et sa belle-mère auraient entrepris. Une colère froide s'empara de Judah.

— Non, Carla. Tu viens *toi-même* chercher Jac !

— C'est impossible !

À en juger par son exclamation paniquée, on aurait dit qu'il lui demandait de se faire nonne.

— Jacquetta est ta fille. Tu viens la récupérer. Ce n'est pas négociable.

Il entendit un chapelet de jurons à l'autre bout du fil. Carla devait le maudire, mais il s'en fichait éperdument.

— Soit, dit-elle à la fin. Je viendrai la chercher, mais j'ai besoin de temps.

— Je t'accorde vingt-quatre heures. Passé ce délai, je contacterai les tabloïds.

— Judah, non ! Je me trouve à Côme. Il me faudra davantage de temps.

— Tu aurais dû y penser avant de te débarrasser de ta fille comme d'un vulgaire colis, riposta Judah. Dépêche-toi, Carla. L'heure tourne.

Sur quoi, il raccrocha, ulcéré. Alors qu'il proférait à son tour un chapelet de jurons, il se rendit compte que Jac le fixait avec de grands yeux.

— Désolée, mignonne, marmonna-t-il, penaud. Ta maman a le don de me mettre dans tous mes états.

Jac cilla, puis elle lui sourit, révélant une adorable fossette et des gencives roses. Elle était ravissante, convint-il, et elle faisait preuve d'une remarquable capacité d'adaptation après être passée de mains en mains.

— Ainsi donc, ce sera toi et moi pendant les prochaines vingt-quatre heures.

En guise de réponse, Jac battit des bras et des jambes.

— Je suis content que tu sois d'accord avec ce programme. La dernière fois que j'ai préparé un biberon et que j'ai changé une couche remonte à une éternité. Alors, cela m'arrangerait si tu pouvais éviter d'avoir faim ou de remplir ta couche pendant que je te garde.

Jac lui lança un regard, l'air de dire : faut pas rêver.

Tant pis, il se ferait une raison.

Il l'attacha dans la poussette, heureux de voir que ses réflexes étaient intacts.

Il prendrait soin du bébé pendant une journée. Une journée, ce n'était pas long comparée aux six années pendant lesquelles il avait veillé sur son frère.

Du moins, cette fois, il était un adulte, il avait une voix et il n'hésiterait pas à s'en servir.

*
* *

Le lendemain après-midi, après le travail, Darby se lova sur le canapé violine dans le showroom de Winston and Associates et cala un coussin assorti sous sa tête.

DJ lui pressa l'épaule avant de prendre place à côté d'elle, l'énorme diamant à l'annulaire de sa main gauche étincelant de mille feux. L'émeraude arborée par Jules était tout aussi impressionnante et de grande valeur. Les futurs beaux-frères de Darby – l'un par la loi et l'autre par l'amitié – étaient éperdument amoureux de leurs fiancées respectives. Et Darby était heureuse qu'elles aient trouvé leurs âmes sœurs.

La sienne devait s'être perdue en route ou fait écraser par un chauffard. À moins qu'il n'y ait aucun homme désireux de supporter une femme déterminée, ambitieuse, têtue et ayant des problèmes de fertilité.

Jules déposa une tasse de thé sur la table basse blanche avant de prendre place à son tour sur le canapé.

DJ pressa affectueusement la main de Darby.

— Je regrette que tu n'aies pas remporté l'appel d'offres pour le projet de musée, Darby.

Darby haussa les épaules avec une feinte désinvolture. Elle détestait perdre, même si l'enjeu était minime.

— Le choix de Huntley est amplement justifié. Ses plans et ses perspectives sont sensationnels.

L'homme aussi aurait été sensationnel s'il n'avait pas été froid et sans-cœur.

Jules entoura ses genoux de ses bras.

— Sait-on déjà qui assurera la liaison entre Huntley and Associates et la Grantham-Ford Foundation ?

Chaque architecte en ville rêvait de travailler avec Huntley. Sauf elle. Hier soir, elle avait pris la pleine mesure de cet homme et elle n'avait pas du tout été impressionnée.

— Non. Mais il s'agira d'un simple poste de stagiaire. Je ne postulerai donc pas.

Elle prit les documents que lui tendait DJ et sourit. C'était les résultats financiers trimestriels. Ils feraient l'objet d'une petite discussion, puis elle récupérerait son chèque. Voilà qui était parfait.

De la pointe de son stylo, DJ tapota les feuillets qu'elle tenait sur ses genoux et s'éclaircit la gorge.

— Laissons de côté les deux premières pages et passons directement à la partie financière.

Darby s'exécuta et examina les colonnes détaillant les recettes et les dépenses. Elle eut la désagréable surprise de constater que les recettes provenant de l'activité architecture dirigée par elle-même étaient inférieures de moitié à celles émanant de la décoration intérieure sous la houlette de Jules. Jusqu'à présent, elles avaient contribué de façon égale au résultat de leur cabinet, DJ gérant les finances. Le triangle avait été parfait, mais maintenant le côté de Darby s'effondrait.

Elle prit le chèque que lui tendait DJ et lut le montant. Puis elle fixa DJ, consternée, se demandant si elle n'avait pas oublié un zéro.

— C'est le bon montant ?

— Oui.

Mince !

DJ se pencha vers elle, la mine grave.

— Le résultat trimestriel n'est pas fameux, j'en conviens, mais la conjoncture actuelle est défavorable. Si les recettes provenant de l'activité décoration intérieure ont bondi, c'est grâce à Noah qui a fait appel à Jules pour décorer les yachts qu'il a conçus. Quant à toi, tu as multiplié les petits travaux, mais ils n'ont pas rapporté beaucoup d'argent.

Darby contemplait son chèque, l'esprit en ébullition. Il ne lui permettrait pas, tant s'en faut, de combler la somme manquante pour sa prochaine FIV. Elle devrait mettre ses deux immeubles en vente plus tôt que prévu et accepter le prix qu'on lui en offrirait. Elle risquait de ne pas récupérer sa mise, mais du moins elle aurait l'argent nécessaire. Elle avait beau tourner la question dans tous les sens, elle était forcée de constater qu'elle reculait au lieu d'avancer. *Quelle poisse !*

— D'autres facteurs ont contribué à ce piètre résultat, Darby.

— Lesquels ?

— Le loyer de notre showroom a augmenté de façon significative.

— Nous étions convenues qu'il nous fallait cet emplacement, répliqua Darby. Par ailleurs, l'augmentation n'est que de 10 %. En fait, si nous n'avons pas progressé ce trimestre, c'est parce que mon chiffre d'affaires est insuffisant.

La preuve était là, noir sur blanc. Elle avait échoué. Et elle détestait cela.

— Le prochain trimestre, je mettrai les bouchées doubles, promit-elle, dépitée. Je suis vraiment désolée. Vous avez travaillé dur, et je n'ai pas rempli ma part du contrat.

— Oh ! pour l'amour du ciel ! protesta Jules. Cesse de t'autoflageller !

— Mais…

— Qui a financé ce cabinet, Darby ? poursuivit Jules, sans lui laisser le temps de répondre. C'est toi. Tu as acheté et remis en état ce cottage, et les bénéfices que tu as faits ont permis de régler nos dépenses du premier semestre. C'est grâce à toi si nous n'avons pas eu à emprunter de l'argent à maman, à Levi ou à une banque.

— Le loyer du showroom et le personnel supplémentaire que nous avons engagé dans la perspective d'un développement de nos activités ont contribué pour une large part à la chute des bénéfices, renchérit DJ. Tout cela est normal, Darby.

Darby examina le compte de résultat et accusa le coup.

— C'est catastrophique !

DJ leva les yeux au ciel.

— Tu es trop perfectionniste. Nous pouvons nous permettre d'avoir un trimestre médiocre. Nous avons quand même réalisé un petit bénéfice.

Mais il était insuffisant. À partir de maintenant, Darby prendrait tous les projets qu'elle trouverait. Elle en serait quitte pour faire des heures supplémentaires, mais elle devait doubler son chiffre d'affaires pour compenser son déficit.

— Oh ! tu viens de la piquer au vif, DJ, plaisanta Jules. Elle est en train d'échafauder des plans pour me battre à plate couture le prochain trimestre.

Puis elle se pencha vers Darby.

— Nous travaillons en équipe, sœurette. Alors, cesse de penser que c'est ton problème. Ce n'est pas une compétition.

Darby avait entendu ce refrain toute sa vie : tu as trop l'esprit de compétition, tu prends les choses trop à cœur, tu n'es pas obligée de gagner à tous les coups.

Ce que personne ne comprenait, c'est qu'elle avait la compétition dans le sang. Cela faisait partie intégrante d'elle.

Un de ses premiers souvenirs se passait dans une cour de récréation. Elle voulait être celle qui courait le plus vite, sautait le plus loin et se balançait le plus haut. Elle excellait dans tous les sports. Elle était une des filles les plus populaires de l'école. Elle se souvenait à quel point elle appréhendait les résultats des examens. Il fallait qu'elle obtienne les meilleures notes. Ses carnets ne mentionnaient que des A. Et, quand elle avait eu son premier C à l'université, elle avait été anéantie.

Oui, elle avait l'esprit de compétition. Oui, elle était ambitieuse. Et alors ? Cela lui permettait d'obtenir d'excellents résultats. Bon, sauf cette fois-ci. Elle devait se recentrer sur ses objectifs. Faire mieux que les autres. La détermination, sa vieille amie, se coula en elle, la regonflant à bloc. Les options, les scénarios et les plans se bousculaient dans sa tête…

DJ lui donna un petit coup d'épaule, la tirant de sa rêverie.

— Dans toute entreprise, il y a des hauts et des bas, Darby, mais tout s'équilibre à la fin. Notre cabinet n'est pas en danger. Le prochain cycle sera meilleur.

Et si ce n'était pas le cas ? Et si la conjoncture économique se dégradait un peu plus ? Elle ne pouvait pas vivre dans l'incertitude. Elle avait besoin d'un plan pour stimuler son activité. Elle avait besoin d'un contrat lucratif et elle savait vers qui se tourner.

Judah Huntley avait trouvé son architecte local. Il ne restait plus qu'à l'en informer.

- 4 -

Après vingt-quatre heures passées à jouer les nounous, Judah était exténué et à bout de nerfs. Il avait besoin de prendre une douche et de dormir pendant une semaine.

Jac devait être aussi épuisée que lui. Elle avait constamment besoin d'être rassurée. Et elle le faisait savoir en pleurant sans discontinuer. Il avait eu beau la changer, la nourrir, la bercer, arpenter la pièce avec elle, rien n'y faisait. Elle pleurait toujours.

Comment s'était-il débrouillé avec Jake, alors qu'il n'était qu'un adolescent ? C'était à croire qu'un ange gardien lui avait prodigué ses conseils car son père et sa belle-mère ne lui avaient été d'aucune aide.

Fourrageant dans ses cheveux, il se demanda pour la énième fois où diable était Carla. Il n'avait pas réussi à la joindre au cours des douze dernières heures. Au début, il ne s'était pas inquiété. Elle devait être dans l'avion. Mais il avait atterri deux heures plus tôt, et elle aurait dû être ici. Puis Judah se rappela à quel point Carla était étourdie. Elle avait dû oublier l'heure.

À moins qu'elle ne soit coincée dans les embouteillages ou retenue à la douane. Il y avait une foule d'explications plausibles pour justifier son retard. Elle finirait par arriver, le suppliant de lui pardonner et le gratifiant de son grand sourire enjôleur.

Oh ! oui, il était prêt à lui pardonner à condition qu'elle reparte avec son bébé et qu'elle le laisse dormir.

En attendant, il cala Jac sur son épaule, lui tapota le derrière et soupira quand elle poussa un autre cri perçant. Pourquoi diable ne dormait-elle pas ?

Le téléphone de sa chambre d'hôtel sonna, et il traversa en hâte la suite présidentielle pour décrocher.

— Monsieur Huntley, vous avez une visiteuse…

— Faites-la monter, répondit-il, soulagé, avant de raccrocher.

Il massa le dos de Jac.

— Ta maman est ici. Tu penses qu'elle peut nous sauver ?

En guise de réponse, Jac émit un cri plaintif, et il hocha la tête.

— Je comprends ton inquiétude. Mais, connaissant ta maman, elle viendra accompagnée d'une nourrice, et tu seras entre de bonnes mains.

Il allait enfin pouvoir dormir. Il balaya la chambre du regard et soupira d'aise à la vue de l'immense lit agrémenté de draps en coton égyptien et d'un édredon moelleux. Sitôt allongé, il s'endormirait comme une masse.

Il alla se poster dans l'entrée, s'adjurant de rester calme. Il se contenterait de remettre Jac sans mot dire à son ex-amante volcanique – elle avait la fâcheuse habitude de hurler et de jeter des objets quand la discussion prenait une tournure qui lui déplaisait –, puis il fermerait sa porte à clé et se déshabillerait tout en se dirigeant vers sa chambre. Il sentait le lait régurgité car Jac avait manifesté son mécontentement en vomissant sur sa chemise. Il devrait se doucher auparavant, mais il avait encore plus besoin de sommeil.

À trente-cinq ans, il était trop âgé pour rester des jours sans dormir et pour subir des scènes mélodramatiques.

Entendant frapper, il ouvrit la porte en grand et oublia ses bonnes résolutions.

— J'ai toujours pensé que tu étais incroyablement égocentrique, mais ta conduite actuelle est inqualifiable !

C'est un bébé, Carla, et non une poupée… *Bon sang de bois !*

Judah cilla plusieurs fois puis se frotta les yeux. Il devait halluciner. Mais, quand il les rouvrit, la Duchesse se tenait toujours sur le seuil, ses grands yeux gris métallique fixés sur lui.

Gardant espoir en dépit de tout, il passa la tête dans le couloir. Hélas, aucune chanteuse d'opéra en vue. Il consulta sa montre. Elle avait maintenant une heure et demie de retard.

Il commençait sérieusement à s'inquiéter. Il devait passer des coups de fil. Un tel retard sans prévenir n'était pas normal.

— Vous tombez mal, Duchesse.

L'emploi de ce surnom ne l'impressionna pas, mais Judah s'en moquait. Il était trop épuisé pour discuter avec cette blonde donneuse de leçons.

Elle pénétra dans l'entrée de sa suite, referma la porte derrière elle et contempla Jac qui continuait de pleurer.

— Depuis combien de temps est-elle perturbée ?

— Depuis toujours, soupira Judah. Elle n'a pas arrêté de pleurer.

— Quand l'avez-vous changée pour la dernière fois ?

Dieu sait pourquoi, son ton sec et autoritaire l'excita. Peut-être parce qu'il avait perdu la raison ou parce qu'elle portait un pantalon noir moulant qui mettait en valeur sa silhouette longiligne. Son chemisier, pincé à la taille, était du même bleu que la mer Ionienne baignant Corfou et laissait deviner un soutien-gorge de la même couleur. Judah était prêt à parier sa fortune – considérable – que sa culotte était assortie à son soutien-gorge. C'était bien le genre de la Duchesse.

Cela lui fit penser qu'il ne pouvait pas continuer à l'appeler par son surnom.

— Qui êtes-vous ?

— Darby Brogan, architecte. Je suis associée dans le cabinet Winston and Associates. Alors, quand ?

Elle attendait aussi une réponse, et Judah dut rassembler ses esprits pour se souvenir de la question. Ah, oui, le changement de couches.

— Il y a une demi-heure.

Darby haussa ses sourcils à l'arc parfait en signe de surprise.

— Et son dernier biberon ?

Cela ressemblait au tribunal de l'Inquisition !

— Après le changement de couches.

— Hum.

Qu'est-ce que cela signifiait ? Était-ce bon ou mauvais signe ? Puis il cessa de s'inquiéter car Darby, Dieu la bénisse, lui prit le bébé des bras. Soulagé, Judah retourna au salon et s'affala sur le canapé le plus proche.

Quel délice ! Luttant pour garder les yeux ouverts, il observa Darby qui sortait une petite couverture du sac de Jac. Par chance, il lui restait assez de force pour admirer ses jambes interminables et sa démarche sensuelle tandis qu'elle se dirigeait vers le fauteuil en face de lui. De sa main libre, elle étendit la couverture sur le siège, et le peu de sang alimentant encore son cerveau reflua vers son bas-ventre quand elle inclina son derrière parfait dans sa direction. Il n'avait aucun mal à l'imaginer nue, la taille pliée en deux, sa chevelure blonde touchant le sol. S'il rajoutait des talons hauts et un sourire coquin, elle ressemblerait à la pin-up du poster qu'il avait épinglé au mur de sa chambre d'adolescent.

Bon. Peut-être n'était-il pas aussi fatigué qu'il le croyait.

Inconsciente de la tournure licencieuse que prenaient les pensées de Judah, Darby déposa Jac au centre de la couverture avant de l'emmailloter dedans avec dextérité. Puis elle cala le bébé contre sa poitrine et lui tapota le dos. En l'espace de vingt secondes, le volume sonore de ses pleurs diminua avant de cesser complètement.

Comme Darby lui tournait le dos, il apercevait le visage désormais apaisé de Jac. Elle s'endormait.

Dieu merci. Et merci à Darby.

— Si je ne vous étais pas aussi reconnaissant, je vous flanquerais volontiers à la porte. Malgré tous mes efforts, je n'ai pas réussi à la calmer.

— Les bébés sont des baromètres. Ils ont besoin de savoir que les adultes autour d'eux savent ce qu'ils font. Visiblement, ce n'est pas votre cas.

Il était trop épuisé pour se formaliser de son sarcasme. Si seulement elle savait…

Darby se cala confortablement dans le fauteuil en face de lui et se mit à l'observer. Sous son regard scrutateur, il se faisait l'effet d'un microbe sous un microscope. Soudain embarrassé, il regretta de ne pas avoir pris une douche ni de s'être changé. Alors que Darby était fraîche comme une rose, on aurait dit qu'il était tombé dans une fosse à purin.

Elle n'avait pas l'air impressionnée, mais pourquoi le serait-elle ? Et lui, pourquoi se souciait-il de savoir s'il l'impressionnait ou non ? Pourquoi était-il aussi content de la revoir ?

Certes, il lui savait gré d'avoir apaisé Jac, mais il était aussi captivé par ses prunelles couleur d'orage et par sa façon de prendre les choses en main. Lui-même était quelqu'un d'ambitieux et de déterminé, il se chargeait aussitôt de régler les situations difficiles et il n'appréciait pas qu'on empiète sur ses plates-bandes. Pourtant, l'attitude résolue de Darby était non seulement rafraîchissante mais aussi terriblement sexy. Elle était la dernière personne qu'il s'attendait à voir sur le seuil de sa suite. Mais au fait…

— Pourquoi êtes-vous ici ?

Darby ne cilla pas ni ne détourna les yeux.

— Je souhaite travailler avec vous. Pour vous.

Interloqué, Judah se passa une main sur le visage.

— De quoi diable parlez-vous ?

— Vous avez besoin d'un architecte local pour mener à bien le projet de musée. Je désire être cette architecte. Alors, qu'en dites-vous ?

Mince ! En plus d'être ambitieuse et directe, elle était impatiente. Entre les séances de pleurs de Jac, il avait délégué de nombreuses tâches à Jonathan, son directeur commercial, et le choix de l'agent de liaison ne faisait pas partie de leurs priorités. Mais Darby les avait battus de vitesse.

Il ne pouvait pas l'engager. Il la désirait éperdument, il la voulait nue et rêvait de faire avec elle des choses qui n'avaient rien à voir avec l'architecture.

Mais il avait pour principe de ne pas mélanger le plaisir et le travail. Il n'empêche, quel dommage !

Darby releva le menton d'un air de défi.

— Je veux ce job.

Il n'aimait pas qu'on lui donne des ordres, même s'ils étaient énoncés par une superbe blonde au visage d'ange.

— Durant ces deux derniers jours, j'ai dû dormir quatre heures au maximum, et j'ai passé une bonne partie de la nuit et toute la journée d'aujourd'hui à m'occuper de Jac. Je vous fais la même réponse qu'à mon directeur commercial : je verrai le moment venu.

Elle avait à la fois un côté maternel et agressif tandis qu'elle tenait tendrement le bébé et qu'elle mettait Judah au pied du mur. Un mélange ô combien fascinant.

— Si vous prenez la peine d'examiner les plans que j'ai soumis à la fondation, vous remarquerez que mon concept était plus novateur que celui de mes concurrents. J'ai utilisé des techniques de construction modernes et des matériaux intéressants tout en étant respectueuse de l'environnement. J'ai besoin… Je mérite ce poste.

Judah perçut la note de détresse dans sa voix au moment où elle hésitait.

Intéressant.

Il avait le sentiment que Darby Brogan était ici par

nécessité et non par envie. Oh ! elle pensait sûrement qu'il était un bon architecte, voire un grand architecte, mais si elle tenait tant à ce poste, ce n'était pas pour travailler avec lui ou pour mentionner son nom dans son CV. Non, l'ambition n'était pas sa principale motivation.

Manifestement, elle avait besoin de son aide. Était-ce à cause de la rémunération du poste ? Il examina discrètement sa tenue : un pantalon de styliste, un corsage coûteux, des chaussures provenant d'un bottier renommé. Des bijoux discrets mais raffinés. Darby ne semblait pas avoir de problèmes d'argent.

— Ne vous donnez pas la peine de faire passer un entretien aux autres candidats, Judah. Engagez-moi. Je travaillerai d'arrache-pied. Je vous donnerai le meilleur de moi-même.

Selon lui, le *meilleur* d'elle-même signifiait qu'elle soit nue, sa chevelure cascadant sur ses épaules, tandis qu'il se plaquerait derrière elle dans le plus simple appareil pour cueillir ses seins au creux de ses paumes et l'envelopper de son grand corps.

Confus, Judah se passa une main sur le visage et ordonna à son corps de se calmer. Comment pouvait-il être excité sexuellement alors qu'il était épuisé ?

La réaction que Darby lui inspirait constituait une excellente raison pour ne *pas* l'engager.

Sans doute déconcertée par son silence, elle s'agita sur son siège, son regard toujours rivé sur lui.

— Je ne suis pas mariée et je n'ai pas de petit ami. Je serai donc à votre entière disposition.

Oh ! non, ne dites pas cela !

— Je peux vous fournir des références, insista-t-elle, vous montrer d'autres esquisses.

La migraine menaçant de lui vriller les tempes, il leva une main pour lui imposer silence. Mais cinq secondes plus tard elle ouvrait à nouveau la bouche pour parler, et il secoua la tête. Il n'était pas en mesure de statuer sur quelque projet que ce soit, encore moins de l'engager. Il était très attiré par elle, et cela compliquait tout.

Avant de décider de la faire entrer dans sa vie et dans son cabinet, il avait besoin de dix bonnes heures de sommeil. Il devait clore cette conversation avant que Darby lui force la main pour avoir le poste.

En temps normal, c'était *lui* qui mettait la pression pour obtenir ce qu'il voulait, mais depuis trente-six heures plus rien n'était normal. Où diable était Carla ?

— J'ai une clé USB flash dans mon book…

— La ferme, Darby !

Elle se tut aussitôt, les sourcils froncés.

Judah se retint de sourire. Il en était sûr, peu de personnes osaient lui parler sur ce ton. Il était soulagé qu'elle lui ait obéi. Mais il savait qu'elle ne demeurerait pas silencieuse très longtemps.

En attendant, sa priorité était de remettre Jac à Carla. Ensuite, il fixerait un rendez-vous à cette architecte très sexy – *cesse de tout ramener au sexe, Huntley !* –, très intelligente et très déterminée. Et, enfin, il dormirait tout son soûl.

Récupérant son téléphone, il composa le numéro de Carla. À son grand soulagement, il ne tomba pas directement sur sa boîte vocale, mais perçut la sonnerie habituelle.

— Judah ?

Il fronça les sourcils en reconnaissant la voix du manager de Carla.

— Luca ? Pourquoi est-ce vous qui répondez sur le téléphone de Carla ? Et où diable est-elle ? Elle devrait être ici depuis longtemps ! s'exclama-t-il, furieux.

En face de lui, Darby lui fit de grands signes pour l'inciter à baisser d'un ton afin de ne pas réveiller Jac. De fait, la réveiller serait une très mauvaise idée.

— Êtes-vous en train de me dire qu'elle est toujours en Italie ? Dans ce cas, je lui ramène Jac.

— Non, ne faites pas cela, Judah. Elle n'est pas en mesure de s'occuper du bébé.

Évidemment qu'elle en était incapable ! Elle avait la fibre maternelle d'une sauterelle. Et encore !

— Elle engagera une nourrice et fera ce qu'elle fait toujours, se décharger de ses responsabilités sur autrui, répliqua Judah avec amertume.

Il n'aurait jamais dû faire confiance à Carla. Il aurait mieux fait de ramener Jac en Italie. Le comportement passé d'un être humain n'était-il pas le meilleur indicateur de son comportement futur ?

— Elle est hospitalisée, Judah. Elle a eu une crise d'appendicite.

Quoi ? Non, ce n'était pas possible ! Elle allait débouler dans sa suite et l'invectiver copieusement à cause des désagréments qu'il lui avait occasionnés. Il contempla Jac, hébété, priant pour qu'il ait mal compris les propos de Luca.

— Elle a été transportée directement au bloc opératoire et se trouve maintenant dans le service des soins intensifs. Nous attendons qu'elle se réveille.

— Son état est-il aussi grave ?

— Non, elle a été transférée dans ce service par mesure de précaution et aussi parce que la sécurité y est mieux assurée que dans une chambre. Elle devrait se rétablir sans problème.

Judah sentit un flot d'adrénaline courir dans ses veines.

— Je prends le prochain avion. S'il le faut, j'affréterai un jet privé, mais nous serons là-bas demain matin.

Judah se leva d'un bond et se dirigea vers sa chambre. Il ouvrait la porte de l'armoire pour faire sa valise quand Luca reprit la parole :

— Non, Judah, je vous en prie.

Agacé, Judah resserra sa prise sur la poignée de l'armoire.

— Et pourquoi non ?

— À en juger par les commentaires alarmistes des

tabloïds, on croirait que Carla a eu une crise cardiaque et non une appendicectomie, marmonna Luca. Croyez-vous que votre arrivée en Italie avec le bébé passera inaperçue ? Beaucoup trop de spéculations et de ragots circulent à son sujet. Il n'est vraiment pas nécessaire d'en rajouter.

Quelle poisse ! Il avait raison. La situation était suffisamment explosive sans la présence de Judah.

— Il faut que vous gardiez Jacquetta pendant deux semaines, voire trois, le temps que l'attention des tabloïds retombe. Avant que Rossi vous l'amène, nous avons fait signer à Carla un document dans lequel elle déclare être heureuse de vous confier la garde temporaire de Jacquetta.

Luca marqua une courte pause avant de marteler :

— Et vous devez impérativement tenir votre frère éloigné de Carla !

La demande de Luca et sa mise en garde lui firent l'effet d'un coup de massue.

— Cela fait dix-huit mois que je n'ai pas parlé à Jake, et j'ignore où il est, répliqua Judah avec amertume.

— Selon les médias, il se trouverait à Côme et serait en contact avec Carla. J'espère que ce ne sont que des ragots car la présence dans les parages de son ex-amant toxicomane lui causerait un tort considérable.

— Ne croyez-vous pas que vous dramatisez ? rétorqua Judah, sceptique. Ils n'ont passé *qu'un* week-end ensemble.

— Détrompez-vous, Judah. À l'époque, Carla avait un contrat de huit semaines avec le Met, et à cette occasion vous avez mis votre appartement de New York à sa disposition. Or, votre frère a emménagé avec elle trois jours plus tard, soit une semaine après votre départ pour Sydney. Ils ont vécu ensemble pendant trois mois.

Cette nouvelle fut un nouveau choc pour Judah, mais il ne l'anéantit pas. Quelle importance que leur aventure ait duré un week-end ou trois mois ? La trahison était la même.

Voyant que Judah demeurait silencieux, Luca intervint à nouveau :

— Judah, je vous en prie, il faut que vous gardiez Jacquetta.

— Pourquoi devrais-je mettre mon univers sens dessus dessous à cause de Carla ? s'insurgea Judah.

— Parce que vous l'avez aimée ? Parce que Jac n'a nulle part où aller durant les deux prochaines semaines ? Parce que je dois détourner l'attention des médias du bébé et que, pour ce faire, j'ai besoin de vous en votre qualité d'oncle de Jac ?

— Bon sang, Luca ! Je croyais en avoir fini avec le mélodrame !

Luca eut un rire bref.

— Tant que Carla sera dans votre vie, vous n'en aurez jamais fini.

Hélas, c'était la triste vérité.

Mason comptait mentalement la recette du jour – c'était plus amusant qu'avec une calculette – quand le carillon de la porte d'entrée tinta.

Il était 16 heures en cet après-midi neigeux, et aucun client n'avait franchi le seuil de son établissement depuis deux bonnes heures. Il avait autorisé ses employés à rentrer chez eux une heure plus tôt et il s'apprêtait à annoncer qu'il fermait à sa cliente emmitouflée jusqu'aux yeux, mais il décida qu'il serait plus courtois de lui proposer une tasse de café avant de la renvoyer.

Quelle ne fut pas sa surprise en découvrant, une fois le bonnet et l'écharpe enlevés, une magnifique chevelure blonde – dans laquelle il avait enfoui son visage –, de grands yeux bleus, des joues roses et une bouche pulpeuse dont il était encore accro, tel un toxicomane à sa dose de drogue.

Callie.

Mason agrippa le rebord du comptoir, luttant contre les

vagues jumelles de la colère et du désir. Il ne l'avait pas revue depuis le réveillon du nouvel an, neuf semaines et deux jours plus tôt. Il n'avait reçu aucune nouvelle d'elle. Il ne l'avait jamais aperçue au volant de sa voiture. En revanche, il avait remarqué que sa maison était fermée.

Il lui en avait voulu ce fameux soir du réveillon – rivaliser avec un fantôme n'était jamais agréable. Il s'était attendu à ce qu'elle accoure chez lui pour s'excuser. Mais elle s'était précipitée dans une tout autre direction.

— T'es-tu amusée là où tu étais ?

Toujours vêtue de son manteau, Callie s'avança vers la caisse d'une démarche gracieuse, son regard rivé au sien.

— Oui. Je suis allée en Thaïlande puis à Bali.

— Tant mieux pour toi, dit-il à travers ses dents serrées. J'aurais apprécié une carte postale. Ou une explication.

— Ce soir-là, tu as quitté la réception sans un mot et tu ne t'es pas donné la peine de me contacter par la suite. J'en ai donc conclu que c'était fini entre nous.

Il avait été ulcéré et jaloux. Mais de là à rompre avec elle ? Oh ! non. Sûrement pas.

Quand il avait appris qu'elle s'était envolée pour l'Asie du Sud-Est, il avait failli céder et lui courir après. Furieux contre elle et contre lui-même, il était sorti à deux reprises mais, trop obsédé par le souvenir de Callie, il avait décliné les avances sexuelles qu'il avait reçues.

Il l'examina plus attentivement et sut que quelque chose en elle avait changé. Elle paraissait détendue, sûre d'elle…

À cet instant, il comprit qu'elle avait coché une autre case sur la liste de ses envies : le sexe au soleil. Une bouffée de jalousie l'envahit, mais il ne s'abaisserait pas à lui poser la question.

Non, cela ne le regardait pas…

— Qui était-ce ? demanda-t-il, les dents serrées.

— De qui parles-tu ?

Il avait envie de savoir ce qui s'était passé en Asie.

Parce que, oh, Seigneur, même un aveugle se rendrait compte qu'il s'était passé quelque chose.

Mason ouvrit la bouche, puis la referma. Il n'avait aucun droit sur elle, pas même celui d'être jaloux. Tout ce qu'il y avait entre eux, c'était une attirance réciproque et des rapports sexuels torrides. Ni l'un ni l'autre ne souhaitaient s'engager ou avoir l'exclusivité sur l'autre.

Ils avaient fixé des règles, et il devait les respecter.

Callie posa ses mains sur les siennes, et il eut l'impression d'être soudain branché sur une puissante source d'énergie. Oh ! comme elle lui avait manqué !

Callie regarda par-dessus l'épaule de Mason, en direction de sa minuscule cuisine.

— Y a-t-il quelqu'un d'autre avec toi, Mace ?

Machinalement, il jeta un coup d'œil derrière lui, ne comprenant pas où elle voulait en venir.

— Non, il n'y a personne. Pourquoi cette question ?

— Tant mieux.

Un sourire mutin aux lèvres, elle commença à déboutonner son manteau.

— Veux-tu qu'on reprenne là où on en était resté ?

Il était trop médusé pour répondre car, au lieu de révéler un pantalon et un pull, le lent strip-tease de Callie dévoila un soutien-gorge en dentelle noire et une minuscule culotte assortie. Non, il devait halluciner !

Tétanisé, il vit le manteau élégant de Callie glisser le long de ses épaules soyeuses avant d'échouer sur le sol.

Elle se tenait maintenant devant lui, seulement vêtue de lingerie en dentelle et de cuissardes.

Par tous les saints du paradis… !

Il n'arrivait pas à croire que Callie Brogan, plutôt collet monté et un peu pudibonde, se tienne presque nue dans sa cafétéria alors que dehors la neige tombait à gros flocons. Quelqu'un pouvait pénétrer dans l'établissement, passer lentement en voiture…

Après tout, qu'importait ?

Prenant son élan, il sauta par-dessus le comptoir, attrapa Callie par la main et l'entraîna vers la porte. Puis il ferma à clé et jeta un rapide coup d'œil à la rue déserte. Grâce à la tempête de neige, le risquc d'être pris en flagrant délit était minime.

Il ne lui ferait pas l'amour ici, mais si quelqu'un s'aventurait devant chez lui et apercevait Callie Brogan, en lingerie noire et cuissardes, plaquée contre la devanture et embrassée éperdument, ce serait entièrement sa faute à elle.

Elle n'aurait jamais dû le quitter ; elle aurait dû revenir plus tôt. Il avait envie de l'invectiver, de l'embrasser, de la prendre là, au vu et au su de tous…

Elle lui avait trop manqué. La vie sans elle était terne et ennuyeuse à mourir…

Callie noua ses bras autour de son cou et posa sa bouche sur la sienne.

— Embrasse-moi, Mace. Tu m'as manqué.

- 5 -

Après avoir déposé Jac dans sa poussette, Darby traversa la suite en direction de la chambre de Judah. Par la porte ouverte, elle l'apercevait accoté à l'armoire, l'air exténué. Bien sûr, elle avait envie de décrocher le poste d'architecte local et elle ne partirait pas d'ici avant de l'avoir obtenu, mais elle avait des scrupules à le déranger dans un moment pareil.

Elle ressentit un élan de compassion envers lui. Manifestement, il n'aimait pas les surprises et entendait mener sa barque à sa guise. La découverte inopinée de sa paternité devait lui compliquer terriblement l'existence et le tirer hors de sa zone de confort.

Bien qu'il ait discuté en italien au téléphone, elle pressentait que Jac restait avec lui. À en juger par son air prostré, il devait être dépassé par les événements ou terriblement frustré. Voire les deux. Sans crier gare, son ex l'avait mis devant le fait accompli. Un homme comme Judah – fort, alpha, sûr de lui – détestait être acculé.

— Judah ?

Il releva la tête, et elle perçut de l'émotion dans ses yeux. Oh ! oui, cette conversation avait bousculé son univers. Ses prunelles bleu outremer exprimaient la confusion, la colère, mais aussi la douleur, quand bien même il ne l'admettrait jamais.

Elle admirait son talent et sa beauté, mais ce qui l'attirait surtout chez lui c'était son mode de fonctionnement.

Elle brûlait d'envie de savoir ce qui le motivait, ce qui lui plaisait, ce qui l'effrayait. Et ce besoin impérieux, viscéral, de mieux de le connaître la terrifiait.

Elle avait un cabinet à faire tourner, de l'argent à gagner, une FIV à envisager. Elle ne pouvait pas se permettre d'être détournée de ses objectifs par cet homme séduisant et aussi insondable que la fosse des Mariannes.

— Carla devait venir récupérer Jac, mais elle a été hospitalisée en urgence, expliqua Judah d'une voix lasse. Je dois m'occuper de Jac pendant deux semaines.

Après tout, il était le père du bébé. C'était le rôle des papas.

Darby espérait qu'une fois que Judah aurait surmonté le choc d'avoir une fille il se battrait pour faire partie de sa vie de façon permanente, et que Jac aurait au moins un parent qui se soucierait d'elle. Mais il était un homme très occupé, toujours par monts et par vaux. Elle doutait que Jac trouve auprès de lui la stabilité indispensable à son bon développement.

Elle secoua la tête, dépitée. Elle serait une bonne mère, mais elle était incapable d'avoir des enfants sans l'aide de la science, alors que Judah et Carla ne voulaient pas du superbe bébé qu'ils avaient.

La vie était trop injuste…

Il fallait qu'elle parte d'ici, qu'elle prenne du recul, avant d'être submergée par la cohorte de ses pensées négatives devenues trop familières ces derniers temps. La présence de Jac lui rappelait constamment ce qu'elle ne pouvait pas avoir. Et son attirance pour Judah compliquait un peu plus la situation.

— Je comprends. Maintenant, si vous pouviez me fixer un rendez-vous pour me faire passer un entretien…

Judah se redressa et s'avança vers elle. Comme hypnotisée, elle était incapable de bouger ou de détourner son regard du sien. Il s'arrêta devant elle, si près qu'elle percevait sa chaleur et l'odeur de son déodorant, et qu'elle discernait une minuscule cicatrice au coin de son œil gauche et une autre sous son menton. Il posa une main sur sa hanche, et un frisson la parcourut. Si elle se dressait sur la pointe des pieds, sa bouche serait à la hauteur de la sienne, et elle pourrait goûter sa saveur.

Ne fais pas cela, Darby. C'est une très mauvaise idée.

Judah plaqua son autre main au creux de ses reins et l'attira contre lui. Ses seins effleuraient son torse musclé et ses tétons pointaient contre la dentelle de son soutien-gorge. Elle voulait qu'il l'embrasse, se rendit-elle compte, choquée, qu'il promène ses lèvres charnues sur son ventre et plus bas, là où elle se sentait moite et palpitante.

Attention ! C'est peut-être ton futur patron ! L'embrasser est contraire à l'éthique !

Ignorant les signaux d'alarme émis par son cerveau, elle gardait les yeux rivés aux siens, pressentant ce qui pourrait advenir entre eux.

Tout en ne la forçant jamais à faire quelque chose susceptible de la mettre mal à l'aise, il serait un amant perfectionniste. Il exigerait tout d'elle et, en retour, lui donnerait le meilleur de lui-même. Oh ! comme elle aspirait à connaître la félicité absolue entre ses bras !

Judah captura sa bouche, et, comme elle s'y attendait, un feu d'artifice explosa derrière ses pupilles.

Pour la première fois, que Dieu lui vienne en aide, elle eut l'impression de pénétrer dans un univers parallèle où les contingences extérieures ne l'atteignaient plus, où seules comptaient la bouche et les mains viriles de cet homme sur son corps.

Brûlant d'envie de l'explorer, elle pétrit avec délice ses pectoraux et ses abdominaux ciselés. Il avait des hanches étroites, mais son érection pulsant contre son ventre était dure, longue et épaisse. Il continuait de l'embrasser avec fougue, lui faisant des choses coquines avec sa langue. Et chacune de ses caresses attisait un peu plus son désir pour lui…

Oh ! Seigneur, elle avait intérêt à se ressaisir !

Le cœur battant à tout rompre, elle se recula à regret.

— C'était… hum…, commença-t-elle, soudain très embarrassée.

Judah écarta délicatement une mèche de cheveux collée au coin de sa bouche. Mais, au lieu de la repousser derrière son oreille, il l'enroula autour de son index.

Va-t'en, Darby.

Mais elle restait figée sur place, comme ensorcelée, luttant contre le besoin impérieux de reprendre là où ils en étaient restés, devinant que leur étreinte serait plus profonde, plus intense, et qu'ils feraient un excellent usage de ce lit immense et confortable.

Évite le lit, Darby.

— Il faut vraiment que je parte, dit-elle.

Cette fois, ses pieds coopérèrent. Elle recula de deux pas, et sa mèche de cheveux glissa du doigt de Judah.

Il ne dit rien, se contentant de la fixer, son regard exprimant clairement ce qu'il attendait d'elle : qu'elle se glisse nue dans son lit.

Ignore son message. Conduis-toi en adulte responsable !

Bien sûr, le sexe était tentant, mais l'occasion de travailler avec un architecte aussi renommé et qui proposait une rémunération bien supérieure à la moyenne était inespérée.

Pivotant sur ses talons, elle retourna au salon, consciente du regard de Judah entre ses omoplates. Dans l'entrée, elle récupéra son sac qu'elle suspendit à son épaule et ramena ses longs cheveux en arrière, les faisant cascader sur son dos. Puis, prenant une profonde inspiration, elle tourna son visage vers lui, espérant que son sourire était simplement poli et n'exprimait pas le fond de sa pensée, à savoir : *S'il vous plaît, prenez-moi ici et maintenant.*

L'expression de Judah demeurait indéchiffrable, et elle regretta de ne pas savoir ce qu'il pensait à cet instant.

— J'espère avoir bientôt de vos nouvelles. Soyez sûr

que si vous me donnez ce poste, vous n'aurez pas à le regretter.

— Je sais.

Darby ouvrit de grands yeux, surprise.

— Que voulez-vous dire ?

— Vous avez le poste.

Sans lui laisser le temps de réagir, Judah poursuivit d'un ton déterminé :

— Et, pour que les choses soient claires à propos de ce qui vient de se passer, je vous ai embrassée avant de prendre ma décision. J'entretiens des rapports uniquement professionnels avec mes collègues ou mes employées.

— Je vois, répondit Darby.

C'était tout ce qu'elle était capable de dire car elle luttait encore contre l'envie folle de plaquer sa bouche contre la sienne et de reprendre là où ils en étaient restés.

Elle le savait, ils ne pouvaient pas coucher ensemble. Le risque était trop grand. Comment saurait-elle s'il était impressionné par son travail ou par ses talents – un peu rouillés – au lit ? Et puis, mettre fin à une liaison était toujours embarrassant, a fortiori quand ladite liaison était avec son *patron*.

Alors pourquoi persistait-elle à penser qu'un ou deux orgasmes époustouflants valaient la peine d'être vécus, quelles qu'en soient les conséquences ? Cette bouche, charnue. Cette nuque hâlée. Ces larges épaules…

Concentre-toi, Darby !

— Merci, ajouta-t-elle quand ses neurones survoltés finirent par se calmer.

— Il y a toutefois une condition, précisa Judah, frottant sa mâchoire bleuie par une barbe naissante.

Oh ! ciel, qu'allait-il exiger d'elle ?

— Je veux que vous m'aidiez avec le bébé. Comme les médias s'intéressent beaucoup à Carla, et par voie de conséquence à Jac, j'ai besoin de faire profil bas. Je vous donnerai ce poste si vous m'aidez à m'occuper du bébé. Je demeurerai à Boston durant les deux prochaines semaines. Vous travaillerez avec moi sur le projet du musée d'art, et nous veillerons sur Jac à tour de rôle. Si vous acceptez ma proposition, j'augmenterai votre rémunération de 5 %.

Darby fit un rapide calcul dans sa tête. Grâce à cette augmentation, elle doperait le résultat net de Winston and Associates, elle travaillerait avec un homme qu'elle respectait et s'occuperait d'un bébé. Trois avantages. Comment pourrait-elle refuser ?

Sauf que son esprit de compétition la poussait à exiger un peu plus que ce qu'il lui proposait.

— C'est d'accord, dit-elle posément. Mais, comme je devrai faire des heures supplémentaires pour m'occuper de Jac, je réclame aussi une commission nette par journée travaillée.

Elle énonça un chiffre. Voyant que Judah écarquillait les yeux, un peu effaré, elle s'attendait à ce qu'il négocie et divise la somme par deux. Même ainsi réduite, cette somme compléterait de façon substantielle la cagnotte qu'elle constituait pour sa FIV.

Aussi, quelles ne furent pas sa stupeur et sa joie quand Judah acquiesça d'un signe de tête.

— C'est entendu.

Puis, pivotant sur ses talons, il se dirigea vers sa chambre, et Darby lui emboîta le pas.

— Mais vous devez commencer dès maintenant. Cette nuit, vous serez de garde. Ne me réveillez pas sauf si Jac a une hémorragie ou une brusque montée de fièvre. Bonsoir.

Sur quoi, il pénétra dans sa chambre et lui ferma la porte au nez.

Bon. Vu la rémunération qu'il lui offrait, elle n'était pas en mesure de refuser. Par ailleurs, elle n'aurait aucune difficulté à s'occuper de Jac puisqu'elle avait déjà fait du baby-sitting, étant adolescente.

Mais trois heures plus tard, alors que Jac pleurait encore sans discontinuer, elle n'était plus aussi sûre d'elle.

*
* *

Tôt le lendemain matin, dans la cafétéria attenante à l'hôtel, Darby entamait sa troisième tasse de café en contemplant Jac enfin endormie dans sa poussette.

Quelle nuit affreuse elles avaient passée, songea-t-elle, exhalant un soupir las.

La porte de l'établissement s'ouvrit, livrant passage à Jules et DJ. Elles firent halte au comptoir pour commander leurs boissons avant de la rejoindre. Darby fut soulagée en apercevant son sac fourre-tout sur l'épaule de sa sœur. Elle portait ses vêtements de la veille et avait désespérément besoin de se doucher et de se changer.

L'image incongrue de Judah partageant sa douche, son grand corps couvert de mousse soyeuse, s'imposa à elle.

Tout était de sa faute. Qu'est-ce qui lui avait pris de l'embrasser ? Depuis qu'elle connaissait l'effet dévastateur de sa bouche et de ses mains sur elle, elle avait été bombardée d'images classées X durant toute la nuit.

— J'ai besoin de sexe, marmonna-t-elle.

Elle s'empourpra en se rendant compte que non seulement elle avait prononcé ces mots à voix haute, mais que DJ et Jules les avaient entendus.

— Nous te le recommandons vivement, acquiesça Jules avec un grand sourire.

— Va au diable ! rétorqua Darby, se couvrant la bouche pour dissimuler un bâillement. Au fait, j'ai obtenu le poste d'architecte locale auprès de Huntley.

— Dans ce cas, que fais-tu avec ce bébé ? s'étonna Jules.

Darby ne put résister à l'envie de caresser les boucles soyeuses de Jac.

— Judah et moi avons conclu un accord. Je travaille avec lui à condition que je l'aide à s'occuper de Jac le temps qu'elle demeure avec lui.

L'inquiétude s'afficha sur le visage des deux jeunes femmes, mais ce fut DJ qui l'exprima de vive voix.

— Il n'a pas les moyens d'engager une nourrice ?

Darby se pencha en avant et leur raconta à voix basse ce qu'elle savait au sujet de l'arrivée de Jac dans la vie de Judah.

— J'ai consulté Internet, hier soir. L'état de Carla est stable, mais les médias ne lâchent pas prise. Ils ont déjà mentionné la présence de Judah à Boston. Il ne veut pas attirer leur attention sur Jac. Il m'a offert une rémunération faramineuse pour assumer les deux casquettes d'architecte et de nourrice. C'est un contrat en or !

— Un contrat très *inhabituel*, répliqua Jules, sceptique.

— C'est un travail comme un autre, Jules.

Mis à part le baiser d'hier soir.

C'était de loin le baiser le plus fabuleux qu'elle ait reçu, à la fois doux et sexy, torride et tendre. Le sexe avec lui devait être explosif…

DJ fit claquer ses doigts sous le nez de Darby.

— Eh, à quoi penses-tu ?

Au corps viril de Judah. Je l'explorerais volontiers avec ma langue et mes dents.

Mince ! Si elle disait cela à voix haute, elle n'en finirait pas de se faire chambrer.

DJ ricana.

— Oh ! je reconnais ce regard rêveur et cet air béat.

Gênée, Darby détourna les yeux et arrangea la couverture de Jac.

— Je ne vois pas de quoi tu parles.

— Allons donc. Cela fait des mois que tu as le béguin pour lui.

Darby sentit ses joues s'empourprer.

— C'est faux ! protesta-t-elle, fusillant son amie du regard. Il y a une grande différence entre admirer le travail de quelqu'un et avoir le béguin pour lui.

Si elle s'enthousiasmait depuis des années pour les bâtiments qu'il construisait, son attirance pour l'homme était plus récente. Mais elles n'avaient pas besoin de le savoir.

— Et puis à quoi rime cette expression « avoir le béguin » ? Nous ne sommes plus des ados !

Un sourire espiègle fleurit sur les lèvres de DJ.

— Dans ce cas, explique-moi pourquoi tu m'as montré un jour une photo de lui courant torse nu sur une plage ?

On pouvait faire confiance à DJ pour se souvenir de ce genre de détail.

— Tu es agaçante au possible !

— Je sais, admit DJ en riant.

Puis elle s'empara du téléphone de Darby et balaya l'écran à l'aide de son doigt.

— Jules, je vais essayer de retrouver la photo qu'elle m'a montrée.

Bon sang, pourquoi n'avait-elle pas verrouillé son téléphone ? Le lui arrachant des mains, elle le fourra dans son sac. Puis elle consulta sa montre et constata qu'il était plus tard qu'elle ne pensait. Bien qu'elle ait laissé un mot à Judah lui indiquant où elle se trouvait et lui notant son numéro de téléphone, elle jugea préférable de retourner dans sa suite. Ils avaient beaucoup de choses à voir ensemble, et elle devait se doucher.

— Je vous remercie de m'avoir apporté des affaires, dit-elle en se levant.

Elle fit la bise à Jules et s'apprêtait à faire de même avec DJ quand elle aperçut Judah qui pénétrait dans la cafétéria.

Elle sentit sa bouche devenir sèche quand leurs regards se croisèrent. Elle oublia aussitôt Jules, DJ et même Jac tandis qu'elle se noyait dans ces lagons bleu outremer. Elle y voyait tout ce qu'elle voulait qu'il lui fasse…

Elle entendit vaguement DJ évoquer l'air chargé d'électricité et réclamer un ventilateur.

Faisant un effort pour se ressaisir, elle se rassit, les yeux rivés sur Judah tandis qu'il souriait à la serveuse derrière le comptoir. Elle n'en revenait pas. Elle s'était attendue à le voir d'humeur maussade, les yeux cernés, pas rasé et en tenue négligée. Mais l'homme qui réglait son café avait le regard vif, était rasé de frais et vêtu avec soin. Il arborait un pull en cachemire vert cendré par-dessus une chemise blanche et un pantalon chino caramel. Ses manches retroussées dévoilaient une montre de prix et des avant-bras musclés.

Judah les rejoignit, s'arrêta à côté de la poussette et passa son doigt sur le crâne duveteux de Jac. Pour un homme qui ne voulait pas d'enfant, il était très à l'aise avec le bébé.

— Bonjour. Comment s'est passée votre nuit ? demanda-t-il.

Faute de pouvoir l'embrasser, elle lui jeta un regard noir.

— Je n'ai pas fermé l'œil.

— Il faut que vous souffriez pour justifier le salaire exorbitant que vous m'avez extorqué, murmura-t-il, prenant place sur le siège vide à côté d'elle.

Puis, sans attendre d'être présenté, il tendit la main à Jules et à DJ.

Bien qu'éperdument amoureuses de leurs fiancés respectifs, elles étaient en pâmoison devant Judah, au grand déplaisir de Darby. Qu'est-ce qu'elles lui trouvaient ? Il n'était pas si beau que cela.

D'accord, il l'était. Mais sérieusement ? Elle espérait davantage de retenue de leur part.

Elle récupéra son ordinateur portable dans l'espace de rangement de la poussette et le posa sur la table devant elle. Puis elle fixa Jules et DJ d'un œil acéré.

— Je suis sûre que vous voulez retourner au showroom.

DJ secoua la tête.

— Non. Depuis que nous avons engagé Maribeth en tant que directrice commerciale, nous sommes beaucoup plus disponibles. Et nous sommes ravies de te tenir compagnie.

Darby jeta un regard noir à son amie, laquelle lui répondit par un sourire ingénu. Oh ! elle ne perdait rien pour attendre ! L'ignorant royalement, elle se tourna vers Judah.

— Nous devrions remonter. Nous avons beaucoup de choses à discuter.

— Laissez-moi au moins finir mon café, protesta-t-il.

Pourquoi personne ne l'écoutait ? Irritée, Darby ouvrit un document sur son ordinateur et le fit pivoter vers Judah.

Il écarquilla les yeux, surpris par les colonnes de différentes couleurs.

— De quoi diable s'agit-il ?

— D'un plan d'action, indiqua Darby, ignorant les murmures de mécontentement de Jules et DJ.

Jules se pencha en avant pour regarder l'écran et lança un regard de commisération à Judah.

— Elle vous a gâté ! Condoléances.

Sérieusement ? De quel côté était Jules ? À l'évidence, pas du côté de Darby.

Avant qu'elle ait le temps de proférer une réplique cinglante, DJ changea de sujet :

— Judah, je crois savoir que vous connaissez mon fiancé, Matt Edwards ?

Judah sourit, et Darby se sentit toute chavirée. Quel sourire ravageur ! Il devrait être enregistré en tant qu'arme de séduction massive. Par malchance, ou peut-être par chance, il ne lui était pas destiné.

— L'avocat défenseur des droits de l'homme ? Oui. Je l'ai rencontré à Amsterdam. Comment va-t-il ?

— Bien, merci, répondit DJ très excitée. Je vais m'installer avec lui à La Haye. Comme il ne peut pas se déplacer en ce moment, c'est moi qui vais le rejoindre.

— Transmettez-lui mon bon souvenir.

Un éclair de malice traversa le regard de DJ.

— Au fait, si vous envisagez de rester à Boston pendant quelque temps et que vous recherchez un endroit discret où loger, je peux vous proposer mon appartement.

Quoi ! Non ! Darby lança un regard affolé à DJ, la suppliant en silence de retirer son offre.

— DJ occupe l'appartement au-dessus du garage attenant à notre maison d'enfance, expliqua Jules. Darby la partage avec Levi, notre frère aîné. Nous vivons tous dans la résidence sécurisée de Lockwood Country Club. Je m'étonne que Darby ne vous en ait pas parlé dans la mesure où vous voulez éviter d'attirer l'attention des médias sur vous et Jac.

Je n'en ai pas fait état parce que j'ai besoin de me tenir à distance de mon nouveau patron, beaucoup trop sexy pour ma tranquillité d'esprit !

— Je ne pense pas que cette solution conviendrait à Judah, objecta Darby.

C'était surtout à elle que cette solution ne convenait pas !

— Au contraire, elle est très judicieuse, Darby, répliqua vivement DJ. Vous pourrez établir votre QG dans le bureau de la maison, et personne ne verra d'inconvénient à ce que vous installiez cette ravissante poupée avec vous, ajouta-t-elle, désignant Jac toujours endormie dans sa poussette.

DJ jouait-elle les entremetteuses ? Si c'était le cas, Darby lui revaudrait cela, amie ou pas. L'attirance entre elle et Judah était suffisamment puissante sans qu'on les force à cohabiter.

— Je demanderai à mon fiancé, Noah Lockwood, de vous inscrire en tant que membre temporaire du Lockwood Country Club, Judah, reprit Jules. Vous pourrez ainsi profiter du terrain de golf, de la salle de gym ultramoderne et de la piscine aux dimensions olympiques. En cas de besoin, vous pourrez aussi engager une nourrice expérimentée à l'heure ou à la journée.

Oh ! Seigneur, elles se mettaient à deux contre elle !

Avant que Darby puisse trouver un autre argument dissuasif – pourquoi son cerveau refusait-il de fonctionner ? – Judah prit la parole :

— C'est une offre inespérée. Je l'accepte avec gratitude.

Quelle poisse ! songea Darby, atterrée. Cette solution était terriblement risquée. Levi était rarement à la maison. La plupart du temps, elle et Judah seraient livrés à eux-mêmes. Qui plus est, le quartier étant très étendu et chaque maison étant construite au milieu d'immenses espaces verts, ils pourraient rester des jours sans voir âme qui vive.

Ils pourraient avoir une aventure torride sans que personne ne le sache.

DJ et Jules se levèrent en même temps, et Darby les fusilla du regard. *Maintenant que vous avez semé la pagaïe dans ma vie avec votre plan diabolique, vous filez à l'anglaise. Merci, les filles !*

Jules se contenta de lui adresser un grand sourire, mais DJ contourna la table pour lui donner l'accolade.

— Je te verrai dans quelques mois. Je t'adore, Darby.

Darby l'étreignit à son tour et lui murmura à l'oreille :

— Tu me le paieras !

Darby sentit le sourire de DJ contre son oreille :

— Il va te faire l'amour comme un dieu. N'oublie pas de m'informer de ce que tu décides à propos de la FIV. Entre-temps, amuse-toi bien avec M. Sex-appeal. Après tout, ce sera peut-être ta dernière occasion de prendre du bon temps avant de devenir une maman célibataire.

Lovée sur son grand canapé, les jambes repliées sous elle, Callie se demandait quand le blizzard cesserait enfin.

Elle n'était de retour aux États-Unis que depuis quarante-huit heures et elle en avait déjà assez du froid polaire et de la neige. C'était un petit miracle si elle n'était pas morte de froid, hier, quand elle avait parcouru le peu de distance entre sa voiture et la cafétéria de Mason. De même, elle avait eu de la chance de ne pas avoir embouti un autre véhicule ou dérapé sur le verglas. Elle aurait été au centre de toutes les conversations de Boston si les secouristes l'avaient trouvée seulement vêtue d'un manteau et de lingerie sexy.

Ce qu'elle avait fait était stupide, et elle vitupérerait contre ses filles si elle découvrait qu'elles avaient bravé une tempête de pluie verglaçante pour séduire un homme, mais Callie avait été incapable d'attendre. Elle avait eu besoin de savoir si Mason voulait toujours d'elle malgré sa longue absence.

Et, à en juger par sa réponse passionnée, il la désirait toujours autant.

Pour sa part, sitôt débarquée sur le sol américain et après s'être assurée que ses enfants allaient bien, elle avait été incapable de penser à autre chose qu'à revoir Mason, le toucher, explorer son corps puissant, inhaler sa fragrance virile, sentir sa bouche et ses mains sur elle, et entendre le son de sa voix profonde et sensuelle.

Elle ne pouvait même pas mettre son impatience sur le compte de la frustration sexuelle puisqu'elle avait fait des rencontres intéressantes.

Un sourire aux lèvres, elle récupéra son téléphone et fit défiler ses photos de Thaïlande, s'attardant sur celle d'un homme blond tenant une bière dans sa main robuste. Laquelle main avait cueilli son visage au creux de sa paume et caressé son corps. Et, l'espace d'une nuit, elle avait apprécié ses attentions. Elle l'avait rencontré sur la plage de Ko Tao et avait couché avec lui deux nuits plus tard.

Leurs ébats avaient été agréables, amusants…

Callie continua de faire défiler ses photos et s'arrêta sur celle d'un homme brun, un peu plus jeune qu'elle. Elle se trouvait alors à Candidasa (Bali). Elle et Greg avaient passé la semaine ensemble avant qu'elle l'autorise à l'embrasser et à lui prodiguer des caresses intimes sous la pleine lune.

À cinquante-cinq ans, elle avait désormais couché avec trois hommes et demi, dont deux et demi au cours des deux derniers mois. Elle était à la fois fière et stupéfaite, mais nullement honteuse.

Peut-être devrait-elle l'être, mais ce n'était pas le cas.

Son cœur et surtout sa libido avaient été en hibernation pendant si longtemps ; Mason l'avait en quelque sorte ramenée à la vie. Elle ne l'avait pas compris quand elle avait réservé sur un coup de tête un billet d'avion pour l'Asie du Sud-Est. Elle avait eu besoin de s'éloigner pour savoir qui elle était et ce qu'elle voulait désormais faire de sa vie.

Son mari lui manquait, il lui manquerait sans doute toujours, mais en Thaïlande elle avait finalement accepté de le laisser partir. Ses actes ne pouvaient plus l'affecter là où il était. Sa vie lui appartenait.

Tout comme son corps. Elle pouvait coucher avec qui elle voulait.

Il lui avait fallu du temps et beaucoup d'honnêteté avant d'admettre qu'elle avait le droit et même le devoir de remettre sa vie et ses croyances en question ; de s'interroger sur elle-même, sa sexualité, ses projets d'avenir.

Grâce à son défunt mari, elle était très à l'aise sur le plan financier et elle voulait dépenser cet argent utilement, ne serait-ce que pour lui faire honneur. Ainsi, elle envisageait de fournir un capital de départ à des micro-entreprises dans les pays en voie de développement. Son diplôme de commerce et son rôle de bras droit de Ray l'aideraient à faire les bons choix. Il y avait tellement de personnes et de régions qui avaient besoin d'aide. Elle ne risquait plus de s'ennuyer.

Mais que ressentait-elle envers cet homme tatoué, exigeant et rebelle, doué pour les chiffres, qui lui mettait le feu au corps, selon l'expression de Darby ?

Mason était-il simplement une passade, un pont entre son ancienne vie et la nouvelle ? Était-il le symbole de sa rébellion, par opposition à Ray, si sûr et si stable ?

De fait, hier, elle avait pris un risque insensé en se

rendant chez lui en manteau et lingerie sexy alors que la tempête faisait rage. Mais le choc sur le visage de Mason et sa réponse passionnée l'avaient amplement récompensée.

Après l'avoir plaquée pour ainsi dire nue contre la porte vitrée de sa cafétéria et l'avoir embrassée éperdument, il l'avait juchée sur son épaule et transportée dans son bureau encombré, puis il l'avait prise au beau milieu de ses papiers, stylos et autres ustensiles.

Le sexe avait été explosif et très inconfortable.

Après ses deux rencontres en Asie, elle pressentait que Mason était le seul homme capable de la mettre à feu et à sang, et de la rendre accro au sexe avec lui.

Callie soupira. Elle ne voulait plus d'ébats agréables avec un partenaire prévenant, comme en Thaïlande. Elle voulait le genre de rapports qu'elle avait eus hier avec Mason : euphorisants, incandescents, dévastateurs.

Elle aimerait toujours Ray, elle garderait précieusement son souvenir dans son cœur, mais dorénavant le seul homme qu'elle imaginait dans son lit et dans sa vie, c'était ce rebelle tatoué et agaçant au possible qui tenait une cafétéria au bas de la rue.

Mais comment pourrait-elle concilier Mason et la nouvelle vie qu'elle envisageait de mener ? Elle tenait autant à l'un qu'à l'autre.

Hélas, elle devrait faire un choix.

À quoi allait-elle renoncer ?

À sa liberté ou à son avenir avec Mason ?

- 6 -

— Vos amies sont charmantes.

Darby leva les yeux vers Judah et hocha la tête. Certes, elles *étaient* charmantes, mais elles pouvaient se montrer horripilantes, comme tout à l'heure.

— Ne vous sentez pas obligé d'accepter l'offre de DJ.

Judah se cala contre le dossier de son siège et croisa les doigts sur son ventre plat.

— Je ne me force jamais à faire quelque chose. En l'occurrence, je pense que cet appartement est une solution pratique à mon problème de tabloïds. Cependant, vous n'avez pas l'air du même avis, et je suis curieux de savoir pourquoi.

Comme il n'avait pas formulé une question, elle s'abstint de répondre et reporta son attention sur l'écran de son ordinateur.

— Redoutez-vous de ne pas pouvoir résister à mon charme ?

Un afflux de sang colora les joues et le cou de Darby. Cette fois, malgré son embarras – et le fait qu'il avait vu juste –, elle était forcée de relever le défi.

— Votre ego surdimensionné vous fait prendre vos désirs pour des réalités !

Darby apprécia la façon dont ses traits demeuraient impassibles tandis que le rire allumait une étincelle dans ses prunelles bleu outremer. Ce fut plus fort qu'elle, son regard se posa sur ses lèvres, et elle se souvint de leur saveur et de l'assurance avec laquelle il l'avait embrassée et serrée contre lui. Il prendrait le contrôle au lit, et cette pensée l'émoustilla.

Évidemment qu'elle redoutait de succomber à son charme. Il était tellement séduisant !

Mais elle devait résister de toutes ses forces. Sa vie était déjà suffisamment compliquée comme cela sans qu'elle y ajoute une déception sentimentale. Car cela se finirait ainsi.

Jac soupira dans son sommeil, et Darby la contempla avec tendresse et une pointe d'exaspération. Le bébé l'avait tenue éveillée une bonne partie de la nuit, et maintenant qu'il était l'heure de se réveiller elle dormait à poings fermés.

Contrairement à elles deux, Judah avait dû dormir d'un sommeil de plomb car il était frais et dispos, et fleurait bon le gel douche au citron.

Bon. Faute de pouvoir améliorer son apparence dans l'immédiat, elle reporta son attention sur le tableau qu'elle avait créé pendant les rares moments de répit que lui avait accordés Jac. Il comportait la liste des choses que Judah et elle devaient accomplir pour que les deux prochaines semaines soient une réussite.

Ou à tout le moins, qu'ils évitent de négliger Jac, de faire échouer le projet de musée ou de s'entre-tuer.

Elle était une adepte des listes. Elles lui donnaient le sentiment de maîtriser la situation, voire de dominer le monde si elle le voulait.

Mais pour l'instant son objectif était plus modeste puisqu'il consistait à rallier Judah à ses vues.

Darby rapprocha sa chaise et son ordinateur de Judah pour lui permettre de mieux visualiser le contenu de l'écran. Aussitôt, sa fragrance et la chaleur de son corps mirent ses sens en émoi. Secouant la tête, elle se força à ignorer l'onde de désir qui la parcourait tout entière. Elle était ici pour travailler et non pour batifoler.

Judah désigna l'écran avec sa tasse de café.

— Il s'agit donc de votre fameux plan d'action ?

— En effet.

Il se pencha pour l'étudier de plus près, l'air perplexe.

— Tout a l'air codifié par des couleurs différentes.

— Oui. Je ne les ai pas choisies pour faire joli mais par souci de clarté. Le rose se réfère à Jac, le vert au projet de musée, le bleu à vos activités personnelles et le pourpre aux miennes.

Judah examina le tableau avec attention.

— Pourquoi avez-vous posé une journée de congé la semaine prochaine ?

Darby s'empourpra. Qu'elle décide de tenter une FIV maintenant ou plus tard, elle avait besoin de faire prélever ses ovocytes. Et, comme elle avait surestimé le montant de son dividende trimestriel, elle avait déjà pris rendez-vous et réglé les frais de l'intervention chirurgicale.

Curieusement, elle ressentait le besoin de faire part de ses problèmes de fertilité à Judah. Pourtant, elle n'était pas du genre à se confier à un inconnu, surtout sur un sujet aussi intime.

Déconcertée, elle contempla le profil de Judah et, pour la première fois depuis des années, elle éprouva le besoin de dire à quelqu'un – à *lui* – qu'elle faisait un complexe d'infériorité à cause de son appareil reproducteur déficient. Mais pourquoi se confier à lui et pourquoi maintenant ? Tout ce qu'elle savait à son sujet c'est qu'il était un architecte très talentueux, qu'il avait une forte personnalité et qu'il embrassait divinement.

Bon. C'était sans doute la fatigue qui faisait germer ces étranges idées dans son cerveau. Une fois qu'elle aurait dormi, tout rentrerait dans l'ordre.

Du moins, elle l'espérait.

— Vous n'avez pas répondu à ma question, remarqua-t-il.

Et elle n'en avait pas l'intention. Darby toucha l'écran tactile, et un autre tableau apparut.

— J'ai listé tout ce que nous devons faire. Si j'ai oublié quelque chose, libre à vous de le rajouter. J'ai créé un compte pour que nous puissions partager ce document et je vous ai envoyé le code d'autorisation par mail.

Le regard de Judah se posa tour à tour sur l'écran, sur elle, puis de nouveau sur l'écran.

— Quand avez-vous préparé tout cela ?

— La nuit dernière, entre les crises de larmes de Jac.

Devant sa mine perplexe, elle leva les mains, sur la défensive.

— Eh bien, quoi ?

— Vous avez la manie des tableaux. Je n'ai jamais rien vu de tel dans ma vie.

Ne sachant pas s'il se moquait d'elle ou s'il la complimentait, elle répondit simplement :

— J'aime les listes. Elles m'aident à m'organiser.

Judah se renversa contre le dossier de sa chaise et inclina la tête de côté.

— Je pense plutôt que vous les aimez parce qu'elles vous donnent le sentiment de maîtriser la situation.

Elle balaya sa remarque d'un revers de la main. Non. Ce n'était pas juste une impression. Elle maîtrisait *vraiment* la situation. Elle avait toujours su ce qu'elle voulait et comment l'obtenir. Il suffisait d'être préparé et de persévérer. La plupart des projets complexes aboutissaient si on les divisait en tâches qu'on pouvait mener à bien individuellement.

Hélas, elle avait beau dresser une foule de listes, elle ne parvenait pas à convaincre son corps de se montrer coopératif et de procréer. De même, elle ne parvenait pas à convaincre de potentiels candidats au mariage de rester avec elle après leur avoir expliqué qu'il leur faudrait beaucoup d'efforts et d'argent pour fonder une famille, et que le risque d'échec était très réel.

Arrête de ressasser, Darby, et mets-toi dans la tête

que tu en es quitte pour entreprendre ce long voyage en solitaire.

Faisant un effort sur elle-même, elle changea de sujet.

— Je m'inquiète pour Jac. J'aimerais qu'un médecin l'examine. Il se peut qu'elle ait une otite, ce qui expliquerait ses crises de larmes et ses insomnies.

— Peut-être est-elle simplement perturbée par son changement d'environnement, suggéra Judah.

— En effet. Mais elle colle souvent son poing contre son oreille. Je me souviens qu'un des bébés que je gardais faisait ce même geste, et il s'est avéré qu'il avait une otite.

Incapable de rester assise si près de lui sans le toucher, elle se décala sur le côté pour établir une distance de sécurité entre eux.

— Vous gardiez des bébés quand vous étiez adolescente ?

Darby acquiesça d'un signe de tête. Après avoir appris qu'il lui serait très difficile de mettre au monde ses propres enfants, elle avait recherché la compagnie des bébés, éprouvant le besoin de se rapprocher de ce qu'elle ne pouvait pas avoir. Pour elle, une fin de non-recevoir était l'équivalent d'un drapeau rouge pour un taureau. Sa nature têtue et déterminée enclenchait aussitôt la vitesse supérieure.

Par chance, à l'époque, elle n'avait pas eu de petit ami, sinon elle aurait été capable d'avoir des rapports non protégés avec lui pour se prouver qu'elle pouvait tomber enceinte.

Était-ce pour cette raison qu'elle tenait tant à entreprendre une FIV ? Parce qu'on lui avait dit non ?

Gênée par le tour que prenaient ses pensées, elle reporta son attention sur sa liste.

— J'ai pris rendez-vous à 10 h 30 en votre nom avec un pédiatre qui exerce dans le même cabinet que mon médecin, prévint-elle. Auparavant, j'aimerais rentrer chez moi pour me doucher et me changer. Pendant ce temps, vous pourrez visiter l'appartement de DJ et voir s'il vous convient.

Judah reposa sa tasse sur la table et réexamina sa liste.

— Êtes-vous toujours aussi obsédée par les détails ?

Elle avait envie de mentir, de minimiser la réalité, mais il découvrirait la vérité tôt ou tard.

— Oui.

— Que le ciel me vienne en aide ! plaisanta-t-il.

Pivotant vers elle, il écarta une mèche qui lui retombait sur le front. Et, quand leurs regards se croisèrent, elle vit de l'amusement et de la préoccupation dans ses prunelles.

— Détendez-vous, Darby. Il ne sert à rien de vous faire autant de souci.

C'était précisément son sens de l'organisation qui l'empêchait de s'angoisser et qui l'aidait à atteindre ses objectifs. Pourquoi personne ne le comprenait-il ?

— Je ne me fais pas du souci. Je veux simplement faire mon travail, protesta-t-elle, nerveuse.

Judah esquissa un sourire.

— Et ce travail consiste à dominer le monde ?

Oh ! maintenant il se moquait d'elle.

Darby se redressa, vexée, et maudit le flot de chaleur qui empourprait ses joues.

— Êtes-vous disposé à tenir compte de ce que j'ai dit ?

Judah joua avec une mèche de ses cheveux, la frottant entre ses doigts.

— C'est d'accord. Nous conduirons Jac chez le pédiatre. Et je vais très certainement louer l'appartement de DJ… en espérant que vous cuisinerez.

Bien essayé, monsieur l'architecte.

— Seulement un soir sur deux. Et nous nous occuperons de Jac à tour de rôle. J'ai préparé un planning à cet effet.

— Oh ! je n'en doute pas, dit-il, son pouce glissant sur sa lèvre inférieure. Dites-moi, est-ce que vous programmez aussi le sexe ?

Darby sursauta, choquée.

— Quoi ?

Judah lui décocha un sourire effronté. Puis il haussa une épaule avec insouciance.

— Je suppose qu'une femme décidée à conquérir le monde a besoin de déstresser de temps à autre.

— En tout cas, pas avec vous ! riposta Darby, furieuse.

Judah neutralisa son sourire de pirate et redevint sérieux.

— Bien sûr, vous avez raison. Nous ne pouvons pas mélanger le travail et le plaisir.

Le cerveau de Darby savait que c'était une sage décision, mais sa libido négligée depuis trop longtemps la désapprouvait avec véhémence.

Et, quand elle croisa le regard de Judah et qu'elle y discerna du regret, elle pressentit que sa libido était sur la même longueur d'onde que la sienne.

Après sa deuxième douche – celle qu'elle avait prise en hâte dans la suite de Judah ne comptait pas vraiment –, Darby se rendit dans la grande cuisine de sa maison d'enfance et se dirigea tout droit vers la machine à café sophistiquée de Levi.

Ressentant le besoin de faire une pause, elle récupéra sa tasse favorite, la déposa sous la sortie du café et appuya sur le bouton approprié. Puis elle s'agrippa au comptoir, les bras tendus et le regard rivé au carrelage en damier noir et blanc.

Elle avait besoin de cinq minutes, voire dix, pour que la caféine fasse son effet.

Après leur visite chez le pédiatre – Jac avait bel et bien une otite –, Darby avait suggéré qu'ils profitent de cette sortie pour se procurer des couches, du lait maternisé et des vêtements chauds pour Jac. Judah avait acquiescé, mais, au lieu de s'arrêter dans un supermarché de hard discount, il avait garé son SUV luxueux dans le parking d'un centre commercial chic abritant une des boutiques pour bébés les plus haut de gamme de Boston.

Ils en étaient ressortis avec des vêtements et des articles d'hygiène, mais aussi avec un siège auto, un lit d'enfant, des babyphones et un grand ours en peluche marron. Le montant de la facture était astronomique, mais Judah avait tendu sa carte de crédit noire sans sourciller.

Il réexpédierait sans doute tout ce matériel à son adresse à New York quand il aurait achevé sa mission à Boston. Cela voulait-il dire qu'il envisageait de voir Jac plus souvent ?

Elle espérait sincèrement ne pas être attirée par un homme qui ne prêtait attention à sa fille que quand cela lui convenait.

Darby entendit la porte du vestibule s'ouvrir et se refermer, puis le bruit familier des bottes de Levi tombant par terre. Tournant la tête, elle vit son grand frère pénétrer dans la cuisine, l'air maussade. Elle avait depuis longtemps renoncé à comprendre si c'était après elle qu'il en avait ou non ; s'agissant de Levi et d'elle, les deux hypothèses étaient plausibles.

Ils n'avaient jamais été proches, même s'ils continuaient de vivre sous le même toit, et elle savait qu'il ne partagerait jamais une relation étroite avec elle comme il le faisait avec Jules ou DJ. Il les adorait. Mais elle ? Pas tant que cela.

— Bonjour, dit-elle, prudemment. Tu rentres de bonne heure.

Levi fourragea dans ses cheveux auburn. Une blonde, une brunette et un brun aux reflets cuivrés – aucun des enfants Brogan ne se ressemblait.

— Je dois m'absenter de Boston, répondit-il sèchement. Au fait, j'ai reçu un message de DJ me prévenant qu'elle avait loué son appartement à Judah Huntley.

— Oui. Il est en train de s'installer.

Darby récupéra sa tasse et la tendit machinalement à son frère. Puis elle en déposa une autre pour elle.

— Il a sa fille de neuf mois avec lui. Il m'a engagée pour le seconder dans le projet de musée d'art. J'ai aussi accepté de l'aider à s'occuper de Jac.

Comme elle s'y attendait, Levi esquissa une moue désapprobatrice.

— Oh ! toi et les bébés !

— Que veux-tu dire ? rétorqua-t-elle, piquée au vif.

Levi sirota son café et haussa une épaule musclée.

— Pourquoi est-ce par maman que j'apprends que tu veux recourir à une FIV ?

Bien sûr, elle aurait dû lui en parler, mais elle avait voulu éviter une dispute car Levi adorait dire aux autres ce qu'ils devaient faire. Or, elle avait cessé d'écouter ses conseils depuis qu'elle avait sept ans.

— Est-ce une bonne idée, Darby ? As-tu étudié toutes les conséquences de ta décision ?

Pour l'amour du ciel ! Elle avait tourné et retourné la question dans tous les sens.

— Je ne vais pas dépenser plusieurs dizaines de milliers de dollars pour quelque chose dont je ne suis pas sûre ! Fais-moi confiance, pour une fois.

— Darby…

Épuisée et stressée, elle répliqua vertement :

— Il s'agit de mon corps, de ma décision, de ma vie. Rassure-toi, je ne te demanderai pas de me prêter de l'argent ou de m'aider à t'occuper de mon bébé si je décide d'en avoir un. Tu n'as pas ton mot à dire.

À sa grande surprise, elle le vit tressaillir.

— Tu serais prête à faire appel à maman, Jules ou DJ mais pas à moi ? Cette façon que tu as de me repousser me fait de la peine, Darby.

Oh ! Seigneur, elle l'avait blessé. Ne sachant pas quoi dire, elle se contenta de le fixer, mal à l'aise. Elle et Levi se chamaillaient constamment. Aussi évitaient-ils les sujets sérieux et se bornaient-ils à échanger des banalités.

Levi reposa bruyamment sa tasse de café sur la table et riva son regard au sien.

— Où avons-nous commis une erreur, Darby ? Pourquoi faut-il que chacune de nos conversations se termine en dispute ? Je veux simplement te protéger et te rendre heureuse. Est-ce si difficile à comprendre ?

Oui, ça l'était, car depuis qu'elle avait sept ans elle avait toujours eu la désagréable impression d'être la sœur de rechange, celle qui ne comptait pas vraiment.

Elle ouvrit la bouche pour dire… quoi ? Elle n'en avait aucune idée.

Levi ne lui laissa pas l'occasion de répondre. Il fit ce qu'il faisait toujours quand ils se disputaient. Il tourna les talons et disparut.

Debout dans l'appartement au-dessus du garage à quatre places, Judah examinait le loft décoré avec goût et désormais encombré de paquets contenant les affaires de Jac. Des tonnes de vêtements, de couches, d'équipements et de jouets.

Les bébés avaient besoin de tant de choses !

Mais, comme Darby l'avait suggéré à deux ou trois reprises, il avait peut-être vu les choses trop en grand… Fourrant les mains dans ses poches, il contempla la fillette endormie dans sa balancelle, ses longs cils recourbés sur ses joues veloutées, sa minuscule bouche en bouton de rose légèrement pincée. Et son cœur fondit de tendresse.

Non, se rappela-t-il. Il ne devait pas se laisser émouvoir par ce spectacle touchant. C'était un de ces moments trompeurs que la vie vous offrait pour vous inciter à croire qu'élever des enfants était plus facile que ce qu'on prétendait.

Mais c'était archifaux.

Jac était une nouveauté dans son existence, une adorable diversion, mais il savait qu'après une semaine ou deux de tâches répétitives et fatigantes il en aurait vite assez. Il se souvenait trop bien de tout ce qu'il avait fait pour Jake, jours après jours, semaines après semaines : les biberons de lait maternisé, les changements de couche, la toilette, les réveils nocturnes. Être à l'entière disposition d'un nourrisson puis d'un petit enfant exigeant, lui apprendre à contrôler ses émotions ou son comportement, était exténuant sur le plan physique et moral.

Cette expérience l'avait profondément marqué. Et il n'avait aucune intention de la renouveler. Ne pas avoir d'enfant lui ouvrait des perspectives infinies. Il pouvait accepter des contrats n'importe où dans le monde, passer des vacances où cela lui chantait, dîner dehors tous les soirs, visiter des expositions, aller au théâtre, au cinéma…

A contrario, avoir des enfants, c'était dire adieu à l'amusement et à la liberté.

Adolescent, il n'avait pu profiter ni de l'un ni de l'autre, et maintenant qu'il était adulte il était hors de question qu'il s'en prive. Aimer et élever un enfant – et s'impliquer dans une relation – signifierait sacrifier sa carrière et sa liberté. C'était hors de question.

Il accorderait deux semaines à sa nièce, et par extension à Carla, mais pas une minute de plus.

La porte de l'appartement s'ouvrit, et Darby s'avança dans la pièce.

Sa tenue chic et son maquillage subtil avaient disparu. Ils donnaient d'elle l'image d'une femme forte, indépendante et maîtresse de sa vie – ce qu'elle était, bien sûr. Mais la tenue décontractée qu'elle arborait à cet instant – jean, T-shirt manches longues, bottes usagées – et ses cheveux simplement coiffés en queue-de-cheval la faisaient paraître plus jeune, plus douce, incroyablement féminine. Et tellement sexy avec son ventre plat, ses longues jambes fuselées et ses fesses d'une rondeur parfaite pour ses mains !

C'était plus fort que lui, il la désirait de tout son être. Pourtant, Dieu sait qu'il n'avait pas besoin d'une complication supplémentaire dans sa vie.

Se ressaisissant, il discerna une émotion inhabituelle dans les yeux de Darby. Un mélange de douleur, de confusion et de stress. Il ne devrait pas y attacher d'importance, mais elle était tellement fascinante.

— Tout va bien ? demanda-t-il.

Son sourire lui parut un peu trop éclatant pour être sincère.

— Oui, j'ai un petit coup de pompe mais ça va passer.

Elle mentait bien, mais il n'était pas dupe. Quelque chose la tracassait, c'était évident. Toutefois, il ne put s'empêcher de sourire en la voyant lisser le drap sur le matelas du berceau flambant neuf, puis redresser l'ours en peluche. Certes, elle était maniaque, mais tellement efficace.

Jac poussa un petit cri, et tous deux pivotèrent dans sa direction, s'attendant à ce qu'elle se réveille. Mais elle entrouvrit les yeux et esquissa un sourire avant de se rendormir.

— Elle dort depuis un bon moment, remarqua-t-il, soucieux. Pensez-vous qu'elle va bien ? Le médecin ne lui a-t-il pas prescrit une dose trop forte d'antalgique ?

Devinant son inquiétude, Darby posa une main rassurante sur son épaule.

— Elle va bien, Judah. Elle a très mal dormi la nuit dernière et, maintenant qu'elle ne souffre plus, elle rattrape son sommeil en retard.

Darby consulta sa montre.

— Nous la laisserons dormir le plus longtemps possible, mais nous devrons la réveiller dans quelques heures pour lui administrer les antibiotiques.

— Dans combien de jours ira-t-elle mieux ?

— Dans quelques heures. Les bébés réagissent vite

aux médicaments. Cessez de vous inquiéter, papa poule, plaisanta-t-elle.

Papa poule ? Il la contempla, interdit, et elle arqua un sourcil narquois.

— Un problème ?

De fait, si elle s'obstinait à croire que Jac était sa fille, ils avaient un très gros problème.

— Attendez une minute…

Sans plus s'occuper de lui, elle récupéra un paquet et en sortit des vêtements chauds. Après avoir retiré les étiquettes, elle les déposa dans le panier à linge qui contenait déjà les serviettes et les couvertures qu'ils avaient achetées.

Elle croyait réellement qu'il était le père de Jac ? Comment était-ce possible ? Judah se remémora les trente-six dernières heures et comprit soudain que son faible démenti avait conforté Darby dans sa supposition initiale.

Bien sûr, s'il s'était montré très réticent à s'occuper de Jac et à entrer dans le jeu de Carla, c'est parce qu'il n'était pas le père du bébé. Mais, quand il examinait la situation du point de vue de Darby, il apparaissait comme un salaud de la pire espèce. Et il détestait cela.

— Darby ?

Elle se tourna vers lui, un léger froncement plissant son front lisse. Elle avait la peau la plus veloutée qui soit.

— Darby, je viens de comprendre que vous vous méprenez sur mon compte.

— Vraiment ?

— Oui. Jac n'est pas ma fille, précisa-t-il d'un ton ferme.

Le regard incrédule de Darby se posa tour à tour sur le bébé et sur lui.

— Je sais que vous aimeriez que ce soit le cas, mais elle vous ressemble comme deux gouttes d'eau, répliqua-t-elle posément.

Sa réponse pleine de tact lui tira un petit sourire.

— En fait, elle ressemble à mon demi-frère, lequel me ressemble trait pour trait.

Stupéfaite, Darby ouvrit la bouche et la referma. Manifestement, elle avait besoin de quelques secondes pour assimiler la nouvelle, et il les lui accordait volontiers. Il n'était pas pressé de lui donner les détails de la liaison de Jake avec son ex-petite amie.

— Oh ! cela explique beaucoup de choses, dit-elle à la fin.

Était-ce du soulagement et un peu plus de respect qu'il percevait dans sa voix ? Il l'observa attentivement et en eut la confirmation dans son beau regard. Sous le coup de l'émotion, il sentit ses jambes flageoler et dut faire un effort pour se ressaisir.

Pourquoi son opinion lui importait-elle tellement alors qu'il la connaissait depuis peu ? Une chose était sûre, la dissipation du léger voile de censure qu'il avait perçu chez elle lui procurait un immense soulagement.

Alors qu'il s'apprêtait à lui fournir des réponses aux questions qu'elle devait sûrement se poser, elle se pencha au-dessus de Jac et posa une main sur son front.

— Elle n'a pas de fièvre. Je pense que nous avons enrayé l'infection avant qu'elle devienne hors de contrôle.

Ils parlaient de Jac et de son otite. Tant mieux. Ce changement de sujet était le bienvenu.

Prenant place sur le canapé, il posa une cheville sur son genou opposé.

— Je m'en veux de ne pas avoir compris plus tôt qu'elle souffrait. Carla n'est pas une mère très attentive, et je doute qu'elle s'en serait aperçue. En revanche, vous l'avez tout de suite remarqué. Et je vous en remercie.

— C'est grâce à mes années de baby-sitting, déclara Darby, enroulant deux chaussettes ensemble.

— Était-ce votre choix ? demanda-t-il, parcouru par un frisson désagréable.

Elle sourit devant son air horrifié.

— Oui. Personne n'a braqué un fusil sur moi pour me forcer à le faire.

Les parents de Judah n'avaient pas utilisé de fusil, mais la contrainte et les brimades avaient été des armes puissantes.

— N'aviez-vous pas envie de faire ce que font les ados normaux ? Sortir, vous amuser, faire du sport ?

— Bien sûr que si. Et j'ai fait tout cela, mais en intercalant du baby-sitting.

Oh ! le fameux *équilibre*. Un concept que son père et sa belle-mère ignoraient.

Darby se cala dans un fauteuil en face de lui.

— Rassurez-vous, je ne vais pas vous bombarder de questions à propos de Carla et de votre frère, mais je souhaiterais vous dire une chose…

Judah s'arma de courage, appréhendant ce qui allait suivre.

— Compte tenu de ce que vous venez de me dire, je respecte profondément votre décision de vous occuper de Jac.

Bon. Il ne s'attendait pas à ce genre de remarque. Il n'empêche qu'il ne pouvait pas accepter un tel éloge.

— Que pouvais-je faire d'autre, Darby ? Sa mère est hospitalisée, mon frère est Dieu sait où et les parents de Jake – Judah ne les considérait plus comme ses parents puisqu'ils l'avaient renié – sont irresponsables. Je n'allais quand même pas la laisser aux bons soins des services sociaux !

Il fourragea nerveusement dans ses cheveux avant d'ajouter :

— Certes, s'occuper d'un bébé est très contraignant, mais elle a neuf mois, et rien de tout ceci n'est de sa faute. Après tout, elle ne m'est confiée que pour deux semaines.

Un petit sourire étira la bouche sexy de Darby.

— Et vous n'envisagez pas de vous attacher à elle ?

Il n'était pas disposé à s'attacher à qui que ce soit. Par ailleurs, comment pouvait-on s'attacher à quelqu'un en un laps de temps aussi court ?

— Non. C'est hors de question.

Son sourire irrésistible atteignit ses yeux.

— Tenez-moi au courant de la façon dont vous vous en sortirez.

— Je fuis les engagements émotionnels, Darby, dit-il, se demandant si cette mise en garde était destinée à Darby ou à lui-même.

Elle demeura impassible, rivant sur lui son regard gris de la même teinte que les nuages porteurs de pluie. Puis elle secoua la tête, comme pour chasser des pensées importunes, et afficha de nouveau une expression professionnelle.

— Jac devrait dormir pendant un petit moment. Les babyphones fonctionnent. Aimeriez-vous voir le bureau où nous travaillerons ?

— Non. Je préférerais t'emmener au lit. Qu'en penses-tu ?

Ces mots sortirent de sa bouche avant qu'il puisse les stopper. Il devrait les regretter, mais il en était incapable.

Darby le dévisagea, un peu choquée et très excitée.

Elle avait des pensées plein la tête. Certaines, inquiétantes. Mais la plupart étaient des variations sur le thème : *Oh, oui, s'il te plaît, prends-moi maintenant.*

Comme hypnotisée, elle vit Judah s'avancer vers elle, poser les mains sur les accoudoirs de son fauteuil et incliner la tête vers elle, lui permettant ainsi de se délecter de son souffle chaud et de voir le désir étinceler dans ses yeux.

Il avait une petite cicatrice sous le menton, et le hâle de son cou formait un contraste parfait avec la blancheur de sa chemise. Oh ! quelles tentations elle avait à portée de main : une peau lisse et chaude à explorer, des cheveux drus à caresser et une bouche charnue où se perdre.

Il pourrait être son dernier acte de folie avant qu'elle se décide à devenir une maman célibataire et qu'elle entreprenne ce voyage aléatoire, fait d'espoir, de chagrin potentiel et d'hormones.

Il pourrait représenter sa dernière occasion de s'abandonner au désir et d'assouvir ses pulsions et ses fantasmes.

Il y avait une éternité qu'elle n'avait pas fait l'amour, mais, puisqu'elle ne fréquentait pas les boîtes de nuit ou les bars et qu'elle n'avait guère de relations sociales en dehors de son cercle familial, les chances de rencontrer un homme qui l'attire suffisamment pour qu'elle se donne à lui étaient minces. Judah pourrait représenter son dernier espoir d'avoir des rapports sexuels fabuleux avant très, très longtemps.

Bien qu'elle le connaisse depuis peu, elle savait qu'elle serait en sécurité avec lui. À en juger par leur baiser d'hier, il serait un amant attentionné. À presque trente ans, elle était une femme indépendante, maîtresse de son destin et qui n'avait pas peur d'exprimer sa sexualité. Elle pourrait se donner à lui ; elle *devait* le faire.

Oui, mais… *Non*.

C'était trop tôt. Il était beaucoup trop séduisant pour sa tranquillité d'esprit. L'attirance entre eux était trop intense et hors de contrôle. Ce serait comme monter un cheval sauvage, une expérience ô combien excitante mais impossible à maîtriser.

Darby se força à se lever, ôtant une poussière imaginaire de son jean.

— Je pense que nous ferions mieux de nous mettre au travail. Nous avons du pain sur la planche.

Le sourire que lui adressa Judah était à la fois affable et déterminé.

— À un moment donné, il faudra bien que nous prenions en compte cette alchimie entre nous, Darby.

Sans doute. Mais seulement quand elle se sentirait en mesure de maîtriser l'explosion qui en résulterait.

- 7 -

De retour à Boston après deux jours passés à New York pour régler des dossiers urgents, Judah grimpait allègrement les marches du perron de la demeure de style géorgien quand Darby ouvrit la porte d'entrée. Il s'arrêta, tout excité, la balayant d'un long regard admirateur. Il était…

Seigneur, il avait failli dire *de retour à la maison.*

Il était de retour. Tout simplement.

Perchée sur la hanche de Darby, Jac lui adressa un sourire dévoilant ses gencives roses et agita les bras en l'air. Puis elle se pencha vers lui, et il ressentit un flot de plaisir inattendu. Si seulement Darby pouvait tomber dans ses bras aussi facilement !

— Eh, mignonne, murmura Judah, prenant Jac dans ses bras et frottant son menton sur son crâne duveteux.

À sa grande surprise, elle lui avait manqué. Il avait hésité à laisser Jac aux bons soins de Darby, mais elle lui avait assuré qu'elle arriverait à gérer deux nuits seule avec le bébé et que sa mère l'aiderait en cas de besoin. Il était parti, persuadé qu'il serait trop débordé à New York pour penser à Jac ou à Darby, et trop heureux d'être libéré de la corvée de changement de couches.

Or, c'était le contraire qui s'était produit.

Au beau milieu d'une présentation, il avait vu un pigeon passer à tire-d'aile devant la fenêtre de la salle de conférences et il avait aussitôt pensé au rire de Jac chaque fois qu'elle apercevait un oiseau, un chat ou un chien.

Une autre fois, il discutait de surface au sol et d'éco-efficacité quand l'image de Darby penchée sur un bureau, l'air concentré, avait traversé son esprit. L'espace d'un instant, le souvenir de ses jambes interminables, de sa chevelure chatoyante et de son corps sexy l'avait déconcentré.

— J'étais sur le point d'aller courir en emmenant Jac. Elle adore ça, expliqua Darby en désignant la poussette à trois roues. Comment s'est passé ton séjour à New York ?

— Bien. Très occupé.

Levant les bras, Darby peigna ses cheveux soyeux avec les doigts et les rassembla en une queue-de-cheval. Fasciné, Judah contemplait sa poitrine se soulever et ses tétons pointer dans le courant d'air froid. Aussitôt, il sentit son bas-ventre se contracter et soupira.

À New York, une consœur lui avait proposé une aventure sans lendemain, mais il avait décliné l'offre. Il était tenté par le sexe, mais Darby était la seule femme qu'il imaginait dans son lit.

Hélas, c'était la seule femme qu'il ne pouvait pas avoir. Car si les choses tournaient mal entre eux il perdrait à la fois une architecte brillante, qui était tout sauf une stagiaire, et la personne qui l'aidait à s'occuper de Jac.

Coucher avec Darby serait stupide, mais plus il s'efforçait de chasser cette pensée de son esprit, plus elle *s'imposait* à lui. Et son désir pour Darby commençait à devenir dévorant…

Super !

— Oublie le jogging et prenons un petit déjeuner, suggéra-t-il. C'est samedi, le soleil se décide à briller, et nous sommes dans les temps. Nous pouvons nous permettre de prendre une journée de repos.

Il n'avait pas vu Darby depuis deux longues journées et, si elle partait courir, il devrait attendre des heures avant de la retrouver.

Darby s'avança sur la galerie longeant la maison et se

dirigea vers la partie fermée à l'arrière. L'endroit était moins ensoleillé, mais ils étaient à l'abri du vent.

— Pourquoi ne téléphones-tu pas au club pour engager une nourrice pour une heure ou deux. Tu pourrais courir avec moi… Si tu arrives à suivre le rythme, précisa-t-elle, une lueur malicieuse dansant dans son regard.

Judah prit place sur la balançoire et cala Jac sur son genou. Puis il fixa Darby droit dans les yeux.

— Mets ton fichu esprit de compétition de côté, Darby. Nous savons tous les deux que je te battrai à plate couture dans n'importe quelle course.

La petite lueur de défi qui s'était allumée dans les prunelles de Darby s'aviva.

— Tu veux tester ta théorie ? Je suis prête à parier que je te ferai mordre la poussière.

— Si jamais je restais derrière toi, ce serait pour admirer ton fessier sculptural.

Le désir étincela dans le regard de Darby, adoucit sa bouche et durcit ses tétons. Il allait se lever pour l'attirer contre lui et l'embrasser quand la porte derrière eux s'ouvrit.

Jurant en son for intérieur, il vit Levi Brogan pénétrer dans la galerie. Celui-ci eut un froncement de sourcils à l'intention de Judah et lança un coup d'œil énigmatique à Darby.

— Judah, je te présente Levi, mon frère. Levi, voici Judah Huntley. Je travaille avec lui sur le projet de musée de la fondation Grantham-Ford.

Judah serra la main de Levi et se retint de lever les yeux au ciel quand Levi exerça une pression un peu plus forte que nécessaire, l'air de dire : *si tu fais du mal à ma sœur, tu auras affaire à moi.*

Oui, il avait compris le message.

Puis, contre toute attente, Levi s'accroupit en face de Jac. Il lui sourit, et Jac agita ses menottes en l'air, son petit corps tremblant d'excitation. Visiblement, elle aimait qu'on lui conte fleurette, admit Judah avec une moue ironique.

— Salut, beauté, murmura Levi, tapotant la cuisse de Jac du bout du doigt.

Jac se pencha vers lui, et Judah laissa Levi la prendre dans ses bras. La calant sur sa hanche, il lui attrapa la menotte et fit semblant de lui manger les doigts, à la grande joie de Jac.

Puis il se tourna vers Darby.

— Je m'absente pour quelques jours. Tu penses que ça va aller ?

— Je me débrouille toujours, Levi.

— Je tenais simplement à m'en assurer, Darby, répliqua sèchement Levi, une note de frustration dans la voix.

— Je suis une grande fille, riposta-t-elle d'un ton glacial.

Levi rendit Jac à Judah, et il crut voir un éclair de douleur et de déception dans le regard de Levi, mais ce fut si rapide qu'il l'avait peut-être imaginé. Il n'empêche que la tension entre le frère et la sœur était palpable. Ils devaient passer leur temps à se chamailler.

Après un rapide au revoir, Levi quitta la galerie, et Judah le vit se diriger vers une voiture au moteur surpuissant, stationnée près du garage. Peu après, le grondement du moteur déchira l'air matinal, et Judah soupira. Il devrait s'acheter un de ces bolides…

Sauf qu'il ne possédait pas de garage et qu'il était trop occupé pour profiter d'un véhicule, quel qu'il soit. Ses principaux modes de transport étaient l'avion et les voitures de location. Judah reporta son attention sur Darby, laquelle fixait la route où disparaissait son frère.

— Vos relations semblent compliquées, remarqua-t-il.

— Oui, très compliquées, acquiesça Darby, prenant place sur la balançoire et ramenant ses genoux contre sa poitrine.

Il ne devrait pas poser de questions, mais il était dévoré de curiosité, et elle semblait perturbée par sa prise de bec avec son frère.

— Que s'est-il passé ?

Elle parut soudain absorbée par la contemplation des lacets multicolores de ses baskets.

Il avait besoin de savoir ce que dissimulait son expression distante. Jac, s'aperçut-il, s'était endormie sur son épaule. Il songea à la mettre dans sa poussette ou à l'emmener à l'intérieur, mais il se ravisa de peur de la réveiller.

— Explique-moi ce qui s'est passé, Darby.

— Pourquoi ?

C'était à croire que le défi était une seconde nature chez elle ! Certes, elle n'était pas commode, mais il pourrait trouver un certain plaisir à échanger quelques passes d'armes amicales avec elle. À l'exception de Carla, les femmes qu'il avait rencontrées étaient peu exigeantes et consentantes.

Darby était tout le contraire.

— Parce que je te le demande, répondit-il patiemment.

Le soleil brillait, Jac dormait et il n'avait rien d'urgent à faire, si ce n'était comprendre comment fonctionnait cette femme fascinante et exaspérante.

— Ce n'est pas si important, Judah.

— Tu ne devrais donc pas avoir de problème pour me l'expliquer.

— Ce que tu peux être agaçant !

— On me l'a déjà dit. Et maintenant, arrête de tergiverser et raconte-moi tout.

— C'est un secret de polichinelle que Jules est la favorite de Levi, suivie par DJ. J'arrive loin derrière dans l'estime de mon frère.

— Qu'est-ce qui te fait penser cela ?

Darby cala sa tête contre l'appui-tête de la balançoire et tripota nerveusement l'ourlet de son maillot.

— À l'époque, j'avais sept ans. C'était le matin de Noël, et nous ouvrions nos cadeaux sous le sapin. Levi avait offert une boîte à musique à Jules. Quand on l'ouvrait, une ballerine se mettait à danser sur un air de musique. J'adorais cette fichue boîte. Elle était si belle.

— Que t'a-t-il offert ?

— Une carte représentant un joueur de base-ball. Elle était d'occasion, et il ne s'était même pas donné la peine de l'emballer. Il en avait toute une collection. Il avait dû choisir la plus vieille et la plus sale, et il me l'a tendue.

Judah se souvenait d'en avoir fait la collection et il savait que les plus vieilles étaient parfois les plus recherchées.

— Qui était le joueur ?

— C'était il y a plus de vingt ans, Judah. Je n'en ai aucune idée. Je me rappelle simplement avoir jeté la carte dans la cheminée et hurlé qu'il ne m'aimait pas, que Jules était sa préférée et qu'il avait gâché mon Noël. J'ai refusé de descendre pour le repas et j'ai pleuré tout le reste de la journée. À mon tour, j'ai gâché ce jour de fête pour tout le monde, précisa Darby, la mine sombre. Depuis lors, il y a eu cette barrière entre nous. Levi et Jules ont toujours été proches, et j'ai toujours eu l'impression qu'il l'aimait beaucoup plus que moi, qu'il me tenait à l'écart.

— Je suis sûr que tu te trompes.

— J'ai toujours eu l'esprit de compétition, Judah, mais ce Noël a marqué un tournant dans ma vie. Désormais, chaque fois que j'arrive en deuxième position, je me sens mal-aimée, flouée, pas à la hauteur.

Judah mit une main sur la cuisse de Darby et la pressa doucement, stupéfait de voir à quel point cette femme intelligente et talentueuse était vulnérable. Elle avait tout pour elle, sauf l'intime conviction qu'elle était parfaitement acceptable telle qu'elle était. Comprendrait-elle un jour qu'elle n'avait pas besoin d'entrer en compétition avec qui que ce soit ?

Sans doute pas, admit-il à contrecœur. Mais ce n'était pas son rôle de l'en convaincre.

Darby soupira et posa sa main sur la sienne. Quand elle entrelaça leurs doigts, une onde de plaisir parcourut son bras et redescendit le long de sa colonne vertébrale avant de refluer vers son bas-ventre.

Il se sentit durcir. Mais n'était-ce pas le cas chaque fois qu'il était près d'elle ?

Darby appuya sa tempe contre son épaule, et il perçut son souffle léger sur son cou. Tous ses sens en émoi, il imagina ses lèvres chaudes imprimant leur marque sur sa peau et ses mains élégantes lui prodiguant des caresses érotiques.

Oh ! Seigneur, comme il la désirait !

Il avait envie d'explorer son corps superbe, de s'enfouir en elle, de la faire sienne. Mais, comme elle n'était pas le genre de femme avec qui il pouvait avoir une aventure éphémère, il devrait se contenter de ce moment d'intimité.

Et à cet instant cela suffisait presque à son bonheur.

— Levi a le chic pour se montrer revêche avec moi. Mais j'en viens à me demander si je n'ai pas aggravé le fossé qui s'est creusé entre nous à force de le repousser chaque fois qu'il me propose son aide. J'ai besoin de lui en tant que frère et non en tant que protecteur autoritaire, expliqua Darby en se redressant et en enroulant ses bras autour de ses genoux.

En sa qualité de grand frère, Judah savait comment c'était d'essayer de protéger quelqu'un qui refusait votre aide et ne voulait pas entendre raison. Darby était sans doute aussi têtue que Jake. Et comme Judah était le genre d'homme à prendre les choses en main et à rechercher des solutions, comme devait l'être Levi, son incapacité à régler les problèmes le rendait fou. C'était la raison pour laquelle, à bout de nerfs, il avait éprouvé le besoin de couper tout lien avec Jake.

Mais il ne pensait pas que Darby et Levi en soient arrivés à cette extrémité ni qu'ils y arrivent un jour.

— Je supporte de plus en plus mal cette distance affective qu'il met entre nous, admit Darby.

— Alors, dis-le-lui. Les hommes sont des créatures simples ; ils ont besoin qu'on leur indique clairement la voie à suivre. La subtilité leur est étrangère.

— Ah, les hommes, quelle plaie !

Il s'abstint sagement de commenter cette remarque désabusée et conseilla à la place :

— Parle à ton frère, Darby. Tu n'as plus sept ans. Aie une discussion d'adulte avec lui. Explique-lui que son attitude distante te blesse, que tu ne te sens pas soutenue.

— Cela ne s'apparentera-t-il pas à un aveu de faiblesse de ma part ?

Comment une femme aussi énergique pouvait-elle être aussi vulnérable ?

— Il s'agit de ton frère, Darby ! Tu as le droit de paraître faible avec lui.

Elle se tourna vers lui, et son souffle se bloqua dans sa gorge à la vue de ce regard étincelant chargé d'émotion.

Il fallait qu'il la touche. Il n'en pouvait plus d'attendre.

Alors il se leva, déposa Jac dans sa poussette et l'enveloppa dans sa couverture. Puis, ouvrant la porte, il guida la poussette dans l'entrée, priant pour que l'attrait magnétique qui les poussait l'un vers l'autre incite Darby à le suivre à l'intérieur.

Quand elle referma la porte derrière elle, il sentit son cœur battre la chamade. Son vœu allait-il être exaucé ? Il posa les yeux sur elle, puis sur l'escalier imposant qui dominait l'entrée et de nouveau sur elle.

Oh ! oui, à en juger par le trouble qui assombrissait ses prunelles et colorait ses joues, elle le désirait autant qu'il la désirait.

Merci, mon Dieu.

Sans plus hésiter, il franchit la distance qui les séparait et pressa sa bouche contre la sienne.

Il sentit les doigts de Darby s'enfoncer dans son torse. L'espace d'un instant, il crut qu'il s'était fourvoyé et qu'elle allait le repousser, mais ses lèvres soyeuses s'amollirent sous les siennes et sa langue s'insinua dans sa bouche, animée d'intentions mutines.

Posant ses mains sur les hanches de Darby, il la souleva

de terre et la plaqua contre lui, son érection vrillant son ventre plat, trop heureux de lui montrer l'effet qu'elle produisait sur ses sens. S'agrippant à ses cheveux, elle lui rendit son baiser avec passion, mêlant sa langue à la sienne et embrasant son sang dans ses veines.

Il avait l'impression de vivre un moment hors du temps, comme si la terre avait cessé de tourner et que la gravité avait disparu…

Tout cela parce que Darby l'embrassait et émettait des petits bruits de gorge sexy. Parce que sa main douce glissait le long de sa mâchoire, de son cou et dans l'entrebâillement de sa chemise…

Parce qu'elle le désirait.

Tous ses sens exacerbés, il la reposa sur le sol, agrippa l'ourlet de son maillot en Thermolactyl et le fit remonter le long de ses flancs. Il brûlait d'envie de se repaître de la vue de sa peau crémeuse mais ne se résolvait pas à détacher sa bouche de la sienne. C'était si bon de l'embrasser ! Alors, à défaut de l'admirer, il caressa sa poitrine affriolante, et son érection s'intensifia en réponse au durcissement de ses petits mamelons.

Mais ces caresses étaient insuffisantes à satisfaire le désir impérieux qu'elle suscitait en lui. Il fallait qu'elle soit nue. Maintenant.

Détachant à regret sa bouche de la sienne, il fit passer son maillot par-dessus sa tête et la couva d'un regard chaud.

Oh ! oui, elle était aussi belle qu'il l'avait imaginé ! Une peau soyeuse, un cou gracieux, des épaules à la fois fines et robustes. Il promena un doigt sur sa clavicule et le long de cette peau crémeuse jusqu'au renflement de ses seins dissimulés sous le coton de sa brassière de sport. Au diable ce sous-vêtement utilitaire ! Il voulait cueillir ses seins dans ses paumes, se délecter de leur texture et de leur saveur.

— Judah…

Son prénom sur ses lèvres était un murmure et une

supplique. Intrigué, il reporta son attention sur son visage et perçut de l'appréhension mêlée à son désir.

Oh ! non, par pitié. Il voulait qu'elle se trémousse et ondule sous lui, haletante et palpitante, il voulait l'entendre crier son prénom au moment d'atteindre le paroxysme de son plaisir.

Avec douceur, il posa une main sur sa joue.

— Ceci ne concerne que nous. C'est sans rapport avec Jac ou notre travail. Il s'agit uniquement de *nous*. Dis-moi que tu le comprends, Darby, insista-t-il d'une voix pressante, à la limite du désespoir.

Elle acquiesça d'un signe de tête, et la gratitude le submergea. Tous ses sens en ébullition, il promena ses mains le long de ses flancs et titilla ses tétons à l'aide de ses pouces. Pour sa plus grande joie, il perçut son halètement et contempla ses prunelles qui s'assombrissaient sous l'effet de la passion charnelle. Désormais, ce n'était plus son cerveau mais son corps, avec ses exigences et ses désirs, qui tenaient les leviers de commande. Elle n'était plus en capacité de réfléchir, d'échafauder des scénarios, d'évaluer les risques. Et il ne put s'empêcher d'éprouver un sentiment de puissance virile d'avoir réussi ce tour de force.

Il avait l'impression d'être à la fois Atlas, Bogart et Clooney. Elle le rendait faible, et pourtant il ne s'était jamais senti aussi fort de toute sa vie.

Lui ôtant sa brassière, il inclina la tête et aspira un téton d'une belle teinte framboise dans sa bouche et le suça avec gourmandise. À l'instar de ce fruit délicieux, sa saveur s'avérait délectable sur sa langue. Mais, comme cela ne suffisait pas à satisfaire son désir exacerbé, il plongea son autre main sous ses leggins jusqu'à ce qu'il perçoive la chaleur et la moiteur de son intimité.

Aussitôt, son sang s'échauffa et un torrent de feu se rua dans ses veines. Il avait besoin d'elle tout de suite. Il avait besoin de sentir sa peau sur la sienne, de s'enfouir en elle.

Pourtant, une part de lui hésitait, refusant d'abdiquer tout contrôle. Il y avait trop de choses en jeu. Ne risquait-il pas de se fourvoyer et de le regretter par la suite ?

Il recula d'un pas et riva son regard à celui de Darby.

— Veux-tu que nous nous arrêtions ou que nous continuions ?

La main de Darby caressant son érection à travers le tissu de son jean était une sorte de réponse, mais il avait besoin qu'elle manifeste son approbation de vive voix. Ils ne pouvaient pas se permettre le moindre malentendu.

Il emprisonna sa main, se forçant à se concentrer.

— Darby…

— Hum ?

Elle frotta son gland à l'aide de son pouce, et il faillit perdre tout contrôle.

— Veux-tu que nous le fassions ?

Elle esquissa un sourire mutin, et son cœur se mit à cogner si fort qu'il eut l'impression qu'il allait jaillir de sa poitrine pour retomber aux pieds de cette femme si désirable. Stupide organe. Entre-temps, le pouce de Darby poursuivait ses exquises attentions, le menant tout droit au bord du précipice.

Non contente de le caresser, elle se mit à défaire la boucle de sa ceinture et à déboutonner lentement son jean. Oh ! Seigneur, si elle ne se décidait pas à parler tout de suite, il allait imploser !

Puis elle referma sa main autour de son pénis, le pressant et le cajolant.

— Je ne sais pas ce que tu en penses, dit-elle d'une voix sensuelle, mais j'ai l'intention de poursuivre ce petit jeu.

— À la bonne heure, gronda Judah entre ses dents.

Avant que son cerveau disjoncte, il sortit son portefeuille de la poche arrière de son jean, en retira deux préservatifs et les déposa sur la table de l'entrée. Puis, s'efforçant d'ignorer de son mieux la main de Darby sur son pénis, il lui ôta ses leggins. Se reculant hors de sa portée, il la balaya d'un long regard admirateur et exulta en constatant qu'elle était aussi consumée de désir que lui.

À son tour, il se débarrassa de ses chaussures et chaussettes, et fit glisser son jean et son boxer sur ses jambes, observant les prunelles écarquillées de Darby quand elle découvrit sa formidable érection enfin libérée de son carcan. Elle passa sa langue sur ses lèvres, sa bouche formant un O parfait, et il se sentit durcir un peu plus… un exploit qu'il n'aurait pas cru possible.

Elle se tenait sous le portrait d'une ancêtre, une dame à l'air sévère vêtue d'un corsage à jabot et d'une jupe longue, ses cheveux bruns coiffés en un chignon sur la nuque. À côté de Darby, une table supportait des photographies encadrées de ses parents, de sa sœur et de son frère, d'amis ou de cousins. C'était sa demeure familiale, et Judah sut qu'à l'avenir elle ne verrait plus cette pièce de la même façon.

Pour sa part, il ne trouvait aucun inconvénient à ce qu'elle pense à lui chaque fois qu'elle franchirait la porte d'entrée.

Lui prenant la main, il l'attira à lui et posa son front contre le sien, le duvet de son torse frôlant ses mamelons durcis.

— J'ai tellement envie de toi. Je veux te prendre ici.

Pour son plus grand bonheur, Darby murmura contre ses lèvres les mots qu'il avait tellement besoin d'entendre :

— Oh ! oui, je t'en supplie, caresse-moi.

Alors, il s'exécuta et commença par égrener des baisers le long de sa mâchoire, de son cou et de sa clavicule. Lui jetant un rapide coup d'œil, il vit qu'elle le contemplait, les yeux assombris par la passion et les lèvres entrouvertes. Il savait ce qu'elle attendait de lui, mais, histoire de la tester et de la taquiner, il embrassa le doux renflement d'un sein et aspira sa peau tendre juste assez fort pour y laisser la trace d'un léger suçon.

Elle exhala un gémissement de plaisir et de désir mêlés, et ce son délectable le transporta de joie.

Prenant un téton dans sa bouche, il le suça avec gourmandise tout en titillant l'autre avec ses doigts. Puis il promena ses mains plus bas, effleurant sa toison pubienne soigneusement épilée et jouant avec elle.

Il sourit quand elle écarta les jambes, signe qu'elle attendait davantage de sa part. Il obtempéra en frottant son petit clitoris à l'aide de son doigt, et Darby, haletante, bondit du mur où elle était appuyée.

Ses caresses lui faisaient de l'effet ? Parfait. Il en avait toute une panoplie en réserve.

S'agenouillant devant elle, il lui souleva la jambe droite et la posa sur son épaule. Puis il enfouit son visage contre son intimité et inhala sa fragrance sensuelle, tous ses sens en ébullition. Bien sûr, ce qu'il faisait était un acte éminemment intime pour leur premier rapport, mais il brûlait d'envie de découvrir chaque centimètre de son corps, et le cœur de sa féminité n'était-il pas le meilleur endroit par où commencer ? À en juger par les murmures appréciateurs qu'elle émettait, ils étaient sur la même longueur d'onde.

Ainsi encouragé, il poursuivit ses attouchements, la léchant, la suçant, plongeant sa langue en elle et harcelant sa chair hyper sensible avant de se retirer. Bref, la rendant éperdue de désir. Quand il sentit qu'elle était proche de la combustion, il glissa un doigt puis deux en elle et titilla son petit clitoris avec sa langue. Il voulait que pour leur première fois Darby jouisse sur sa langue et qu'elle s'effondre dans ses bras.

Et c'est ce qui se produisit. Elle cambra les reins et plaqua ses mains contre le mur derrière elle. Puis il sentit ses muscles internes se resserrer autour de ses doigts humides de son essence intime.

Quelle promptitude à réagir, songea-t-il, pas peu fier de lui, tandis qu'un deuxième orgasme plus puissant que le premier la terrassait et qu'elle s'affaissait sur lui.

La maintenant par les hanches, il se releva et prit son

visage entre ses paumes. Comme elle était belle, ses traits délicats alanguis par le plaisir.

Judah captura sa bouche, permettant ainsi à Darby de savourer sa propre fragrance. Il soupira de bien-être quand elle cueillit ses testicules au creux d'une main et qu'elle enserra son membre viril dans l'autre, le caressant sur toute sa longueur. Après quelques tâtonnements, il récupéra un préservatif sur la table à côté d'eux et le retira de son emballage. Un sourire mutin aux lèvres, Darby lui prit le latex des mains et l'enfila sur son pénis avec une lenteur délibérée. Quel supplice raffiné lui infligeait-elle là ? Si elle ne se dépêchait pas, il risquait d'imploser.

— Tu préfères le mur ou le parquet ? murmura-t-elle.

Ce fut au tour de Judah de sourire.

— Ni l'un ni l'autre. Je choisis l'escalier.

Marchant à reculons, il s'assit sur la troisième marche.

— Chevauche-moi, ordonna-t-il.

Sans la moindre hésitation, elle se positionna au-dessus de lui, et quand son intimité brûlante et encore moite effleura l'extrémité de son membre, ce fut comme si un incendie dévastateur se propageait dans tout son corps.

— Prends-moi en toi, ordonna-t-il à nouveau, repoussant la masse de sa chevelure blonde de son visage.

Car il avait besoin de la contempler pendant qu'il la ferait jouir encore une fois.

L'agrippant par les hanches, il commençait à l'abaisser sur son membre érigé et à savourer la sensation quand il se souvint brusquement qu'il était un homme vigoureux et qu'elle avait peut-être besoin d'un temps d'adaptation.

— Ça va ? demanda-t-il, serrant les dents et demeurant aussi immobile que possible.

— Oui. Sauf que je ne sais pas si je m'y prends bien.

Elle devait sûrement plaisanter, mais il était dans un tel état de transe qu'il était incapable d'aligner une pensée cohérente.

— Il n'y a qu'une seule façon pour que je sois en toi.

Prends le temps qu'il te faut, mais… dépêche-toi quand même, d'accord ?

Par chance, elle se mit à rire et se coula sur son membre, ne s'arrêtant qu'après l'avoir absorbé complètement.

— Oh ! par tous les saints…, gémit-il dans un soupir extasié.

Il ne put compléter sa phrase car elle se mit à le chevaucher avec fougue, le rapprochant inexorablement du bord du précipice. Oh ! non, il fallait qu'elle jouisse maintenant, avant qu'il perde tout contrôle. Alors, tentant le tout pour le tout, il glissa une main entre leurs deux corps à la recherche de son petit bouquet de nerfs si sensible et le caressa fiévreusement.

Exhalant un feulement, elle rejeta la tête en arrière, les yeux mi-clos, et se souleva et s'abaissa sur lui à un rythme de plus en plus soutenu. Dans l'esprit exalté de Judah, l'éclat du lustre au-dessus de leurs têtes se transformait en une myriade d'étoiles, l'escalier raide devenait un lit de plumes, l'entrée se métamorphosait en boudoir, et Darby était une fière amazone caracolant au-dessus de lui. Il donna un vigoureux coup de reins, puis un autre, et elle s'abandonna à l'extase dans un cri étranglé, lui permettant de lâcher prise et d'atteindre à son tour le paroxysme du plaisir.

Quand il refit surface, il constata que Darby était étendue sur lui, sa chevelure éparse sur son épaule et sa bouche. La marche en bois lui sciait les reins, sa jambe droite était ankylosée et le chemin d'escalier lui râpait les fesses.

Pourtant, il ne s'était jamais senti aussi bien, car il venait d'avoir le rapport sexuel le plus fabuleux de son existence.

Alors, non, il ne regrettait pas ces petits inconvénients matériels.

Bon. S'il perdait sa jambe par manque d'irrigation sanguine il serait un peu ennuyé, mais à part cela ? Il était prêt à rester dans cette position aussi longtemps qu'il le pourrait.

- 8 -

Judah courait à petites foulées en direction de la demeure des Brogan, heureux de sentir la morsure de l'air sur son visage. Darby était partie de bonne heure ce matin pour faire ce qu'elle avait prévu à l'occasion de cette journée « personnelle ». En son absence, il avait travaillé tout en veillant sur Jac, mais il avait déclaré forfait vers 15 h 30.

Désireux de faire un peu d'exercice, il avait appelé le country club, et dix minutes plus tard une baby-sitter chaudement recommandée se présentait au domicile des Brogan. Par chance, Jac s'était montrée coopérative et s'était endormie dans les bras de la nounou, laissant à Judah environ quatre-vingt-dix minutes pour s'entraîner. Il s'était aussitôt rendu dans la salle de gym aux équipements ultramodernes et il terminait en ce moment sa séance par un running.

Alors qu'il s'approchait de la demeure de Darby et Levi, il aperçut une berline luxueuse qui se garait dans l'allée. Ralentissant, il vit une femme blonde et svelte sortir de la voiture et s'avancer vers la portière du passager. Interloqué, il reconnut Darby qui mettait lentement pied à terre. La blonde plus âgée, sans doute sa mère, noua son bras autour de la taille de Darby et l'aida à monter les marches du perron.

Inquiet, Judah accéléra le rythme et rattrapa les deux femmes alors qu'elles arrivaient en haut des marches.

— Que se passe-t-il ?

La mère et la fille se retournèrent, et Judah fut frappé par l'extrême pâleur de Darby et ses traits tirés.

— Tu vas bien ? Où est ta voiture ?

Callie posa une main sur son bras. Après s'être présentée rapidement, elle expliqua :

— Darby va bien, Judah. Elle a subi une intervention mineure et souffre un peu. Je l'ai ramenée parce qu'elle n'est pas autorisée à conduire pendant vingt-quatre heures.

— Où est Jac ? demanda Darby, un pli soucieux barrant son front.

— J'ai engagé une baby-sitter auprès du club. Jac dormait quand je l'ai quittée.

Callie sourit à Darby avant de lui donner une tendre accolade.

— Je te confie aux bons soins de Judah, ma chérie. Repose-toi, d'accord ? Je t'appellerai demain matin.

— Mais, maman, attends…

Interloquée, Darby suivit des yeux sa mère qui descendait les marches presque en courant. Puis elle secoua la tête, visiblement mortifiée.

— Dire qu'elle avait promis de veiller sur moi et de m'aider à m'occuper de Jac… !

— Je suis là et la baby-sitter aussi, la rassura-t-il, ouvrant la porte d'entrée et l'invitant à pénétrer dans la maison.

Voyant qu'elle grimaçait de douleur et qu'elle portait la main à son flanc, il la souleva prestement de terre et la transporta à l'intérieur.

— Bon sang, Huntley, je peux marcher, maugréa Darby, lui martelant le torse à l'aide de son poing.

— Ce sera plus rapide si je te porte.

Il se dirigea tout droit vers le bureau, ouvrit la porte à l'aide de son pied et déposa délicatement Darby sur un canapé en face d'une télévision à grand écran. Puis il s'assit sur la table basse en face d'elle et se rappela opportunément qu'il n'avait aucun droit de l'interroger.

— Où étais-tu ? Et que t'est-il arrivé ?

Hélas, les questions fusèrent sans qu'il puisse les retenir. Mais il se faisait un sang d'encre pour elle. Il avait besoin de savoir qu'elle n'était pas malade ou blessée. Il frotta un point douloureux à l'emplacement de son cœur. Il détestait la voir affaiblie et dolente, à l'opposé de la femme débordante de vitalité qu'il connaissait.

Comme elle se refusait à croiser son regard, il lui souleva le menton pour l'obliger à lui faire face. Dans ses yeux, il perçut un peu d'embarras, beaucoup de défiance et aussi de la peur. Craignant de la voir se refermer sur elle-même, il esquissa un sourire apaisant.

— Darby, je suis en train d'échafauder un millier d'hypothèses toutes plus alarmantes les unes que les autres.

Elle prit une profonde inspiration avant de dire d'une traite :

— Je viens de faire prélever mes ovocytes. Et l'intervention a été plus douloureuse que je ne m'y attendais.

Il la contempla, déconcerté. De quoi diable parlait-elle ?

— Je suis désolé, mais je ne comprends pas.

Darby dessina des motifs sur ses leggins à l'aide de son index.

— J'ai de graves problèmes de fertilité. Je ne pourrais jamais concevoir un enfant de façon naturelle. Selon les médecins, si je veux avoir des enfants, je dois recourir à une fécondation in vitro dans les prochains mois. La première étape consiste à prélever mes ovocytes et à les congeler.

Il ouvrit la bouche pour prononcer quelques paroles compatissantes, puis les ravala aussitôt. Darby n'avait pas besoin de compassion mais de compréhension. Sauf qu'il ne savait pas trop comment l'exprimer.

— Et je suppose que tu veux des enfants ? demanda-t-il prudemment.

— Oui. Et comme je ne peux pas me permettre d'attendre, j'entreprends les démarches seule.

Courageuse Darby, songea Judah, admiratif. Quand

elle voulait quelque chose très fort, elle mettait tout en œuvre pour l'obtenir.

Soudain, un coup fut frappé à la porte du bureau, et la baby-sitter passa la tête par l'entrebâillement :

— Je vous ai entendu rentrer, monsieur Huntley. Jac est dans son parc. Je lui ai donné un biberon et une banane en en-cas. J'espère que cela vous convient ?

Judah acquiesça d'un signe de tête.

— Avez-vous d'autres obligations dans l'immédiat ? Si ce n'est pas le cas, pourriez-vous rester deux heures de plus ?

— Bien sûr, monsieur.

Une fois la porte refermée, Judah, soucieux, reporta son attention sur Darby. Elle avait l'air tellement fatiguée !

— Puis-je t'apporter quelque chose ? Du café ? Du chocolat ? Des antalgiques ?

— J'en ai pris tout à l'heure, répondit-elle, s'allongeant sur le canapé et calant un coussin sous sa tête. Je te remercie de ne pas avoir fait de commentaire inepte sur mon appareil reproducteur défaillant.

Il le savait, elle s'efforçait de paraître courageuse, mais elle semblait plutôt abattue. Et il se sentait impuissant à l'aider.

— À vrai dire, Darby, je n'ai aucune idée de ce que tu ressens. Car contrairement à toi je ne veux pas d'enfants et je suis très heureux ainsi.

— Vraiment ?

— Oui.

— Peux-tu m'expliquer pourquoi ?

Ils s'engageaient sur un terrain inconnu. Jusqu'à présent, ils n'étaient que de simples collègues couchant ensemble, mais cette conversation modifierait la nature de leur relation, la rendant plus profonde, plus indéfinissable… deux notions qu'il n'aimait pas. Toutefois, Darby s'était montrée honnête avec lui, et il devait – il voulait – faire de même avec elle.

— Mon demi-frère a douze ans de moins que moi, et quand il est né c'est essentiellement moi qui me suis occupé de lui, expliqua-t-il d'une voix monocorde. La contribution de mon père et de ma belle-mère s'est limitée à fabriquer Jake et à le mettre au monde. Je l'ai élevé jusqu'à mon départ pour l'université.

Darby le contempla, incrédule.

— Tu veux dire que tu t'occupais de lui quand il rentrait de l'école, le faisant goûter et l'aidant à faire ses devoirs.

Voilà pourquoi il ne parlait jamais de son enfance. Personne ne voulait croire ce qu'il leur disait. C'était trop inconcevable.

— Non. Je me suis entièrement occupé de lui. Il est né au début de l'été alors que j'avais douze ans. Ma belle-mère souffrait d'une grave dépression post-partum. Elle n'était pas du tout en mesure de s'occuper de lui, et mon père travaillait. Quand j'ai repris le chemin de l'école en septembre, elle parvenait tout juste à se lever pour s'occuper de Jake jusqu'à mon retour, puis je devais prendre le relais pendant qu'elle dormait ou qu'elle sortait. Ensuite, sans que je sache trop comment, la responsabilité d'élever Jake m'a incombé.

— Oh ! Judah, c'est horrible !

Il haussa les épaules avec une nonchalance feinte et perçut de l'empathie dans le regard de Darby. Dieu merci, elle ne lui témoignait pas de la pitié. Il détestait ce sentiment.

— Je n'avais pas le temps de faire du sport ou de sortir. Mon travail consistait à prendre soin de mon frère. Quand mon père a commencé à dire qu'il était hors de question que j'aille à l'université locale, j'ai su que je devais faire quelque chose pour sortir de ce cercle infernal. Alors, j'ai étudié d'arrache-pied et obtenu une bourse complète. Et j'ai abandonné Jake pour sauver ma peau.

Oh ! mince ! Il n'avait pas eu l'intention de prononcer

cette dernière phrase, mais il y avait quelque chose chez Darby qui l'incitait à se confier, et cela le terrifiait.

Darby noua ses mains autour de ses genoux relevés, son regard rivé au sien.

— Et la culpabilité a failli te tuer.

Sa compréhension lui mit du baume au cœur.

— Je suis revenu à la maison aussi souvent que j'ai pu, mais à chaque fois Jake s'éloignait un peu plus de moi. Il m'en voulait terriblement d'être parti. Et il faisait tout son possible pour me mettre en colère, comme faire des virées au volant de voitures volées, boire de l'alcool, prendre de la marijuana puis des drogues plus dures.

— Tu avais le droit de vivre ta vie, Judah.

Bien sûr, il le savait. Du moins, de façon abstraite.

— Depuis lors, Jake n'a jamais cessé de m'en vouloir.

— C'est pour cette raison qu'il a eu une aventure avec ta petite amie.

Il accusa le coup.

— Oui. J'ai prêté mon appartement de Manhattan à Carla. Elle avait une série de récitals au Met, et j'avais un projet en Australie. Jake a trouvé le moyen de la séduire et s'est installée avec elle. Je les ai surpris au lit ensemble et leur ai donné le reste de la journée pour vider les lieux. Sauf que Jake m'a pris au mot et a dépouillé mon appartement de tous ses objets de valeur pour s'acheter de la drogue.

Darby porta la main à sa bouche, l'air horrifiée.

— J'espère que tu as porté plainte contre lui.

Dieu merci, elle le comprenait.

— Mon père m'a intimé l'ordre de retirer ma plainte. Sinon, il me bannissait de la famille.

— Et tu n'as pas cédé, suggéra-t-elle d'une voix dénuée de jugement.

— Non. Jake a fait un an de prison. Ma famille m'a rendu responsable du fait qu'il avait désormais un casier judiciaire et a coupé les ponts avec moi.

Darby secoua la tête, incrédule.

— Après tout ce que tu as fait pour Jake ? C'est honteux.

Il trouvait à la fois étrange et merveilleux qu'une personne intelligente et réfléchie comprenne ses choix et les approuve. L'étau qui comprimait sa poitrine se desserra, et pour la première fois depuis des années son sentiment de culpabilité reflua. Il pouvait enfin respirer.

— Voilà pourquoi je ne veux pas d'enfant. J'ai été un père et j'ai échoué.

Darby lui effleura la main.

— Tu n'as jamais été tenté de changer d'avis ?

— Non. J'ai même failli recourir à une vasectomie il y a une dizaine d'années.

Darby eut un sourire ironique. Comme il haussait un sourcil surpris, elle précisa :

— Je me disais que nous étions très mal assortis. Tu ne veux pas d'enfant, et moi si. Encore heureux qu'il n'y ait rien d'autre entre nous que du sexe fabuleux, sinon notre couple irait droit dans le mur !

Mis à part le fait qu'ils n'étaient pas d'accord sur ce qu'ils attendaient de la vie – une peccadille ! – ils s'entendaient merveilleusement bien ; ils étaient compatibles sur le plan sexuel et mental ; ils étaient tous deux forts et indépendants. Elle était la seule femme qu'il verrait bien dans sa vie durant les cinq ou dix prochaines années. Cela ne lui était encore jamais arrivé, et il ne savait pas quoi en penser.

Voyant que les yeux de Darby étaient lourds de sommeil, il se pencha vers elle et déposa un baiser sur son front, ses lèvres s'attardant plus longtemps que nécessaire.

— Dors, chérie. Je serai là quand tu te réveilleras.

Mason s'écarta de Callie endormie, roula hors du lit et se dirigea nu vers la salle de bains attenante. Après s'être lavé, il agrippa les rebords du lavabo et contempla son reflet dans le miroir. Il n'avait pas changé, nota-t-il, hormis la barbe de trois jours. Sinon, même bouche, même nez, même yeux bleus…

Alors pourquoi avait-il l'impression d'être un étranger à l'intérieur de son propre corps ?

Ouvrant le robinet, il se pencha pour boire au creux de sa main avant de s'asperger d'eau le visage. Quatre ou cinq mois auparavant, il menait l'existence normale et plutôt satisfaisante d'un père célibataire, s'autorisant de temps à autre des aventures discrètes, gérant sa cafétéria, ayant l'œil sur ses deux adolescents. Se la coulant douce.

Puis l'ouragan Callie avait bouleversé son train-train quotidien.

Il avait cru que tout serait simple : elle l'attirait, ils coucheraient ensemble aussi longtemps qu'ils y trouveraient du plaisir, puis se sépareraient bons amis.

Sauf que maintenant il ne savait plus où il en était. Sa cafétéria était florissante, mais sa gestion l'ennuyait ; ses fils devenaient de plus en plus indépendants ; et la vie dans cette résidence sécurisée l'étouffait et lui donnait l'impression d'être un poisson rouge dans un bocal. Oh ! comme il enviait Callie et cette liberté de faire ce qui lui plaisait et de partir où elle voulait.

En Thaïlande, par exemple. À vrai dire, chaque fois qu'il pensait à ce maudit voyage, il avait envie de tout casser.

— J'aimerais que nous parlions, Mace.

Tournant la tête, il vit Callie sur le seuil de la pièce, tenant deux verres de vin rouge à la main, son corps somptueux dissimulé sous un peignoir blanc. Elle se dirigea vers sa baignoire massive sertie dans un cadre en bois de cèdre et s'assit sur le rebord, les jambes croisées.

Elle désigna du menton une serviette. Mason s'en saisit et la noua autour de ses reins avant de prendre le verre qu'elle lui tendait. Il but une gorgée de vin et s'accota contre le mur.

— Ce n'est plus pareil, n'est-ce pas ? demanda Callie, rivant sur lui son regard bleu si lumineux.

Il avait envie de mentir, mais à quoi bon ?

— Non, en effet.

Cela ne voulait pas dire pour autant que c'était une mauvaise chose. C'était différent, tout simplement.

— Est-ce parce que je suis sortie de ma coquille… sexuellement parlant ?

Il faillit avaler son vin de travers.

— Bien sûr que non !

Son assurance sexuelle était fabuleuse et tellement excitante. En fait, le sexe était la seule chose qui allait bien en ce moment.

— Alors, quel est le problème, Mace ?

Le hic, c'est qu'il était plus accoutumé aux chiffres qu'aux mots ; les chiffres étaient carrés, logiques. A contrario, les mots lui manquaient pour exprimer ses sentiments agaçants et indéfinissables.

Il fourragea dans ses cheveux, mal à l'aise.

— J'ai du mal à le cerner, avoua-t-il. C'est un peu comme si j'avais un problème de math à résoudre, sachant que la formule est fausse tout en ignorant où est l'erreur.

— Et cette erreur viendrait de moi ou de toi ?

Il détestait être sur la sellette, aussi lui renvoya-t-il la balle.

— Toi aussi, tu as changé, Callie.

Elle inclina la tête, curieuse, et attendit qu'il poursuive.

— Tu es moins nerveuse, plus posée, plus sûre de toi.

— Et cela te pose un problème ?

Non… Mais c'était différent.

— En as-tu assez de moi, Mason ?

Elle fixait son verre, le visage impénétrable, et il ne parvenait pas à savoir ce qu'elle pensait. Avant le réveillon du nouvel an et son voyage en Asie, il avait été capable de lire en elle. Mais maintenant elle ressemblait à un livre fermé.

Puis il prit conscience du sens de ses paroles, et il sentit une colère sourde monter en lui.

— Comment peux-tu me poser une pareille question ?

Callie fit tourner son vin dans son verre, s'obstinant à fuir son regard.

— Il y a plusieurs mois, j'étais perdue, plutôt naïve et manquant de confiance en moi sur le plan sexuel. Puis tu as fait irruption dans mon existence, toi, l'archétype de l'homme fort et intrépide. Tu m'as demandé d'affronter de nouveau la vie, de m'amuser, de redécouvrir les plaisirs charnels avec toi. Je t'ai écouté et j'ai relevé le défi.

Callie leva les yeux vers lui et fit la moue.

— Nous avons vécu une semaine merveilleuse entre Noël et le réveillon du jour de l'an. Lors de la fameuse réception, j'ai éprouvé le besoin de prendre un peu de recul, l'espace d'un instant, et tu as pris prétexte de ce retrait momentané pour fuir.

Ces paroles le frappèrent de plein fouet et explosèrent en petites bulles de vérité. Incapable d'assumer le fait qu'il se sentait merveilleusement bien avec elle et qu'il était très heureux de l'avoir dans sa vie, il s'était servi de Ray comme excuse.

L'intensité de ses sentiments pour elle l'avait effrayé, et il avait fui.

Son orgueil en prenait un sacré coup !

Alors, il fit ce que les hommes faisaient quand ils avaient tort, il contre-attaqua :

— Je n'ai pas fui aussi loin que toi.

— C'est vrai. Mais j'ai ôté ma bague, enlevé la photo de Ray et surtout je suis revenue. Nous nous sommes revus deux fois depuis nos retrouvailles à la cafétéria, nous avons eu des rapports sexuels que je qualifierais de miraculeux, mais… j'ai le sentiment que la petite étincelle s'est éteinte. Et la seule conclusion qui me vient à l'esprit, c'est que tu en as assez de moi.

Non, il ne pouvait pas lui laisser penser une pareille absurdité !

— C'est faux, Cal ! Je ne me suis pas lassé de toi.

— Écoute, Mace, je n'ai pas l'intention de rester assise là à jouer aux devinettes avec toi.

Elle se leva et croisa les bras sur sa poitrine, son verre de vin en appui contre la partie supérieure de son bras.

— Je vais me conduire en adulte responsable et te dire comment j'envisage l'avenir. Je ne me sens pas prête à prendre ma retraite et à vivre le reste de mon existence comme une veuve riche. Je veux faire quelque chose, Mace, être quelqu'un. J'ai toujours été l'épouse de Ray et la mère de nos enfants, j'ai toujours soutenu leurs rêves, leurs objectifs et leurs intérêts. Désormais, je veux être *utile*.

Il ne pouvait qu'admirer son enthousiasme et sa détermination à évoluer et à se forger une place au soleil.

Il pourrait même tomber amoureux d'elle !

— J'ai étudié différents projets auxquels je pourrais participer, et cela suppose que je ne vivrais pas ici de façon permanente. J'aime voyager, Mason, j'ai adoré Bali et la Thaïlande, et j'ai envie de découvrir d'autres endroits fabuleux.

Callie prit une profonde inspiration et esquissa un sourire.

— Je suis folle de toi, Mace, mais si je reste ici en me laissant vivre dans l'attente de tes visites, je partirai de nouveau à la dérive et je serai perdue. Et je ne veux pas me perdre encore une fois.

Trop ému pour parler, Mason garda le silence. Il redoutait de perdre Callie, mais il redoutait encore plus de lui demander de se sacrifier pour rester avec lui. Il appréciait trop la liberté – la sienne et celle des autres – pour exiger un tel renoncement de la part de cette femme qu'il adorait.

Alors il la prit dans ses bras et posa son menton sur son crâne. Il comprenait son besoin de voler de ses propres ailes ; il fallait simplement qu'il trouve un moyen de lui fournir une paire d'ailes.

Ou d'en trouver une pour lui et voler de concert avec elle.

***

Darby pénétra dans la salle de jeux de la demeure familiale et la balaya d'un rapide coup d'œil.

Judah, Noah, Matt et Levi jouaient au billard américain sur la table achetée par un ancêtre Brogan au début du siècle dernier. Un flot d'injures s'échangeait au-dessus du tapis vert, et Darby tiqua ; entre ces quatre mâles dominants, la concurrence était rude. Heureusement qu'elle ne jouait pas avec eux !

Elle s'avança dans leur direction et vit que Judah s'apprêtait à exécuter une figure difficile.

— Tu es un bon joueur, Judah, intervint Noah. Tu devrais faire une partie avec Darby de temps à autre. Elle aime jouer, mais nous n'aimons pas l'avoir comme partenaire.

Judah tomba dans le piège de Noah.

— Elle joue si mal que ça ? demanda-t-il, levant les yeux depuis son poste devant la table.

— Dites donc, je ne suis pas aussi mauvaise que vous le prétendez ! protesta Darby avec une colère feinte.

— Nous détestons jouer avec toi, Darby, répliqua Matt avant d'émettre un sifflement admiratif à l'intention de Judah qui venait de réussir son coup de fantaisie.

Quelle chance ! Il serait un adversaire digne d'elle. Comme ce serait excitant de le défier au strip-billard et de voir avec quelle facilité elle le dépouillerait de ses vêtements.

Judah contourna la table, lui tapota les fesses et susurra un « oui ! » sexy à son oreille.

— Oui à quoi ? rétorqua-t-elle, tout émoustillée.

— Oui à tout ce que tu es en train de manigancer en me dévorant des yeux, chuchota-t-il, écartant ses cheveux de son cou et déposant un baiser sous son oreille.

Indifférent aux murmures amusés de ses partenaires de jeu, il plaqua son grand corps contre le dos de Darby, sa main posée sur son ventre. Il était si chaud et il sentait si bon. Et cette bouche sur sa peau hyper sensible… De la dynamite !

Puis d'une voix redevenue normale, il grommela :

— Pourquoi ai-je la désagréable impression que ces trois lascars essaient de m'induire en erreur à propos de ton jeu, Darby ? Je parie que tu es une joueuse hors pair.

S'efforçant de prendre un air innocent, elle pivota dans ses bras.

— Qu'est-ce qui te fait penser cela ?

Elle se sentit fondre sous son grand sourire sexy et se laissa aller contre son torse musclé, consciente que la partie était finie et que les trois amis discutaient entre eux d'un nouveau yacht que Matt concevait.

— À cause du choix de leurs mots. Ils détestent jouer avec toi parce que tu es très douée. Cela ne me surprend pas. Tu réussis tout ce que tu entreprends et tu as l'esprit de compétition. Et je ne suis pas idiot.

Décidément, cet homme avait tout pour plaire : une plastique superbe, un immense talent, un bel esprit de déduction…

— Et, oui, j'adorerais te défier au strip-billard, ajouta-t-il, un sourire coquin aux lèvres.

Darby éclata de rire et leva les mains en signe de reddition. Oh ! oui, ils étaient sur la même longueur d'onde. Hélas, le moment était mal choisi. Désireuse de mettre un peu de distance entre eux avant qu'elle se ridiculise en se jetant à son cou et en l'embrassant à perdre haleine, elle se dirigea vers la cheminée. DJ et Jules étaient installées sur un canapé moelleux, et Callie leur faisait face, entièrement absorbée par le bébé assis sur ses genoux.

Mason ne participait pas à ce dîner de famille, et son absence surprit Darby.

DJ leva les yeux vers elle en souriant.

— Es-tu au courant de la dernière trouvaille de Mme Jenkins ? C'est tellement insensé ! Je crains que notre chère voisine ne perde la tête.

Mme Jenkins était déjà une vieille dame quand Darby était enfant. Qu'il pleuve, qu'il vente ou qu'il neige, tous les après-midi, elle enfourchait son scooter et faisait le tour de la résidence sécurisée. Elle était la première source de nouvelles et de ragots dans leur communauté.

— Non. Que raconte-t-elle ?

— Tiens-toi bien, elle affirme avoir vu une femme à moitié nue dans la cafétéria de Mason, mercredi dernier. Elle était plaquée contre la porte vitrée, et un homme l'embrassait.

En effet, la chère vieille dame devait déraisonner. Jamais Mason ne permettrait qu'une chose aussi scandaleuse se produise dans son établissement.

— C'est curieux, remarqua Darby. Mercredi dernier, le blizzard soufflait et il n'y avait pas un chat dehors.

— Mme Jenkins devient un peu sénile, déclara Callie, les mains sur son visage tandis qu'elle jouait à « coucou » avec Jac, laquelle riait aux éclats.

— Comment Mason a-t-il réagi à propos de cette rumeur, maman ? demanda Jules.

— Il n'écoute pas les rumeurs. Mais je suis sûre qu'il trouverait l'histoire amusante.

Puis, prenant Jac dans ses bras, Callie se leva, le rose aux joues.

— Il fait un peu trop chaud près du feu, remarqua-t-elle.

Darby, qui se tenait encore plus près de l'âtre, ne trouvait pas qu'il faisait une chaleur excessive.

— Je pense que c'est toi, maman.

Callie s'empourpra violemment.

— Moi ? Quoi, moi ?

Pourquoi sa mère réagissait-elle de façon aussi étrange ?

— Te sens-tu bien ? As-tu de la température ? Beaucoup de personnes sont grippées, en ce moment.

— Oh… non, ne t'inquiète, pas. Je vais bien. Allons, Jac, il est temps que je te change.

De plus en plus perplexe, Darby suivit sa mère des yeux.

Elle avait changé Jac il y avait à peine une demi-heure, mais… bon. Depuis son retour de Bali, le comportement de sa mère était un peu déroutant.

Reportant son attention sur sa jumelle et leur meilleure amie, Darby se souvint qu'elle voulait leur demander quelque chose :

— Au fait, l'une de vous m'aurait-elle emprunté mes cuissardes noires très sexy que j'avais achetées pour la réception de Halloween ? Je n'arrive pas à mettre la main dessus.

Jules et DJ dirent que non mais qu'elles vérifieraient. Leurs armoires étaient pleines à craquer de vêtements, chaussures et accessoires empruntés à l'une ou à l'autre. Puis la conversation reprit son cours. Darby se pelotonna sur l'autre canapé, silencieuse, et observa sa famille.

Elle avait sous les yeux une représentation du bonheur. Sa sœur et sa meilleure amie étaient heureuses et amoureuses d'hommes honorables ; sa mère fréquentait un homme qui n'était pas son père, mais elle n'y voyait pas d'inconvénient ; il y avait un homme à l'autre extrémité de la pièce qui la comblait de joie ; Jac était adorable et facile à vivre.

Le cabinet d'architecture et de décoration intérieure qu'elle codirigeait avec Jules et DJ prenait son essor. Elle avait à son actif plusieurs belles réussites. Elle devrait donc être heureuse.

Sauf qu'elle ne l'était pas. Car tout ceci était un mensonge, une imposture, une illusion. Oh ! elle ne parlait pas de sa sœur ni de son amie ni même de sa mère. Mais pour le reste ? Le bébé ? Judah ?

Elle et Judah n'étaient pas ce qu'ils paraissaient être.

Fermant les yeux, elle laissa la douleur familière la submerger. Elle préférait affronter la vérité, aussi pénible fût-elle, plutôt que de se bercer d'illusions en imaginant que le reste de sa vie ressemblerait au tableau idyllique qu'elle avait sous les yeux. Cela n'arriverait jamais.

Elle avait beau tourner la situation dans tous les sens, un happy end était impossible pour elle et Judah.

Leur relation était étroitement liée au projet de musée et à la garde de Jac, l'un et l'autre limités dans le temps. La prétendue petite famille qu'ils avaient formée si rapidement avait une date d'expiration imminente. Les nouvelles en provenance d'Italie étaient bonnes, Carla se rétablissait et faisait passer des entretiens à des nourrices. Elle et Judah étaient dans l'attente du coup de fil qui les priverait de Jac.

En tant qu'architecte locale pour le compte de Huntley and Associates, Darby maîtrisait tous les tenants et aboutissants du projet de musée d'art. De son côté, Judah avait soumissionné pour un projet à Kuala Lumpur et il avait été contacté pour concevoir un complexe hôtelier respectueux de l'environnement au Costa Rica.

Il remettrait Jac à Carla et passerait à autre chose. Darby aussi devrait aller de l'avant et décider si elle recourait ou non à une FIV.

Quoi qu'il arrive par la suite, elle était heureuse d'avoir eu cet intermède avec Jac ; elle avait pu se rendre compte de ce que signifiait concrètement s'occuper d'un bébé jour après jour, nuit après nuit. Elle avait une meilleure idée de ce qui l'attendait, de l'énergie qu'il lui faudrait déployer si elle décidait d'élever un enfant seule. Elle y parviendrait, mais…

Ce serait tellement plus facile avec un partenaire. Avec Judah.

Mais il ne voulait pas d'enfant.

Et comme une sotte elle était tombée amoureuse de lui. Son cœur était convaincu qu'il était l'homme de sa vie, mais son cerveau ne comprenait pas comment elle pouvait aimer un homme qui ne voulait pas ce qu'elle désirait par-dessus tout. Judah demeurait un mystère pour elle. Comment pouvait-il se montrer si merveilleux avec Jac – d'une patience et d'une gentillesse exemplaires – et refuser d'avoir des enfants ? Comment une telle aberration était-elle possible ? Pourquoi la vie était-elle aussi cruelle ?

Darby appuya sa tête contre la colonne, se torturant l'esprit pour essayer de comprendre. Il était tellement chaleureux, amusant, aimant… Un homme comme lui devrait avoir une partenaire, un foyer, des enfants.

La semaine dernière, ils avaient longuement discuté du désir de Darby d'avoir des enfants, de la décision de Judah de ne pas en avoir, et elle savait désormais qu'elle n'avait aucune chance de partager avec lui l'avenir dont elle rêvait, à savoir, une maison remplie de garçons turbulents et de fillettes débordantes de vitalité.

Même si tous deux continuaient de se voir après le départ de Jac – la distance entre Boston et New York n'était pas si grande –, ils ne connaîtraient que quelques moments de satisfaction sexuelle.

Qui plus est, Judah ne l'aimerait jamais comme Noah aimait Jules ou comme Matt aimait DJ. Et elle se sentirait terriblement mortifiée, surtout lors des réunions de famille.

Il valait donc mieux qu'ils passent à autre chose dès maintenant. Jac devait retrouver Carla, Darby devait tenter une FIV. Quant à Judah, il ferait ce qu'il voudrait.

Le cœur meurtri, Darby reporta son attention sur Judah. Il portait une chemise blanche aux manches retroussées, flottant sur un pantalon chino. Il ne s'était pas rasé depuis deux jours, et son ombre de barbe lui donnait un petit air canaille. Pourquoi fallait-il qu'il l'obsède à ce point ? Sa vie et son lit seraient désespérément vides sans lui.

Comme s'il sentait son regard peser sur lui, il releva la tête et la chercha des yeux. Quand il la localisa enfin, il fronça les sourcils, perplexe. Puis il vint se poster derrière elle et lui effleura la joue avec ses phalanges repliées.

— Eh, ça va ?

Darby se força à sourire.

— Oui. Je m'apprêtais à aller chercher Jac. Cela fait

un moment que ma mère l'a emmenée en disant qu'elle avait besoin d'être changée.

À cet instant, Callie apparut sur le seuil, Jac dans les bras.

— Le dîner est presque prêt. L'une de vous peut-elle m'aider en cuisine ?

Judah posa sa main sur l'épaule de Darby, l'obligeant à rester assise pendant que DJ et Jules se levaient prestement. Puis il se cala contre le dossier du canapé, sa grande main posée sur le genou replié de Darby.

— Que se passe-t-il, chérie ? Tu as l'air un peu perdue.

Le cœur de Darby se serra. Judah était tellement attentionné, que ce soit dans le travail ou dans l'intimité.

— J'avais besoin d'un petit moment pour réfléchir.

— Je pensais que tu te joindrais à moi pour battre Noah, Matt et Levi à plate couture et leur infliger la honte de leur vie, plaisanta-t-il.

— Ils l'auraient mérité, répliqua-t-elle d'un ton faussement enjoué.

Percevant de la perplexité dans le regard de Judah, elle tenta de faire diversion en lui chipant sa bouteille de bière et en sirotant une longue gorgée.

— J'ai un peu mal à la tête, expliqua-t-elle.

— Quand comprendras-tu que tu es incapable de me mentir, Darby ? Quelque chose te tracasse, mais quoi ?

— Tu te trompes. Je vais bien, Judah.

— Non. Je vois bien que tu es triste.

Il lui pressa le genou, se faisant plus insistant :

— Parle-moi, Darby.

Comment pourrait-elle lui avouer qu'elle l'aimait ? Qu'elle voulait vivre son rêve, avec une maison remplie d'enfants qu'ils élèveraient ensemble, des dîners dominicaux réunissant la famille, toutes générations confondues ?

Cette conversation la mettait sur des charbons ardents, aussi changea-t-elle de sujet :

— As-tu parlé à Carla, dernièrement ?

— Oui.

— T'a-t-elle dit quand Jac devait repartir ?

Judah se rembrunit.

— Bientôt. Dans les prochains jours.

Darby hocha la tête, s'adjurant de ne pas pleurer.

— Elle va me manquer.

— Je sais, dit-il, fourrageant dans ses cheveux, l'air malheureux. Si j'avais su que tu voulais à ce point des enfants, je ne t'aurais jamais demandé de t'occuper d'elle.

— Tu m'as proposé un marché, et je l'ai accepté.

— Il n'empêche que c'était injuste.

À l'entendre, il l'avait obligée à s'occuper du bébé, mais il se trompait.

— Je suis une adulte, Judah. Je prends mes propres décisions. J'ai été ravie de m'occuper de Jac, mais…

— Mais quoi ?

Elle prit une profonde inspiration, rassemblant les bribes de son courage.

— Mais je suis soulagée qu'elle parte bientôt. Je me suis attachée à elle, et plus elle restera, plus la séparation sera douloureuse.

Judah garda le silence pendant un long moment.

— C'est si difficile ?

Oh ! oui, ça l'était.

Mais elle ne voulait pas seulement la fillette. Elle voulait aussi l'homme, son rêve, la maison et… Stop ! Elle devait arrêter de penser à ce qu'elle ne pouvait pas avoir et se focaliser sur ce qui était à sa portée. Être une maman célibataire.

Sentant la panique la gagner, elle inspira profondément. Elle pouvait y arriver. Elle *devait* y arriver.

Et elle devait se détacher de Judah, le laisser poursuivre son chemin comme il l'entendait. Elle refusait de passer sa vie à espérer qu'il changerait et qu'il en viendrait à l'aimer suffisamment pour lui donner ce qu'elle voulait par-dessus tout. Coucher avec lui, le côtoyer, jouer à la famille heureuse avec Jac, tout cela était trop difficile. Elle risquait de craquer si la situation s'éternisait.

Elle l'aimait et, chaque fois qu'ils faisaient l'amour, elle tombait un peu plus sous son charme. Chaque fois qu'ils parlaient d'architecture, de livres, d'art, de sport ou de politique, elle s'émerveillait de son intelligence, de sa culture et de son humour pince-sans-rire.

Elle l'aimait, et cet amour équivalait désormais à une petite torture.

— Que veux-tu exactement, Darby ? demanda Judah, affichant une expression d'une gravité inattendue.

Il avait dit qu'il était impossible de s'attacher à quelqu'un en deux semaines, mais il s'était lourdement trompé.

— Hélas, je veux tout, Judah.

- 9 -

Judah pénétra dans la maison familiale, où il s'était installé le lendemain du jour où lui et Darby avaient fait l'amour pour la première fois, puis il ôta ses bottes et son manteau dans le vestibule. Dehors, le vent soufflait en rafales et de gros nuages menaçants couraient bas dans le ciel. Selon le dernier bulletin météo, un autre épisode de blizzard frapperait Boston durant la nuit et ensevelirait la ville sous plusieurs centimètres de neige.

La maison était silencieuse, et Judah fronça les sourcils, perplexe. Durant les quinze dernières années, il avait vénéré le silence, mais maintenant il lui paraissait oppressant, presque étrange. Depuis deux semaines, il s'était habitué à la musique, aux cris perçants de Jac, aux fredonnements dissonants de Darby, au brouhaha de la radio ou de la télévision.

Les bruits familiers d'un foyer.

Se demandant où étaient passées ses filles, il sortit son téléphone pour appeler Darby, mais avant qu'il ait le temps de composer son numéro, la sonnerie de son portable retentit. Il contempla l'appareil comme si c'était un serpent prêt à mordre, car il savait que cet appel aurait pour conséquence la reprise du cours normal de sa vie.

Or, il ne voulait pas qu'elle redevienne comme avant. Il aimait sa nouvelle vie avec Darby et Jac.

Il ne devrait pas. Mais c'était ainsi.

La sonnerie s'interrompit avant de reprendre deux

secondes plus tard. Il ne pouvait pas tergiverser indéfiniment. Cette conversation était inévitable.

— Bonjour, Carla.

— Hello, Judah.

La voix de Carla paraissait tendue, très différente de la voix sensuelle dont il gardait le souvenir.

— Comment va ma fille ?

Heureuse. Radieuse. Épanouie. Ravalant ces qualificatifs, il répondit simplement :

— Elle va bien. Es-tu sortie de l'hôpital ?

— Oui. Je suis de retour chez moi, à Côme, avec une infirmière à plein temps. Luca a engagé une nourrice pour Jac, une Américaine ayant un master en développement de la petite enfance.

Jac n'avait pas besoin d'une enseignante mais d'une maman.

— J'ai besoin de paix et de tranquillité pour me rétablir et retrouver mes forces. La nounou et Jac s'installeront dans le cottage jusqu'à ce que je sois en mesure de les avoir à la maison.

Pour l'amour du ciel ! Jac n'était pas aussi bruyante qu'un chantier de construction ! Et Carla n'avait subi qu'une simple appendicectomie et non une transplantation cardiaque !

— Voyons, Carla, ce n'est pas un petit animal non dressé mais ta fille ! protesta Judah, agacé.

— Quoi qu'il en soit, je dois me recentrer sur moi-même et me rétablir le plus vite possible. Je t'enverrai la nounou pour qu'elle récupère Jacquetta. Elle arrivera vendredi. Tu voudras bien faire préparer ses affaires pour que la nounou puisse l'emmener aussitôt.

Il faudra d'abord me passer sur le corps.

Ulcéré, Judah se pinça l'arête du nez si fort qu'une douleur aiguë se diffusa dans ses sinus.

— Je refuse de remettre Jac à une inconnue.

— Dans ce cas, tu en seras quitte pour la ramener toi-même.

— Si je dois en passer par là, grommela-t-il.

— Cesse de t'inquiéter, Judah. La nounou est très compétente. Et j'essaierai d'être une meilleure mère pour Jacquetta.

Bien sûr. Avec des si on mettrait Paris en bouteille !

— Je rêve de normalité, Judah, d'une vie simple. Un homme, mon bébé, du soleil sur mon visage, de l'air pur et de la nourriture saine. Rien qu'une vie simple.

Sauf que Carla ignorait tout de la simplicité. Dès qu'elle irait mieux, elle oublierait cette conversation et s'arrangerait pour revenir sous les feux des projecteurs. Elle était un papillon de nuit qui avait besoin de la flamme de l'attention, et elle s'y brûlerait – et son entourage avec – avant de s'extirper du feu.

Pauvre Jac.

Il l'imagina, recherchant constamment l'attention de Carla, et cela le mit hors de lui.

— Essaie de te rappeler que Jac n'est pas un fichu livre qu'on peut prêter, récupérer et prêter à nouveau, Carla. C'est une petite fille, et elle a besoin de stabilité. Es-tu en mesure de la lui procurer ?

— La stabilité est une notion surfaite. Je n'ai pas eu une enfance stable et je ne m'en porte pas plus mal.

C'était à voir !

— Ramène-moi Jacquetta, Judah. Je ne t'ennuierai plus avec elle, c'est promis.

Sur quoi, elle raccrocha. Désespéré, il se frappa le front avec son téléphone.

Comment allait-il annoncer à Darby que Jac s'en allait ? Où puiserait-il la force de la ramener à Carla ?

Hélas, il n'avait pas le choix. Jac n'appartenait pas à Darby, encore moins à lui. Il ne voulait pas d'enfant, n'est-ce pas ?

Il devait retourner à son ancienne vie, retrouver sa

liberté, ses longues nuits studieuses, ses promenades matinales dans les rues de la ville où il séjournait, ses repas dans les restaurants locaux…

Il n'avait de comptes à rendre à personne, il n'avait à se soucier de personne, et personne ne se souciait de lui.

Alors, si c'est ce qu'il voulait, pourquoi éprouvait-il un horrible sentiment de vide en lui ?

Furieux contre lui-même, il pénétra dans la cuisine, déposa son téléphone sur le dessus en marbre de l'îlot et se dirigea vers le couloir. Parvenu au pied de l'escalier, il perçut des sons et des rires féminins. Il se trouvait trop loin pour distinguer les mots prononcés, mais il s'attarda un moment pour savourer ce moment d'intimité et de gaieté. À mesure qu'il grimpait les marches, les mots devenaient plus distincts, et la voix assourdie de Darby plus audible.

Il longea le couloir du premier étage, se demandant comment il pourrait retourner à la solitude de son existence ; comment il allait supporter cette liberté retrouvée sans les chants de Darby et le rire de Jac.

Il pénétra dans la chambre de Darby et soupira à la vue du désordre – le lit défait, les vêtements éparpillés au sol jusqu'à la salle de bains, tels les cailloux du Petit Poucet. Il entrouvrit la porte de la salle de bains attenante et passa la tête par l'entrebâillement.

La femme et l'enfant, l'une blonde et l'autre brune, mais toutes deux belles et fascinantes, étaient installées dans la baignoire massive aux pieds griffus, remplie à ras bord d'eau mousseuse. Jac, assise sur le ventre de Darby, essayait d'attraper les bulles de savon et de les manger.

Les yeux rivés sur la fillette, Darby lui souriait avec tendresse, et pour la première fois il prit pleinement conscience de son désir d'avoir son propre enfant.

Jusqu'à cet instant, il avait compris, de façon abstraite, sa volonté de faire prélever ses ovocytes, mais c'est en la voyant jouer avec Jac qu'il se rendit compte de son besoin viscéral d'être appelée maman, d'être le centre de l'univers d'un enfant.

Et cela le terrifia.

Malgré tout, il avait envie de lui donner un enfant.

Non parce qu'il voulait être père, mais parce que, pour la première fois depuis très longtemps, il plaçait le bonheur de quelqu'un d'autre au-dessus du sien. Darby voulait connaître les joies de la maternité avec ses *propres* enfants, et il ferait tout son possible pour lui permettre de réaliser son rêve.

Cette pensée le bouleversa jusqu'au tréfonds de son être. Il prenait là une décision capitale. Ce serait le projet le plus important de sa vie.

Judah s'épongea le front couvert de sueur, regrettant de ne pas pouvoir souscrire pleinement au genre de vie à laquelle Darby aspirait, mais il se sentait incapable de s'investir dans l'éducation et le bien-être d'un autre être humain. Il l'avait fait avec Jake, et avec quel résultat ? Son frère était un ex-détenu toxicomane, et il ne savait même pas où il se trouvait.

La vie était mal faite. Pourquoi fallait-il que Darby ressente ce besoin viscéral de procréer ? Ils auraient pu former un couple merveilleux, travailler ensemble et concevoir des bâtiments fabuleux aux quatre coins du monde. Pour la première fois de sa vie, il s'imaginait capable de se fixer quelque part. Ils achèteraient une parcelle de terrain – pourquoi pas dans cette résidence sécurisée ? Et établiraient les plans de leur maison parfaite tandis que Jules se chargerait de la décoration. Ils passeraient une partie de l'année à Boston, et le reste du temps, où bon leur semblerait.

Ils seraient libres ; sans aucune entrave.

Sauf que Darby rêvait d'avoir un bébé et qu'il voulait en être le géniteur.

Mais alors, elle l'obligerait à se conduire en père digne de ce nom et à assumer pleinement ses responsabilités.

En serait-il capable ? Pour elle ? Pour la rendre heureuse ?

Oh ! oui, il ferait n'importe quoi pour la rendre heureuse... Peut-être même était-il amoureux d'elle.

Seigneur ! Il ignorait à quoi ressemblait l'amour, mais il pensait tout le temps à elle. Il ne se rassasiait pas de son corps splendide. Il avait envie de la faire sourire et rire. Il aimait discuter avec elle. Elle seule connaissait son passé et les répercussions qu'il avait eues sur lui. Durant ces deux semaines, elle était devenue sa meilleure amie et son amante, la seule personne capable de trouver le chemin de son âme meurtrie et de la réchauffer.

Il ne voulait pas d'enfant, mais il en aurait.

Pour Darby.

Avec Darby.

Le cri joyeux de Jac le tira de ses réflexions, et il reporta son attention sur la scène charmante se déroulant sous ses yeux. Jac agita ses menottes dans sa direction en guise de bienvenue, et Darby tourna la tête vers lui, un sourire radieux aux lèvres.

— Eh, tu as l'air aussi morose que le temps, plaisanta-t-elle.

Quel dommage de gâcher sa belle humeur, songea-t-il, la mort dans l'âme. Mais il devait lui annoncer qu'il allait ramener Jac à Carla. Quand Darby aurait accepté l'idée de ce départ, il lui expliquerait qu'il voulait continuer à la voir et qu'il était prêt à être le père de ses enfants. Qu'il le ferait pour elle.

Darby regarda par la fenêtre, et il suivit son regard. La neige commençait à tomber, et s'il n'avait pas eu le poids de la mauvaise nouvelle sur ses épaules, il aurait apprécié la scène : Darby nue, la neige, une grande baignoire...

Judah jeta un coup d'œil à sa montre et se rendit compte qu'il était temps de coucher Jac. Il pourrait différer la nouvelle jusqu'à demain, réchauffer l'eau du bain et faire des dessins sur la peau de Darby avec les bulles de savon.

Elle claqua des doigts, l'obligeant à détourner son attention de sa poitrine sublime.

— Que se passe-t-il, Judah ?

Il retira une serviette-éponge chaude du sèche-serviettes, en enveloppa Jac et la serra contre son torse, inhalant sa fragrance de bébé.

— Je vais la préparer pour la nuit et la mettre au lit, dit-il en souriant.

Un petit pli se creusa entre les sourcils de Darby.

— J'ai laissé son biberon dans le chauffe-biberon sur ma table de chevet. Elle devrait s'endormir vite, elle est épuisée.

Sans mot dire, il se pencha vers elle et posa ses lèvres sur les siennes. À travers son baiser, il s'efforça de l'avertir, de la réconforter, de l'assurer que tout irait bien, qu'il avait un plan. Il perçut son hésitation, sa peur, et il soupira contre ses lèvres.

Il ferait n'importe quoi pour ne pas la blesser.

Mais, hélas, il ne pouvait pas lui donner Jac.

Judah ferma à moitié la porte de l'ancienne chambre de Jules de façon que la lumière du couloir filtre jusqu'au berceau de Jac. Puis il retourna dans la chambre de Darby, là où ils s'étaient aimés et avaient ri, il s'assit au bord du lit et attendit qu'elle sorte de la salle de bains.

Ce n'était pas le genre de conversation qu'il pouvait avoir quand elle était nue.

Reposant ses avant-bras sur ses cuisses, il fixa le parquet en bois massif, un début de migraine pulsant derrière ses pupilles. La faute aux liens affectifs – voilà pourquoi ils les avaient évités.

— Elle repart, n'est-ce pas ?

Levant les yeux, il contempla Darby debout dans l'encadrement de la porte. Elle lui avait emprunté son sweat-shirt qui lui couvrait les cuisses et avait noué ses cheveux en un chignon désordonné. Son air hagard et sa lèvre inférieure tremblante trahissaient son trouble.

— Oui, acquiesça-t-il.

Blêmissant, elle noua les bras autour de sa taille.

— Quand ?

— Le plus tôt possible. J'affréterai un jet privé demain matin, et nous partirons dès qu'il sera prêt.

Il serra le poing, malheureux. Mis à part la fois où il avait laissé Jake derrière lui, cette séparation serait la chose la plus difficile qu'il ferait.

Pourquoi diable avait-il accepté de s'occuper de Jac ? Pourquoi n'avait-il pas sommé Luca de trouver une autre solution ? Oh ! parce qu'elle était sa nièce, parce que son père était un loser toxicomane et qu'elle n'avait personne d'autre. Darby l'avait prévenu, mais il n'avait pas cru qu'il s'attacherait à elle si vite. Ramener Jac à Carla lui était un crève-cœur, et il savait que Darby était aussi malheureuse que lui.

S'il avait su à quel point elle désirait des enfants, il ne lui aurait jamais demandé de s'impliquer dans la vie de Jac. Et, quand il l'avait découvert, il avait été incapable de laisser partir Darby.

Il ne le pourrait jamais.

Il se leva, franchit la distance qui les séparait et caressa sa joue encore humide. À cause du bain ou parce qu'elle avait pleuré ? Il n'en avait aucune idée.

— Ça va ?

Elle haussa les épaules, fataliste.

— Ce n'est pas comme si nous ne savions pas ce qui allait arriver.

Ce n'était pas une réponse.

— Carla est sa mère, Darby, nous ne pouvons pas la garder.

Elle exhala un soupir agacé.

— Je le sais, Judah. Je n'ai jamais eu l'intention de l'arracher à sa mère. Je ne suis pas stupide à ce point !

Elle est bouleversée, sois patient avec elle.

— Tu n'es pas du tout stupide. Simplement, tu t'es attachée à Jac et tu souffres à l'idée de t'en séparer.

Il s'exprimait d'une voix unie. La situation était suffisamment difficile. Il n'avait aucune envie de se disputer avec Darby.

Elle passa devant lui, contourna le lit et se posta à la fenêtre. Écartant les rideaux, elle contempla la neige qui tombait à gros flocons.

— Tu te comportes comme si j'étais la seule à être affectée par le départ de Jac, mais elle va te manquer à toi aussi, Judah.

Bien sûr. Mais à quoi bon s'appesantir sur ce point ?

Elle pivota vers lui, ses yeux immenses dans son visage blême.

— Je sais que tu vas la voir quand elle dort, Judah. Je me rends compte à quel point tu l'aimes.

Il se frotta la nuque, mal à l'aise.

— Elle est adorable, et c'est ma nièce, Darby.

— Elle est davantage que cela, et tu le sais ! Pourquoi ne te bats-tu pas pour elle ? Sa mère est irresponsable ; elle la confiera à une nourrice dès votre descente d'avion. Jac aura tout ce qu'elle voudra, hormis la seule chose dont elle aura besoin : des parents pour l'aimer, l'élever, la guider dans la vie.

— Alors, selon toi, je dois exiger de Carla qu'elle me confie la garde exclusive de sa fille ? demanda Judah, élevant la voix malgré lui.

Avait-elle perdu l'esprit ? Ce n'était pas comme cela que les choses se passaient.

— Oui ! répliqua-t-elle avec force. C'est précisément ce que tu devrais faire.

D'accord, elle était encore plus bouleversée qu'il n'aurait cru possible.

Il fit un geste en direction de la porte.

— Allons au salon, suggéra-t-il d'un ton apaisant. Nous

allumerons un feu dans la cheminée, commanderons une pizza et boirons un verre de vin.

— Tu veux manger ? demanda Darby d'un ton incrédule.

Eh bien, oui, il avait eu une longue journée harassante.

— Descendons, Darby.

Elle reprit sa contemplation devant la fenêtre.

— J'ai besoin d'être seule, Judah.

Il s'avança derrière elle et noua ses bras autour de sa taille, l'attirant contre son torse.

— Je sais que tu aimes Jac et que tu souffres de la voir partir. Mais cette séparation est inévitable. Nous avons toujours su que ce jour viendrait.

— Et nous deux ? Est-ce aussi la fin ?

— Je ne le souhaite pas, admit Judah. Nous sommes bien ensemble. Nous nous apprécions mutuellement. Le sexe est fabuleux. Cela… fonctionne entre nous.

Fonctionner ? Quel terme affligeant ! Pourquoi ne lui disait-il pas le fond de sa pensée ? *Je veux t'avoir dans ma vie. J'ai besoin de toi. Je t'aime.*

C'était des mots tout simples, mais ils exprimaient des émotions aussi vastes que le ciel du Montana et aussi profondes que les eaux d'un fjord norvégien.

Et si elle lui disait non ? Et si ses sentiments n'étaient pas réciproques ? Elle aimait Jac, il le savait, mais l'aimait-elle ? À vrai dire, il n'en savait rien.

Aussi décida-t-il de jouer la prudence.

— Jac va nous manquer, c'est certain, mais dans une semaine ou deux, quand nous commencerons à nous habituer à une vie sans elle (la souffrance diminuerait, ils iraient mieux), nous pourrions prendre un nouveau départ. Un de mes plus fidèles clients a acheté un terrain dans l'Arizona, au cœur du désert, et m'a demandé de concevoir une maison qui soit en harmonie avec le paysage alentour. J'aimerais que tu viennes avec moi.

Au moins, le travail serait un dérivatif à l'absence de l'adorable fillette brune aux joues roses et au sourire radieux.

— Je codirige un cabinet à Boston, Judah. Je ne peux pas m'absenter sur un coup de tête.

Ce serait un voyage d'affaires pour eux deux. Il appréciait son opinion en tant que professionnelle ; il la rémunérerait comme il le ferait avec n'importe quel autre consultant. Mais le moment était mal choisi. Il aborderait de nouveau ce sujet quand ils se sentiraient moins bouleversés.

— Descendons, Darby. Lovons-nous au coin du feu et buvons un verre de vin.

Avec un peu de chance, il commanderait cette pizza. Car son estomac se fichait de savoir que son cœur saignait et que son cerveau était sur le point d'exploser.

Mais Darby secoua la tête et posa sa main sur la vitre froide. Il sentait qu'elle s'éloignait de plus en plus de lui et qu'elle se retranchait derrière un bouclier protecteur. Il resserra sa prise autour d'elle, s'efforçant de la garder ancrée à lui.

Oh ! comme il préférerait qu'elle pleure, qu'elle crie, qu'elle se batte au lieu de demeurer inerte dans ses bras.

— Darby, reste avec moi, implora-t-il.

Elle ne répondit pas, et il enfouit son visage dans son cou, inhalant sa fragrance. Il ne supportait pas de la voir souffrir à ce point. Il ferait n'importe quoi pour elle…

Y compris cela.

— Darby, tu ne peux pas avoir Jac, mais si tu veux un bébé je peux t'en donner un.

Il la sentit tressaillir, comme sous l'effet d'un mini-tremblement de terre. Puis son rire s'éleva, un peu forcé et incrédule.

— Ai-je bien entendu ? Tu veux me donner un bébé ?

— Oui.

Il la fit pivoter dans ses bras et enserra son visage entre ses paumes.

— Au lieu de choisir un donneur de sperme anonyme, choisis-moi. Faisons un bébé ensemble.

Darby se mordilla la lèvre, visiblement confuse.

— Pourquoi ?

Il déposa un baiser sur son front, puis captura sa bouche si douce et si sexy. Sienne.

Il interrompit son baiser et appuya son front contre le sien.

— Parce que tu en veux un, chérie. Si tu voulais la lune, j'essaierais de la décrocher pour toi.

C'était une offre mirifique, incroyablement généreuse et sincère, mais ô combien déroutante, alors qu'elle était anéantie par le départ de Jac.

Elle se sentait trop exposée, comme un fil électrique dénudé qui grésille par intermittence et menace de provoquer un court-circuit. Elle avait envie de dire oui ; de hurler non ; de fuir, de se cacher et de remonter six semaines en arrière quand elle était confrontée à un choix relativement simple : devenir ou non une mère célibataire.

Judah et Jac avaient compliqué sa vie au-delà de toute mesure. Répondre non était impossible et répondre oui était trop facile. Judah lui offrait tout ce qu'elle voulait mais rien de ce dont elle avait besoin.

Elle était dans la confusion la plus totale, et peut-être valait-il mieux que les mots lui fassent défaut. Car elle ne savait pas quoi dire ni comment réagir.

Alors elle fit la seule chose qui lui venait tout naturellement. Se haussant sur la pointe des pieds, elle effleura la bouche de Judah avec la sienne, imprimant dans son cerveau l'exquise sensation que ce léger contact suscitait en elle. Puis, nouant ses bras autour de son cou, elle se pressa contre lui, soupirant d'aise quand il glissa une main sous son sweat-shirt et qu'il cala son bras sous ses fesses pour la soulever de terre et l'ajuster contre son corps. Désormais, ses seins étaient plaqués contre son torse tandis que la langue de Judah s'insinuait dans sa bouche, la mettant à feu et à sang.

Là, du moins, elle était en terrain connu. Les caresses de Judah lui étaient familières. Elles avaient un sens.

Elle pouvait poursuivre dans cette voie.

Et c'est ce qu'elle fit. Elle enroula ses jambes autour de la taille de Judah, lui faisant confiance pour qu'il la tienne solidement pendant qu'elle ôtait son sweat-shirt afin d'être entièrement nue dans ses bras. Puis elle plongea son regard dans le sien, s'émerveillant de voir la couleur de ses iris passer du bleu outremer au noir d'encre. C'était la couleur des océans démontés et des nuits sans lune, du royaume du péché et du sexe.

Leurs regards se soudèrent et ne se lâchèrent plus. Dans celui de Judah, outre la passion incandescente, elle perçut une émotion plus profonde qui l'effraya, comme un appel à capituler et à tomber sous son charme. Tentée mais terrifiée, elle baissa les yeux sur sa bouche charnue si sexy et posa ses lèvres sur la petite fossette au coin de sa joue, se délectant du picotement de son ombre de barbe sur sa chair tendre. Il fleurait bon la neige et l'eau de Cologne, la tentation et la peur. Comme ce serait facile d'offrir son cœur à cet homme…

Prends-le. Prends-moi. Aime-moi autant que je t'aime.

Ces mots dansaient sur le bout de sa langue, mais elle les ravala, consciente qu'une fois qu'elle les aurait prononcés elle ne pourrait plus les retirer. À la place, elle s'exprimerait avec ses mains, sa bouche et son corps avide de caresses.

Cela, au moins, était à sa portée.

Reposant ses pieds par terre, elle dépouilla Judah de son pull noir en cachemire et de sa chemise blanche en coton, puis elle plaqua avec délectation ses mains sur son torse sculptural, faisant rouler ses mamelons sous ses paumes.

— Tu es tellement séduisant, Judah. Si tu savais à quel point je te désire…

Il haleta et se tint immobile tandis qu'elle promenait ses doigts sur ses côtes, son ventre plat et sa ligne de duvet si sexy qui se prolongeait sous son pantalon. Tous ses sens en émoi, elle contempla son érection prometteuse qui tendait le tissu de son jean.

Croyant bien faire, il entreprit de détacher la boucle de sa ceinture, mais elle secoua la tête, désireuse de le dépouiller de ses vêtements et de lui procurer le plus de plaisir possible. Lui écartant les mains, elle insinua ses doigts entre la peau lisse de son ventre et la bande élastique de son boxer noir, puis effleura l'extrémité de son membre palpitant, se délectant de le voir tressaillir et respirer de façon saccadée.

Elle ignora de son mieux la main de Judah qui descendait le long de sa hanche et de sa cuisse, et se rapprochait de plus en plus de son intimité moite et brûlante. Quand sa main effleura sa toison pubienne, elle la repoussa, refusant de se laisser distraire par ses caresses expertes.

Judah obtempéra et laissa retomber ses bras le long de son corps, les poings serrés, comme s'il devinait que dans son désarroi elle avait besoin de se retrouver en terrain balisé, d'accomplir des gestes familiers. Le départ de Jac la rendait à la fois furieuse et triste, la proposition de Judah de lui donner un enfant la sidérait, et elle s'interrogeait sur les implications qu'une réponse positive de sa part aurait sur leurs vies respectives. En revanche, elle savait comment aimer Judah, le caresser et lui procurer du plaisir.

Alors elle déboutonna son pantalon et le fit lentement glisser sur ses fesses et ses hanches, le regard rivé sur son sexe érigé vers elle, comme s'il mendiait ses caresses.

Judah finit de se déshabiller prestement, puis il demeura immobile, les pupilles dilatées par le désir et la bouche crispée.

— Quel corps splendide tu as, Judah ! s'exclama-t-elle, effleurant son membre viril du bout du doigt.

— Darby…

Il prononça son nom d'une voix saturée de désir, et elle sentit des ondes brûlantes se concentrer dans son entrecuisse. Comment le simple fait de contempler le corps de cet homme pouvait-il l'émoustiller à ce point ? Lui seul lui faisait cet effet-là.

Enroulant une main autour de son sexe frémissant et cueillant ses testicules de l'autre, elle leva un regard ardent vers lui.

— Embrasse-moi.

Sans hésiter, il captura sa bouche, l'explorant, la pillant. Ce baiser impérieux et dévastateur ne ressemblait à aucun de ceux qu'ils avaient échangés. Il n'y avait aucune délicatesse, aucun raffinement, rien que du désir à l'état brut. De la passion débridée.

Elle se sentit soulevée de terre par les bras puissants de Judah et, quand il l'allongea sur le lit, elle sut qu'elle ne maîtrisait plus rien… Mais lui non plus.

Il délaissa sa bouche pour aspirer son téton entre ses lèvres, et elle exhala un gémissement de pur plaisir, se cambrant pour lui offrir davantage d'elle et augmenter la pression. Mais, quand il s'écarta pour dispenser ses caresses expertes à son autre téton, elle le prit de vitesse et encercla son mamelon avec sa langue, le titillant avec ses dents jusqu'à ce qu'il se contracte. Avec un sourire mutin, elle poursuivit ses attouchements érotiques, égrenant des baisers le long de son ventre plat et effleurant son gland avec ses lèvres.

Elle exulta quand Judah laissa échapper un grognement sourd. Puis il intervertit les rôles, et elle se retrouva renversée sur le dos, le genou de Judah lui écartant les jambes et l'extrémité de son érection titillant ses replis brûlants.

Les mains à plat sur le lit de chaque côté de la tête de Darby, il demeura immobile, son regard ardent rivé au sien.

— Darby, es-tu d'accord pour qu'on le fasse comme ça ?

— Oui, haleta-t-elle, s'arc-boutant sous lui et écartant davantage les jambes pour l'encourager à la pénétrer.

Ne comprenait-il pas qu'elle était proche de la combustion et qu'elle avait besoin de lui ? *Maintenant.*

Judah secoua la tête.

— Chérie, il faut que je sache si tu es d'accord pour que je te fasse l'amour sans préservatif.

Oh ! ciel ! Elle ne s'en était même pas rendu compte. À vrai dire, elle s'en fichait. Avec ou sans préservatif, elle avait simplement envie de se laisser emporter par la jouissance et oublier tout le reste.

— Oui ! Si tu savais comme j'ai besoin de toi, Judah !

Elle perçut un sanglot dans sa propre voix, mais qu'importait. Elle était prête à sangloter, implorer, crier… à faire n'importe quoi pourvu qu'il la prenne ici et maintenant. L'amour avec Judah était la seule chose qui ait un sens dans sa vie ; la seule chose à laquelle elle pouvait se fier.

Il la désirait, elle le désirait. Telle était la vérité, pure et simple.

Judah la pénétra d'une seule poussée, et ses sanglots se transformèrent en halètements. Elle enroula ses jambes autour de lui, pour qu'ils soient peau contre peau, chaleur contre chaleur, inconsciente des larmes qui roulaient sur ses joues. Jamais elle n'aurait imaginé que l'acte d'amour puisse être si parfait, si juste.

Judah allait et venait en elle, lui imposant une cadence de plus en plus soutenue. Chacun de ses assauts puissants la rapprochait du vertige suprême. Le plaisir devenait si intense ; elle était au bord de l'implosion. Puis, sans crier gare, il pivota sur une hanche, caressa son point hyper sensible, et elle se sentit propulsée dans cette lumière brillante, mélange de feu et de glace, de fulgurance et de béatitude. De très loin, elle perçut le cri rauque de Judah quand il atteignit l'orgasme à son tour, et elle s'envola vers un nouveau pic de jouissance.

La perfection. Le plaisir. Judah.

Elle l'enserra dans ses bras, les larmes coulant sur son visage et celui de Judah tandis qu'ils redescendaient sur terre.

Et qu'ils reprenaient pied dans la réalité.

- 10 -

Judah envoya un mail à Carla pour lui confirmer qu'il s'envolerait pour l'Italie avec Jac en fin d'après-midi.

Il se renversa contre le dossier de son fauteuil et contempla Jac assise dans son parc, babillant avec son canard jaune qu'elle adorait. Il emballerait la peluche et sa couverture préférée, mais il laisserait ici les autres affaires qu'il lui avait achetées.

Avec son immense fortune, Carla n'avait besoin de rien. Et peut-être qu'un jour lui et Darby auraient l'utilité de tous ces équipements. Après tout, ils étaient flambant neufs.

Judah reporta son attention sur Darby installée sur le canapé, son ordinateur portable sur les genoux. Il s'était réveillé dans un lit vide et était parti à sa recherche. Il l'avait trouvée dans la chambre d'amis, lovée dans un fauteuil devant la fenêtre, Jac endormie contre sa poitrine. Darby avait les yeux clos, mais il la connaissait suffisamment pour savoir qu'elle ne dormait pas. Malgré tout, voyant qu'elle ne se décidait pas à ouvrir les yeux, il avait respecté son besoin de passer du temps seule avec le bébé.

Puis au cours de la matinée, l'un et l'autre sur la réserve, ils avaient abordé des sujets inoffensifs, notamment les rénovations qu'elle voulait entreprendre dans ses deux immeubles avant de les mettre en vente, les prochaines étapes concernant le musée d'art et le voyage de Judah à New York après l'Italie pour signer des contrats et rencontrer un client.

En apparence, ils se comportaient comme si leurs univers n'avaient pas basculé, comme s'il ne lui avait pas proposé de lui donner un enfant, comme s'ils n'étaient pas extrêmement conscients qu'elle n'avait pas encore fait part de sa décision. Et il était suffisamment intuitif pour comprendre qu'elle avait évité de lui répondre en lui faisant l'amour.

Elle lui avait offert son corps mais avait conservé par-devers elle son plus grand rêve.

Sachant qu'elle n'aimait pas être bousculée, il avait laissé passer une grande partie de la matinée avant d'aborder le sujet épineux, mais ils étaient désormais pressés par le temps. Judah se frotta la nuque, mal à l'aise, et s'arma de courage. Il avait besoin de savoir à quoi s'en tenir.

— Darby, il faut qu'on parle.

Il la vit tressaillir, sa nervosité aussi palpable que la neige qui continuait de tomber.

— Sauras-tu te débrouiller avec Jac ? lança-t-elle sans lever les yeux de son ordinateur. Ne serait-il pas préférable que je t'accompagne ?

Il avait envie d'acquiescer, de lui accorder ce délai supplémentaire, mais cela ne ferait que différer l'inévitable. Qu'ils disent au revoir à Jac aujourd'hui ou demain matin à Côme, la douleur serait la même.

— Tout se passera bien.

Darby fit un signe d'assentiment sans croiser son regard.

Exhalant un soupir, il se leva et s'avança vers elle. Voyant qu'elle s'obstinait à garder les yeux baissés, il s'assit sur la table basse, lui ôta son portable des mains et referma le couvercle. Darby lui jeta un regard courroucé et croisa les bras sur sa poitrine.

— N'oublie pas d'emporter son canard et sa couverture rose. Que veux-tu que je fasse avec le reste de ses affaires ? Que je les expédie en Italie ? demanda-t-elle d'une voix tendue.

Judah se pencha en avant, laissant pendre ses mains entre ses cuisses.

— Je préférerais que tu les conserves. Nous pourrions en avoir besoin.

Elle se mordilla la lèvre inférieure et fixa un point derrière l'épaule de Judah.

Devant son silence, il exhala un soupir de lassitude.

— Sérieusement, Darby, allons-nous faire comme si je ne t'avais pas proposé de te donner un enfant ?

Darby reporta son attention sur lui et secoua la tête.

— Tu ne sais pas à quoi tu t'engages, Judah. Ce n'est pas si simple.

— Très bien. Alors explique-moi.

— La fécondation in vitro est un processus onéreux, et les chances de réussite lors de la première tentative sont très faibles. C'est une expérience épuisante sur le plan émotionnel et contraignante sur le plan mental. C'est beaucoup plus qu'un simple don de sperme.

Il n'était pas stupide à ce point ! Pourquoi diable se comportait-elle comme s'il se contentait de lui offrir son sperme ?

— Darby, je suis conscient des difficultés. Et je ne t'ai pas fait cette offre à la légère. Je veux m'impliquer pour toi.

Elle le contempla un long moment avant de secouer la tête et de pointer son index vers lui.

— C'est là tout le problème.

Il fronça les sourcils, perplexe.

— Je ne comprends pas. Explique-toi, pour l'amour du ciel !

Darby ramena ses pieds sous elle et enroula ses bras autour de ses tibias. Puis elle cala son menton sur ses genoux, les yeux braqués sur lui.

— Dans un monde parfait, me ferais-tu cette offre ?

Il ne pouvait pas lui mentir.

— Non. Je te proposerai de voyager avec moi, d'explorer

le monde, de m'aider à concevoir des bâtiments extraordinaires. Avoir des enfants n'est pas mon premier choix.

Le regard de Darby se posa sur Jac.

— Comment est-il possible que tu ne veuilles pas d'enfant après l'expérience formidable que nous venons de vivre avec Jac ? Elle est tellement adorable.

Parce que s'occuper de Jac était une sorte de conte de fées. La fillette était facile à vivre. Ils jouaient au papa et à la maman. C'était une nouveauté. Un moment hors du temps.

— Cela ne se passe pas toujours aussi bien, Darby. Je sais à quel point c'est difficile d'élever un enfant.

Elle secoua la tête avec véhémence.

— Tu n'étais qu'un adolescent exploité quand tu t'occupais de Jake. Désormais, tu es adulte. Nous le ferions ensemble.

Ces paroles l'ébranlèrent, mais sans le convaincre.

— Darby, je sais de quoi je parle. Je l'ai fait pendant six ans. Élever un enfant n'est pas un chemin pavé de roses.

Il fourragea nerveusement dans ses cheveux. Pourquoi s'entêtait-elle ? Il lui offrait ce qu'elle désirait le plus au monde.

— Néanmoins, insista-t-il, *je le referais* parce que tu veux un enfant. À mon retour de New York, nous irons voir ton spécialiste, et il nous dira ce qu'il convient de faire.

— Décidément, tu ne comprends pas, Judah, dit-elle tristement. Je préfère me débrouiller seule plutôt que d'accepter que tu deviennes père uniquement pour me rendre service.

Quoi ?

Judah la contempla, interloqué. Repoussait-elle son offre ?

— Tu parles sérieusement ?

Il l'aimait. De toute son âme. Il était prêt à lui donner ce qu'elle désirait par-dessus tout, et elle lui disait non ? Si elle ne voulait pas d'enfant avec lui, comment pourrait-il la persuader d'accepter son cœur ?

— Tu me fais cette proposition parce que tu n'as pas envie de me laisser partir, répondit-elle.

Évidemment qu'il n'avait pas envie de la perdre !

Le visage de Darby paraissait encore plus défait qu'hier soir, si tant est que ce fût possible.

— Sais-tu à quel point ton offre est tentante ? Tu es intelligent, amusant, superbe, et je t'aime tellement…

Il ouvrit la bouche pour lui dire qu'il l'aimait aussi, mais elle leva une main pour lui imposer silence.

— Si j'acceptais ton offre, tant de choses pourraient mal tourner. Je ne veux pas vivre avec la pensée lancinante qu'avoir un enfant n'était pas ton premier choix ; que tu suis ce terrible parcours du combattant uniquement pour me faire plaisir ; que tu risques de regretter le temps, l'énergie et l'argent que tu auras investis dans ce processus.

Il tenta à nouveau de s'exprimer, mais elle poursuivit son raisonnement :

— J'ai entendu parler d'un couple, elle voulait des enfants et lui n'en voulait pas. Quand ils ont eu un bébé, leurs relations se sont détériorées. Elle lui reprochait de ne pas s'impliquer dans l'éducation de leur enfant. Il lui rétorquait qu'il n'avait jamais voulu d'enfant et qu'il ne voyait pas pourquoi il changerait une couche ou préparerait un biberon.

— Cette comparaison est injuste. Je ne suis pas comme cela !

— Je n'en sais rien, Judah. Nous nous connaissons depuis si peu de temps ! Peux-tu comprendre que tu as fait cette offre de façon précipitée, pour me rendre service, sans réfléchir aux conséquences qu'elle aurait dans nos vies ? Il ne s'agit pas de la conception d'un bâtiment, de la forme d'un toit ou de l'emplacement des fenêtres, de quelque chose qui peut être redessiné ou reconstruit en cas de mauvais choix. Nous créerons une vie. Le comprends-tu ? Une vie dont nous serons responsables tous les deux jusqu'à la fin de nos jours, que nous le voulions ou non. Mon enfant, *notre* enfant, mérite que nous lui offrions le meilleur de nous-mêmes, Judah. Et, quand tu dis que tu me *donneras* un enfant, tu es très loin de m'offrir le meilleur de toi-même. Ce que j'attends du père de mon enfant, c'est qu'il ne se contente pas d'être un géniteur mais qu'il s'engage à fond auprès de lui. Si ce n'est pas le cas, je préfère être une mère célibataire.

Judah la fixait, sous le choc. C'était comme si elle venait de lui arracher le cœur et de le piétiner avec ses chaussures de marque. Il se sentait malade et suprêmement… vexé.

Blessé. Frustré. Furieux.

Ne comprenait-elle pas combien c'était difficile pour lui de faire une telle offre ? Combien il l'aimait pour envisager d'*avoir* un enfant ? Il était disposé à renoncer à sa liberté, à dépenser une somme d'argent considérable et à passer du temps pour faire cet enfant avec elle… Et elle refusait ?

Quelle femme têtue et contrariante !

Parce que la colère était plus facile à gérer que la douleur, il contre-attaqua :

— Es-tu sûre que tes motivations concernant ton désir d'enfant sont aussi pures que tu le prétends, Darby ?

Elle fronça les sourcils, prise de court.

— Que veux-tu dire ?

— Peut-être qu'une part de toi veut un enfant parce que c'est le seul domaine où tu as échoué.

Darby tressaillit et porta une main à son cœur, comme s'il venait de la poignarder. Il devrait se lever et partir, mais les mots s'échappèrent de sa bouche.

— Je ne doute pas que tu aies l'instinct maternel, mais je pense que ce désir d'enfant est avant tout une façon de te prouver que tu maîtrises la situation, que tu peux réussir aussi dans le domaine parental. Tu es prête à troquer une vie excitante avec moi pour une existence étriquée entre les changements de couches et la préparation des biberons. Te rends-tu compte à quel point c'est stupide ?

— Tu dépasses les bornes, Huntley ! s'exclama-t-elle, le fusillant du regard.

Sans doute, mais il était trop en colère, il souffrait trop pour en rester là. Il fallait qu'il lui dise tout ce qu'il avait sur le cœur.

— Je t'offre la seule chose à laquelle j'ai renoncé afin de te rendre heureuse, et tu me la renvoies à la figure !

— Et toi, tu mets en doute mes motivations concernant mon désir d'enfant ! riposta Darby ulcérée, en se levant d'un bond.

— Si tu étais tellement sûre de vouloir des enfants, tu n'aurais pas autant tergiversé avant de recourir à une FIV !

À en juger par ses mains tremblantes et ses traits livides, il comprit qu'il l'avait touchée au vif.

— Tes accusations sont injustes, Judah, murmura Darby d'une voix tellement brisée qu'il en éprouva des remords.

— La vie aussi est injuste, Darby, marmonna-t-il, penaud.

Les pleurs de Jac détournèrent leur attention de la dispute, et ils se précipitèrent vers le parc, mais Darby fut la première à soulever la fillette en sanglots et le visage congestionné. Elle la serra tendrement contre sa poitrine et la berça en lui chuchotant des paroles apaisantes.

À cet instant, il fut frappé par le besoin instinctif de Darby de réconforter le bébé et il comprit que dans sa colère il avait commis une terrible erreur. Darby était intelligente, talentueuse, très ambitieuse, mais elle était faite pour tout avoir. Une carrière, le succès, des enfants…

— Chut, trésor, susurra-t-elle.

Comme par miracle, les sanglots de Jac s'espacèrent. Puis elle enfouit son visage dans le cou de Darby, enroula une mèche de cheveux blonds autour de sa menotte et la porta à sa joue, comme si c'était un doudou. Rassurée, elle ferma les yeux et s'endormit aussitôt.

Darby l'embrassa et l'étreignit encore une fois avant de l'allonger sur le matelas dans le parc et de ramener la couverture rose sur son petit corps.

— Je t'aime, trésor. J'espère que tu trouveras le bonheur, murmura-t-elle en lui caressant la joue.

Puis elle se redressa et croisa brièvement le regard de Judah.

— Elle est tout à toi.

Le cœur en miettes, il la suivit des yeux pendant qu'elle sortait de la pièce et, sans doute, de sa vie.

C'était le silence radio du côté de Mason. Encore une fois.

Retirant ses oreillettes, Callie s'arrêta devant la porte vitrée de la cafétéria et scruta l'intérieur de l'établissement. Quatre jours s'étaient écoulés depuis la dernière fois où elle avait vu Mason.

Elle lui avait expliqué quelles étaient ses aspirations, comment elle envisageait l'avenir. Il l'avait écoutée sans mot dire, et elle attendait toujours qu'il lui fasse part de sa réaction et de ses souhaits éventuels.

Elle s'adossa contre le mur et replia une jambe sous elle, son pied chaussé de basket calé contre le mur. Le quartier était désert à cette heure matinale. Mais, puisqu'elle était réveillée, elle avait décidé de faire un peu d'exercice.

Callie examina les alentours avec un regard neuf. Elle et Ray avaient beaucoup voyagé, mais ils avaient toujours habité ici. Bien sûr, cet endroit lui manquerait, et ses enfants encore plus. Mais elle avait besoin de partir, de ne plus être uniquement la mère de ses enfants et la veuve de Ray.

Mason serait forcé de demeurer ici une année ou deux, jusqu'à ce que son plus jeune fils termine sa scolarité au lycée.

Elle leva les yeux vers le beau ciel bleu hivernal et soupira. Elle avait envie de garder Mason dans sa vie, mais elle ne voulait pas d'une relation longue distance.

C'était injuste pour l'un comme pour l'autre. Elle pourrait lui proposer de la rejoindre chaque fois qu'il serait disponible, mais Dieu sait où elle se trouverait, ce qu'elle ferait et qui elle rencontrerait entre-temps.

Elle ne pouvait pas se projeter aussi loin dans l'avenir. Seul le présent comptait. Or, elle avait besoin de partir, et il avait besoin de rester. Alors… peut-être était-il temps qu'elle se détache de Mason.

Percevant le ronflement du moteur de sa jeep, elle tourna la tête vers la droite et l'observa pendant qu'il garait son véhicule noir sur son emplacement habituel. Après avoir coupé le contact, il mit pied à terre et claqua sa portière. Puis il s'adossa à son SUV et contempla Callie, le visage grave.

— Je suis amoureux de toi.

Callie remonta ses lunettes de soleil sur son crâne, regrettant qu'il ait prononcé ces mots. Savoir qu'ils éprouvaient les mêmes sentiments l'un pour l'autre rendrait son départ beaucoup plus compliqué.

— Ce n'était pas dans mes intentions de tomber amoureux de toi, poursuivit-il, haussant ses épaules musclées. Tu étais censée être une distraction parmi d'autres.

Il reporta son regard sur la façade de son établissement, une moue mi-exaspérée mi-amusée aux lèvres.

— J'ai vécu ainsi pendant quelques années. Après le stress de mon précédent job, je trouvais très délassant de préparer des cappuccinos et des *latte*. J'avais du temps pour mes enfants, faire du sport, me détendre. C'était le paradis sur terre.

Le cœur battant, Callie plaqua ses paumes contre le mur, se demandant où il voulait en venir.

— Je te préviens, lança-t-il, si nous faisons cela, c'est toi qui prépareras le café. Tout le temps. J'en ai terminé avec les cafétérias.

Callie déglutit avec peine, la gorge nouée par la peur ou par l'anticipation. Ou les deux.

— Et qu'allons-nous faire, Mason ?

Il croisa les bras sur son torse puissant, et elle remarqua les plis d'inquiétude autour de sa bouche et l'appréhension dans son regard. Pour la première fois depuis qu'elle le connaissait, il semblait un peu dépassé par les événements. Et curieusement elle en éprouva du soulagement. Elle n'était pas la seule à jouer le tout pour le tout, comme dirait Levi, et c'était rassurant.

— Ma plus grande inquiétude, mon plus grand défi, ce fut l'avenir de mes garçons. J'en ai la garde depuis mon divorce, même si mon ex s'implique beaucoup dans leurs vies. Je me suis creusé la cervelle pour trouver un moyen de les avoir et de t'avoir auprès de moi.

— Tes enfants passent en premier, Mace. Il n'y a pas à discuter là-dessus, répliqua-t-elle fermement.

Il était hors de question qu'elle s'immisce entre Mason et ses fils.

— À la rentrée prochaine, Emmet entamera des études universitaires et Teag sera en terminale au lycée, puis il rejoindra son frère. Tous deux s'entendent bien avec leur beau-père. J'aurais pu continuer à avoir leur garde, mais ils passent autant de temps avec Karen et Doug qu'avec moi.

Il prit une profonde inspiration avant de poursuivre :

— Finalement, mon ex et son mari sont ravis que les garçons viennent vivre avec eux. En fait, ils sont tous les quatre très excités.

Un petit sourire étira les lèvres de Mason.

— Bien sûr, quand je serai de retour à Boston, mes enfants resteront avec moi.

De retour à Boston ? Que diable voulait-il dire ?

— Explique-toi. Je ne comprends pas.

— Je veux voyager avec toi, Cal. Grâce à mes investissements, et si nous ne faisons pas d'extravagances, j'aurai largement de quoi respecter mes obligations financières envers mes enfants et nous faire vivre confortablement. Si nous sommes à court d'argent, ou si je m'ennuie, je pourrais toujours faire des conférences dans une université quelque part dans le monde ou me faire engager par une organisation internationale pour résoudre des problèmes épineux.

— Oh ! toi et ton cerveau de scientifique, murmura Callie, éprouvant le besoin de le taquiner.

C'était cela ou éclater en sanglots. Elle se sentait submergée, terrifiée et en même temps tellement heureuse qu'elle avait envie de faire quelque chose d'insensé.

— Mes problèmes étant résolus, je suis en mesure de voyager avec toi. C'est mon vœu le plus cher… Si c'est ce que tu souhaites, bien sûr, précisa-t-il, se frottant la nuque, visiblement sur des charbons ardents.

Si c'est ce qu'elle souhaitait ? Et comment !

C'était son rêve devenu réalité !

— Callie, je sais que tu aspires à te forger une nouvelle vie, une nouvelle identité. Et je te rassure, je n'ai nullement l'intention de t'en empêcher. Tu seras libre de faire ce que tu veux.

Elle perçut un soupçon de panique dans la voix de Mason.

— Je me contenterai de t'observer pendant que tu chercheras ta voie. Mais, si tu préfères être seule, je comprendrai. J'en serai désolé, mais je comprendrai.

Oh ! cet homme… Si fascinant, si intelligent, si sexy et tellement tolérant.

Il ne voulait pas la changer. Il voulait l'aimer pendant qu'elle explorerait la prochaine phase de son existence. C'était un cadeau merveilleux qu'il lui faisait là. Il la laisserait libre d'agir à sa guise et d'exister par elle-même, et il se tiendrait toujours derrière elle, aimant et protecteur.

Elle s'apprêtait à se jeter à son cou et lui dire combien elle était heureuse de l'avoir dans sa vie, mais il y avait encore des mises au point à faire, des conditions à poser.

— J'adorerais que tu voyages avec moi, Mace, mais il faut que tu saches que je ne t'épouserai jamais. Je t'aimerai, sans doute jusqu'à la fin de mes jours, mais je ne me remarierai pas.

— Cela me convient, acquiesça Mason, une lueur d'amusement dansant dans ses yeux. De cette façon, je saurai que tu es avec moi parce que tu le désires et non parce qu'un bout de papier t'y oblige. Par ailleurs, j'apprécie tout particulièrement le passage où tu dis que tu m'aimes. C'est un vrai soulagement, assura-t-il, faisant mine de s'éponger le front avec son avant-bras.

— Je crois que je suis tombée amoureuse de toi quand tu m'as proposé de m'aider à établir la liste de mes envies, admit Callie.

Le regard de Mason rivé sur elle débordait de tendresse.

— Tu es l'aventure que j'attendais, Cal.

Encore une fois, elle brûlait de se jeter dans ses bras et d'échafauder des projets d'avenir avec lui, mais il lui restait une autre mise au point à faire.

— Attends, Mace. Je n'en ai pas terminé.

— Alors, dépêche-toi, Cal, parce que je meurs d'envie de t'embrasser !

— Quel que soit l'endroit où nous nous trouverons ou quoi que nous fassions à ce moment-là, nous reviendrons à Boston chaque année pour trois mois en été et deux semaines à Noël. Cela nous permettra de passer du temps avec nos familles respectives, ensemble ou séparément. Je tiens à ce que nous voyions nos enfants deux fois par an. Ce n'est pas négociable.

L'expression de Mason se radoucit.

— Je suis d'accord à cent pour cent. Autre chose ?

— Non.

Elle s'autorisa à sourire. Oh ! oui, elle était la femme la plus chanceuse du monde. Elle avait eu un mari aimant et maintenant elle avait un partenaire merveilleux avec qui passer le reste de sa vie.

Tandis que Mason l'attirait contre lui – Dieu, comme

il sentait bon ! – elle posa ses mains sur son torse musclé et dit en riant :

— Apparemment, Mme Jenkins a été témoin de mon strip-tease impromptu l'autre jour. La moitié du quartier se demande si tu n'organiserais pas des orgies dans ta cafétéria et l'autre moitié est convaincue qu'elle a perdu la tête.

— Est-ce que quelqu'un te soupçonne ?

— Non. Tout le monde sait que je n'ai pas l'habitude de me donner en spectacle, dit-elle d'un ton délibérément guindé. Ce n'est pas ce que font les femmes comme il faut.

— Menteuse, murmura Mason contre son oreille, cueillant un sein dans sa paume et titillant son téton. La vraie Callie Brogan n'est pas sage du tout. Elle est coquine et hyper sexy. Et je suis fou d'elle.

La main de Mason remonta le long de son cou et de sa mâchoire.

— J'aperçois un groupe de joggers en haut de la rue et derrière eux Mme Jenkins sur son scooter. Veux-tu leur donner un nouveau motif de commérage ?

Éclatant de rire, Callie se dressa sur la pointe des pieds et effleura les lèvres de Mason.

— Oh ! oui, au diable le qu'en-dira-t-on ! Embrasse-moi éperdument, Mace.

- 11 -

Darby avait beau essayer de se concentrer sur son travail, ses pensées la ramenaient invariablement à Jac. Elle s'inquiétait de savoir si la fillette était en âge de comprendre que sa vie était en train de prendre un nouveau tournant et si elle regretterait Darby et Judah. Puis, ses pensées se reportaient sur Judah – comme si elle avait besoin de songer à lui ! Et elle se demandait s'il tenait le coup.

Malgré leur dispute, malgré son stupide refus de ne pas vouloir d'enfant, elle savait qu'il était très malheureux de se séparer de Jac. Bien sûr, il ne pouvait faire autrement que de la rendre à sa mère, mais son attitude stoïque ne parvenait pas à masquer son chagrin.

Elle en était sûre, il ferait passer un entretien à la nouvelle nourrice de Jac et il la rétribuerait pour qu'elle le tienne au courant des progrès de la fillette, pour qu'elle lui envoie des photos et le prévienne si Carla avait d'autres écarts de conduite.

Car c'était à la fois les liens du sang et les liens de l'amour qui l'unissaient à Jac.

Lovée sur le canapé dans la maison de sa mère, Darby leva les yeux quand Jules pénétra dans la pièce, ses cheveux bruns scintillant d'humidité. Callie avait appelé Darby un peu plus tôt pour prendre de ses nouvelles et elle avait aussitôt deviné que son moral était au plus bas. Elle l'avait invitée à la rejoindre et avait demandé des renforts autour d'elles. Un ordinateur était posé sur la table basse, et Darby savait que DJ ne tarderait pas à appeler depuis les Pays-Bas. Chaque fois qu'une crise éclatait, les femmes de la tribu Brogan se mobilisaient pour apporter leur soutien au membre en difficulté, quel que soit l'endroit où elles se trouvaient.

Callie rejoignit ses filles, portant un plateau garni de mugs de chocolat chaud. Darby en prit un et sentit sa gorge se nouer en contemplant les petits marshmallows flottant sur la surface mousseuse. Les deux êtres qui avaient pris une place considérable dans sa vie en l'espace de quinze jours se trouvaient dans un avion à destination de l'Europe, et ce départ lui brisait le cœur. Incapable d'avaler quoi que ce soit, elle reposa son mug et appuya sa tête contre le dossier du canapé, les yeux clos.

Elle entendit l'appel entrant sur Skype et la voix de DJ, mais elle garda les yeux fermés. Elle n'avait pas envie d'affronter le moment présent, cette nouvelle vie sans Judah ou Jac. Ses deux J, les deux amours de sa vie.

Quand Callie prit place à côté d'elle et qu'elle posa une main sur sa cuisse, elle se décida à ouvrir les yeux et à croiser le regard inquiet de sa mère.

— Je vais bien, maman, assura-t-elle.

Parce qu'elle devait prendre sur elle. Elle était une femme courageuse et indépendante… avec le cœur en miettes.

— Jac est-elle repartie ? lança DJ.

Darby contempla l'écran et hocha la tête.

— Carla est rentrée chez elle et a engagé une nounou.

— Tu savais que ce jour viendrait, n'est-ce pas ? demanda doucement Jules.

— Oui, et je pensais que je gérerais la situation, admit-elle d'une voix enrouée par l'émotion. Mais il s'avère que j'en suis incapable.

Elles tournèrent toutes la tête en entendant des pas dans le couloir, et Darby fut surprise de voir surgir Levi et non Mason. Lissant ses cheveux humides, il contempla Darby, l'air soucieux.

— Maman m'a prévenu que Jac et Judah étaient partis, dit-il, se dandinant d'un pied sur l'autre, mal à l'aise. Je voulais m'assurer que tu allais bien.

Cette prévenance inattendue l'émut profondément. Elle avait réussi à contenir ses larmes avec Callie et Jules, mais l'arrivée de son grand frère, qui avait quitté son travail plus tôt pour prendre de ses nouvelles, fut la goutte d'eau qui fit déborder le vase de ses émotions.

— Oh ! mince, marmonna Levi, consterné. Désolé, je m'en vais.

Darby secoua la tête et tendit une main vers lui, essuyant ses larmes avec son autre main. Levi vint s'asseoir sur l'accoudoir du canapé, et elle s'inclina contre son frère, recherchant désespérément sa force.

Elle sentit sa grande main qui lui caressait les cheveux d'un geste apaisant et elle se força à parler :

— Il m'a proposé de me donner un bébé.

DJ fut la première à réagir avec un bruyant « Super ! »

Callie arbora un grand sourire, et Jules épongea des gouttes de sueur imaginaires sur son front.

— Waouh ! Exit les donneurs de sperme anonymes ! Et bienvenue à cet homme intelligent, sexy et sympathique !

Darby leva la tête pour voir la réaction de Levi. Parmi ces personnes qui la connaissaient si bien, ce fut son frère qui comprit aussitôt qu'elle n'appréciait pas l'offre de Judah.

— Tu veux un bébé. Judah t'a dit qu'il t'en donnerait un. Où est le problème ? demanda-t-il, les sourcils froncés.

Darby haussa une épaule et joua avec la bague à son majeur.

— Judah ne veut pas d'enfant. Il m'a fait cette offre uniquement pour me faire plaisir.

L'expression de Jules s'adoucit.

— Oh ! comme c'est romantique ! Il t'aime.

Peut-être. Elle comprenait leur perplexité : un homme

superbe lui offrait une relation et un enfant. La vie parfaite qu'elle avait imaginée était à portée de main, et pourtant elle pleurait. C'était incompréhensible pour les autres, mais pas pour elle.

— Il m'apprécie et se soucie de moi, admit-elle. Mais cela ne me suffit pas.

Jules et Callie échangèrent un regard dubitatif.

— Qu'attends-tu de lui, chérie ? s'enquit Callie avant de porter le mug à ses lèvres.

— Son idée d'une relation parfaite diffère de la mienne. Il veut voyager, concevoir des bâtiments, ne pas avoir d'enfant et être libre. Mon idée d'une relation parfaite, c'est une maison que nous aurons conçue ensemble, une carrière et des enfants. Un mari qui s'implique pleinement dans notre vie de couple et dans celle de nos enfants.

— Si je comprends bien, tu crains que, si vous avez des enfants ensemble, il ne t'en veuille et fasse passer sa carrière avant toi et les enfants, intervint Levi.

— Oui. Je pourrais à la rigueur faire passer ma carrière en second derrière la sienne…

— Oh ! tu en serais incapable ! la coupa Jules.

— Peut-être. Mais je me connais, si nous avons des enfants et qu'il ne se conduit pas en père modèle, je n'aurai plus de respect pour lui. Et ce serait injuste car c'est quelqu'un de bien, je l'ai vu à l'œuvre avec Jac.

Elle marqua une courte pause avant de poursuivre :

— Je sais aussi que si nous nous engageons dans ce processus difficile et onéreux de la FIV et si nous ne donnons pas le meilleur de nous-mêmes aux enfants que nous aurons par ce biais, ce sera… Comment dire… *Immoral* ? *Injuste* ? Voilà pourquoi je préfère le faire seule.

Voyant que personne ne disait mot, elle se demanda si elle n'avait pas poussé la réflexion un peu trop loin, si elle ne s'était pas montrée trop analytique, trop exigeante. Elle espérait qu'ils n'essaieraient pas de la faire changer d'avis ; elle aimait tellement Judah et elle était tellement malheureuse sans lui qu'elle se laisserait facilement convaincre.

Mais une voix au tréfonds de son âme l'incitait à ne pas céder. Il valait mieux qu'elle trouve un autre moyen d'avoir les bébés qu'elle désirait si ardemment…

À condition qu'elle veuille vraiment des enfants et non réussir dans le seul domaine qui lui échappait, comme l'en avait accusée Judah.

Elle n'arrivait pas à oublier ses paroles. Elle les tournait et retournait dans sa tête, les examinant sous tous les angles. Se pourrait-il qu'il ait raison ? Elle leva les yeux vers Levi. Il lui dirait le fond de sa pensée. Il n'essaierait pas d'atténuer la portée de ses paroles pour la ménager. Il était trop honnête pour recourir à ce genre de subterfuge.

— Judah m'a accusée de vouloir des enfants parce que j'aimais tout contrôler, parce que je n'avais jamais échoué jusqu'à présent et que je ne voulais pas échouer dans ce domaine-là.

Levi fronça les sourcils, furieux.

Elle leva une main en guise d'avertissement. Elle n'avait pas besoin de sa protection mais de sa franchise.

— D'après toi, a-t-il raison ?

Callie ouvrit la bouche pour parler, mais Darby garda sa main levée, son regard rivé sur celui de son frère.

Levi se frotta la nuque, cherchant visiblement ses mots.

— Je pense que c'est un argument à prendre en considération.

Ignorant les protestations de ses supportrices, elle hocha lentement la tête et posa la paume de ses mains sur ses paupières, s'efforçant de repousser son chagrin. Puis elle laissa retomber ses mains, rouvrit les yeux et observa la façon dont Callie, Jules et DJ s'en prenaient à Levi, lequel absorbait leur colère, impassible, son regard fixé sur elle.

Incapable d'en supporter davantage, elle leva une main.

— Il a raison.

Il fallut un moment pour que ses paroles pénètrent dans

les esprits échauffés. Quand un silence pesant s'établit dans le salon, elle intercepta tour à tour le regard de Callie, Jules et DJ avant de s'appuyer sur la cuisse de Levi.

— Il a raison et Judah aussi. Pas à cent pour cent, mais un petit peu quand même.

— Je ne comprends pas, Darby, remarqua sa mère, perplexe.

— Je ne m'en étais pas rendu compte jusqu'à ce que Judah ait le toupet de me le dire. Depuis quelques mois, je luttais contre une peur diffuse mais sans parvenir à l'identifier.

Elle se leva et se dirigea vers la cheminée pour prendre une photo d'elle, de Levi et de Jules, enfants. Jules était assise sur les genoux de Levi, et Darby se tenait à côté d'eux, mais légèrement à l'écart.

— J'ai toujours eu l'esprit de compétition, c'est dans ma nature.

Elle se tourna vers Levi et lui montra le cliché.

— Toi et Jules avez toujours été unis par un lien très fort. Du plus loin que remontent mes souvenirs, je voulais avoir ce lien avec toi.

Levi hocha la tête, et elle interpréta ce petit signe comme un encouragement à poursuivre. Il était temps de crever l'abcès et d'éliminer tout ce poison qui nuisait à leur bonne entente.

— Quand j'avais sept ans, tu as offert une boîte à musique à Jules pour Noël et tu m'as donné une carte de base-ball toute racornie.

— Oh ! oui, je m'en souviens. Tu as piqué une grosse colère et tu t'es enfermée dans ta chambre pour le reste de la journée. Je ne comprenais pas ce que j'avais fait de mal. Tu commençais à jouer au base-ball, et c'était ma carte préférée.

Il n'empêche que cette carte était vieille et laide. Comment était-elle censée interpréter son geste ? Il avait cru bien faire, et elle s'était crue insultée. Elle secoua la tête, dépitée. Ah, les garçons. Elle ne les comprendrait jamais.

— Tout ce que j'ai vu, c'est la disparité des cadeaux, et j'en ai conclu que tu aimais Jules plus que moi, ce que je soupçonnais depuis longtemps. Ce fameux jour de Noël, je me suis juré de ne plus jamais arriver en deuxième position, de toujours être la première. Alors peut-être finirais-tu par m'aimer autant que Jules.

— Oh ! mon Dieu ! Darby..., marmonna Levi en se levant.

Il la rejoignit en deux enjambées et la serra dans ses bras.

Elle s'imprégna de sa force, brûlant d'envie de prolonger indéfiniment cette étreinte. Mais elle devait en finir avec cette vieille histoire, aussi le repoussa-t-elle gentiment. Elle savait que sa mère, sa sœur et son amie pleuraient, mais elle s'abstint de les regarder de peur de craquer à son tour.

— C'est ainsi qu'est né mon esprit de compétition. Récemment, quand le médecin m'a appris que le temps m'était compté pour recourir à une FIV, j'ai soudain hésité. Et si ce processus ne fonctionnait pas ? Et si j'échouais dans cet objectif prioritaire que je m'étais fixé ? Et si je voulais devenir maman uniquement parce que je refusais l'échec ?

Levi s'assit en tailleur sur le tapis et invita Darby à prendre place en face de lui. Puis il posa ses grandes mains sur les genoux de Darby et plongea son regard vert brillant d'émotion dans le sien.

— Déjà, petite fille, tu étais tellement dynamique et indépendante, commença-t-il, un petit sourire en coin. Et tellement têtue. Jules acceptait que je la protège, que je joue au grand frère avec elle, alors que tu refusais. Tu préférais patauger dans les flaques d'eau plutôt que de me laisser t'aider à les franchir. Quand je prévenais Jules qu'il était dangereux de grimper dans un arbre, elle m'écoutait, mais toi ? Tu t'empressais d'y grimper. Tu étais une petite fille intrépide, déterminée et tellement contrariante ! Cela me rendait fou que tu refuses mon aide, et c'est *encore* le cas aujourd'hui.

Il prit une longue inspiration avant de reprendre :

— Je regrette de t'avoir causé de la peine. J'aurais dû m'efforcer de mieux te comprendre, de te prouver que tu étais aussi spéciale que Jules, mais cela ne veut pas dire que je t'aime moins que Jules. Franchement, Jules, DJ et toi êtes des enquiquineuses de première classe !

Des rires assourdis dissipèrent la tension ambiante.

— Mais pour en revenir à la question de savoir si tu veux des enfants parce que tu as l'esprit de compétition…

Darby retint son souffle, inquiète à l'idée qu'il puisse confirmer ses propres craintes.

— Je répondrais oui, dans une certaine mesure. Mais ce qui te motive surtout, c'est ton amour des enfants. Tu as la fibre maternelle, tu es une mère nourricière, mais parce que tu es une femme autoritaire et indépendante les gens ne s'en aperçoivent pas.

Trop émue pour parler, elle le laissa poursuivre son raisonnement :

— Tu étais une fillette intrépide et tu seras une maman intrépide, Darby. Tu n'hésiteras pas à grimper aux arbres, à faire des châteaux de sable et à prendre des leçons de surf. Tu apprendras à tes filles à devenir fortes et indépendantes, et à tes fils à respecter le sexe improprement dit faible. Si tu veux tellement des enfants, c'est parce que tu as quelque chose à leur donner, Darby. Ne doute jamais de cela. Et, oui, je suis d'accord avec toi. Tu ne peux pas te contenter de ce que t'offre Judah. Tu finirais par lui en vouloir, et lui aussi. Tu es trop entière. Tu veux tout. Et tu as raison. Quand on aime, on ne devrait jamais se contenter d'un pis-aller.

Darby acquiesça d'un signe de tête, émue aux larmes. Son frère la comprenait si bien !

— Si tu savais comme je suis malheureuse, Levi.

Il la prit dans ses bras et la berça gentiment.

— Je sais, chérie. Connaître l'amour et le perdre est un vrai déchirement.

Dans la villa luxueuse de Carla au bord du lac de Côme, Judah serrait Jac dans ses bras, retardant le plus possible le moment de la séparation.

Comme il s'y attendait, Carla avait manifesté peu d'intérêt envers sa fille et lui avait présenté Joa, la nouvelle nourrice, d'un ton détaché. Pendant que Carla feuilletait un magazine, allongée sur un canapé, pâle et indifférente, il faisait passer un entretien en règle à Joa.

Âgée d'environ vingt-cinq ans, elle était plus pugnace qu'elle en avait l'air et résistait bien à son flot de questions. Ses références étaient solides, et elle avait franchi brillamment l'épreuve du contrôle des antécédents. Elle paraissait chaleureuse, capable et organisée, et Jac l'appréciait. S'il avait eu la garde permanente du bébé, elle aurait été exactement le genre de nounou qu'il aurait engagée pour s'occuper de la fillette.

Il appréciait sincèrement Joa. C'était Carla qui lui posait problème.

Il reporta son attention sur son ex et, tout en se sentant désolé pour elle, il s'interrogea sur ce qui avait bien pu l'attirer chez elle. Certes, elle était d'une grande beauté, mais aussi égocentrique et superficielle. Il comprit soudain qu'il était resté avec elle parce qu'elle ne menaçait pas son statut de célibataire ; parce qu'il savait qu'il n'aurait pas à se demander un jour s'il l'aimait assez pour former un projet de vie durable avec elle.

Seule une certaine jeune femme blonde aux yeux gris, dans cette grande demeure familiale à Boston, avait réussi à le faire changer d'avis.

Curieusement, il s'était senti chez lui là-bas. Mais, désormais, où serait-il chez lui ? Il n'eut pas besoin de réfléchir longtemps pour avoir la réponse. Son foyer serait là où se trouverait Darby. Car il l'aimait passionnément.

Comment allait-il continuer à vivre sans elle ?

Et comment pourrait-il laisser Jac derrière lui ? Il la considérait comme sienne, au même titre que Darby.

Elles étaient les deux femmes de sa vie, et il devait se battre pour elles, se battre pour pouvoir mener cette vie qu'il n'aurait jamais cru désirer un jour : une maisonnée pleine de garçonnets et de fillettes joyeux et turbulents, une maman hyper sexy qui l'aiderait non seulement à concevoir des bâtiments fabuleux, mais surtout à mener une existence de rêve, remplie d'amour, de rires, de disputes et de sexe fantastique…

— Je pense qu'il est l'heure, monsieur Huntley, intervint Joa.

Oui, il était plus que temps. Il aurait dû lui remettre Jac depuis une demi-heure déjà.

Pourtant, il resserra sa prise autour de Jac. La rendre à Carla était la chose légale à faire, mais aussi une ineptie.

Jac lui appartenait. Et Darby aussi…

Comment diable allait-il résoudre cette équation ? Quels arguments pouvait-il faire valoir auprès de Carla pour qu'elle l'autorise à repartir avec Jac ?

Il entendit la porte du solarium s'ouvrir et vit Luca, le manager de Carla, pénétrer dans la pièce, suivi d'un jeune homme qui lui rappelait… Oh ! Seigneur, était-ce Jake ?

Tenant jalousement le bébé, Judah se leva d'un bond et examina son jeune frère. Il ne ressemblait plus à l'homme émacié et hagard qu'il avait affronté dix-huit mois plus tôt. Ses cheveux bruns étaient plus longs et ses yeux d'un bleu plus clair que ceux de Judah, mais Dieu merci ils n'étaient pas ternis par les effets de la drogue. Son corps et son visage s'étaient étoffés. Il se dégageait de lui une impression de vigueur et de bonne santé.

Le soulagement le submergea, suivi d'un accès de colère.

— Où diable étais-tu ? J'ai appris que tu avais interrompu ta cure de sevrage et que tu avais disparu.

Il imaginait que Jake le rembarrerait, mais il s'avança vers lui, la main tendue.

— Elle ne me convenait pas. Alors j'ai décidé de tenter autre chose.

Jake parut déçu que Judah ne lui serre pas la main, mais il la laissa retomber sans rien dire. Puis il se pencha vers Jac.

— Ainsi, c'est Jacquetta. Elle est belle.

Lui et Carla étaient beaux. À quoi diable s'attendait-il ?

— Que fais-tu ici, Jake ? demanda sèchement Judah.

Il se tourna vers Carla, laquelle ne paraissait pas surprise par l'irruption de Jake.

— Quelqu'un va-t-il se décider à me dire ce qui se passe ?

Ce fut Luca qui prit la parole.

— Ainsi, les rumeurs selon lesquelles votre frère se trouvait dans les parages n'étaient pas erronées.

Il fronça les sourcils en direction de Carla avant de poursuivre :

— Apparemment, Carla pensait que ce serait une bonne idée de laisser les gens croire qu'elle avait une liaison avec Bertolli pendant qu'elle voyait Jake en cachette.

Judah leva les yeux au ciel, exaspéré. Décidément, son ex et son frère se complaisaient dans le mélodrame.

— Puis, j'ai eu cette fichue crise d'appendicite, et Jake s'est faufilé tous les soirs dans ma chambre d'hôpital pour me voir, intervint Carla, lançant à Jake un regard rempli de gratitude et aussi… d'amour ?

Oh ! ciel, ces deux-là étaient de nouveau ensemble ?

Curieusement, il ne ressentait plus aucune jalousie à leur égard. À vrai dire, il se désintéressait d'eux. Seule Jac lui importait. Baissant les yeux, il s'aperçut qu'elle s'était endormie dans ses bras. Il ne pouvait pas la leur rendre. Ce serait criminel de sa part.

Jake était toxicomane, et même s'il était sevré, une rechute était toujours possible. Certes, il ne doutait pas des compétences de Joa, mais il ne pouvait pas laisser Jac grandir dans une maison habitée par deux êtres aussi instables et imprévisibles.

Il s'apprêtait à leur dire qu'il repartait avec Jac et qu'ils pouvaient entamer des poursuites contre lui si cela leur chantait, quand son frère le prit de court en s'avançant vers Carla et en s'agenouillant devant elle. Elle leva vers lui des yeux pleins de défiance.

— Carla chérie, il faut que tu prennes cette décision.

Judah lança un regard perplexe à Joa, mais elle semblait aussi déroutée que lui. En désespoir de cause, il se tourna vers Luca, lequel lui fit signe d'attendre. Soit, il attendrait, mais pas longtemps. Dans cinq minutes, il s'en irait avec Jac – et peut-être avec Joa –, quelles qu'en soient les conséquences. Bien sûr, la perspective d'un séjour dans une geôle italienne pour cause de kidnapping d'enfant ne l'enchantait pas, mais il était prêt à courir ce risque.

— Chérie, nous en avons déjà discuté, insista posément Jake. Quand tu m'as dit que tu avais parlé à Judah, je pensais que tu avais évoqué avec lui l'éventualité qu'il garde Jac et non qu'il la ramène ici.

Attendez une minute. De quoi parlait-il ? De lui laisser Jac ? Qu'il *ait la garde* de Jac ?

Carla se mordit la lèvre, visiblement nerveuse.

— Mais les gens vont penser que je suis une mère indigne ! Que j'abandonne ma fille.

— Ils penseront que tu la confies à son père, et je suis sûr que Judah t'accordera un droit de visite.

— Mais c'est toi son père ! gémit Carla. Nous l'avons faite tous les deux.

Jake se releva et la contempla, une expression d'amour et de regret peinte sur son visage.

— Chérie, toi et moi ne lui apporterons rien de bon. Nous sommes trop désaxés, trop brisés… C'est pourquoi nous nous entendons si bien. Si Jacquetta reste avec nous, nous élèverons une autre âme brisée, et je m'y refuse. J'ai causé suffisamment de dommages autour de moi.

Il se tourna vers Judah, et dans les yeux dc son frère, il reconnut l'enfant qui l'avait adoré, le garçon dont il se souvenait.

— Tu n'avais que douze ans et pourtant tu as été un meilleur père pour moi que papa. Tu étais incroyable et tu l'es encore aujourd'hui. Aussi contradictoire que cela paraisse, je t'aime et je te déteste en même temps. Je t'aime parce que tu t'es occupé de moi comme jamais notre père et ma mère ne l'ont fait. Et je te déteste parce que tu m'as laissé tomber, même si je comprends tes motivations.

Très ému, Judah déglutit avec peine.

— Tu les comprends vraiment ?

— Oui. Tu avais besoin de mener ta propre vie, Judah. Celle qu'on t'obligeait à mener auprès de moi te tuait à petit feu. J'ai fait mes propres choix. J'avais beau n'avoir que treize ans, j'étais conscient d'aller droit dans le mur, mais cela ne m'empêchait pas de faire les quatre cents coups. Sans doute pour te forcer à revenir.

— Jake, murmura-t-il, bouleversé par cet aveu et brûlant d'envie de lui demander pardon.

— Cesse de culpabiliser, Judah. Tu n'étais pas mon père. Tu n'étais pas responsable de moi. Quand je suis sevré et que j'ai les idées claires, je le comprends. Mais quand je consomme de la drogue, tout s'embrouille dans ma tête, soupira Jake. Depuis quelques mois, je ne touche plus à aucun psychotrope, mais la tentation est toujours là, et je ne peux pas garantir que je n'y succomberai pas de nouveau. Quant à Carla, elle est accro à sa carrière, à elle-même, à l'attention qu'on lui porte.

Elle haussa les épaules.

— Il a raison.

— Ni l'un ni l'autre ne sommes suffisamment adultes

et suffisamment responsables pour élever un enfant, nous ne le serons jamais, intervint Jake.

Puis il fit un signe de tête à Luca, lequel se dirigea vers le bureau.

— Luca a établi un document stipulant que Carla et moi t'octroyons la garde exclusive de Jacquetta. Acceptes-tu de te charger d'elle ? De l'élever comme tu l'as fait avec moi ?

Le cœur de Judah battait à tout rompre. Il avait tellement envie de dire oui, de prendre ce qu'on lui offrait et de s'enfuir à toutes jambes.

— Que se passera-t-il si vous changez d'avis ? Si vous voulez la reprendre ?

Ce fut au tour de Luca d'intervenir :

— Tout est prévu, je m'en suis assuré. Si vous signez, Carla et Jake renoncent à tous leurs droits sur Jacquetta. Vous pouvez leur refuser un droit de visite et leur interdire tout contact avec elle jusqu'à ce qu'elle soit majeure. Bien sûr, je ne m'attends pas à ce que vous me croyiez sur parole et je vous laisse libre d'envoyer ce document à votre avocat pour qu'il en examine les différentes clauses.

Judah contempla le crâne duveteux de Jac, ses joues roses, sa bouche parfaite, et il prit soudain conscience que sans elle, sans la présence d'autres enfants dans sa vie, il deviendrait aussi égocentrique que son frère et Carla, aussi dépendant de son travail et de son mode de vie nomade qu'ils l'étaient à la drogue et à l'attention d'autrui. Il avait conçu des bâtiments fabuleux dans le monde entier, mais ils étaient faits de briques, de mortier, d'acier. Ils étaient dépourvus d'âme.

Pour l'amour de Darby, il avait déjà envisagé de changer son mode de vie, mais cette conversation avec son frère le conforta dans sa résolution.

Oh ! oui, il s'occuperait de Jac. Il l'aimerait, ainsi que les autres enfants que lui et Darby auraient la chance d'avoir. Il serait un bon père. Même son frère en était convaincu.

Le moment était venu pour lui d'être un père *fabuleux*… le père et l'homme dont Darby avait besoin.

Il s'avança jusqu'au bureau et prit le document, soulagé qu'il soit rédigé en anglais et qu'il contienne un minimum de termes juridiques pour attester de sa validité. C'était, comme Luca l'avait dit, un accord qui lui octroyait la garde exclusive de Jac.

Sans hésiter, il récupéra le stylo le plus proche et apposa sa signature au bas du document. Désormais, il avait une fille.

Il l'aimait. De tout son cœur.

Il ne lui manquait plus que Darby pour parfaire son bonheur.

Retrouve-moi à l'angle nord-est du quartier dans une heure. J'apporterai du café.

Pourquoi ?

Ne sois pas en retard.

Dixit le dernier texto de Judah.

Au comble de la perplexité, Darby gara sa voiture à côté du SUV de Judah.

Certes, elle l'admettait, leur relation était tout sauf conventionnelle, mais cela dépassait son entendement qu'il lui donne rendez-vous ce lundi matin avant le petit déjeuner dans cette partie du quartier déserte et non bâtie.

La neige recouvrait le sol et le vent accentuait la sensation de froid, pourtant cela n'empêchait pas Judah de se tenir au sommet de la côte sur sa droite, sans couvre-chef, les mains enfoncées dans les poches de son épais manteau.

Pourquoi était-il ici et non à New York, comme il le lui avait dit ? Pourquoi avait-il l'air aussi déterminé ?

Malgré l'air chaud sortant des bouches d'aération, elle frissonnait. Il ne servait pas à grand-chose qu'ils se parlent – pour qu'ils soient ensemble, il faudrait que l'un d'eux consente à sacrifier son mode de vie au profit de l'autre. Alors n'était-il pas préférable qu'ils se séparent ?

Ce n'était pas en discutant qu'ils trouveraient une solution. Pour la simple raison qu'il n'y en avait pas.

Elle vit que Judah sortait son téléphone de sa poche, et quelques secondes plus tard la sonnerie du sien retentit. Elle regarda son écran en secouant la tête. Si elle mettait pied à terre, elle courrait jusqu'à lui, se jetterait dans ses bras et lui dirait qu'elle ne voulait pas le perdre. Elle l'aimait tellement. Elle ferait n'importe quoi – avec ou sans bébé – pour l'avoir dans sa vie. Ils seraient heureux pendant un an ou deux, voire quatre. Puis viendrait le temps des doutes, du ressentiment et des regrets. Et ils finiraient par se haïr.

Non. Il valait mieux qu'ils se séparent maintenant pendant qu'ils éprouvaient de l'amour et du respect l'un pour l'autre.

Elle jeta un dernier regard à Judah, s'adjurant de partir. La sonnerie de son téléphone retentit de nouveau, annonçant l'arrivée d'un texto, et elle lut le message :

S'il te plaît, accorde-moi cinq minutes.

À contrecœur, elle coupa le moteur et ouvrit sa portière. Le froid la saisit, et elle enfouit son visage dans son écharpe en cachemire.

Tout ceci était ridicule. Si Judah voulait lui parler, pourquoi ne pas le faire chez elle autour d'un café ? Déjà qu'elle était malheureuse comme les pierres, elle n'avait pas besoin d'être transie de froid par-dessus le marché.

Elle grimpa la côte, se félicitant de porter des bottes dotées de talons plats et de semelles antidérapantes.

Quand elle rejoignit Judah, il lui tendit la main, mais elle l'ignora. Elle contempla le vaste terrain vallonné qui s'étendait devant elle. Cela faisait des années qu'elle n'était pas venue ici. L'architecte en elle remarqua aussitôt le formidable potentiel de cette parcelle. Elle savait que Noah projetait de l'aménager un jour ou l'autre. Elle se rappelait l'avoir entendu dire qu'il réservait ce terrain pour des clients très fortunés. Avec un peu de chance, elle pourrait être amenée à concevoir une ou deux maisons sur ce lotissement.

Mais ce serait dans un avenir plus ou moins lointain, un avenir sans Judah.

— Accepteras-tu enfin de me dire pourquoi je dois me geler ici ? demanda-t-elle d'un ton aussi coupant que le vent soufflant autour d'eux.

Oh ! pourquoi fallait-il qu'elle tienne autant à cet homme ! Comment allait-elle supporter de le voir sortir pour toujours de sa vie ?

— Noah est disposé à vendre cette parcelle.

Oui. Et alors ?

— Je lui ai fait une offre, et il l'a acceptée, ajouta-t-il de sa voix grave et bien timbrée. Je sais exactement ce que je construirai ici.

Il devait avoir un client que Noah lui avait recommandé. Peut-être Judah voulait-il lui proposer d'être son agente de liaison locale pendant qu'il s'occuperait de projets plus importants aux quatre coins du monde.

Non.

Il devrait trouver un autre architecte. Elle ne supporterait pas de le côtoyer de nouveau. Chaque fois qu'elle pensait à l'avenir sans Judah, elle avait l'impression qu'on lui plongeait une lame chauffée au rouge dans le ventre. Il fallait qu'il sorte complètement de sa vie. C'était une question de survie.

— Je ne peux pas travailler avec toi, Judah. C'est vrai, j'ai beaucoup appris en collaborant avec toi, mais je souffre trop de savoir que nous ne pourrons jamais vivre ensemble.

Elle fit un geste en direction de sa voiture.

— Puis-je m'en aller, maintenant ? Je suis gelée.

Elle s'apprêtait à faire demi-tour quand la main de Judah se posa sur son épaule.

Il la fit pivoter de façon qu'elle se tienne face à la vaste étendue de terre recouverte de neige et aux bois bordant l'extrémité de la propriété. Elle le savait, par temps clair, on apercevait la mer.

— Chaque matin, nous nous réveillerons avec cette vue fabuleuse, mais je n'y jetterai qu'un rapide coup d'œil car toute mon attention sera focalisée sur une adorable blonde aux yeux gris et à la chevelure emmêlée. Et je serai le plus heureux des hommes de l'avoir dans ma vie.

Interloquée, Darby fit volte-face et plongea son regard dans les prunelles scintillantes d'émotion de Judah.

— Que veux-tu dire ? demanda-t-elle, le cœur cognant violemment contre sa poitrine.

— J'essaierai de te faire un câlin matinal, mais je serai sûrement interrompu par nos enfants qui réclameront toute notre attention. Nous nous chamaillerons pour savoir lequel de nous deux doit se lever pour s'occuper d'eux, mais je céderai le premier pour avoir le plaisir de te voir sourire. Parce que j'aurai l'immense chance de vous avoir tous dans ma vie.

Darby percevait la sincérité dans la voix de Judah et entrevoyait ses propres rêves dans ses yeux. Elle avait tellement envie d'y croire, mais ce n'était qu'un beau conte de fées. Redoutant de ne pouvoir en supporter davantage, elle leva une main, bien décidée à rompre le charme.

— Judah, non. Je t'en prie, arrête.

— Arrêter quoi ? répliqua-t-il, son regard rivé au sien.

— Cesse de me faire miroiter ce dont je rêve le plus au monde, mais qui est hors de ma portée. C'est trop cruel, balbutia-t-elle.

Elle sentit la main de Judah sur sa joue, son pouce lui caressant la mâchoire.

— Je t'offre ce rêve, Darby. Tout ce que tu as à faire, c'est dire oui. Nous pouvons bâtir notre maison ici et la remplir d'enfants. Ne sors pas de ma vie, Darby. Reste avec moi et faisons en sorte que ce rêve devienne réalité.

Oh ! pourquoi s'obstinait-il à ne pas comprendre !

— Je ne veux pas que ce soit uniquement mon rêve, Judah, mais notre rêve à tous deux. Or, ce n'est pas ce que tu veux.

Judah la contempla longuement, puis un petit sourire étira le coin de sa bouche, et il désigna un chêne immense à l'imposante ramure dépourvue de feuilles.

— Je suspendrai une balançoire à une de ces branches pour Jac ; je l'emmènerai à la chasse aux têtards dans le ruisseau derrière la maison et je la surveillerai pendant qu'elle pourchassera les papillons dans ce pré.

Il parlait comme si Jac faisait partie intégrante de sa vie !

— Qu'essaies-tu de me dire, Judah ? demanda-t-elle, au comble de la perplexité.

Il se frotta la nuque, l'air frustré.

— Manifestement, je m'exprime mal. Je veux bâtir une maison sur cette parcelle avec toi. Pour nous et Jac. Et pour les autres enfants que la vie voudra bien nous accorder. Je serai toujours obligé de voyager, mais toi et nos enfants m'accompagnerez. Et, si tu as un empêchement, je m'arrangerai pour être de retour au bout d'une semaine ou dix jours. Et je veux que tu poursuives ta carrière, avec ou sans moi.

Darby le contempla sans mot dire, terrassée par l'émotion.

— Je veux vivre ton rêve, Darby. La maison, les enfants, toi. Tout commence et finit avec toi.

S'efforçant d'ignorer la vague de joie qui menaçait de la submerger, elle plongea son regard dans celui de Judah, cherchant à lire dans son âme. Elle ne perçut en lui aucune hésitation, aucune crainte. Il lui disait la vérité. Il désirait vraiment la vie qu'il lui avait dépeinte. Il souhaitait sincèrement la même chose qu'elle.

Mais, avant de s'abandonner à l'immense bonheur qu'il lui promettait, elle éprouva le besoin de l'avertir de ce qui l'attendait.

— Judah, avec mes problèmes de fertilité…, ce ne sera pas facile.

Il l'attira contre lui et posa son front contre le sien.

— Chérie, il nous faudra sans doute du temps et de l'argent pour avoir des enfants, mais je suis résolu à m'engager à fond dans ce processus. Je ferai tout ce qu'il faut pour que tu puisses porter nos propres bébés. C'est un parcours que nous entreprendrons ensemble. Je te promets que nous trouverons un moyen.

Il avait mentionné Jac. Cela signifiait-il qu'il était prêt à se battre pour elle ? Comment ? Était-ce même possible ?

Mais, avant qu'elle ait le temps de le lui demander, il reprit la parole :

— En attendant que tu tombes enceinte, j'ai une petite fille qui a désespérément besoin d'une maman.

Le cœur rempli d'espoir, Darby recula d'un pas et porta les mains à ses joues. Il avait laissé entendre qu'il avait Jac, mais elle n'avait pas voulu y croire. Le départ de l'enfant l'avait presque autant anéantie que celui de Judah.

— Tu peux récupérer Jac ? Quand ? Comment comptes-tu t'y prendre ? As-tu un plan ?

Judah lui sourit, son visage rayonnant d'amour.

— Mon plan est de te dire que je t'aime, que je veux t'épouser, et quand tu m'auras dit oui, nous rentrerons à la maison, je te déshabillerai et je ferai un festin de ton corps. Ou c'est toi qui feras un festin du mien, je ne suis pas pointilleux sur ce chapitre.

Darby arbora un grand sourire. Oh ! oui, ce plan lui convenait.

— Après deux heures passées à nous aimer, poursuivit-il, nous irons voir Callie et récupérerons notre fille.

Attendez une minute… Quoi ? Par tous les saints du paradis… Il lui avait annoncé tellement de bonnes nouvelles qu'elle ne savait plus où elle en était.

— Jac est chez ma mère ? Tu l'as *récupérée* ?

— Oui. C'est une histoire longue et compliquée, mais pour faire court, mon frère et Carla se sont remis ensemble et m'ont accordé la garde exclusive de Jac. J'aimerais l'adopter comme notre fille. Es-tu d'accord ?

Sa réponse fusa.

— *Oui !*

Elle sauta de joie dans la neige. Son bébé était de retour. Sa petite fille chérie…

Elle brûlait d'envie de dévaler la pente jusqu'à sa voiture, de foncer chez sa mère pour serrer sa fille dans ses bras, mais elle et Judah avaient encore quelques questions à régler.

Inclinant la tête sur le côté, elle demanda :

— M'aimes-tu ? Veux-tu vraiment m'épouser et bâtir une maison pour nous ?

— Pas seulement une maison, mais *une vie*. Je t'aime et je veux mener une vie centrée autour de toi, chérie.

— Judah, tu es contre le mariage, les engagements et les enfants. Tu aimes ta liberté, répliqua Darby, soudain terrifiée.

Et s'il changeait d'avis ? Et s'il lui offrait cette vie de rêve pendant deux ou trois ans puis qu'il commence à se sentir entravé, prisonnier ?

— Je t'aime plus que tout, assura-t-il d'une voix chargée d'émotion. Darby, je ne changerai pas d'avis. Je ne te laisserai pas avec une maison et des enfants sur les bras pour reprendre ma liberté. J'en ai largement profité pendant dix-sept ans et aujourd'hui j'en ai assez d'être seul. Je vous veux dans ma vie, toi, Jac et les autres enfants que nous aurons.

S'abandonnant enfin à la joie immense qui l'inondait, elle noua ses bras autour de lui et se dressa sur la pointe des pieds pour enfouir son visage dans son cou. Ignorant ses larmes, elle se lova contre lui, s'efforçant de retracer le fil de ces dix dernières minutes si riches en émotions. Tandis que les bras de Judah lui encerclaient la taille, l'attirant dans sa chaleur, dans son cœur et dans la vie qu'il avait créée pour eux, elle renonça à comprendre et s'autorisa à donner libre cours à son amour pour cet homme merveilleux.

Elle s'arracha à son étreinte et, quand il voulut l'enlacer de nouveau, elle leva les mains.

— Si tu me touches, je serai incapable de parler. Or, il faut que je te dise quelque chose.

Il acquiesça d'un signe de tête, le regard empreint de tendresse.

Elle prit une profonde inspiration et essuya ses larmes avant de se lancer :

— Je t'aime…

Sa voix se brisa, et elle s'éclaircit la gorge, s'efforçant de sourire.

— J'aurais pu vivre sans toi, de même que tu aurais pu vivre sans moi… Nous sommes suffisamment forts pour surmonter ce genre d'épreuve, mais Dieu sait que j'aurais souffert le martyre. J'aurais été malheureuse comme les pierres parce que t'avoir dans ma vie a été une révélation… Tu as *donné un sens* à ma vie.

La gorge nouée par l'émotion, elle dut marquer une courte pause avant de poursuivre :

— Alors, oui, je veux être ta femme et mener cette existence de rêve que tu m'as si bien dépeinte.

En ce matin glacial, le sourire qui s'épanouit sur le visage de Judah réchauffa chaque cellule de son corps transi. Il la souleva de terre et la hissa à sa hauteur, un bras calé sous ses fesses et son autre main lui soutenant la tête.

— Je te préviens, je vais t'embrasser éperdument.

Darby lui rendit son sourire.

— C'est un bon début.

— Puis nous irons chercher notre fille et la ramènerons à la maison.

Elle lui déroba un baiser avant de répondre avec un sourire mutin :

— J'ai des scrupules à déranger ma mère de si bonne

heure. Nous ferions mieux d'attendre deux ou trois heures avant de nous rendre chez elle.

Les yeux de Judah pétillèrent d'amusement et de passion.

— Je me demande comment nous pourrions meubler ce temps, plaisanta-t-il.

Darby fit semblant de réfléchir.

— Oh ! nous finirons par trouver. Après tout, nous sommes raisonnablement intelligents.

D'un geste tendre, Judah écarta une mèche rebelle de son visage.

— Toi et moi ensemble, Darby ? C'est la décision la plus brillante jamais prise.

Oh ! oui, la meilleure qui soit.

BRENDA HARLEN

Un amour pour Noël

Traduction française de
AURE BOUCHARD

Passions

HARLEQUIN

Titre original :
BRING ME A MAVERICK FOR CHRISTMAS !

- 1 -

— C'est hors de question, Noël ou pas Noël, je ne veux rien savoir ! s'écria Bailey Stockton d'un ton catégorique supposé mettre fin à l'insistance de son frère.

— Écoute-moi au moins ! reprit Dan, nullement impressionné.

— Non ! répéta Bailey.

En ce qui concernait les préparatifs de Noël, il avait déjà largement fait sa part. Notamment en aidant Luke à décorer la Sunshine Farm pour les fêtes, ou en goûtant la nouvelle recette de sablés de Noël d'Eva (certes, cela avait été un plaisir puisque Eva était un vrai cordon-bleu). Son plus jeune frère, Jamie, lui avait même demandé de faire du baby-sitting – oui, du *baby-sitting* ! – afin de pouvoir emmener sa femme à Kalispell faire du shopping pour leurs triplés et profiter d'un spectacle de fêtes de fin d'année.

En fait, Bailey était tellement sollicité ces temps-ci qu'il commençait à soupçonner ses frères et sœurs de s'être donné pour mission de raviver en lui l'esprit de Noël. Manifestement, il peinait à leur faire comprendre que les fêtes, c'était pour lui une corvée dont il se serait bien passé.

— Mais… C'est pour le groupe de scouts de Janie ! supplia Dan.

Janie était la fille de Dan et d'Annie – l'enfant dont son frère n'avait appris l'existence qu'à son retour à Rust Creek Falls, à peine dix-huit mois plus tôt. Depuis lors, Dan faisait son maximum pour rattraper le temps perdu. Ce que Bailey pouvait parfaitement comprendre et respecter, mais en l'occurrence l'effort en question ne le concernait pas.

— Tu n'as qu'à le faire toi-même, déclara-t-il.

— C'était prévu, assura Dan. Et j'avais hâte d'y être, mais je suis cloué au lit avec un mauvais virus.

— C'est le nouveau surnom d'Annie ?

— Ha ha ha, marmonna son frère visiblement peu amusé.

— Eh bien, tu ne m'as pas l'air très malade, nota Bailey.

— C'est parce que tu ne m'as pas entendu vomir.

— Et je ne regrette pas d'avoir raté ça, rétorqua-t-il.

— J'ai besoin de ton aide, répéta Dan pour la énième fois.

— Navré que tu ne puisses pas revêtir ton costume rouge, mais il doit bien y avoir quelqu'un d'autre pour te remplacer.

— Tu ne crois pas que j'ai déjà cherché ? Ne le prends pas mal, grand frère, mais quand je pense « esprit de Noël », ton nom est bien le dernier qui me vient à l'esprit.

Cette fois, la curiosité de Bailey était piquée.

— Et à qui d'autre as-tu demandé ?

— À Luke, Jamie, Dallas Traub, Russ Campbell, Anderson Dalton, et même au vieux Gene. Personne n'est disponible. Tu es mon dernier recours, Bailey, et si tu me plantes, alors…

— Ne t'en fais pas, interrompit Annie qui venait manifestement de s'emparer du téléphone de son mari. Il s'en sortira bien. N'est-ce pas, Bailey ?

Il détestait leur refuser ce service, mais ce que Dan lui demandait là allait bien au-delà de sa zone de confort.

— J'aimerais pouvoir te dépanner, mais…

Sa belle-sœur s'invita de nouveau dans la conversation.

— Tu y arriveras, assura-t-elle. Il te suffit juste d'arrêter de faire ton Grooge.

— Mon quoi ?

— Ton Grooge, répéta-t-elle. Puisque tu es encore plus allergique à l'esprit de Noël que le Grinch ou le vieux Scrooge, je te baptise officiellement le Grooge !

— Tu admets donc toi-même que je ferais un piètre Père Noël ! s'empressa-t-il de souligner avec emphase.

— En temps normal, je serais d'accord, admit Annie. Mais vu les circonstances ton frère a besoin de ton aide, car c'est à ça que sert la famille. Et c'est pourquoi je sais que tu vas dire « oui ».

Le sermon bref mais pertinent de sa belle-sœur lui laissait-il véritablement le choix ?

Or il n'avait pas l'intention de céder trop facilement.

— Bah, tout ça, c'est du baratin, grommela-t-il.

— Je considère que c'est oui, alors ! lança Annie.

Bailey ne put que soupirer.

— Où ? Et à quelle heure ?

— Je te retrouve au centre de loisirs Grace Traub dans une heure !

Une heure plus tard, Bailey se retrouva donc au centre communautaire, dans l'une des petites salles d'activités qui avaient été réaménagées en vestiaires le temps de l'événement. Annie s'activait pour l'aider à s'habiller.

— Est-ce vraiment indispensable ? demanda-t-il, alors qu'elle calait un ventre rembourré sous sa veste.

— Bien sûr que oui ! Le Père Noël n'est pas un éleveur de ranch de mauvais poil et à la silhouette élancée, c'est un magicien du jouet avec un ventre rempli de lait et de biscuits.

Bailey enfila le grand manteau rouge et attacha la large ceinture autour de son nouveau ventre tout arrondi.

— Maintenant, assieds-toi que je te mette ta barbe, ta perruque et que je m'occupe de ton visage, ordonna Annie.

Il obtempéra. Avant de se renfrogner.

— Comment ça, t'occuper de mon visage ?

— Détends-toi et laisse-moi faire…

— Ta façon de faire n'inspire pas à la détente, nota-t-il.

Pourtant, il serra la mâchoire et n'ajouta rien tandis qu'elle ouvrait une sacoche dont elle sortit ce qui ressemblait étrangement à du maquillage. Elle frotta quelque chose sur ses sourcils, puis sortit un pot et une autre brosse qu'elle utilisa sur ses joues.

— Je n'arrive pas à croire que je vous ai laissée m'entraîner là-dedans, grommela-t-il.

— Je sais que ce n'est pas ta tasse de thé, mais ce service compte beaucoup aux yeux de Dan.

— Je n'ai pas vraiment eu le choix, lui rappela-t-il.

Elle esquissa un sourire en refermant le pot avant de le ranger dans son sac.

— Et maintenant la barbe ! dit-elle avant de lui accrocher l'élastique sur les oreilles.

— Vous risquez de m'en vouloir une fois que j'aurai raté ce petit numéro, prévint-il.

— Tu ne vas rien rater du tout.

— À part lancer un gras « Ho ! ho ! ho ! », je ne sais pas quoi dire à ces mômes.

— C'est peut-être une première pour toi, mais pas pour les enfants. Et si tu es réellement à court de mots je ne doute pas que ton épouse viendra à ton secours.

Son « épouse » ?

— Hein ? Qui ? Quoi ?

— Mme Noël ! précisa Annie.

— Personne ne m'avait parlé d'une Mme Noël !

Il ignorait si cette tardive révélation améliorait ou aggravait sa situation. D'un côté, il était soulagé de ne pas avoir à affronter un groupe d'enfants tout seul. De l'autre, il était déjà assez sceptique quant à sa capacité à jouer le rôle du joyeux bonhomme rouge, alors le rôle du joyeux bonhomme accompagné de sa femme ?

— Je ne pensais pas qu'un avertissement était nécessaire, répondit Annie. J'étais censée jouer la Mme Noël de Dan, mais vu qu'il est tombé malade je ne peux pas le laisser souffrir seul à la maison. Alors j'ai demandé à une amie de me remplacer… Oh ! tu n'as pas à t'inquiéter. Mme Noël sera là pour distribuer des sucres d'orge aux enfants dans la file d'attente. Aucune débauche sentimentale n'est requise.

— Merci, je me sens tellement mieux à présent, lâcha-t-il sèchement.

— Parfait, dit-elle en ignorant son sarcasme. Et, puisqu'on parle de conjoint, je devrais rentrer voir mon mari qui est malade comme un chien, mais qui t'est reconnaissant.

— Tu veux que je passe te rendre le costume plus tard ?

— Inutile, je reviendrai le chercher.

Quand elle fut sortie, il jeta un coup d'œil hésitant au miroir. Il redoutait de paraître aussi stupide qu'il en avait l'impression, mais eut la surprise de constater qu'il ressemblait à peu près au Père Noël.

On frappa alors un petit coup à la porte.

— Es-tu prêt, Père Noël ?

Le chef scout passa la tête dans l'embrasure de la porte.

— Waouh, tu es superbe !

— Ho ! ho ! ho ! lança Bailey en testant sa grosse voix.

Le chef scout sourit et dressa ses deux pouces.

— Les enfants commencent à s'agiter.

— Mme Noël n'est pas encore là, déclara-t-il.

Bien qu'à l'origine il ait ignoré la présence d'une Mme Noël, il se sentait perdu sans elle.

— Peut-être qu'elle a été retardée par une fournée de cookies au pôle Nord, plaisanta son interlocuteur.

Quoi qu'il en soit, sa conjointe était introuvable, rappelant à Bailey l'aberration de dépendre d'un conjoint, même fictif.

— Bon, ben, allons-y alors.

Il sortit de son vestiaire de fortune et suivit le chef scout dans les coulisses. Les rideaux avaient beau être fermés, il entendait le bavardage animé de ce qui ressemblait à des dizaines, peut-être des centaines, d'enfants. Tous venus voir le Père Noël – enfin, l'une de ses plus piteuses imitations.

Bailey sentit une goutte de sueur sur son front, ses mains devinrent moites à l'intérieur de ses gants de coton blanc. Le chef scout lui tendit un grand sac rempli de sucres d'orge, avant de hocher la tête en signe d'encouragement.

C'était maintenant ou jamais. Et Bailey pressentait bien que son frère ne lui aurait jamais pardonné s'il se dégonflait.

Alors qu'il approchait du rideau, il entendit des pas précipités dans l'escalier derrière lui qui menait à la scène.

Mme Noël était arrivée !

Il n'eut le temps de lui accorder qu'un bref coup d'œil, appréciant sa longue robe rouge à l'encolure et aux poignets en fausse fourrure blanche, avec un petit tablier blanc noué autour de sa taille. Malgré sa perruque blanche et ses lunettes de grand-mère, il devina qu'elle était jeune. Elle avait la peau lisse, les lèvres pulpeuses et une silhouette exquise, avec des yeux aussi brillants et bleus que le ciel du Montana.

— Ouf, je ne suis pas en retard !

Elle était essoufflée, ayant de toute évidence couru, et s'arrêta, la main sur le cœur, pantelante. Il ne put s'empêcher de remarquer sa poitrine rebondie.

— Vous êtes prêt ? demanda-t-elle, à bout de souffle.

Il hocha la tête. *Oh ! que oui…* Avec plaisir, même.

Elle lui adressa un clin d'œil complice et, soudain, il sentit ses joues s'embraser. Était-ce à cause de l'encombrant costume et des lumières au plafond, au bien autre chose ?

Bref, elle franchit le rideau et se mit à parler aux enfants.

— Eh bien, mes amis, nous avons rencontré quelques intempéries en venant du pôle Nord, mais nous avons finalement réussi à vous rejoindre ! lança-t-elle.

La foule d'enfants applaudit chaleureusement.

Bailey appréciait le ton mélodieux de sa voix tout en

se préparant à affronter son public. Il ignorait qui elle était – il n'avait pas pensé à demander son prénom à sa belle-sœur –, mais il lui fut aussitôt évident qu'Annie avait choisi une Mme Noël plus compétente que son Père Noël.

— Je sais que vous avez tous été particulièrement patients en attendant l'arrivée du Père Noël et que chacun veut être le premier à lui chuchoter ses vœux de Noël à l'oreille. Mais je vous promets que du premier au dernier d'entre vous, tout le monde passera en temps voulu !

Un large fauteuil était placé sur la scène, à côté d'un sapin de Noël décoré et entouré d'une pile de faux cadeaux. Tout ce qu'il avait à faire, c'était passer ce rideau et s'asseoir dans le fauteuil. Mais ses pieds restèrent soudain rivés au sol.

— Tandis que le Père Noël finit de nourrir les rennes, reprit Mme Noël, pourquoi ne chanterions-nous pas sa chanson préférée ? Hein ? Qui connaît la chanson préférée du Père Noël ?

Grâce à une fente étroite entre les deux rideaux, il vit les petites mains qui se levèrent aussitôt.

Mme Noël écouta les réponses fuser, allant de *Jingle Bells*, à *Douce Nuit*. Elle secoua la tête après chacune d'elles.

— Bon, je vais vous donner un indice, annonça-t-elle de sa voix chantante. Qui a une barbe longue et blanche ?

Les enfants s'écrièrent en chœur : « *Petit Papa Noëëël* ! »

Même ceux qui ne connaissaient pas toutes les paroles répétaient aisément le petit air enjoué et accrocheur aux mots simples, et Bailey se surprit à battre la mesure avec son pied contre le sol.

Le jeune public était si absorbé par la chanson qu'il rechigna à l'interrompre. Mais quand Mme Noël demanda : « Et qui est-ce qui va bientôt venir nous voir ? », il comprit qu'il était temps de sortir de sa cachette.

— Le Père Noëëëël !

Les petites voix se turent brusquement lorsque les

enfants s'aperçurent que le Père Noël était là, devant eux. Plusieurs se mirent à applaudir, d'autres le pointèrent du doigt en chuchotant avec enthousiasme à l'oreille de leurs voisins.

— Et le voici en chair et en os, rien que pour vous ! lança Mme Noël, avec un sourire chaleureux à Bailey.

Elle lui fit alors signe de s'asseoir.

Il hocha la tête en s'approchant du fauteuil. Il avait trop le trac pour lui retourner son sourire, même si la moustache touffue qui retombait sur sa bouche l'aurait de toute façon dissimulé.

Il s'installa à sa place lorsque le chef des scouts annonça que le groupe des plus jeunes louveteaux allait pouvoir s'entretenir en premier avec le Père Noël. Il y avait un buffet avec des rafraîchissements à l'autre bout de la salle pour les groupes qui attendaient leur tour.

Bailey sentit ses paumes de mains se couvrir de sueur alors que les enfants faisaient la queue, mais il se rendit compte assez vite que sa belle-sœur avait raison : les enfants, pour la plupart d'entre eux, n'attendaient en fait pas grand-chose de lui, si ce n'est qu'il écoute leurs souhaits et de leur souhaiter un « Joyeux Noël ».

Il eut droit à de nombreuses demandes de jouets spécifiques et de jeux vidéo dernier cri, quelques-unes concernant des chiots ou chatons, des jeux de construction ou de société, des patins de hockey ou des chaussons de ballerine. Certains posaient des questions telles que « Qui est ton renne préféré ? » ou « Quel âge a Rudolph ? »

Il donna des réponses assez vagues pour ne pas contredire ce qui avait pu leur être raconté par leurs parents. Il prit aussi soin de ne faire aucune promesse, assurant seulement chaque enfant qu'il ferait de son mieux pour exaucer son souhait.

Et, lorsqu'il hésitait sur certaines questions, sa supposée épouse se montrait au contraire chaleureuse, bienveillante et totalement crédible. Elle faisait bien plus que de gérer la file d'attente en distribuant des sucres d'orge. Elle semblait savoir instinctivement comment mettre les petits à l'aise.

Arrivé au groupe des « moyens », Bailey commença enfin à se détendre dans son rôle lorsqu'un gamin à l'air renfrogné lui monta sur les genoux et déclara :

— Noël, ça craint.

— C'est vrai, déclara Bailey non sans surprise. Parfois, ça craint.

Mme Noël poussa un petit cri, et les yeux de l'enfant s'embuèrent aussitôt de larmes.

— Tu n'es pas censé être d'accord, Père Noël ! protesta le gamin. Tu dois me répondre que tout va bien se passer.

Désarçonné, Bailey ne se sentait pas de faire de telles promesses. Mais il se rendait bien compte qu'il n'aurait pas dû abonder dans le sens du garçonnet. Être interpellé ainsi prouvait juste que c'était une mauvaise idée d'avoir pris la place de son frère comme Père Noël.

— Allons, Père Noël, répliqua son « épouse », je t'ai déjà demandé de ne pas faire déteindre ton humeur grincheuse sur les enfants…

Cette réprimande eut le mérite de distraire et d'intriguer le petit garçon, qui la regardait avec une fascination ravie.

— Désolée, mon petit Owen, reprit-elle en s'adressant directement à l'enfant. Le Père Noël est un peu de mauvaise humeur aujourd'hui, car je l'ai prévenu qu'il devait réduire sa consommation de biscuits s'il voulait continuer à livrer les cadeaux par les cheminées…

Puis elle lança à Bailey un regard entendu. Il hocha la tête sans discuter et frotta son ventre rembourré.

— J'aime trop le pain d'épices ! chuchota-t-il au petit garçon que sa « femme » avait appelé Owen. Mais Mme Noël à raison : je dois pouvoir livrer dans toutes les maisons. Bref, dis-moi, Owen, est-ce que je peux t'aider à rendre tes fêtes de fin d'année plus joyeuses ?

— Tu peux faire en sorte que Riley ne déménage pas à Bozeman ? questionna l'enfant avec espoir.

Cette fois, Bailey secoua la tête.

— Je suis désolé, mon grand.

Le garçonnet se tourna de nouveau vers Mme Noël.

— Et vous, Mère Noël, vous pouvez ?

Apparemment, le gamin s'imaginait que Mme Noël avait non seulement autorité sur son mari, mais aussi des pouvoirs magiques plus étendus que lui.

— Désolée, Owen, murmura-t-elle.

Owen soupira.

— Alors peut-être que tu pourrais laisser un PKT-79 sous mon sapin à Noël, que je puisse l'offrir à Riley : ça lui fera un souvenir de moi.

Ce n'était pas la première fois qu'on lui demandait un PKT-79, et bien que Bailey n'ait toujours pas la moindre idée de ce dont il s'agissait, il fut touché par la requête de cet enfant prêt à offrir son cadeau à quelqu'un d'autre.

— Je vais voir ce que je peux faire, promit-il. Joyeux Noël, Owen !

— D'accord, répondit Owen, le ton un peu moins morne. Joyeux Noël à toi.

Mme Noël tendit un sucre d'orge au garçon.

Avant de partir, Owen lui lança :

— Tu veilleras à ce que le Père Noël puisse passer par ma cheminée, n'est-ce pas ?

— Bien sûr, promit-elle avec un clin d'œil espiègle.

Après l'incident, Bailey fut plus attentif encore, afin d'éviter une nouvelle erreur. Lorsque chaque enfant eut exprimé ses vœux au Père Noël, sa femme et lui souhaitèrent un joyeux Noël à tous, puis retournèrent en coulisses.

Arrivé au vestiaire, Bailey eut hâte de se débarrasser du manteau rouge et du reste de son accoutrement, mais Mme Noël entra dans la pièce juste derrière lui.

Refermant la porte dans son dos, elle se planta devant lui, les mains sur les hanches.

— J'ignore pourquoi on a demandé à quelqu'un d'aussi rabat-joie de jouer le Père Noël, mais vous n'avez pas le droit de gâcher cette fête pour les enfants qui en rêvent tant…

Il se sentait certes coupable de sa réponse maladroite à Owen, mais il n'appréciait guère qu'une inconnue vienne à nouveau retourner le couteau dans la plaie.

— Mon aimable épouse me fait un sermon ? À présent, j'ai vraiment l'impression qu'on est mariés…

— J'aurais pitié de n'importe quelle femme assez folle pour vous épouser, riposta son acolyte.

La réplique toute prête de Bailey resta coincée au fond de sa gorge quand elle ôta ses lunettes de grand-mère et sa perruque, libérant ses longs cheveux blonds. La métamorphose était pour le moins… renversante.

Mme Noël était une vraie bombe.

Dommage qu'elle soit aussi autoritaire et agaçante… À bien y réfléchir, ce visage lui semblait vaguement familier.

Elle passa son bras derrière son dos, tentant péniblement d'atteindre le haut de la fermeture Éclair.

Pendant qu'elle se débattait avec son costume, Bailey se débarrassa de son chapeau, de sa perruque et de sa barbe.

Elle ramena son bras vers l'avant et tenta d'atteindre l'arrière de la robe par-dessus l'autre épaule, mais en vain.

L'attitude la plus polie et la plus courtoise serait de lui offrir son aide. Mais, comme sa belle-sœur le lui avait fait remarquer, il n'était qu'un Grooge et, encore sous le coup de la réprimande acerbe de Mme Noël, il n'était guère d'humeur très charitable. Au lieu de cela, il détacha sa large ceinture, ôta sa lourde veste et son ventre rembourré, soucieux de se débarrasser au plus vite des accessoires de son déguisement.

Finalement, elle poussa un lourd soupir.

— Vous pourriez quand même me proposer votre aide !

— Si vous avez besoin d'aide, vous n'avez qu'à demander, rétorqua-t-il.

— Pourriez-vous m'aider à baisser la fermeture Éclair de ma robe ? lâcha-t-elle enfin.

— D'habitude, j'invite une femme à dîner avant de l'aider de la déshabiller, murmura-t-il d'un ton narquois. Mais puisque vous le demandez si gentiment…

- 2 -

Mme Noël tourna le dos à Bailey pour lui donner accès à la fermeture Éclair. Avant cela, elle avait outrancièrement levé les yeux au ciel en réponse à son trait d'humour.

— Vous êtes lourdaud naturellement ou vous y travaillez ?

— C'est un mécanisme de défense, expliqua-t-il avec une surprenante franchise. J'ai été nul comme Père Noël. Je savais que ce n'était pas pour moi. C'est pour ça que je ne voulais pas enfiler ce stupide déguisement et faire semblant d'être joyeux.

— Vous avez déjà essayé d'être joyeux, au lieu de faire semblant de l'être ? répliqua-t-elle en tirant la fermeture à glissière.

— Oui, mais ça ne m'a pas réussi.

— Je suis désolée.

Elle ôta ses bras des manches et laissa tomber son corsage vers l'avant, puis sortit de sa longue jupe pour révéler ses propres habits : un pull à col rond et ajusté rouge Noël sur un jean moulant et des bottines hautes.

Une véritable bombe aux courbes bien féminines qui devait faire des ravages partout sur son passage.

Il détourna le regard de la zone dangereuse, enlevant les bretelles de ses épaules avant de quitter son pantalon surdimensionné, pour se retrouver vêtu d'un T-shirt sans col et d'un jean délavé. Il prit la chemise de flanelle qu'il avait délaissée avant d'enfiler le manteau du Père Noël, qu'il passa par-dessus son T-shirt.

De son côté, elle plia soigneusement sa robe et la glissa dans un sac. Il l'observait du coin de l'œil, incapable de chasser cette impression de l'avoir déjà croisée quelque part. Mais, avant qu'il puisse lui poser la question, on frappa à la porte.

— Entrez !

Ils avaient répondu à l'unisson, et elle lui sourit. Ses lèvres entrouvertes ne firent qu'augmenter son trouble.

La porte s'ouvrit et Annie passa la tête dans l'embrasure.

— Oh ! Serena, je suis tellement contente de voir que tu as pu venir !

— J'ai bien failli arriver en retard. Il y a eu du grabuge à la clinique ce matin.

Serena. Clinique.

Les pièces du puzzle se remirent finalement en place, et Bailey comprit pourquoi Mme Noël lui avait paru vaguement familière. Il s'agissait de Serena Langley, assistante vétérinaire dans la clinique où sa belle-sœur était réceptionniste.

— Quel genre de grabuge ? s'enquit Annie avec anxiété.

— Alistair Warren a ramené un gros chat errant qu'il a trouvé sous son porche. En réalité, c'était une chatte, qui a très vite donné naissance à neuf chatons.

— Neuf ? s'exclama Annie.

Serena hocha la tête.

— La salle d'examen numéro 3 va être hors service pendant un bon bout de temps, parce que Brooks refuse de déranger la nouvelle maman et ses bébés.

— J'ai hâte de les voir ! s'enthousiasma Annie. Mais pour l'instant je veux tout savoir sur la visite du Père Noël remplaçant devant les scouts de la ville. Je dois établir un rapport circonstancié à son frère grippé.

Bailey se tourna de nouveau vers Serena. Honnêtement, il peinait à en détacher le regard depuis qu'ils avaient regagné la loge. Même à présent qu'il savait où ils s'étaient déjà croisés, il ne pouvait s'empêcher de la regarder.

Il attendit que Serena explique que le Père Noël remplaçant était nul et que l'événement avait été un fiasco – enfin, peut-être pas en des termes aussi directs et durs. Sa belle-sœur saurait que Bailey n'avait pas été à la hauteur et qu'il avait failli faire pleurer un enfant. Et il ne pourrait pas contester, car tout était vrai.

Mais Serena semblait décidée à le laisser parler. Alors il se contenta d'un :

— C'était… une expérience.

Sa belle-sœur haussa les sourcils.

— Je ne sais pas trop comment interpréter cette réponse.

Bailey regarda de nouveau Mme Noël.

— Tout s'est bien passé, déclara Serena à son amie.

Annie poussa un soupir, visiblement soulagée.

— Bien sûr, je savais que vous y arriveriez tous les deux.

— Si tu étais aussi confiante, tu ne te serais pas précipitée ici pour nous interroger, souligna-t-il. Même si tes inquiétudes devaient concerner davantage M. que Mme Noël.

— Eh bien, c'est vrai que tu étais le plus réticent, admit-elle. Serena n'a pas hésité quand je lui ai demandé de me remplacer.

— Je suis toujours heureuse de pouvoir aider mes amis, affirma Serena. Mais à présent je dois rentrer chez moi.

— Pourquoi es-tu si pressée ? lança Annie.

— Je ne suis pas pressée, assura-t-elle. C'est juste que je suis partie tôt ce matin et… tu sais que Marvin n'aime pas quand je rentre trop tard.

Elle semblait un peu gênée par cet aveu, du moins le devinait-il à la façon dont son regard devint fuyant.

Il fronça les sourcils. Qui était ce Marvin ? Quelle était la nature de sa relation avec Serena ? C'était son mari ? Son petit ami ? Lui faisait-il la tête à cause de ses absences ? Ou avait-il plutôt un tempérament fougueux ?

Cette éventualité le mit en colère. Bailey avait lui-même de nombreux défauts, mais il n'avait aucune tolérance pour les hommes qui malmenaient leurs femmes ou leurs enfants.

— Tu t'inquiètes trop pour Marvin, répliqua Annie.

— Tu sais que je ne supporte pas quand il me regarde avec ses grands yeux tristes…

— Je sais que tu le laisses se servir de ces grands yeux tristes pour te manipuler, affirma Annie. Tu dois rester ferme et lui faire comprendre que ce n'est pas lui qui commande.

Il trouva que sa belle-sœur ne prenait pas les soucis de son amie très au sérieux. Personne ne savait jamais ce qui se passait derrière les portes closes d'une relation.

— Marvin est-il votre… mari ? demanda-t-il à Serena.

En réponse à sa question, Annie se mit à ricaner – de façon irrespectueuse, pensa-t-il –, et les joues de Serena s'empourprèrent alors qu'elle secouait la tête.

— Non, c'est mon bouledogue.

— Votre bouledogue, répéta-t-il lentement.

Elle hocha la tête et rougit un peu plus. Eh bien, le coup des « grands yeux tristes » lui paraissait beaucoup moins inquiétant à présent. Quand le comique de la situation devint manifeste, il ne put lui-même réprimer un petit sourire.

— Il a été recueilli en fourrière, expliqua-t-elle. Et il est très… collant.

— Seulement parce que tu l'as laissé le devenir, remarqua Annie. Sans oublier que tu as cette porte battante pour chien, qui lui permet d'entrer et de sortir à sa guise.

— Eh bien, oui, avoua Serena. Mais il n'aime pas rester seul trop longtemps.

Bailey en déduisit qu'il n'y avait personne d'autre chez Serena – ni mari, ni petit ami – pour sortir le chien ou pour répondre à son besoin d'affection.

Mais bon, peu importait, car il n'était guère intéressé

par une relation amoureuse avec l'amie et collègue de sa belle-sœur.

Enfin, en théorie.

— J'espère que Danny sera guéri avant mardi, déclara Annie en ramassant les sacs qui contenaient les costumes.

L'inquiétude évidente dans la voix de son amie obligea Serena à demander :

— Pourquoi ? Que se passe-t-il mardi ?

— Nous sommes censés jouer le Père et la Mère Noël pour une visite à l'école primaire.

Le mari d'Annie n'avait donc que deux jours pour se remettre de son virus.

— Je serais ravie de renfiler mon costume, proposa aussitôt Serena.

— Oh ! ce serait merveilleux, répondit Annie. Ça me ferait un sacré poids en moins sur mes épaules, de ne pas avoir à me soucier de chercher encore une fois des remplaçants à la dernière minute. Merci beaucoup à vous deux.

— Comment ça, nous deux ? intervint Bailey. Attends, moi, je n'ai jamais…

Mais sa belle-sœur semblait soudain pressée.

— Dans ce cas, je vous laisse les déguisements et je file chez Daisy's acheter de la soupe pour Danny. Croisons les doigts, il va bien finir par se remettre sur pied…

— … dit que j'étais d'accord pour recommencer.

Bien sûr, Annie était déjà partie. Serena et Bailey se retrouvèrent de nouveau seuls. Et elle ne fut pas surprise de le voir se tourner vers elle en fronçant les sourcils.

— Je n'ai jamais rien accepté de tel, répéta-t-il.

— Je sais, mais Annie n'imaginait probablement pas que vous refuseriez cette faveur à votre frère…

— Une faveur de plus, vous voulez dire.

— C'était vraiment si horrible que ça, aujourd'hui ?

— Là n'est pas la question, rétorqua-t-il. Mais vous,

vous êtes le genre de personne toujours prête à rendre service, n'est-ce pas ?

Elle haussa les épaules.

Certes, elle n'avait pas hésité quand Annie lui avait demandé de la remplacer en tant que Mme Noël. Même si elle préférait généralement la compagnie des animaux à celle des humains, elle était toujours contente de pouvoir aider un ami. Voilà pourquoi il ne lui était même pas venu à l'esprit de s'interroger sur l'identité de celui qui jouait le Père Noël.

Mais, même si Annie lui avait expliqué qu'il s'agissait de Bailey Stockton, elle n'aurait pas rechigné. Comment aurait-elle pu deviner qu'elle aurait une réaction aussi chimique qu'inattendue face au beau-frère de son amie ?

Après tout, ce n'était pas leur première rencontre. Elle l'avait croisé à la clinique – et même une ou deux fois en ville, au bazar Chez Crawford ou à la boutique Daisy's Donut. C'était un homme indéniablement beau. Bien sûr, tous les Stockton semblaient dotés d'un patrimoine génétique hors du commun, mais Bailey avait… quelque chose en plus.

Était-ce cette vulnérabilité qu'elle avait perçue dans ses yeux ? On aurait dit un petit chiot pris sur le fait après avoir commis une bêtise. Non pas qu'elle comparât Bailey Stockton à un jeune chien, mais elle avait senti ses regrets dès qu'il avait compris ne pas avoir répondu aux attentes du petit Owen.

Elle savait comme tout le monde que Noël n'était pas toujours aussi rose que dans les contes de fées, mais au fil des ans elle avait appris à se concentrer sur les souvenirs heureux et à embrasser l'esprit des fêtes de fin d'année.

Or à présent que Bailey et elle n'étaient plus entourés d'enfants dopés au sucre et à l'impatience de voir le Père Noël, à présent qu'il n'y avait plus qu'eux deux, il ne lui paraissait plus vulnérable du tout. Il était même très viril.

Et chaque cellule de son corps vibrait de se retrouver ainsi en tête à tête avec lui.

S'il l'avait aidée à ouvrir sa robe, ce n'était que pour rendre service. Il n'y avait aucun jeu de séduction dans ce geste. Mais elle avait pleinement conscience de son corps mince et musclé derrière elle, qui faisait battre son cœur plus vite. Soudain, elle avait les jambes en coton. Et, bien qu'elle porte un pull à manches longues et un jean sous son costume, elle avait senti la chaleur de son souffle sur sa nuque au moment où la fermeture Éclair descendait et un frisson lui avait parcouru la colonne vertébrale.

Tant qu'elle était revêtue du costume, elle avait joué le rôle de Mme Noël sans difficulté. Mais, à présent sa tenue rangée, elle était redevenue Serena Langley, une femme qui ne savait ni discuter simplement, ni flirter avec un homme. En fait, elle était affreusement gênée lorsqu'il s'agissait d'interagir avec les humains. Alors elle décida de faire comme toujours dans ce genre de situation inconfortable : fuir.

Mais, avant qu'elle ne trouve les mots justes pour s'en sortir, Bailey reprit la parole.

— Et si je n'étais pas libre ce mardi après-midi ? grogna-t-il. Annie n'a même pas envisagé cette possibilité.

— Si vous avez des projets, je trouverai un autre remplaçant, soupira Serena.

En fait, cela serait sans doute préférable, car la proximité de Bailey éveillait en elle des sentiments… des désirs… qu'elle préférait ne pas exhumer. Et, bien que l'idée d'un petit ami susceptible de se transformer un jour en mari soit séduisante, ses antécédents avec les hommes ne se résumaient qu'à des échecs.

Enfin, elle n'en avait pas non plus connu des tas… En tout cas, le résultat était qu'elle était célibataire, tendance endurcie.

— Vous avez d'autres projets ? demanda-t-elle.

— Non, admit-il à contrecœur. Mais là n'est pas la question.

— Si vous ne voulez pas rendre service, dites-le !

— Je ne pense pas être le meilleur candidat pour remplacer le grand bonhomme rouge, expliqua-t-il.

— Vous vous en êtes bien sorti aujourd'hui.

— Je ne suis pas sûr qu'Owen serait d'accord avec vous, répliqua-t-il sèchement.

— Un simple incident de parcours, jugea-t-elle. Mais je suis sûre que vous ne referez pas la même erreur.

— Vous manifestez beaucoup de confiance en un type que vous ne connaissez même pas, s'étonna-t-il.

— Je suis plutôt douée pour cerner les tempéraments.

Enfin, sauf en ce qui concernait les hommes.

Pour ce qui était des chiens et des félins, oui. Même les oiseaux, les rongeurs et les poissons – peu de gens savaient le poisson capable de faire preuve de caractère : elle-même avait eu un poisson rouge pendant quatre ans, qui s'était comporté en diva dans tous les sens du terme.

— Mais si vous n'avez vraiment pas envie, ce n'est pas grave. Je suis sûre de trouver quelqu'un d'autre pour jouer le Père Noël.

Et ce serait probablement la meilleure solution pour tout le monde, car il était à l'évidence réticent. En plus, elle hésitait à passer plus de temps à proximité d'un homme qui lui rappelait à quel point son célibat promettait de durer…

La plupart du temps, elle se satisfaisait parfaitement du statu quo. Mais parfois il lui arrivait de se dire qu'il serait agréable de partager sa vie avec quelqu'un capable de communiquer autrement que par des miaulements ou des jappements. Elle se forçait d'ailleurs à sortir et à essayer de nouvelles rencontres. Mais chaque fois ses espoirs et ses attentes se heurtaient à la réalité.

— Je ne suis pas sûr que ce dont j'ai envie soit véritablement le sujet, puisque Annie va annoncer à Dan que j'ai accepté et ensuite, si je renonce, je devrai expliquer le pourquoi du comment…

— Vous êtes en train de dire que vous allez le faire ? lança-t-elle à mi-chemin entre espoir et méfiance.

— Je suppose que… oui.

— Donc, si je comprends bien, à moins que Dan ne guérisse miraculeusement, je vous reverrai à l'école, mardi ?

— Ou peut-être tout de suite, répondit Bailey alors qu'elle se dirigeait vers la porte.

Car, pour une raison qui lui échappait, il n'aimait pas la laisser partir ainsi. Ou peut-être avait-il juste faim ?

Elle le regarda dans le blanc des yeux.

— Comment ça ? répéta-t-elle. Que voulez-vous dire ?

— Excusez-moi, je pensais à voix haute, reprit-il avec regret. Et c'était censé être une façon de vous demander si vous vouliez grignoter quelque chose.

— Oh…

Elle semblait aussi hésitante quant à la façon de répondre à sa suggestion qu'il l'avait été pour la formuler.

— J'avais tellement le trac de jouer le Père Noël que je n'ai pas déjeuné et maintenant je meurs de faim.

Serena lui offrit un reste de sucre d'orge.

— Je crois qu'il me faudra quelque chose de plus consistant… Et vous, qu'en dites-vous ? Vous avez faim ?

— Pas vraiment.

Au même moment, il entendit son estomac gargouiller.

— Vous pouvez encore dire « oui », murmura-t-il en souriant.

— Apparemment, j'ai faim, concéda-t-elle dans un demi-sourire.

— Vous voulez manger un morceau au Gold Rush Diner ? Il suffit de répondre par oui ou par non, vous savez, ajouta-t-il devant son hésitation.

— Vous voulez dire… Comme un rendez-vous ? bredouilla-t-elle d'une voix méfiante.

— Non !

Sa réaction fut aussi véhémente que spontanée.

Heureusement, Serena pouffa de rire, apparemment plus soulagée que vexée par sa réponse hâtive.

— Dans ce cas, d'accord ! finit-elle par lâcher.

Comme le centre-ville de Rust Creek Falls était tout petit, ils laissèrent leurs véhicules garés au centre de loisirs pour se rendre au restaurant à pied. Le trajet fut court, mais le froid vif laissait présager de nouvelles chutes de neige.

Le nom du restaurant était peint sur la vitre du bâtiment en brique. Quand il lui ouvrit la porte, une cloche annonça leur arrivée.

Bien que l'établissement soit assez fréquenté, la foule habituelle du déjeuner s'était déjà dispersée, et Bailey lui suggéra de choisir leur table. Elle s'installa sur un banc tendu de vinyle rouge et il s'assit face à elle.

Après un examen rapide du menu, il se décida pour le steak et elle opta pour une salade maison.

— Ton estomac criait famine il y a cinq minutes, lui rappela-t-il, passant au tutoiement. Je ne pense pas qu'il se contentera d'une salade.

— Je suis censée aller dîner et danser à la Sawmill Station ce soir. La salade m'aidera à tenir jusque-là.

— La vente de charité pour les Patriots ? devina-t-il. J'ai travaillé sur le sujet avec Brendan Tanner cette année.

— Le Dr Smith a réservé une table et a offert les billets à tout son personnel.

— Alors je te retrouverai là-bas.

— Sauf si je décide de rester à la maison avec Marvin, Molly et Max.

— Je sais que Marvin est ton chien, déclara-t-il. Mais Molly et Max ?

— Mon chat et mon lapin, avoua-t-elle.

— Tu as plein d'animaux de compagnie, nota-t-il.

— Les animaux sont généralement de meilleure compagnie que les gens.

— Y compris ma compagnie ? repartit-il, faisant mine de se vexer.

Les joues de Serena s'empourprèrent.

— Il serait peut-être plus juste de dire que je suis plus douée avec les animaux qu'avec les gens.

— Tu as été super avec les enfants aujourd'hui, assura-t-il.

— Merci, mais les enfants sont généralement tolérants et sociables. Surtout ceux qui attendent quelque chose de particulier, à savoir le Père Noël.

— Ça me fait penser… Que sais-tu de ce fameux PKT-79 dont tous les enfants parlaient ?

— C'est la nouvelle version du PKT-78, sorti au printemps dernier

— Le PKT-78 ?

— Un jouet de poche interactif qui communique avec d'autres jouets similaires, expliqua-t-elle.

— Et où pourrais-je en trouver un ? s'enquit-il.

— Tu n'y arriveras pas. Toutes les enseignes sont en rupture de stock.

— Il doit bien y avoir un moyen, protesta-t-il en hochant la tête en direction de la serveuse qui déposait son assiette devant lui.

— Ça a fait les gros titres de la presse, la semaine dernière : « Le jouet incontournable de l'année, désormais en rupture de stock dans toutes les enseignes. »

Il sala ses frites tout en réfléchissant à ce revers.

— Bien sûr, tu peux toujours en demander un au Père Noël, dit-elle en plantant sa fourchette dans un morceau de tomate.

— Les lutins du Père Noël auraient-ils une chaîne de production de PKT-79 au pôle Nord ?

— Possible… La seule autre option serait de chercher sur les sites de revente d'occasion.

— Comme eBay ? devina-t-il.

Elle hocha la tête.

— Mais tu n'en trouveras pas à un prix raisonnable, prévint-elle. C'est la loi de l'offre et de la demande.

— J'espérais en trouver un pour Owen, confia-t-il. Pour lui donner une raison de croire que Noël, ça ne craint pas tant que ça.

— Et parce que tu te sens coupable ?

— En effet, admit-il.

— C'est une très bonne idée. Mais je te promets qu'il passera un bon Noël, même sans un PKT-79 sous son sapin.

— Comment le sais-tu ?

— Parce que je connais sa famille. Alors oui, ça craint que son meilleur ami quitte la ville après les vacances, mais il s'en remettra.

— Je suppose que je vais devoir te croire sur parole, déclara-t-il. Et comme je vais apparemment rejouer le bon gros Père Noël, j'ai besoin de conseils sur ma façon d'interagir avec les enfants.

— Essaie de te souvenir de ce que c'était, quand tu étais petit, suggéra-t-elle. Te rappelles-tu l'impatience que tu ressentais pendant les jours et les semaines qui précédaient les vacances ? Le tout culminant finalement dans le frisson du matin de Noël et la découverte de ce que le Père Noël t'avait laissé sous l'arbre ?

Non, il ne voulait pas repenser à tout cela. Il ne voulait pas penser du tout aux fêtes de fin d'année. Parce le souvenir du passé convoquait inéluctablement celui de ses parents et de tout le mal que se donnait sa famille pour que les fêtes soient un moment réussi.

Avec sept enfants à nourrir et à vêtir, Noël n'avait jamais permis d'extravagances, mais chacun trouvait toujours un cadeau sous l'arbre – généralement quelque chose d'utile, comme de nouveaux gants de travail ou des sous-vêtements thermiques, associé à un objet qui avait été demandé, comme un jeu de société ou le DVD d'un film préféré.

Il était tellement perdu dans ces pensées – ou plutôt dans ce à quoi il essayait de ne pas penser – qu'il faillit oublier qu'il n'était pas seul… Jusqu'à ce que Serena pose sa main sur la sienne.

Il tressauta à son contact, non seulement parce que ce geste était inattendu, mais aussi parce que… ce contact féminin lui parut aussi doux que troublant. Voilà longtemps que sa peau n'avait pas été effleurée par celle d'une femme.

Il retira délibérément sa main pour attraper son soda, qu'il se mit à siroter.

— Se souvenir de ces Noëls ne fait que me rappeler tout ce que j'ai perdu, avoua-t-il. Non pas que je m'attende à ce que quelqu'un comme toi comprenne…

Serena se redressa sur son fauteuil.

— Comment ça… « quelqu'un comme moi » ?

Elle parlait d'une voix un brin agacée, mais il était trop absorbé par sa propre tristesse pour y prêter attention. Alors il répondit sans réfléchir :

— Quelqu'un qui ne peut pas savoir que le bonheur peut se transformer en douleur et en désespoir en un clin d'œil.

Elle prit son propre verre, sirota son soda, puis rétorqua :

— Tu devrais faire attention à ne pas tirer de conclusions hâtives sur les gens, murmura-t-elle en pliant soigneusement sa serviette qu'elle posa à côté de son assiette. Merci pour le déjeuner, mais il faut vraiment que je rentre voir mes animaux.

À ces mots, avant qu'il ne puisse comprendre ce qu'il avait dit ou fait pour la vexer ainsi, elle se volatilisa.

- 3 -

En rentrant chez elle, Serena avait décidé de ne pas se rendre au dîner dansant des Patriots, suivi d'une vente aux enchères. Il était à peine 16 heures, mais elle avait déjà eu une journée bien remplie et n'avait aucune envie de s'habiller pour sortir. Ou peut-être cherchait-elle une excuse pour rester chez elle et éviter de croiser une fois encore la route de Bailey Stockton ?

Elle monta l'escalier menant à son appartement au-dessus du bureau d'un comptable, prise d'une féroce envie d'enfiler un bon pyjama chaud et de se blottir dans son canapé avec ses animaux de compagnie. Elle fut accueillie avec tant d'affection et d'enthousiasme par Marvin qu'elle se voyait mal le quitter de nouveau.

Après lui avoir gratté les oreilles et frotté le ventre, elle se rendit dans sa chambre et trouva Molly roulée en boule au milieu du lit. Elle poussa un soupir exaspéré qui réveilla la chatte à la robe « écaille de tortue ». Molly cligna des yeux et la dévisagea d'un air endormi.

Serena s'efforçait d'établir des règles pour ses fidèles compagnons à la maison – la principale étant l'interdiction de s'installer sur son lit à moins d'y être spécifiquement invité. Marvin respectait généralement les limites fixées, Max était plutôt content dans son château en carton, mais Molly errait à sa guise dans l'appartement.

— Sors d'ici, Molly ! dit-elle fermement, en pointant l'index vers le sol.

La minette se redressa lentement, bâillant, puis s'étirant, visiblement peu honteuse d'avoir été surprise en train d'enfreindre les règles… et surtout peu pressée de s'en aller.

Après avoir suivi Serena dans la chambre, Marvin remarqua finalement la chatte sur le lit et aboya. Molly feula, comme pour le réprimander d'avoir fait le rapporteur. Le chien s'assit sur son derrière à côté de Serena et leva les yeux vers elle avec un regard adorateur.

— Oui, tu es un gentil chien, lui murmura-t-elle.

La langue pendante, il haleta joyeusement.

— Quant à toi…

Elle agita le doigt vers Molly, puis se ravisa, consciente qu'il ne servait à rien de réprimander un animal qui, de toute façon, n'en faisait qu'à sa tête. Bien que cette attitude ait parfois frustré Serena, elle ne pouvait nier qu'elle admirait le caractère de Molly.

Le chat rebelle sauta agilement du lit et se dirigea vers la porte. Marvin lui emboîta le pas, avant de se retourner vers Serena, visiblement hésitant.

Elle gloussa doucement.

— Tu peux suivre Molly. Je vous rejoins dès que j'aurai mis mon pyjama.

Mais, quand elle ouvrit le placard pour ranger son pull dans le panier à linge, son regard tomba sur la robe accrochée devant elle.

La robe qu'elle avait prévu de porter à la soirée de charité de ce soir était suspendue dans son placard depuis onze mois. Elle l'avait achetée pendant les soldes de la nouvelle année – une folie qu'elle s'était offerte après les fêtes –, mais elle n'avait pas encore trouvé l'occasion de la porter. Bien qu'elle préfère habituellement la compagnie de ses animaux, elle ne rechignait pas à se faire belle, de temps en temps.

D'une main hésitante, elle caressa le velours bordeaux et contempla l'encolure dégagée, les manches longues et la jupe courte. Elle soupira en silence, consciente que si elle snobait le dîner ce soir il pourrait s'écouler encore un an – ou plus – avant qu'elle ne retrouve une occasion de porter sa robe.

Sans compter que la table du Dr Brooks Smith compterait deux absents puisque Annie, la réceptionniste de la clinique, était chez elle au chevet de son mari souffrant. Autrement dit, si Serena ne venait pas, un troisième repas serait gâché.

Mais si Annie et Dan ne devaient pas assister à la soirée, le frère de Dan, lui, serait bien là. Enfin, elle n'était pas certaine que la présence de Bailey l'aide à se décider, dans un sens ou dans l'autre.

Quand Bailey Stockton avait quitté Rust Creek Falls il y a treize ans, il pensait ne jamais revenir. Sa famille s'était déchirée à cause de lui – et il n'avait jamais imaginé revenir un jour de son plein gré. Il avait tenté d'aller de l'avant – en se rendant d'abord dans diverses régions du Wyoming, puis au Nouveau-Mexique –, certain qu'il pourrait tout reprendre à zéro. Après quelques années, il se prit même à espérer de fonder une nouvelle famille.

Or ses projets avaient viré à l'échec. Il avait eu beau être animé des meilleures intentions le jour où il avait dit « oui » à Emily, il s'était avéré que tous deux étaient tout simplement trop différents, et trop têtus pour faire des compromis : leur mariage était quasiment condamné dès le début.

Et puis, en décembre dernier, il avait appris que son frère Luke était retourné à Rust Creek Falls… Sur un coup de tête, il avait alors décidé de prendre la même direction. Il était arrivé en ville juste à temps pour voir leur frère Danny épouser sa petite amie du lycée et renouer avec la plupart de ses frères et sœurs, qui l'avaient persuadé de rester à Rust Creek Falls, du moins pour quelque temps.

Onze mois et demi plus tard, Bailey était toujours là. Il vivait maintenant dans l'un des chalets de Sunshine Farm et travaillait presque jour et nuit sur le ranch. Pourtant, régulièrement, il se sentait obligé de réfléchir à son départ prochain. Même si, en vérité, il n'avait nulle part où aller. Et, même s'il avait été certain de ne jamais vouloir retourner au ranch familial qui renfermait tant de souvenirs de leurs parents disparus et de sa fratrie dispersée, il s'était trompé à ce sujet également.

Quand Bailey, Luke et Dan avaient quitté la ville, ils étaient convaincus que la propriété serait saisie par la banque pour rembourser les hypothèques. Or ils avaient eu la surprise d'apprendre que Rob et Lauren Stockton avaient contracté une assurance décès – et encore plus de découvrir que leur grand-père maternel avait réglé tous les impôts fonciers au fil des ans. Et, bien qu'ils aient tous volontiers renoncé à la propriété si cela avait pu leur ramener leurs parents, ils étaient maintenant déterminés à conserver la terre qu'ils avaient reçue en héritage.

Bien sûr, le travail de la terre était exigeant – et ses frères avaient commencé par réhabiliter la grange, car c'était le lieu où Dan et Annie s'étaient promis de s'aimer, de s'honorer et de se chérir.

La cérémonie simple mais sincère à laquelle Bailey avait pu assister était très différente du service religieux officiel et de la réception en grande pompe qui avaient marqué son propre mariage. Cela dit, il était convaincu à présent que le mariage de son frère était destiné à un sort plus heureux.

Le jour où Dan et Annie s'étaient dit « oui », Bailey n'était pas aussi optimiste quant à l'avenir de leur union. Marqué par l'échec de son propre mariage, il s'était senti obligé de mettre en garde son autre frère, car il avait vu des étoiles dans les yeux de Luke quand celui-ci regardait sa cavalière.

Luke et Eva s'étaient séparés peu de temps après.

Bailey ne savait pas si ses conseils avaient joué un rôle dans cette rupture temporaire, mais il était aujourd'hui heureux que son frère et sa nouvelle belle-sœur se soient remis ensemble. Luke et Eva s'étaient fiancés la veille du nouvel an et mariés sept mois plus tard.

En plus de cet engagement, les nouveaux mariés s'étaient engagés à user de la Sunshine Farm pour répandre le bonheur autour d'eux. En fait, l'amie d'enfance d'Eva, Amy Wainwright, avait récemment retrouvé à la ferme son ancien – et futur – mari, Derek Dalton, ce qui avait valu à la propriété le surnom de « Lonelyhearts Ranch ».

Bailey se rendait bien compte que beaucoup de gens semblaient trouver l'amour à Rust Creek Falls, y compris quatre de ses six frères et sœurs. Mais il ne se faisait guère d'illusions : les happy ends de contes de fées, ce n'était pas pour lui. Il était déjà passé par la case « mariage » pour atterrir très vite sur la case « divorce ». Mais il était heureux de participer à la vente de charité au profit des Patriots. Il avait même apprécié de travailler avec Brendan Tanner : l'ancien marine en retraite ne cherchait pas à lire dans ses pensées, ni à cerner coûte que coûte ses sentiments – il ne pouvait pas en dire autant de ses frères et sœurs.

Bailey croyait profondément dans le travail des Patriots. Il éprouvait le plus grand respect pour les sacrifices consentis par ces hommes et ces femmes qui s'engageaient, et il était fier de participer à l'effort visant à témoigner la gratitude de la collectivité aux troupes qui se battaient pour elle. Leur envoyer des cadeaux de Noël était un geste simple, mais fort, et Bailey était heureux de s'y associer.

Il était moins convaincu de l'utilité de ce dîner dansant. Certes, il s'agissait d'une collecte de fonds pour une bonne cause, mais il pressentait que la plupart des invités seraient des couples et, en tant que dernier célibataire parmi ses frères et sœurs vivant actuellement à Rust Creek Falls, il était fatigué à l'avance de leur tenir la chandelle.

Non pas qu'il aspirât à se caser. Ah, ça, non, il avait appris à ses dépens qu'il valait mieux être seul que mal accompagné. Il n'avait personne sur qui compter, mais personne ne dépendait de lui. Cela étant, il demeurait tout de même gênant d'arriver en célibataire à une soirée mondaine qui accueillait principalement des couples.

Il regarda autour de lui les invités qui se pressaient à la Sawmill Station, espérant y apercevoir Serena. Elle lui avait dit avoir une entrée pour la soirée, mais, vu son départ précipité du restaurant après leur déjeuner, il craignait qu'elle ait changé d'avis.

Mais bon, il ne voyait pas en quoi cela le concernait. Après tout, il connaissait à peine cette femme. Même s'il ne pouvait nier que, malgré sa façon de lui reprocher ses maladresses, elle avait quelque chose… d'attirant.

En fait, quand elle l'avait critiqué, il avait eu du mal à comprendre ses paroles car il était captivé par les mouvements de sa bouche. Ces douces lèvres courbées se tairaient-elles s'il les couvrait des siennes ? s'était-il même demandé. Répondraient-elles à ce baiser imaginaire et fougueux ?

Bref, cette femme était une quasi inconnue, mais il avait eu très envie de l'embrasser, ce qui l'avait rendu… prudent. Car voilà des années qu'il n'avait pas ressenti une attirance aussi instinctive pour une femme. Or il se serait bien passé de connaître de nouveau un tel sentiment. Car il savait désormais que cette sensation euphorique ne durait pas : et quand elle aurait disparu, son cœur finirait encore en miettes.

Il valait donc sans doute mieux que Serena ait quitté le restaurant avant qu'il n'ait eu l'occasion de lui proposer d'être sa cavalière ce soir. Certes, il n'était pas tout à fait à l'aise avec l'idée de se retrouver seul célibataire entouré de couples, mais au moins il n'aurait pas à s'inquiéter de gérer le trouble suscité par un désir aussi inattendu que dangereux.

Il avait presque réussi à s'en convaincre quand, au moment de se détourner du bar avec un verre à la main, il aperçut Serena. Et son cœur faillit s'arrêter de battre.

Ces cheveux blonds et soyeux qui s'étaient cachés sous la perruque de Mme Noël étaient rassemblés en un chignon haut. Oh ! rien à voir avec un de ces chignons stricts et serrés… Ses boucles étaient réunies de façon savamment désordonnée et très sexy. Plusieurs mèches s'échappaient de son ruban pour lui encadrer le visage.

Perchée sur des talons hauts, elle portait une robe bordeaux, dont le velours moulait ses courbes affriolantes et tombait juste au-dessus de ses genoux.

Il fit quelques pas vers elle et vit quelque chose qui brillait dans ses cheveux. Une miniguirlande de flocons de neige. Elle s'était maquillée aussi. Non pas qu'elle ait eu besoin de cela pour être belle, mais les longs cils qui ombrageaient ses yeux d'un bleu profond étaient maintenant plus foncés, et ses lèvres charnues étaient rehaussées de rose brillant.

— Tu es… Waouh ! bredouilla-t-il à court de mots.

Les joues de Serena se couvrirent d'un rouge adorable.

— Ben… Toi aussi.

Il savait que son costume classique et sa cravate texane n'avaient rien d'original, surtout parmi de tels convives, mais il sourit, soulagé de l'indulgence de Serena.

— Je n'étais pas sûr que tu viendrais.

— Moi non plus, admit-elle.

— Je suis content de te voir. J'espère que tu as apporté ton chéquier, il y a plein de choses à acheter pour les enchères.

— Dès que je saurai à quelle table on m'a placée, je jetterai un coup d'œil, promit-elle.

— Tu peux t'asseoir avec moi, suggéra-t-il.

— Je crois que je suis censée me trouver à la table du Dr Smith.

Il secoua la tête.

— Il n'y a pas de plans de table.

Elle regarda du côté de la salle à manger, où des tables dressées s'alignaient de part et d'autre de la piste de danse.

Le décor était festif, mais simple. Bien sûr, Brendan et Bailey avaient délégué tous ces détails aux organisateurs de la soirée, qui avaient orné les tables de branches de conifères et de baies de houx, avec des bougies dans des photophores disposés tous les quatre couverts. Le résultat était à la fois festif et rustique, ce qui était idéal pour le lieu et l'occasion.

— Je n'étais jamais venue ici, confia Serena. Mais cet endroit est fabuleux. Brendan et toi avez fait du bon boulot.

Aussitôt, il secoua la tête.

— C'est Caroline Ruth et son équipe qui ont tout fait. La seule chose dont Brendan et moi pouvons nous attribuer le mérite, c'est de lui avoir confié cette organisation, dit-il. Et d'avoir choisi le menu.

— Que mangeons-nous, ce soir ? s'enquit-elle.

Il ouvrit un carton sur une table voisine et le lut à haute voix : « Croquants champêtres au beurre fouetté, jardinière de légumes aux poires pochées, noix confites et vinaigrette au miel, grillade de bœuf, purée de pommes de terre rouge et maïs noir, tarte aux airelles ou mousse au chocolat en dessert. »

— J'ai bien fait de me contenter d'une salade au déjeuner, remarqua Serena.

Il pouffa de rire en l'entraînant vers la table où Luke et Eva étaient déjà assis, aux côtés de Brendan Tanner et de sa fiancée, Fiona O'Reilly. Il y avait aussi Brenna, la sœur de Fiona, qui était accompagnée de son mari, Travis Dalton.

Au cours du dîner, la conversation porta sur de nombreux sujets – les cadeaux adressés aux Patriots, bien sûr –, mais les récentes fiançailles de Brendan et Fiona occupèrent aussi une grande partie de la discussion.

— Depuis quand Serena et toi sortez-vous ensemble ? demanda Brenna en goûtant sa mousse au chocolat.

Surpris d'une telle question, Bailey leva les yeux.

— Quoi ?

Serena se figea, son verre de vin à mi-chemin de ses lèvres, visiblement décontenancée elle aussi.

— Depuis quand sortez-vous ensemble ? répéta Brenna.

— Ils ne sortent pas ensemble, répondit Eva en premier. En revanche, ils sont mariés.

— Vraiment ? reprit Brenna qui semblait aussi ravie qu'intriguée par cette révélation.

— Non, pas vraiment, rétorqua Serena.

— Je ne sais pas, insista Eva en leur adressant un clin d'œil taquin. Beaucoup de gens du centre de loisirs vous ont crus mari et femme aujourd'hui…

Serena leva les yeux au ciel.

— Juste parce qu'on était déguisés en Père et Mère Noël.

— Il n'y a rien de mal à pratiquer de petits jeux de rôle pour pimenter son couple, affirma Brenna.

Les joues encore plus rouges que la robe de Mme Noël, Serena secoua la tête.

— J'aurais mieux fait de rester chez moi ce soir.

— Je te taquine, assura Brenna d'un ton contrit. Bien que Travis et moi soyons tombés amoureux pour de vrai alors que nous faisions semblant d'être fiancés.

— Je me souviens vous avoir applaudis tous les deux dans *The Great Roundup*, concéda Serena.

— Tu m'as donc vu décrocher le gros lot en direct ! s'exclama Travis.

Bailey fronça les sourcils. Même si les émissions de téléréalité, ce n'était pas son truc, toute personne passée par Rust Creek Falls l'année précédente avait suivi les événements : deux habitants de la ville se disputant le gain de l'émission de télévision.

— C'est Brenna qui a gagné le million de dollars.

— Certes, convint Travis en glissant un bras sur l'épaule de sa femme. Mais, moi, j'ai gagné Brenna !

— Et moi, je t'ai toi, repartit-elle avec un sourire béat.

— Et moi, j'ai besoin de prendre l'air, annonça Bailey.

— Moi aussi, ajouta Serena en repoussant sa chaise.

Ils sortirent de la salle de réception principale, mais ne s'aventurèrent pas trop loin, pour ne pas avoir à affronter la nuit glaciale du Montana.

— Ils n'ont pas dit tout ça méchamment, déclara Bailey quand Serena et lui furent seuls. Du moins, je ne crois pas.

Elle eut un petit rire.

— Je les ai trouvés plus charmants que méchants…

— C'est vrai ?

— J'ai suivi *The Great Roundup*, mais on ne sait jamais quelle part de ces émissions de téléréalité est réelle, et quelle part mise en scène, ni à quel point le montage final peut s'avérer sélectif. Ça fait plaisir de voir qu'ils sont vraiment amoureux l'un de l'autre.

— Pour l'instant, en tout cas, nuança Bailey.

Serena fronça les sourcils.

— Tu penses que leur couple ne durera pas ?

Il haussa les épaules.

— Je crois que les probabilités ne sont pas en leur faveur.

— L'amour, ce n'est pas une question de probabilités, protesta-t-elle. C'est un acte de foi.

— Qui se solde souvent par l'anéantissement de l'un des deux croyants, affirma-t-il.

— Tu parles d'expérience, j'ai l'impression ? nota-t-elle.

Il hocha la tête.

— Parce que c'est ce qui m'est arrivé.

— Évidemment, la vie ne peut pas toujours être un long fleuve tranquille.

— Mais il y a des accidents de la vie dont on se remet plus difficilement que d'autres, précisa-t-il.

Le ton vaguement désinvolte de Bailey suggéra à Serena que son chagrin d'amour lui avait laissé des cicatrices assez importantes. Elle soupçonnait même que cette déception sentimentale avait rouvert les blessures liées au deuil de ses parents et la séparation de sa famille alors qu'il sortait à peine de l'adolescence.

— Sans doute, murmura-t-elle simplement.

— Je suis désolé, reprit-il après un long silence.

Ces excuses spontanées la surprirent.

— Pourquoi donc ?

— Parce que j'ai manifestement dit quelque chose qui t'a contrariée lors de notre déjeuner aujourd'hui.

— Je peux parfois être susceptible, admit-elle.

— Ça veut dire que je suis pardonné ?

Elle hocha la tête.

— Tu es pardonné.

— Ouf, dit-il en un soupir. Il ne faudrait pas que les enfants de l'école de Rust Creek Falls s'inquiètent d'éventuelles tensions entre le Père Noël et la Mère Noël.

— Je crois qu'ils se moquent de savoir si le Père Noël est célibataire ou casé, tant qu'il leur livre leurs cadeaux !

— Ce qu'il ne pourrait plus faire si sa femme conservait la garde des rennes et du traîneau lors du divorce, nota Bailey.

— Alors il ferait mieux de faire tout son possible pour la rendre heureuse, suggéra-t-elle.

— Si le Père Noël avait une formule secrète pour rendre une femme heureuse, il se retrouverait en tête de la liste de Noël de tous les hommes de la création, dit-il.

— Ha ha ha…

— Je ne plaisante pas, assura-t-il. Mais dans l'optique de ton bonheur de ce soir, je peux t'offrir un verre ?

— Non, merci. J'ai bu un verre de vin au dîner et j'ai atteint ma limite.

— Avec un seul verre ?

Elle hocha la tête.

— D'accord, que dirais-tu d'une danse ?

— C'est une invitation ? s'enquit-t-elle. Car le ton sur lequel tu as demandé suggère que tu espères mon refus…

— Peut-être que, pour ton bien, j'espère que tu déclineras, répondit-il. Car je ne suis pas un très bon danseur.

— Alors pourquoi m'inviter à danser ?

Il haussa les épaules.

— Parce qu'il y a beaucoup de couples ce soir, mais j'ai remarqué quelques célibataires. Et je sais qu'ils n'attendent qu'une chose : que je tourne le dos une seconde pour qu'ils puissent te tourner autour.

— Est-ce un compliment ? Ou devrais-je sortir mon spray anti-agression ?

— Peut-être que tu devrais danser avec moi, répliqua-t-il.

Elle prit alors la main qu'il lui tendait et se laissa entraîner sur la piste de danse. Or, dès qu'il la tint dans ses bras, elle sut qu'elle avait commis une erreur en acceptant cette danse. Car, en se retrouvant si proche de lui, elle sentit de nouveau ces sentiments malvenus bouillonner en elle.

À vingt-cinq ans, elle avait eu quelques petits amis, et même quelques amants, mais elle n'avait jamais vraiment été amoureuse. Et, bien qu'elle connaisse à peine Bailey, l'attirance qu'elle ressentait pour lui ne ressemblait à rien de ce qu'elle avait connu auparavant.

Toutefois elle savait aussi qu'il ne cherchait pas à se caser. Il avait été on ne peut plus franc au sujet de l'échec de son mariage. Elle ferait mieux de ne pas l'oublier. Dommage, car elle se sentait indubitablement bien dans ses bras. Au point de se surprendre à rêvasser d'une véritable relation avec lui. D'autant que, malgré ce qu'il disait, il était assez bon danseur.

Alors que les dernières notes de la chanson retentissaient autour d'eux, elle pencha la tête en arrière pour le regarder.

Avec ses talons de dix centimètres, elle avait la bouche pratiquement au niveau de la sienne.

Comme elle avait soudain envie qu'il l'embrasse…

Cependant ils se connaissaient à peine et ils se trouvaient dans un lieu on ne peut plus public. Pourtant, à cet instant précis, tout s'effaça autour d'elle, autour d'eux. Le temps était comme suspendu. C'était comme s'il n'y avait plus qu'elle et lui.

Puis il inclina la tête, de sorte que sa bouche ne se retrouva plus qu'à quelques millimètres de la sienne. Retenant son souffle, elle attendit…

Mais un riff de guitare résonna alors dans la salle de bal, inaugurant un brusque changement de tempo pour les couples sur la piste de danse. Le charme était rompu.

Elle recula d'un pas.

— Je… Je vais consulter les articles de la vente aux enchères, bredouilla-t-elle.

Bailey retourna à la table sans sa cavalière.

— En vous regardant, Serena et toi, sur la piste de danse, j'ai compris pourquoi Brenna a cru que vous étiez ensemble, déclara Luke.

— Pourquoi tu nous espionnais, au lieu de danser avec ta femme ? rétorqua Bailey à son frère.

— Parce que j'ai pris mon service chez Daisy's à 4 heures du matin, expliqua Eva. Et que mes pieds sont ravis de ne pas danser en ce moment. Cela dit, Luke a raison : Serena et toi, vous allez bien ensemble.

— Sauf qu'on n'est pas ensemble, rappela-t-il à son frère et à sa belle-sœur.

Ils échangèrent un regard.

— Simple déni, diagnostiqua Eva.

Luke hocha la tête.

— Écoutez, c'est génial que vous vous soyez trouvés tous les deux et que vous soyez heureux ensemble, mais tout le monde n'aspire pas la même chose que vous, répliqua-t-il.

— Tu veux dire que tout le monde n'est pas prêt à admettre vouloir la même chose, nuança Eva.

Bailey secoua la tête.

— Il y a un an, j'étais sceptique moi aussi, admit Luke. Et puis j'ai rencontré Eva.

Le sourire qu'elle offrit à son mari était empreint d'amour et de tendresse. Et, oui, Bailey ne pouvait rester de marbre à voir Luke et Eva aussi heureux. Et aussi Danny et Annie. Et Jamie et Fallon. Sans oublier sa sœur Bella et Hudson. Alors peut-être qu'il était juste un tout petit peu… jaloux ?

Mais juste un tout petit peu – pas assez pour être prêt à risquer de rénover sa propre vie sentimentale. Heureusement, il fut dispensé de répondre à son frère par un bruit de…

— Je rêve ou ce sont des chiens qui aboient la mélodie de Jingle Bells ? lança Eva.

— Ça doit être le téléphone de Serena, répondit Bailey.

Luke le récupéra sur la table, puis haussa les sourcils en découvrant son étui. Il le montra à Eva et Bailey qui découvrirent alors la photo d'un bouledogue coiffé d'un bonnet du Père Noël.

Il n'allait pas la juger parce qu'elle aimait Noël autant qu'elle aimait son chien. D'autant que cet appel avait interrompu une conversation qui devenait gênante. Il arracha donc le téléphone des mains de son frère, puis s'en alla chercher Serena.

— Marvin serait fou de joie si on lui offrait ça, lui annonça-t-elle en désignant une panière de Noël pour chiens garnie de jouets et de friandises offerts par Brooks Smith et son épouse, Jazzy.

Bailey jeta un coup d'œil au formulaire de vente.

— On dirait que les enchères entre Paige Traub et Lissa Christensen ont déjà commencé.

— À présent, il faudra compter avec moi ! déclara-t-elle en gribouillant les chiffres de son offre sur la page.

Il haussa un sourcil.

— Tu viens de doubler l'enchère précédente ?

— C'est pour une bonne cause, lui rappela-t-elle.

— C'est vrai…

— Et toi, tu as repéré quelque chose qui te tente ? demanda-t-elle.

Il savait qu'elle parlait des enchères, mais en vérité il était incapable de la quitter des yeux depuis son arrivée.

— Je cherche encore, bafouilla-t-il.

Mais, comme il l'avait rappelé très récemment à son frère et sa belle-sœur, il n'était pas à la recherche d'un happy end.

— Il y a beaucoup de choses à voir, reprit-elle. Des jouets d'enfants, des panières en macramé et même une escapade d'un week-end au manoir du Maverick… Dommage pour moi, les enchères sont déjà hors de mes moyens.

Et pourtant elle était prête à payer une fortune pour des jouets pour chiens, afin de soutenir une bonne cause et faire plaisir à Marvin.

— Est-ce que c'est Marvin ? s'enquit-il en lui tendant son téléphone.

Elle sourit.

— Non, c'est une photo d'archives, mais j'ai acheté l'étui parce que l'image lui ressemble beaucoup.

— Eh bien, tu devrais peut-être consulter tes messages, dit-il. Parce que tu as raté un appel.

Serena termina d'inscrire ses coordonnées sur la feuille de souscription, puis récupéra son téléphone.

— Je ne vois pas qui pourrait m'appeler. Presque toutes mes connaissances sont ici ce soir, lui expliqua-t-elle en déverrouillant l'écran du bout de son pouce.

Il fut surpris de voir son visage blêmir à mesure qu'elle lisait son message. Le regard sombre, elle pinça les lèvres.

— Je dois y aller, annonça-t-elle après avoir rédigé un bref SMS de réponse.

— Là, tout de suite ? Pourquoi ?

— Ma mère est au Ace in the Hole.

— Et ?

— C'est une longue histoire, dit-elle en secouant la tête.

— Tu veux que je vienne avec toi ?

Elle parut surprise de sa proposition.

— Non, répondit-elle avec un sourire. Je te remercie, mais ce ne sera pas nécessaire.

Il lui reprit alors son téléphone, puis ajouta son nom et son numéro à sa liste de contacts.

— Au cas où tu changerais d'avis.

— Merci, lâcha-t-elle, en esquissant un nouveau sourire.

Mais il devina que son esprit était déjà au bar en bas de la rue et aux soucis qui semblaient l'y attendre.

- 4 -

Serena se trouva une place libre dans le parking bondé devant l'Ace in the Hole, puis éteignit le moteur. Elle mit ses clés dans sa poche en sortant de sa voiture, son estomac se nouant un peu plus à chaque pas qui la rapprochait de l'as de cœur géant qui clignotait sur le néon rouge de la porte d'entrée. En grimpant les deux marches en bois taillées grossièrement, elle entendait déjà la musique du juke-box à l'intérieur. Le prix de la bière avait beau augmenter régulièrement, l'ancien Wurlitzer jouait toujours trois chansons d'affilée pour une pièce de vingt-cinq cents.

Il y avait quelques cow-boys qui traînaient dehors, cigarette au bec. Elle retint son souffle en traversant leur nuage de fumée, ignorant les sifflements et les remarques grossières dont elle fit l'objet, puis poussa la lourde porte moustiquaire aux charnières rouillées.

Une fois à l'intérieur, son regard chercha aussitôt du côté du long bar devant lequel s'alignaient des tabourets. Il y avait d'autres tables et chaises autour de la piste de danse.

Elle balaya du regard les silhouettes assises au bar. Le mur miroir derrière les rangées de bouteilles en verre lui permettait de distinguer leurs visages. Elle en reconnut un certain nombre, mais aucun n'appartenait à sa mère.

Rosey Traven, la propriétaire de l'Ace, assurait le service derrière le bar. Croisant le regard de Serena, elle lui fit signe de s'avancer vers l'arrière-salle. Malgré ses craintes, Serena se força à aller dans cette direction.

Elle trouva sa mère assise face à un homme qu'elle ne connaissait pas. Un ami ? Un rendez-vous ? Un inconnu ? Amanda Langley n'était pas du genre bavarde. Au cours des deux dernières années, elle avait travaillé comme adjointe administrative à l'usine, mais en dehors de son travail elle ne comptait pas beaucoup d'amis. Et, de ce que savait Serena, elle ne sortait pas beaucoup non plus.

C'était une femme séduisante, avec la même chevelure blonde et les mêmes yeux bleus que sa fille, mais dotée d'une silhouette moins féminine et d'une voix rugueuse, héritage de quinze ans d'alcoolisme, addiction qu'elle avait finalement réussi à vaincre depuis quelques années.

Son compagnon de la soirée était plutôt bel homme. Il avait les épaules larges, le crâne dégarni, une barbe et une moustache poivre et sel.

Serena hésita. Était-elle censée avancer ou reculer ? Mais soudain sa mère l'aperçut. Elle parut surprise au début – peut-être se sentait-elle un peu coupable ? Mais très vite elle sourit et lui fit signe d'approcher.

Serena se fraya un chemin à travers les clients.

— Rena ! Qu'est-ce que tu fais là ?

Elle se pencha et déposa un baiser sur la joue de sa mère.

— La vraie question est de savoir ce que toi, tu fais ici ?

— Je dîne avec… un ami.

Serena détailla l'homme assis de l'autre côté de la table. De près, elle remarqua que ses yeux pétillants étaient bleus et qu'il affichait un jovial petit sourire. Elle ajouta la case « bien élevé » à son évaluation lorsqu'il se leva pour lui tendre la main.

— Mark Kesler, enchanté.

D'un geste machinal, elle lui serra la main.

— Serena Langley.

— Quel plaisir de vous rencontrer enfin, Serena ! déclara-t-il. Votre mère m'a beaucoup parlé de vous.

— C'est intéressant, parce que moi, elle ne m'a absolument jamais parlé de vous.

— Serena !

Quand sa mère prononçait son prénom dans son intégralité, cela équivalait à une sévère réprimande.

Mais Mark ne se départit pas de son sourire.

— Ce n'est rien, Amanda. En fait, ça fait plaisir de savoir que ta fille veille sur toi.

— C'est ce que tu fais, Serena ? interrogea sa mère.

— Je ne peux pas m'en empêcher, avoua-t-elle.

Il faisait une chaleur infernale dans le bar, alors elle déroula l'écharpe autour de son cou et déboutonna son manteau. Puis elle se pencha de l'autre côté de la table pour s'emparer du verre de sa mère et le porter à ses lèvres.

— Si tu veux un verre, tu peux commander ton propre soda, lâcha sèchement Amanda.

— Je voulais juste une gorgée, se justifia-t-elle.

— Et cette gorgée a étanché ta… soif ?

Elles savaient toutes les deux ce que Serena était venue vérifier. Mais elle refusait de se sentir coupable. Pas question de s'excuser.

— En fait… Oui, répondit-elle simplement.

Amanda prit une frite dans son assiette et la grignota. Puis elle déclara d'un ton plus bas :

— Mark sait que je suis alcoolique.

Son compagnon de soirée sortit de la poche de sa veste un jeton, qu'il glissa sur la table pour que Serena puisse le voir.

Elle reconnut aussitôt ce que c'était : un jeton de sobriété.

Sa mère en avait récemment gagné un où figurait le chiffre romain « V », marquant cinq années d'abstinence. Le jeton de Mark indiquait « XXV ».

— Je sais mieux que quiconque que la sobriété est un défi quotidien pour un ancien alcoolique, lui confia-t-il.

— Alors pourquoi emmener ma mère ici ?

Elle se devait de poser la question.

— Parce que c'est ici que l'on sert les meilleurs hamburgers de la ville, répondit Mark.

Il disait vrai, mais elle s'inquiétait toujours de la capacité de sa mère à résister à la tentation quand elle se trouvait devant toutes ces bouteilles alignées derrière le bar. Le gin avait toujours été le poison préféré d'Amanda, mais pendant de nombreuses années elle n'avait pas fait la difficile, avalant tout ce qui lui tombait sous la main.

— Mais j'avais oublié à quel point les assiettes étaient copieuses ici, reprit Amanda. Et si j'ai presque réussi à venir à bout de mon burger, j'ai à peine touché mes frites.

À ces mots, elle repoussa son assiette vers sa fille, qui secoua la tête.

— Non merci. J'ai déjà mangé, au dîner des Patriots.

— Voilà pourquoi que tu es en tenue de soirée, comprit sa mère. Tu y es allée avec un cavalier ?

— Non.

Mais elle repensa à Bailey : elle avait adoré discuter avec lui pendant le repas. Tout comme la sensation de sécurité entre ses bras musclés, sur la piste de danse. Ou encore la chaleur de son corps fort et élancé, tout contre le sien, éveillant en elle des désirs endormis depuis longtemps.

Mais s'asseoir à la même table et partager une danse ne faisait pas d'une rencontre fortuite un rendez-vous officiel. Peut-être que s'il l'avait embrassée… D'ailleurs, pendant un court instant, à la fin de la chanson, elle avait cru qu'il allait le faire. Mais non.

— Oh ! dit Amanda, visiblement déçue par sa réponse, avant de se tourner vers Mark : Si Serena passait moins de temps avec ses animaux et un peu plus avec les humains, elle trouverait peut-être un gentil garçon avec qui s'installer.

— Peut-être n'a-t-elle simplement pas envie de se caser, suggéra Mark.

— Merci, marmonna Serena, reconnaissante.

En vérité, bien sûr, elle n'était pas opposée à l'idée d'un prince charmant, mais elle ne se faisait guère d'illusions.

Elle voulait tomber amoureuse d'un homme qui l'aimerait tout autant, qu'elle épouserait, avec qui elle élèverait quelques enfants et aux côtés de qui elle vieillirait.

— Elle veut un mari et une famille, insista sa mère comme si elle avait lu dans ses pensées les plus intimes. Mais sa difficulté à faire confiance l'empêche de se rapprocher vraiment de qui que ce soit. C'est entièrement ma faute, reconnut-elle avec regret.

— Pas totalement, nuança Serena.

Certes, elle ne pouvait pas nier que ses traumatismes d'enfance continuaient à influencer ses relations adultes.

— Mon père a lui aussi sa part de responsabilité : il nous a abandonnées toutes les deux.

— Mais je n'ai rien arrangé à la situation.

— Je crois que ça ne mènera nulle part de faire porter tous les torts à Amanda, protesta Mark en posant sa main sur celle de la mère de Serena.

Il s'agissait clairement d'un geste de soutien tangible.

— Cinquième étape : admettre nos erreurs.

Mark allait répondre quelque chose, mais son téléphone portable se mit à vibrer sur la table. Il consulta l'écran, puis leva les yeux vers Amanda.

— Je suis désolé, mais…

— Vas-y, dit-elle. Inutile de t'excuser.

— Veuillez m'excuser, dit-il pourtant à Serena, alors qu'il se glissait hors de la banquette pour répondre à l'appel.

— Mark est un parrain des Alcooliques Anonymes, révéla Amanda quand son compagnon se fut éloigné de la table.

— C'est comme ça que vous vous êtes rencontrés ? demanda Serena.

— Oui, à une réunion. Mais il n'a jamais été mon parrain.

— C'est un ancien alcoolique, en revanche, nota-t-elle.

— C'est un alcoolique. Sobre depuis plus de vingt-cinq ans, mais il reste alcoolique.

Serena hocha la tête. En plus de sa propre expérience avec Amanda, elle avait assisté à suffisamment de réunions des AA en tant que fille d'alcoolique pour savoir que le combat contre cette dépendance n'était jamais définitivement gagné.

Elle savait aussi que sa mère avait travaillé dur pour rester sobre et qu'elle méritait la reconnaissance de ses efforts.

— Maman, je suis désolée d'avoir réagi de façon excessive, reprit-elle à voix basse.

— Moi aussi, je suis désolée, dit Amanda. Parce que je sais que tu as de bonnes raisons de t'inquiéter.

— Mark a l'air sympa, concéda-t-elle.

— Et tu as peur que si ça ne marche pas avec lui, si je suis déçue, je me noie à nouveau dans la boisson ?

Difficile de le nier. Alors Serena resta silencieuse.

— Nous nous inquiétions tous les deux de la même chose, confia Amanda. C'est pour ça que lui et moi, nous avons lutté contre nos sentiments pendant très longtemps.

— Depuis combien de temps tu le connais ? demanda Serena avec curiosité.

— Douze ans.

Elle haussa les sourcils.

— Depuis combien de temps sortez-vous ensemble ?

— Au fil des années, nous avons passé de plus en plus de temps ensemble, mais ce soir c'était notre premier rendez-vous officiel, lui avoua sa mère.

— Et ta fille a tout gâché.

Amanda sourit.

— Je suis toujours contente de te voir.

Sa mère semblait sincère. Elle aurait pu lui reprocher de la voir trop rarement, mais Serena fut néanmoins envahie par un sentiment de culpabilité. Ces cinq dernières années, sa mère avait fait beaucoup d'efforts pour se rapprocher d'elle. Mais elle avait résisté, non pas par punition ou vengeance, simplement pour se protéger elle-même.

Combien de fois avait-elle accordé à sa mère « une dernière chance » de devenir la mère qu'elle voulait qu'elle soit ? Or, à force, elle avait cessé de croire qu'Amanda puisse être cette personne. Cela dit, elle reconnaissait aujourd'hui qu'elle-même n'avait pas toujours été la fille que sa mère désirait. Il était peut-être temps d'y remédier.

Quand Mark eut terminé son coup de fil et qu'il revint à la table, Serena leur souhaita une bonne soirée à tous les deux, puis s'éclipsa. Elle croisa de nouveau le regard de Rosey en passant devant le bar et lui adressa un petit signe, le pouce dressé. Rosey hocha la tête et continua à servir de la bière.

L'horloge en néon sur le mur lui indiquait qu'il n'était pas trop tard pour retourner au dîner de gala – et vérifier l'état de ses enchères –, mais la soirée avait été assez chargée en émotions. Et il ne serait sans doute pas raisonnable de chercher la compagnie d'un homme dont la simple présence la mettait dans tous ses états.

Non, la meilleure chose à faire serait de retrouver ses animaux qui la couvriraient de leur amour inconditionnel – ou, pour ce qui concernait Molly, d'une affection tolérante.

Une fois sa décision prise, elle boutonna son manteau jusqu'au col et se prépara à affronter le froid en sortant. Un groupe de fumeurs était rassemblé à l'extérieur, bravant l'air glacial pour savourer une dose de nicotine.

Tête baissée, Serena se dirigea rapidement vers sa voiture, garée à l'extrémité du parking. Alors qu'elle s'en approchait, elle aperçut une grande silhouette aux larges épaules appuyée contre le hayon du camion stationné à côté de son SUV.

Elle repensa aux gars qui traînaient dans les parages quand elle était arrivée et se demanda – non sans appréhension – si l'un d'eux avait décidé de l'attendre.

Son cœur se mit à battre très fort, et elle songea à retourner au bar pour demander à Mark de l'escorter jusqu'à sa voiture. Au lieu de cela, elle reprit son souffle et glissa une main dans sa poche pour récupérer ses clés. Elle les serra dans son poing, de sorte que leurs extrémités pointues passaient entre ses doigts, comme sa grand-mère le lui avait appris, et avança d'un pas déterminé, affichant plus de confiance qu'elle n'en ressentait véritablement à cet instant.

La silhouette était dans l'ombre, mais à mesure que Serena se rapprochait elle lui parut plus familière.

— B… Bailey ?

Il se retourna, et un lampadaire éclaira suffisamment son profil pour lui confirmer qu'elle avait bien deviné. Son cœur continuait de tambouriner dans sa poitrine, bien que cette frénésie ne soit plus causée par la peur mais par le soulagement et le plaisir.

— Je sais que tu ne m'as rien demandé, mais je sais aussi que la clientèle ici peut être un peu turbulente en soirée. Alors je tenais à m'assurer que tu allais bien, déclara-t-il, comme pour répondre à sa question tacite.

— Je vais bien, lui assura-t-elle.

— Tu as envie de parler ?

— Non, répondit-elle machinalement.

Elle avait pris l'habitude d'affronter seule ses états d'âme depuis que sa grand-mère avait pris sa retraite en Arizona trois ans plus tôt. Mais soudain elle se ravisa :

— Enfin… Peut-être.

— On pourrait retourner prendre un verre au bar ? suggéra-t-il.

Elle secoua la tête.

— Certainement pas. En revanche, je ne serais pas contre un chocolat chaud de chez Daisy's, ajouta-t-elle devant son sourcil intrigué.

— Alors c'est parti pour un chocolat chaud de chez Daisy's ! lança-t-il.

*
* *

Le Daisy's Donut Shop était une véritable institution à Rust Creek Falls. Réputée à l'origine pour son café – puis ses donuts –, la propriétaire avait fini par répondre à la demande de sa clientèle en élargissant son menu. Désormais, elle proposait une sélection régulièrement renouvelée de soupes et sandwichs, même si les appétissantes friandises exposées dans ses vitrines continuaient d'attirer les gourmands.

Il y avait d'ailleurs une file d'attente au comptoir, devant Serena et Bailey, quand ils entrèrent dans la boutique.

— Je pense que nous arrivons en même temps que les derniers spectateurs du film, remarqua Serena.

Il avait presque oublié que des films étaient projetés au lycée, les vendredi et samedi soir, mais seulement quand les Wildcats ne réservaient pas le gymnase pour un match, auquel cas les gradins étaient remplis d'habitants venus encourager leur équipe locale.

— Ça nous donne plus de temps pour choisir les desserts concoctés par Eva aujourd'hui, dit-il en désignant la vitrine.

Bien sûr, il se faisait tard et il y avait moins de choix à cette heure, mais tout semblait toujours aussi tentant.

— Juste un simple chocolat chaud pour moi, déclara Serena, en s'approchant du comptoir.

Bailey avait l'air suspicieux.

— Juste un simple chocolat chaud que tu pourrais te préparer toi-même à la maison ?

Elle secoua la tête.

— J'ai essayé toutes sortes de chocolats chauds fantaisie. Mais aucun n'est jamais aussi bon que celui de Daisy.

— Secret de fabrication ! lança le serveur avec un clin d'œil.

— Un déca, pour moi, annonça Bailey. Et ajoutez-moi un de ces délicieux cheese-cakes.

— Tu n'as pas déjà mangé ton dessert à la Sawmill Station ? interrogea Serena. En fait, je suis presque certaine que tu as mangé ta mousse au chocolat et terminé la tarte aux myrtilles de ta belle-sœur…

— C'est vrai, avoua-t-il. Mais c'était il y a deux heures.

Elle sourit et secoua la tête.

— Il vous faudra autre chose, mademoiselle ? demanda le serveur.

— Non, merci.

— Crème fouettée et ganache sur votre chocolat chaud ?

— Hum, oui, accepta-t-elle.

Quand ils furent attablés avec leurs boissons chaudes et l'énorme gâteau de Bailey, Serena posa les mains autour de sa tasse.

— Ma mère est alcoolique, déclara-t-elle de but en blanc.

— Ah, fit-il, comprenant maintenant pourquoi elle avait fui le dîner de charité dès qu'elle avait appris que sa mère se trouvait dans un bar de la ville. Était-elle… ivre ?

Serena secoua la tête.

— Elle dégustait un cheeseburger arrosé de coca light.

— C'est un drôle d'endroit pour boire un Coca light, nota-t-il. Mais la meilleure adresse en ville pour un burger.

Cette fois, elle hocha la tête.

— Alors pourquoi me parais-tu aussi à cran ?

Difficile de nier qu'elle était dans tous ses états. Ses mains s'agrippaient à sa tasse comme à une bouée de survie.

— Je n'y peux rien, admit-elle. Je reçois un message comme ça, et les souvenirs… des années d'affreux souvenirs, me remontent à l'esprit, comme dans un film d'horreur.

— Qui t'a prévenue qu'elle se trouvait dans un bar ?

— Rosey m'a téléphoné la première. Puis Shelby m'a envoyé un SMS alors que j'étais déjà en route.

— Je ne crois pas connaître de Shelby, marmonna-t-il.

— Il s'agit de Shelby Jenkins. Enfin, elle a épousé Dean Pritchett il y a quelques années, précisa-t-elle. Elle travaille au Ace in the Hole depuis longtemps et elle est douée pour cerner les gens. Elle sait sur quels clients garder un œil.

— J'ignorais que la clientèle des bars était à ce point surveillée, ironisa-t-il.

— Au fil des années, Rosey et Shelby ont été aux premières loges du combat de ma mère contre la bouteille. Et de mes combats contre ma mère. Mais ses cinq ans de sobriété n'ont pas effacé les affres de plus d'une décennie d'alcoolisme, confia-t-elle en soupirant. Et je suppose que deux ans de thérapie hebdomadaire n'ont pas vraiment réussi à me faire surmonter ma colère, ma frustration et ma peur.

— C'est pour ça que tu n'as pas bu plus d'un verre de vin ce soir, ajouta-t-il.

Elle hocha la tête.

— Certains scientifiques pensent qu'il existe une composante génétique à la dépendance, et je ne veux prendre aucun risque. Même si… il n'est pas faux de dire que je suis accro au cacao, conclut-elle en soulevant sa tasse.

Elle sirota son chocolat et se retrouva avec une moustache de crème fouettée qu'elle balaya du bout de la langue.

Le geste attira à nouveau l'attention de Bailey. Oh ! quelle bouche tentatrice… Il se reprocha en silence de ne pas avoir profité de l'occasion qu'il avait eue de l'embrasser, lorsqu'ils étaient sur la piste de danse.

Mais il avait laissé filer l'opportunité, alors il lui devait la politesse de prêter attention à ce qu'elle lui racontait sans se laisser distraire par ses propres fantasmes.

Sauf que cette nouvelle petite goutte de crème fouettée qui s'accrochait à sa lèvre supérieure lui fit perdre le fil de ses pensées. N'y tenant plus, il finit par lever une main vers elle pour l'essuyer d'un revers de doigts.

Il la regarda pousser un soupir et écarquiller les yeux. Soudain, elle paraissait… excitée ?

Ou peut-être se faisait-il des idées.

— La crème fouettée, expliqua-t-il d'une voix rauque.

Elle attrapa sa serviette et s'essuya la bouche.

— J'aurais dû me passer de ce supplément crème fouettée et sauce au chocolat, ça fait trop.

— Il n'y a rien de mal à se faire plaisir, répondit-il en imaginant tout ce qu'ils pourraient faire tous les deux avec de la crème fouettée et de la sauce au chocolat.

Serena rougit. Ne pensait-elle pas à la même chose que lui ? Soudain, la température semblait être montée d'un cran, comme chaque fois qu'il se trouvait avec cette femme.

Il était de retour à Rust Creek Falls depuis près d'un an et durant ce laps de temps il avait croisé un certain nombre de femmes indéniablement attirantes. Plusieurs avaient flirté avec lui, quelques-unes lui avaient offert plus que leur numéro de téléphone, mais il ne s'était pas laissé tenter.

Or quelques heures seulement après sa rencontre avec Serena Langley, il était incapable de la faire sortir de son esprit. Quand elle avait quitté le Gold Rush Diner tout à l'heure, il avait compté les heures en espérant la revoir au dîner de charité. Et, quand elle s'était éclipsée du gala, il avait deviné que quelque chose l'avait contrariée. Et parce qu'il s'inquiétait de laisser une jeune femme célibataire aussi séduisante se rendre seule dans un bar comme l'Ace in the Hole, il l'avait suivie, juste pour s'assurer que tout allait bien.

Maintenant, il était assis en face d'elle au Daisy's Donut Shop, la contemplant en train de savourer son chocolat chaud, tout en s'efforçant de résister à la tentation de l'imaginer dénudée. Soudain, il se sentait mieux, plus léger que jamais. Peut-être même depuis qu'il avait quitté Rust Creek Falls après la mort de ses parents, treize ans plus tôt. Ce qui confirmait là un fait crucial : Serena Langley était une femme dangereuse. Et, s'il n'y prenait garde, ses yeux pétillants, son sourire chaleureux et sa gentillesse pourraient représenter une menace importante pour les murailles qu'il avait délibérément érigées autour de son cœur endommagé.

Il ne devait donc pas baisser la garde. Il était temps de faire un pas en arrière – peut-être plusieurs –, pour éviter le danger d'une autre déception émotionnelle. Mais cela pourrait attendre jusqu'au lendemain, décida-t-il, alors qu'il portait la dernière bouchée de cheese-cake à sa bouche.

Parce que, ce soir, il allait vraiment profiter de sa compagnie.

- 5 -

— Je sais, je sais, marmonna Serena en enlevant ses chaussures devant la porte. J'avais promis de ne pas rentrer tard, mais je n'ai pas vu le temps passer.

Marvin ne broncha pas de l'endroit où il était assis quand elle avait ouvert la porte et continua de la fixer avec ses grands yeux tristes et pleins de reproches.

— Je suis désolée, reprit-elle en s'accroupissant pour lui frotter les oreilles.

Il ferma les yeux, savourant ses caresses.

— En fait, ce n'est pas vrai, soupira-t-elle. Je suis navrée si tu m'as attendue, mais je ne regrette pas de rentrer si tard, parce que j'ai passé un très bon moment avec Bailey ce soir.

Marvin inclina la tête sur le côté.

— Tu me pardonnes ? demanda-t-elle en continuant à le gratter à son endroit préféré.

Après un long moment, il se mit à lui lécher la main.

— Merci, murmura-t-elle en déposant un baiser sur son front.

Puis elle se releva pour se diriger vers la chambre et se changer. En chemin, elle passa voir Max, qui dormait dans sa niche. Elle trouva Molly recroquevillée sur son lit, mais elle fit semblant de rien : de toute façon, réprimander une chatte au caractère si bien trempé n'était que peine perdue.

Au lieu de cela, elle raccrocha sa robe dans la penderie

et enfila enfin son pyjama chaud et douillet qui l'avait tant tentée quelques heures plus tôt. Après s'être brossé les dents, elle n'avait plus qu'une envie : se glisser sous ses couvertures, mais elle se sentait coupable d'avoir négligé Marvin aussi longtemps, alors elle retourna au salon et joua à la balle avec lui. Quand il se lassa enfin du jeu, il vint se hisser sur ses genoux. De nouveau, elle lui frotta les oreilles, et il soupira joyeusement, les yeux fermés.

— Je crois que je suis en train de craquer pour cet homme, lui confia-t-elle.

Le chien ouvrit un œil, comme pour lui montrer qu'il était tout ouïe. Elle sourit et continua à caresser son pelage ras et brillant.

— Je sais que c'est dingue, admit-elle. Je le connais à peine. Et pourtant il y a quelque chose chez lui qui me… Ou peut-être que ça fait trop longtemps que je n'ai pas passé de temps avec un homme et que je me fais des idées. Je veux dire, ce n'était même pas un vrai rendez-vous galant : il se trouve qu'on était tous les deux invités au même dîner. Mais bon, ça ressemblait à un rendez-vous. Et c'était tellement agréable de parler à quelqu'un qui semblait m'écouter. Oh ! bien sûr, tu sais écouter toi aussi, mais parfois c'est bien de parler à quelqu'un qui nous répond vraiment.

Marvin réagit avec un grognement grave qui la fit rire.

— Je reconnais que tu es un bon communicant, reprit-elle en essayant d'apaiser le chien. Mais toi et moi, on ne dialogue pas réellement. Et, pour être tout à fait honnête, j'adore aussi le contempler. Parce que Bailey Stockton est très séduisant. Et la façon dont il me regarde… J'ai l'impression de n'être plus seulement une assistante vétérinaire ou une propriétaire d'animaux de compagnie ou « la gentille voisine à l'étage », comme M. Harrington aime m'appeler. Je me sens attirante et désirable et je n'avais pas ressenti ça depuis longtemps.

Marvin inclina la tête pour lui lécher de nouveau la main.

— Oui, je sais que tu m'aimes, murmura-t-elle. Et je t'aime aussi. Mais aussi doux que soient tes baisers de chien, ils n'ont rien de vrais baisers échangés entre un homme et une femme. Même si, bien sûr, ça fait très longtemps qu'un homme ne m'a pas embrassée.

Pourtant, il y avait eu ce moment, cet instant suspendu dans le temps, lors duquel ses lèvres avaient bien failli effleurer celles de Bailey. Elle avait alors éprouvé une telle impatience, une telle excitation qu'elle ne doutait pas que partager un vrai baiser avec Bailey Stockton devait être une expérience… époustouflante.

— Et même si j'étais sortie toute la soirée, j'ai pensé à toi, tu sais, assura-t-elle à Marvin. Et si ça se trouve, mon enchère sur le… Enfin non, je ne peux pas te dire ce que c'était, parce que si mon offre a été acceptée ce sera ton cadeau de Noël. Je ne voudrais pas te gâcher la surprise. En tout cas, demain, je reste à la maison toute la journée, promit-elle. Peut-être même que je te servirai tes friandises préférées.

Marvin se redressa au mot « friandises », et elle pouffa de rire.

— Et, comme tu abuses parfois de ces « friandises », on ira faire une longue promenade !

Il baissa aussitôt la tête et ferma les yeux, simulant le sommeil pour faire comme s'il ne l'avait pas entendue.

— Quand je pense que les gens qui me conseillaient de m'acheter un chien m'assuraient que cela m'obligerait à sortir plus. C'est dingue, je possède le seul chien de la planète qui est encore plus paresseux que moi. Mais ça nous fera du bien à tous les deux de nous balader. Et j'en ai vraiment besoin parce que je me suis gavée de chocolat chaud avec crème fouettée et sauce au chocolat, ce soir.

Ses lèvres frémirent au souvenir du pouce de Bailey essuyant un reste de crème sur ses lèvres.

Chassant cette image troublante de son esprit, elle

recentra son attention sur Marvin, qui continuait de feindre le sommeil.

— Je sais que tu n'aimes pas marcher en hiver, reconnut-elle. Mais on va t'équiper de ton nouveau gilet de Noël pour que tu restes bien au chaud.

Naturellement, Marvin détestait revêtir le moindre pardessus, mais il faisait vraiment trop froid pour sortir sans.

— Et comme tu es manifestement trop fatigué pour tenir ta part de cette conversation, je suppose que c'est l'heure d'aller nous coucher, conclut-elle.

« Coucher » était un autre mot familier pour Marvin, qui sauta immédiatement du canapé pour se précipiter vers sa petite porte battante. Il s'assit toutefois docilement sur son tapis jusqu'à ce qu'elle lui dise « d'accord », puis poussa du museau la porte à rabat et sortit faire ses besoins.

Quelques minutes plus tard, il revint et se coucha aussitôt dans sa niche.

Serena se retira dans sa chambre, où Molly était toujours enroulée au milieu du lit.

— Tu pourrais au moins te pousser et me laisser un peu de place, grogna-t-elle.

Bien sûr, le chat ne broncha pas. Mais, une fois qu'elle eut rassemblé ses oreillers et glissé sous les couvertures, Molly rampa pour se blottir contre la poitrine de sa maîtresse, en ronronnant joyeusement.

Elle ne rejetterait jamais les marques d'affection de son écaille de tortue, mais en vérité elle aurait préféré un autre compagnon dans son lit. Alors que le sommeil la gagnait peu à peu, elle repensa aux bras puissants de Bailey autour d'elle, son cœur battant en rythme contre le sien.

*
* *

Mardi matin, Bailey eut la femme de Dan au téléphone. Annie lui avait assuré que son mari se sentait mieux, mais ils avaient convenu qu'il ne valait mieux pas risquer d'exposer les enfants à son virus qui n'était pas tout à fait éliminé.

Il aurait dû rechigner à l'idée de revêtir à nouveau le costume du Père Noël. Au lieu de quoi, il se surprit à siffloter en conduisant jusqu'à l'école primaire. Il avait donné rendez-vous à Mme Noël sur le parking de l'établissement.

Ainsi, ils entrèrent ensemble dans les locaux et furent guidés vers la salle des professeurs pour enfiler leurs costumes. Il remonta la fermeture de la robe de Serena et lui noua son tablier ; elle fixa son faux ventre et lui blanchit les sourcils. On aurait presque dit un vrai couple s'aidant à se préparer avant une sortie mondaine.

Quelques jours plus tôt, Bailey avait eu un trac fou à l'idée de franchir le rideau pour affronter le groupe d'enfants qui patientaient dans le centre de loisirs. Aujourd'hui, il n'y avait pas de rideau. Quand Serena et lui franchirent les portes du gymnase, il se sentait beaucoup plus à l'aise, détendu. Car elle était à ses côtés.

Il croisa le regard de Janie en entrant dans le gymnase et, à la façon dont le sourire de la petite s'élargit, il devina qu'elle avait manifestement reconnu son oncle Bailey derrière la barbe blanche. Mais, bien sûr, elle ne révélerait pas son identité à ses camarades.

Lorsque le directeur l'invita à prononcer quelques mots, Bailey profita de l'occasion pour expliquer que Noël ne se résumait pas seulement à des cadeaux sous un sapin, mais qu'il s'agissait surtout d'un moment de partage : il encouragea donc les enfants à parler à leurs parents des Patriots et à les soutenir par tous les moyens possibles.

À mesure que l'après-midi avançait, il se félicita du bon déroulement des opérations. Puis, il y eut une petite fille de maternelle, avec des bois de renne montés sur un serre-tête dans ses boucles rousses, qui grimpa sur ses genoux.

— Ho ! ho ! ho ! dit Bailey. Et toi, que veux-tu pour Noël ?

Contrairement à la plupart des enfants, qui avaient commandé les jouets et jeux habituels, elle le regarda avec de grands yeux verts remplis d'inquiétude et de tristesse.

— Je voudrais que mon papa rentre à la maison.

Malheureusement, même le vrai Père Noël, s'il existait, ne pourrait promettre d'exaucer un tel souhait.

Confus, il ne sut que répondre : il n'avait aucune idée de l'endroit où se trouvait le père de l'enfant, ni des raisons qui l'empêchaient de rejoindre sa famille pour les fêtes. Peut-être que les parents de cette fillette étaient séparés ou même divorcés. Peut-être que le père était en voyage d'affaires ou servait dans l'armée à l'étranger. Il était même possible que le père de l'enfant soit décédé... Désarçonné, il jeta un coup d'œil désespéré à son « épouse ».

Et, une fois de plus, elle vola à son secours et l'aida à sauver la face.

Accroupie à côté de lui, Serena murmura à l'enfant :

— Ton père a un travail important à régler, Harley, et il ne peut pas rentrer à la maison tant qu'il n'a pas fini. Mais je te promets que tu lui manques autant qu'à ta maman et à tes frères et je sais qu'il te souhaite d'avoir de bons souvenirs de Noël à partager avec lui quand il rentrera à la maison.

La petite fille hocha la tête d'un air grave, avide de croire chaque mot sorti de la bouche de Mme Noël.

— Y a-t-il quelque chose que tu aimerais vraiment trouver sous le sapin, au matin de Noël ? lui redemanda le Père Noël.

Cette fois, elle répondit sans hésitation, confirmant que

même si son premier souhait était de passer les vacances avec son père, elle restait une enfant comme les autres.

— Une poupée Stardust ! Avec elle, j'aurai plein de choses à raconter à papa.

— Je vais voir ce que je peux faire, promit le Père Noël, ne sachant pas si la poupée serait plus facilement disponible que les jouets de poche dont Serena lui avait dit qu'ils étaient si populaires cette année.

Heureusement, la demande de la petite Harley constitua la seule difficulté que rencontra le Père Noël pendant sa visite à l'école. Une fois que tous les enfants eurent partagé leurs souhaits avec le Père Noël, M. et Mme Noël s'éclipsèrent dans la salle du personnel pour se changer et retrouver leur véritable identité.

— Qui était donc cette fillette qui voulait que son père rentre à la maison pour Noël ? lança-t-il à Serena, tout en ôtant son énorme pantalon rouge.

— Harley Williams. C'est la benjamine d'une fratrie de trois enfants. Sa mère travaille à la bibliothèque et son père est un marine, actuellement en mission en Syrie.

— Tu connais tout Rust Creek Falls ? s'étonna-t-il.

— Loin de là. Mais cette famille a aussi deux chats, Bert et Ernie. Tu serais surpris de voir tout ce que l'on apprend sur les gens dont on soigne les animaux domestiques.

— Sans doute, admit-il en rangeant son pantalon et sa veste dans le sac du costume. Et je te dois des remerciements pour m'avoir de nouveau sorti d'un mauvais pas.

— Tout le plaisir était pour moi.

— En fait, c'était plutôt amusant aujourd'hui, reconnut-il.

Elle rit de son aveu surpris.

— Oui, c'est vrai.

Il avait envie d'ajouter quelque chose, de prolonger la conversation pour passer quelques instants de plus en sa compagnie.

Difficile de croire qu'il n'avait rencontré Serena que quatre jours plus tôt, mais entre les représentations du

Père Noël, le dîner des Patriots et le chocolat chaud chez Daisy's, ils avaient passé beaucoup de temps ensemble durant ces quelques jours. Et, à chaque fois qu'il s'était retrouvé seul, il avait pensé à elle.

Il soupçonnait Serena d'être en proie au même trouble, car quand il eut rangé leurs tenues dans son pick-up elle proposa :

— Veux-tu faire un tour avec moi ? Je te ramènerai ici après.

— Après quoi ?

La douce courbe de ses lèvres esquissa un sourire radieux.

— Tu m'accompagnes ou pas ? lança-t-elle d'un air de défi.

Hum… Retourner à Sunshine Farm et à ses corvées quotidiennes ? Ou passer un moment de plus en compagnie d'une femme aussi brillante que belle ?

La réponse était dans la question, non ?

Car plus il passait de temps avec Serena, plus il avait envie de rester avec elle. Il y avait quelque chose de chaleureux et de sincère en elle qui l'attirait. En plus, elle était magnifique, sexy, et il était nettement plus attiré par elle qu'il n'était disposé à l'admettre.

Sa vie sentimentale n'avait pas été particulièrement riche, ni réussie. Avant de rencontrer Emily et de tomber amoureux d'elle, il n'était sorti qu'avec quelques femmes. Ayant grandi à Rust Creek Falls, il était enraciné à la Sunshine Farm, enchaînant les journées interminables à s'occuper du ranch du lever au coucher du soleil. Et, quand il était venu à bout de ses corvées, il était généralement trop épuisé pour sortir et faire quoi que ce soit d'autre.

Le seul soir où il avait laissé Luke le convaincre qu'ils méritaient de prendre du bon temps, il avait passé la pire nuit de sa vie.

Il chassa le poids de ces souvenirs et se concentra sur

le présent, et sur la femme qui attendait une réponse à son invitation.

— Et pourquoi ce ne serait pas moi qui te conduirais quelque part, avant de te ramener ici après ? suggéra-t-il.

Parce que, oui, il était de ces hommes qui aimaient garder l'initiative, au sens propre comme au figuré.

— Après quoi ? répondit-elle d'un ton narquois qui faisait écho à sa question.

Il haussa les épaules.

— C'est pour ça que je vais conduire, répliqua-t-elle. Parce que je sais où on va.

Elle déverrouilla les portières. Il se dirigea du côté du conducteur. Elle crut qu'il essayait de lui prendre les clés, mais il lui ouvrit seulement la portière.

— Merci, murmura-t-elle reconnaissante.

— De rien, dit-il en attendant qu'elle se glisse sur le siège du conducteur pour refermer sa portière.

Une fois qu'ils eurent bouclé leur ceinture, elle se dirigea sa voiture vers l'autoroute.

Après seulement quelques minutes, il comprit qu'ils se dirigeaient vers Falls Mountain et les chutes de Rust Creek, qui avaient donné leur nom à la ville. Ils passèrent devant une aire de pique-nique et des panneaux guidant les visiteurs vers un panorama sur les chutes. Elle poursuivit vers le sommet de la montagne et quitta finalement la route principale pour se garer au pied du sentier qui menait à Owl Rock, le point d'observation baptisé ainsi d'après le gros rocher blanc qui ressemblait à une chouette et qui servait d'abri en surplomb des chutes.

Au printemps et en été, les véhicules étaient légion et les sentiers fréquentés par de nombreux randonneurs et familles. Mais, en ce début décembre, seuls les amateurs de plein air les plus téméraires s'y risquaient. Apparemment, Serena était de ces passionnés.

— Jolie journée pour une randonnée, constata-t-il en lui emboîtant le pas sur le sentier.

Même si l'air était glacial, le soleil brillait. De plus, il avait une vue spectaculaire de ses jolies fesses, moulées dans un jean.

— Je ne suis pas monté ici depuis mon adolescence, lui avoua-t-il en arrivant au point de guet. En fait, j'avais presque oublié que cet endroit existait.

— C'est l'un de mes endroits préférés à Rust Creek Falls, lui confia-t-elle, assise sur un affleurement rocheux plat, les jambes croisées. Ma grand-mère m'a emmenée ici la première fois que je suis venue à Rust Creek Falls. Et, chaque fois que je suis déprimée, je viens chercher le calme ici. Me rapprocher de la nature me remonte toujours le moral.

— Pourquoi as-tu eu envie de venir ici aujourd'hui ? lança-t-il.

Elle resta silencieuse, puis finit par répondre :

— Parce que la requête de Harley au sujet de son père a ravivé des souvenirs douloureux.

Lui-même gardant soigneusement ses propres secrets, il était réticent à interroger Serena sur les siens. D'un autre côté, elle l'avait invité à venir ici avec elle aujourd'hui, ce qui suggérait qu'elle était encline à s'exprimer.

Il s'assit sur le rocher à côté d'elle, assez près pour que leurs épaules se frôlent.

— Quel genre de souvenirs ?

— Quand j'avais à peu près l'âge de Harley, je suis allée voir le Père Noël et je lui ai demandé de ramener ma sœur de l'hôpital à temps pour Noël.

— J'ignorais que tu avais une sœur, avoua Bailey, surpris.

— Je n'ai pas de sœur, murmura-t-elle en remontant les genoux jusqu'à sa poitrine. Enfin, plus maintenant.

Il ne posa plus de questions. Serena lui en dirait plus quand elle se sentirait prête.

— J'ai été fille unique pendant les six premières

années de ma vie, commença-t-elle. Et j'ai imploré mes parents de me donner un petit frère ou une petite sœur. Alors, quand ils m'ont enfin révélé qu'il y avait un bébé dans le ventre de maman, j'avais tellement hâte qu'il naisse… J'avais sept ans et je trouvais que les garçons étaient surtout nuls et inintéressants, alors j'ai prié pour que ce bébé soit une fille.

Elle s'arrêta un instant, comme pour mettre de l'ordre dans ses pensées – ou peut-être pour recouvrer son sang-froid.

— Puis il y a eu des complications et ma mère a dû aller à l'hôpital. Ce devait être juste avant Halloween, parce que je suçotais une sucette que j'avais volée dans le seau à bonbons que ma mère avait acheté pour la grande virée déguisée. Grand-mère est venue dans ma chambre et m'a annoncé qu'elle allait rester avec nous quelques jours… Miriam est née six semaines avant terme. Je me souviens d'avoir demandé à ma grand-mère pourquoi elle semblait si triste quand elle m'a appris la nouvelle. Elle m'a répondu que le bébé était trop prématuré et que ma petite sœur n'allait peut-être pas s'en sortir. Moi, je ne comprenais pas ce qu'elle voulait dire. La seule information que j'avais retenue, c'était que j'avais enfin une petite sœur. Ma grand-mère m'a expliqué sans détour que Miriam risquait de mourir. J'ai refusé d'y croire. Les bébés, ça ne meurt pas. Les personnes âgées, oui. Alors j'ai demandé à rencontrer ma sœur. Quelques jours plus tard, grand-mère a fini par céder et m'a emmenée à l'hôpital pour voir mes parents et le bébé. Miriam était dans une couveuse, mais bien sûr je ne savais pas ce que c'était à l'époque. Je savais juste qu'elle avait des tubes qui lui sortaient d'un peu partout et qu'elle ne ressemblait en rien à un bébé, du moins pas à celui de M. et Mme Wakefield, qui était au centre des attentions de tout le monde à l'église, ce matin-là. Je crois que je me suis mise à pleurer, parce que mon père m'a prise dans ses bras et a essayé de me rassurer. Et maman a reproché à grand-mère de m'avoir emmenée à l'hôpital, mais celle-ci a soutenu qu'il était important pour moi de voir ma sœur, au cas où quelque chose arriverait. Ça a fait pleurer ma mère, et papa a demandé à grand-mère de partir. Mais j'ai pu rester un peu, pour me blottir contre ma mère pendant que mon père nous disait que tout allait s'arranger, parce que Mimi – c'est ainsi que nous l'appelions – était une costaud, tout comme moi. Et il a promis qu'on fêterait tous Noël ensemble, quelques semaines plus tard. Il avait raison, même si ça n'a pas été aussi simple ni aussi facile que ça. Mimi a dû rester à l'hôpital le temps de devenir plus robuste et résistante, et les médecins ont prévenu que cela pouvait prendre plusieurs semaines, voire des mois… Un soir, à la mi-décembre, mon père a déclaré qu'il avait une surprise. Au lieu d'aller à l'hôpital, il m'a emmenée au centre commercial pour voir le Père Noël, précisa-t-elle en lui donnant un coup d'épaule espiègle. À l'époque, c'était le seul endroit où l'on pouvait voir le grand bonhomme, car il n'y avait pas encore de centre de loisirs en ville, ni de ténébreux cow-boys prêts à enfiler un costume rouge rembourré…

Saisissant au bond sa tentative de détendre l'atmosphère, il haussa les sourcils.

— C'est moi, le cow-boy ténébreux ?

— Comme l'a toujours dit Ellie Traub, « tous les fils Stockton sont à tomber ».

— C'est bon à savoir, reprit-il à la fois flatté et embarrassé par les propos de la vieille dame. Mais tu étais en train de me raconter ta visite au Père Noël.

— C'est vrai… Mon père m'a emmenée voir le Père Noël, et j'ai réfléchi à tous les souhaits que j'avais soigneusement notés sur ma liste de Noël pour décider quel cadeau je désirais plus que tout. Cette année-là, j'hésitais entre Attrap'Souris, le jeu de société, et une nouvelle paire de chaussons de danse. Mais quand mon tour est enfin arrivé, tout ce à quoi je pensais, c'était que je voulais que ma petite sœur rentre de l'hôpital pour Noël.

— Le Père Noël a-t-il exaucé ton vœu ? demanda Bailey à voix basse.

Elle hocha doucement la tête.

— Mimi est rentrée à la maison l'après-midi du 24 décembre. C'était un peu notre propre miracle de Noël. Le lendemain matin, je n'ai même pas couru en bas pour voir si le Père Noël avait laissé des cadeaux sous le sapin. Au lieu de ça, je me suis précipitée de l'autre côté du couloir vers la chambre du bébé, pour m'assurer que Mimi était toujours là… Et elle n'avait pas bougé. L'Attrap'Souris et les chaussons de ballet que j'ai déballés un peu plus tard n'étaient que des bonus : tout ce qui comptait pour moi, c'était ma petite sœur. Bien sûr, elle avait besoin de beaucoup d'attention, poursuivit Serena. Et j'étais heureuse de voir mes parents s'occuper d'elle. Heureuse d'avoir enfin la sœur que j'avais toujours rêvé d'avoir. Si elle pleurait, je voulais être celle qui allait la chercher. Si elle avait faim, je voulais lui donner un biberon. Même quand elle restait assise sur sa chaise haute ou sur son transat, j'étais là, à lui faire la lecture ou à lui chanter les chansons que j'avais apprises à l'école. Bien avant qu'elle ne sache parler, elle battait des mains et des pieds chaque fois qu'elle entendait de la musique. Et ce qu'elle préférait, c'étaient les chants de Noël. Peut-être pas dès ce premier Noël, admit-elle. Cette année-là, elle semblait surtout fascinée par les guirlandes et les décorations scintillantes du sapin. Mais, l'année suivante, elle avait treize mois et grignotait des biscuits en arrachant les guirlandes et les papiers cadeaux. L'année d'après, elle saupoudrait les sablés de sucre coloré avant de les manger et nous a même aidés à accrocher des guirlandes lumineuses sur l'arbre.

Serena baissa le menton qu'elle cala entre ses genoux

fléchis. Son regard fixa quelque chose au loin – ou peut-être repensait-elle à son passé ?

— Et puis, quelques semaines après son troisième anniversaire, Mimi a disparu.

- 6 -

Disparu ?

Bailey remarqua les larmes qui affleuraient dans les yeux de Serena, dont les bras s'étaient crispés autour de ses jambes. Il se déplaça sur le rocher afin de s'asseoir derrière elle pour l'enlacer.

— Mes parents avaient prévu un voyage spécial pour nous quatre. Nous sommes allés à Missoula, afin de participer au défilé des lumières et d'assister à une représentation de *Casse-Noisette.* Bien sûr, Mimi était trop jeune pour apprécier le ballet et elle s'est agitée pendant tout le spectacle, mais cela faisait cinq ans que je pratiquais la danse et j'étais complètement subjuguée. Après Mimi, c'était le meilleur cadeau de Noël que j'aie jamais reçu. Le matin de notre retour prévu à Rust Creek Falls, nous nous sommes arrêtés au Holiday Made Fair pour que mes parents puissent effectuer quelques achats de dernière minute. Il y avait plein de kiosques, de jouets, de friandises et beaucoup de monde. J'avais pour instruction de tenir fermement la main de Mimi et je l'ai fait… Jusqu'à ce que je ne la sente plus, expliqua-t-elle avant de déglutir péniblement.

Bailey la serra un peu plus fort dans ses bras, pour la réconforter et l'encourager à aller au bout de son récit.

— C'est elle qui a vu la poupée en premier, reprit Serena. C'était une réplique de la fée Dragée, et Mimi m'a attirée vers elle. Il y en avait toute une corbeille, alors ma petite sœur a retiré sa main de la mienne pour pouvoir en attraper une. Et moi, j'en ai pris une autre, afin d'admirer les détails complexes de son costume. Je me suis tournée pour montrer quelque chose à Mimi, mais elle n'était plus là. C'est arrivé si vite, murmura-t-elle, la voix brisée. Elle était là, juste à côté de moi et, l'instant d'après, elle s'est volatilisée. Mes parents étaient bien sûr dans tous leurs états. Nous n'avons pas célébré Noël, nous étions trop occupés à rechercher Mimi. Mais elle avait disparu sans laisser de traces. La police a reçu toutes sortes de signalements et a suivi d'innombrables pistes, mais aucune n'a jamais abouti. Au fur et à mesure que les jours se transformaient en semaines et les semaines en mois, nous avons commencé à perdre l'espoir qu'elle revienne un jour à la maison. Je sais qu'elle est là, quelque part, insista Serena. Et je crois de tout mon cœur qu'elle est vivante, qu'elle s'est juste perdue. L'été suivant, ma mère noyait déjà son chagrin dans l'alcool. Je ne savais pas ce que ça voulait dire, sauf que j'ai entendu mon père en parler à ma grand-mère. Je me rendais compte que ma mère titubait souvent, qu'elle parlait beaucoup, parfois toute seule, que je ne comprenais pas toujours ce qu'elle disait et qu'elle passait beaucoup de temps à dormir. Et, bien sûr, mes parents se disputaient. Tout le temps. Quelques mois plus tard, un peu avant Noël l'année suivante, mon père est parti.

Et dire que quelques jours auparavant il avait accusé Serena de ne pas avoir conscience que le bonheur pouvait se transformer en douleur et en désespoir sans crier gare. Pas étonnant qu'elle l'ait mis en garde contre ses conclusions hâtives : elle savait ce que c'était qu'un deuil. Parce qu'elle avait subi une perte aussi douloureuse que la sienne.

— Il a laissé un mot, reprit-elle. En gros, il nous disait qu'il avait l'impression d'avoir échoué à veiller sur sa famille et que chaque jour passé auprès de nous, sans Mimi, le lui rappelait cruellement.

— Je suis navré, Serena.

Ces mots-là semblaient dénués de sens, même à ses propres oreilles. Mais il n'avait que cela à lui offrir.

— Ce Noël-là non plus n'a rien eu de joyeux, ajouta-t-elle.

— Je ne peux qu'imaginer à quel point il doit être difficile de fêter Noël après la perte d'un enfant, murmura-t-il.

— La disparition de Mimi a été dévastatrice pour nous tous, reconnut Serena. Mais mes parents ont eu deux enfants. Ils n'en ont perdu qu'un.

Pourtant elle-même avait effectivement perdu ses deux parents après la disparition de sa sœur. Et il soupçonnait qu'elle en avait été profondément marquée.

— Bien sûr, ma mère a continué de s'enfoncer dans l'alcool après le départ de mon père. Et les services de protection de l'enfance s'en sont mêlés l'année suivante, quand mon enseignant leur a signalé que je portais souvent les mêmes habits à l'école plusieurs jours d'affilée et que je n'avais parfois rien à manger dans ma boîte à déjeuner. Alors ma grand-mère est revenue s'installer chez nous. Elle a essayé de remettre ma mère sur pied. Ça marchait pendant quelque temps, mais inévitablement, au bout de quelques semaines – ou parfois quelques jours seulement –, elle décidait qu'elle avait besoin d'un seul petit remontant pour soulager son chagrin et le vide qui la rongeait. Bien sûr, d'un verre elle passait toujours à deux, puis à trois, jusqu'à ce qu'elle finisse évanouie sur le canapé.

Il avait connu ce sentiment de solitude, cette période sombre où il lui semblait que rien ne pourrait soulager le vide douloureux qui l'étreignait. Il lui était arrivé, à lui aussi, de noyer son chagrin ponctuellement, mais il avait toujours réussi à retrouver ses marques avant le point de non-retour.

— Après plusieurs incidents de ce genre, ma grand-mère l'a convaincue de rentrer en cure de désintoxication. Elle a suivi un programme de trente jours et, à son retour à la maison, elle nous a assuré qu'elle ne toucherait plus à l'alcool. Quelques jours plus tard, le jour de son treizième anniversaire de mariage, elle s'est de nouveau soûlée.

— Les dates importantes et les anniversaires sont des déclencheurs pour beaucoup de gens, observa-t-il.

Elle hocha la tête.

— Mais si ma grand-mère s'inquiétait de la pente descendante que prenait sa fille, elle s'inquiétait encore plus pour moi. Alors elle a fait toutes mes valises et m'a emmenée à Rust Creek Falls pour vivre avec elle. Et elle a dit à ma mère que, quand elle serait prête à prouver que sa fille comptait plus à ses yeux que le contenu d'une bouteille, elle serait la bienvenue chez elle aussi.

— Un acte d'amour pur et dur, remarqua Bailey.

— C'était dur pour grand-mère aussi. Elle voulait tout arranger, mais elle ne pouvait pas combattre la dépendance d'Amanda. Elle a donc concentré son attention et ses efforts sur moi. J'ai eu des contacts sporadiques avec ma mère au cours des années qui ont suivi, confia-t-elle. Je me sens encore coupable de le dire à haute voix, mais ça a été l'une des périodes les plus calmes et joyeuses de mon enfance. C'était peut-être un peu étrange de vivre avec ma grand-mère plutôt qu'avec ma mère ou mon père, mais je n'avais aucune raison de me plaindre. Je mangeais à chaque repas, j'avais des habits propres, de l'aide pour les devoirs et même un chaperon pour les sorties scolaires occasionnelles.

— Tu as eu de la chance, commenta-t-il.

— C'est vrai.

Il n'avait pas eu la même fortune quand il avait perdu ses parents. En fait, Matthew et Agnes Baldwin avaient essentiellement dit à leurs trois petits-fils aînés de se débrouiller seuls – et permis à leurs deux plus jeunes petites-filles d'être adoptées, imposant la séparation des sept orphelins.

— Ta grand-mère vit toujours à Rust Creek Falls ? demanda-t-il.

Elle secoua la tête.

— Il y a quelques années, quand j'ai eu mon diplôme et qu'elle a eu la certitude que ma mère s'était reprise en main, elle a décidé que ses vieux jours ne supporteraient pas le froid et elle a déménagé en Arizona, annonça-t-elle avec un sourire. Ça a lui a fait du bien. Elle s'est mise au golf, joue au bridge, fait de l'aquagym et elle a un nouvel ami !

— Tu peux être heureuse pour elle, même si elle te manque.

— C'est vrai, elle me manque, mais j'ai aussi réalisé que je prenais peut-être trop de place dans sa vie. Je ne pense pas que le climat ait été sa seule raison de quitter Rust Creek Falls. Je crois qu'elle tenait à ce que je m'assume, toute seule. Elle m'en a toujours su capable, mais elle a voulu me montrer que j'en avais la force. Parce qu'elle a toujours eu plus confiance en moi que moi-même.

— Je dirais que sa confiance en toi était fondée.

— Ma grand-mère est une femme sensée, reconnut-elle. C'est elle qui m'a appris à me concentrer sur mes bons souvenirs des fêtes de fin d'année.

— Ça n'a pas dû être facile, observa-t-il.

En fait, compte tenu du chagrin qu'elle avait enduré, notamment à cette période de l'année, il aurait été incapable d'en faire autant à la place de Serena.

— Il m'a fallu un certain temps pour laisser de côté les mauvaises choses et garder en mémoire les bonnes, lui confia-t-elle. Bien que nous n'ayons célébré que trois Noëls avec Mimi, ça a été les plus heureux de ma vie. Chaque souvenir de ma petite sœur est un souvenir heureux, elle aimait tellement Noël.

— Tu es une femme incroyable, Serena Langley.

— Je n'en suis pas sûre, répliqua-t-elle. Mais me concentrer sur ces souvenirs heureux est la seule chose que je puisse faire pour ne pas sombrer. Et, en me souvenant de la joie de Mimi à Noël, j'ai redécouvert la mienne.

Et dire qu'au début il l'avait trouvée extravertie, optimiste. Il n'aurait pas pu être plus éloigné de la vérité. À court de mots pour lui exprimer ses regrets et sa compassion, il se contenta de l'attirer contre lui.

Elle baissa la tête vers son épaule, puis elle leva les yeux dans un demi-sourire. Il sut alors qu'il était pardonné pour ce qu'il avait lui dit l'autre jour.

Et puis, sans presque s'en rendre compte, il pencha la tête vers l'avant et ses lèvres effleurèrent les siennes.

Il n'avait pas consciemment décidé de l'embrasser. Bien sûr, il y avait pensé plus d'une fois, se demandant si les lèvres de Serena seraient aussi douces qu'elles en avaient l'air, si leur saveur serait aussi suave qu'il l'imaginait. Et, lorsqu'ils avaient dansé lors du dîner des Patriots, il avait presque envisagé de franchir la courte distance qui le séparait de ces lèvres.

Mais il avait résisté à la tentation, car il savait qu'embrasser cette femme était une mauvaise idée, pour de nombreuses raisons. D'abord, depuis son mariage raté, il se tenait à l'écart de toute relation amoureuse. Deuxièmement, même s'il cherchait à se caser, ce serait une erreur de se mettre en couple avec une femme qui était à la fois collègue et amie de sa belle-sœur. Troisièmement…

Il renonça à sa liste mentale pour revenir au moment présent : et au fait que Serena répondait à son baiser ! Ses lèvres étaient aussi douces qu'elles en avaient l'air, et leur saveur était encore plus suave qu'il ne l'avait imaginé.

Se retrouver assis ici, sur l'Owl Rock, à embrasser Serena constituait le point culminant de sa journée. De sa semaine. De son mois. Peut-être même de toute son année.

Il glissa une main derrière sa nuque, les doigts plongeant dans ses cheveux soyeux, puis il appuya son baiser. Elle n'opposa aucune résistance quand sa langue s'insinua entre ses lèvres, à la rencontre de la sienne.

Le souffle court, il passa son autre bras autour de sa taille et l'entraîna sur ses genoux. Elle enroula les bras autour de ses épaules et les jambes autour de sa taille. Il avait tellement envie de la toucher, de promener les mains sur sa peau nue… Mais ils étaient dans le Montana, en plein mois de décembre : ils étaient séparés par au moins une demi-douzaine de couches de vêtements.

Au bout d'un certain temps – deux minutes ? Dix ? Il n'en savait rien, il avait perdu toute notion du temps –, elle arracha ses lèvres des siennes.

— Peut-être devrions-nous… ralentir un peu, suggéra-t-elle légèrement essoufflée.

Il prit un moment pour reprendre sa respiration.

— Ce serait probablement la meilleure chose à faire, convint-il. Mais ce n'est pas ce dont j'ai envie.

— Pour l'instant, ce n'est pas non plus ce que je souhaite, confessa-t-elle. Mais ma vie sentimentale n'est qu'une succession de déceptions et je ne veux pas compromettre notre amitié naissante.

— Moi aussi, je suis nul en relations amoureuses, lui répondit-il. Mais je ne suis pas sûr d'être plus doué en amitié.

— Tu n'as pas l'air de trop mal t'en sortir jusqu'ici.

Il apprécia le compliment, mais resta dubitatif.

— Tu crois qu'on est amis ?

— Je pense qu'on pourrait le devenir, assura-t-elle. À moins que tu n'aies déjà trop d'amis ?

Il eut un petit rire.

— Avant de revenir à Rust Creek Falls l'année dernière, je suis parti une douzaine d'années et j'avais perdu contact non seulement avec ma famille mais aussi avec mes amis.

— C'est après la mort de tes parents que tu as quitté la ville, n'est-ce pas ?

La surprise qu'il éprouva dut se lire sur son visage, car Serena ajouta :

— Je travaillais avec Annie depuis presque trois ans, et quand Dan est revenu, juste quelques mois avant toi, ça a bouleversé toute sa vie. Et parfois, quand nous étions en pause, elle m'en parlait.

— Alors, que sais-tu de l'histoire ? demanda-t-il.

— Je ne connais pas tous les détails, mais si j'ai bien compris, Luke, Dan et toi étiez tout juste majeurs, pourtant vos grands-parents ont décidé que vous étiez capables de vous assumer seuls et qu'ils n'avaient pas à vous recueillir.

Il hocha la tête.

— C'est à peu près ça. Ce qui craint vraiment, c'est qu'on a tous cru à ce moment-là que la Sunshine Farm serait perdue. Nos parents avaient travaillé dur pendant de nombreuses années, et sans mon père pour diriger le ranch nous ne pouvions pas imaginer nous en sortir. Si on avait su que l'hypothèque bénéficiait d'une assurance, on aurait pu rester, marmonna-t-il en secouant la tête. Allons, qu'est-ce que je raconte ? On ne serait pas restés. On n'aurait pas pu. Pas après ce qui s'est passé cette nuit-là.

Cette nuit-là, ses deux parents avaient été tués par un chauffard ivre. Et ces événements, qui continuaient de le hanter, le hanteraient sans aucun doute pour toujours.

— Regarde, murmura Serena en tendant une main sur laquelle se posa un délicat flocon de neige.

— Il neige ! chuchota-t-il en levant le nez pour contempler les flocons duveteux qui tombaient du ciel. Et il fait aussi de plus en plus froid.

— Je sais, je sais. Je ne sens plus mes fesses.

— Je peux vérifier si elles sont encore bien là, répondit-il dans un effort évident pour détendre l'atmosphère.

— J'apprécie la proposition, mais peut-être une autre fois, répliqua-t-elle en se relevant. On ferait mieux de rentrer à présent, de toute façon.

— Tu as sans doute raison, admit-il, conscient que les conditions de conduite sur les routes de montagne risquaient de devenir rapidement dangereuses. Est-ce qu'Owl Rock a opéré sa magie sur toi aujourd'hui ? demanda-t-il pourtant, comme ils retournaient vers le sentier.

Elle hocha la tête.

— C'est toujours tellement paisible ici. Mais le mieux, aujourd'hui, c'était d'avoir quelqu'un à qui parler.

— Ravi de m'être rendu utile.

En haut de l'étroit sentier, il insista pour passer devant afin de vérifier s'il n'y avait pas de verglas dans la descente. Mais il prit soin de lui prendre la main, s'assurant qu'elle le suivait de près.

Le climat du Montana était capricieux et susceptible de changer en un clin d'œil : le temps qu'ils rejoignent le véhicule de Serena, elle dut sortir sa brosse à givre pour dégager ses vitres et son pare-brise.

— Monte, dit-il. Je m'en occupe.

Elle obtempéra, puis se glissa derrière le volant et démarra le moteur pour lancer le chauffage. Quelques minutes plus tard, il rangea la brosse et vint s'installer côté passager.

— Je peux conduire, si tu préfères, murmura-t-il.

Pour toute réponse, elle passa la marche arrière.

À mi-chemin du trajet retour, il déclara :

— Puisque nous passons tout prêt du Wings To Go, pourquoi ne pas nous y arrêter pour dîner ?

— Je ne peux pas, répondit Serena avec regret. Mes animaux m'attendent pour être nourris à la maison.

— Tu as un repas qui t'attend aussi ?

Elle secoua la tête.

— Je n'ai pas eu le temps de cuisiner quand je suis partie ce matin.

— Tu aimes les ailes de poulet ?

— Qui ne les aime pas ?

— Tu es au courant que chez Wings To Go, on peut passer une commande à emporter ?

— Sans blague, rétorqua-t-elle faussement déconcertée.

— Voici donc mon plan B : une fois que tu m'auras ramené à mon pick-up et que tu seras rentrée chez toi pour nourrir tes bestioles, je commande des ailes et les rapporte chez toi pour notre dîner. Qu'est-ce que tu en dis ?

— J'en dis que ton plan B me convient. Surtout si le menu propose des ailes de poulet au miel et sauce barbecue.

Après avoir déposé Bailey à son pick-up sur le parking de l'école, Serena se rua chez elle. Non seulement parce qu'elle savait que Marvin, Molly et Max l'attendaient, mais aussi pour effectuer un peu de rangement avant l'arrivée de Bailey. Son appartement n'était pas spécialement en désordre, mais ce matin elle était tellement impatiente de le retrouver qu'elle avait probablement laissé la vaisselle traîner dans l'évier ou son pyjama par terre dans la salle de bains.

Pendant qu'elle arpentait l'appartement, rangeant une pile de courrier sur le bar, essuyant la table et faisant la poussière un peu partout, Marvin la poursuivait, ravi de ce qu'il croyait être un nouveau jeu.

— Ce n'est pas un jeu, ça s'appelle le ménage, lui indiqua-t-elle. Et je fais ça au moins une fois par semaine.

Mais son chien, qui ne l'avait jamais vue s'activer de façon aussi effrénée, refusait de croire qu'elle ne jouait pas avec lui. Elle lui servit alors ses croquettes, espérant détourner son attention. La diversion fonctionna durant les deux minutes qu'il lui fallut pour vider sa gamelle. Elle eut cependant le temps de finir son rangement et réussit même à se coiffer et à appliquer un peu de gloss avant de voir le pick-up de Bailey se garer sur le parking de l'immeuble.

Marvin se précipita vers la porte quelques secondes avant que la cloche sonne, ayant été averti de l'arrivée du visiteur par le bruit des pas dans l'escalier. Bien qu'il ait pu franchir facilement sa porte battante pour saluer le nouveau venu, Serena l'avait strictement dressé à assurer sa sécurité et celle de ses invités. Il attendit donc devant la porte, remuant son arrière-train avec impatience.

— Tu restes couché ! ordonna-t-elle fermement en ouvrant la porte.

Les yeux de Bailey la détaillèrent de la tête jusqu'à ses épaisses chaussettes de laine.

— Je n'avais pas l'intention de me mettre aussi à l'aise, constata-t-il amusé. Mais j'avoue que l'idée est intrigante.

— Je m'adressais à Marvin, dit-elle en lui prenant le sac de nourriture pour qu'il puisse ôter ses bottes.

Alors qu'il se penchait pour se déchausser, le chien gémit.

— Tu dois être Marvin, murmura Bailey en lui offrant sa main pour qu'il se familiarise avec son odeur.

Marvin le renifla, puis enfonça son museau et sa langue dans la paume du visiteur. Bailey pouffa de rire, avant de lui caresser le menton.

Serena déposa des assiettes et des serviettes sur la table.

— Que puis-je t'offrir à boire ? J'ai du cola, de la limonade, de la bière, du lait ou de l'eau.

— Un cola sera parfait.

Elle en sortit deux du réfrigérateur et les posa sur la table, avant de regarder du côté de l'entrée : Bailey était assis sur le carrelage avec Marvin étendu sur ses genoux. Le chien, les quatre pattes en l'air, tirait la langue à mesure que son nouveau meilleur ami lui massait vigoureusement le ventre.

— Quelle vedette ! ironisa-t-elle en secouant la tête.

— Qui, moi ? Pas du tout !

— Je parlais de Marvin.

— Oh…

Bailey caressa encore le bouledogue quelques instants, puis, après l'avoir précautionneusement soulevé de ses genoux, il se leva pour aller se laver les mains dans la cuisine. Marvin le suivit, quasiment greffé à son tibia.

— C'est moi ta maîtresse, se sentit-elle obligée de lui rappeler.

Marvin remua de tout son corps, mais ne quitta pas Bailey d'un centimètre. Et, quand il prit place à table, le chien s'installa à ses pieds.

— J'ai l'impression d'avoir abusé de ton écoute attentive, tout à l'heure à Owl Rock, déclara-t-elle tout en transférant plusieurs ailes de la boîte en carton à son assiette. Mais en vérité je parle très rarement de ma sœur ou de sa disparition. En fait, je doute que plus d'une poignée de personnes dans cette ville connaissent mon histoire avant que je vienne vivre avec ma grand-mère, il y a toutes ces années.

— Tes secrets sont en sécurité avec moi, promit-il.

— Je ne suis pas inquiète, assura-t-elle. Mais je crois que c'est à ton tour de me raconter ta vie.

— Il n'y a pas grand-chose à dire, murmura-t-il en se servant une demi-douzaine d'ailes de poulet. Et tu en connais déjà les grandes lignes.

— Je sais pourquoi tu es parti, mais je ne sais pas où tu es allé ni ce que tu as fait quand tu as quitté Rust Creek Falls.

— Luke, Danny et moi, on est allés dans le Wyoming ensemble et on a trouvé du travail à Cheyenne. On y est restés environ six mois avant de suivre des chemins séparés.

— Pourquoi ?

Il haussa les épaules.

— Peut-être parce qu'on avait des aspirations différentes. Ou peut-être parce qu'on partageait la même culpabilité, les mêmes regrets.

Elle reprit un morceau de viande.

— Où es-tu allé après Cheyenne ?

— Jackson Hole pendant un moment, puis Newcastle et Douglas.

— Alors tu es resté dans le Wyoming ?

— Pendant quelques années. Puis je suis allé au Nouveau-Mexique.

— Ça fait un sacré voyage.

Il lécha la sauce miel barbecue de son pouce.

— Il y avait une fille, confessa-t-il.

— Ah… J'aurais dû deviner.

Il secoua la tête.

— Je te promets que je n'ai pas l'habitude de courir après les femmes d'un bout à l'autre du pays. C'étaient la première… et la dernière fois.

— Vu que le Nouveau-Mexique n'est pas tout à fait la porte à côté, cette femme devait vraiment compter pour toi.

— En fait, c'était mon épouse.

- 7 -

Épouse ?

Serena manqua de s'étouffer avec son soda.

— Est-ce que ça va ? s'enquit Bailey d'une voix inquiète.

— Ça va aller, hoqueta-t-elle avant de boire une nouvelle gorgée. Je ne savais pas que tu avais été marié.

— Parce que j'étais assez jeune et idiot pour croire que l'amour peut vaincre tous les obstacles.

— Je suis désolée que ça n'ait pas marché pour vous, bredouilla-t-elle. Mais au moins tu as tenté ta chance.

— J'étais jeune et idiot, répéta-t-il.

— Et maintenant tu es vieux et raisonnable ? demanda-t-elle d'un ton narquois.

— Plus vieux et plus raisonnable, en tout cas. Pas question pour moi de refaire un jour cette erreur.

— Tu ne crois plus en l'amour ?

— Je ne sais pas. Bon, chacun de mes frères et même ma sœur Bella semblent avoir trouvé l'âme sœur, alors peut-être que c'est juste moi qui ai un problème. Peut-être que je ne suis pas capable d'aimer de cette façon.

— Tu devais aimer cette femme, pour l'épouser, non ?

— Je croyais l'aimer, nuança-t-il. Mais finalement mes sentiments pour elle n'ont pas suffi.

— Il faut être deux pour qu'une relation fonctionne, souligna-t-elle. Ou pour la laisser échouer.

— Sans doute…

— Cela dit, qu'est-ce que j'en sais, moi ? reprit-elle entre deux bouchées de viande.

— Tu n'as jamais été amoureuse ?

Elle secoua la tête.

— La plus longue relation que j'aie jamais eue est celle que j'entretiens avec Molly.

Bailey haussa un sourcil interrogateur.

— Molly ?

— Mon chat, lui rappela-t-elle.

— Ah oui. Tu as Marvin, Molly et…

— Max, compléta-t-elle.

— Où sont Molly et Max ?

— Cachés. Ils se méfient des inconnus. Et, contrairement à certains, ils ne se comportent pas comme des divas, eux, ajouta-t-elle en jetant un coup d'œil au bouledogue sous la table.

— Pourquoi avoir autant d'animaux de compagnie ?

Elle haussa les épaules.

— J'ai toujours aimé les animaux.

— Ça explique pourquoi tu es devenue assistante vétérinaire, nota-t-il. Mais tous les assistants vétérinaires ne transforment pas leur maison en minirefuge pour animaux.

— Mes animaux de compagnie… Ils m'aiment en retour. D'un amour inconditionnel.

— C'est quelque chose que de nombreux êtres humains ne savent pas faire, admit-il.

— Ouais. Même ceux qui sont censés nous aimer échouent parfois.

— Comme ton père, devina-t-il. Et mes grands-parents.

Elle hocha la tête.

— Tout ce que mes animaux attendent de moi, c'est un toit au-dessus de leur tête, de la nourriture dans leur gamelle, un peu d'attention et, de temps en temps, une grasse matinée au lit le dimanche matin.

— Ils dorment avec toi ?

— Non. Ils ont leur propre couchage, mais parfois, quand

je traîne au lit après leur avoir servi leur petit déjeuner, ils me suivent dans la chambre et me font des câlins.

— Même le chat ?

Elle hocha la tête.

— Molly fait parfois preuve d'une étonnante affection, du moins avec moi, précisa-t-elle. Et Max aussi. Molly adore le lapin. Elle apprécie moins les inconnus.

— Marvin ne me considère pas comme un inconnu, lui, remarqua-t-il.

— Marvin est toujours reconnaissant envers ceux qui lui grattent les oreilles ou lui massent le ventre. Ou lui offrent des f-r-i-a-n-d-i-s-e-s, ajouta-t-elle épelant le mot pour éviter d'exciter le chien. À ce propos, je suppose que mon offre d'enchère n'a pas remporté le panier de Noël canin ?

Bailey secoua la tête.

— Lissa Christensen a surenchéri…

— C'est bien pour les Patriots, mais triste pour Marvin.

— Et puis l'offre de Lissa Christensen a été surenchérie… par moi.

— Tu as acheté le panier ?

Il hocha la tête.

— Pourquoi donc ? s'étonna-t-elle.

— Parce que je savais à quel point tu y tenais, assura-t-il.

— Tu l'as acheté pour moi ?

— Disons plutôt pour Marvin.

— C'est vraiment gentil, dit-elle avec un petit rire. Combien je te dois ? Je ne sais pas si j'ai assez d'espèces, mais je pourrais te faire un chèque.

— Hors de question.

— Tu préfères que je te règle en espèces ?

Il secoua la tête.

— Je veux dire que tu ne me dois rien pour le panier.

— Mais tu l'as acheté pour mon chien.

— C'est vrai, dit-il. Je l'ai acheté pour que tu le lui offres.

— Dans ce cas, je te remercie. Je vais pouvoir rayer le nom de Marvin de ma liste de courses de Noël.

— Je suppose que je devrais probablement songer à la mienne.

— Tu n'as pas encore commencé tes courses de Noël ?

— On n'est que le 4 décembre, lui fit-il remarquer.

— Tu veux dire, on est déjà le 4 décembre.

— Alors là, c'est bonnet blanc et blanc bonnet.

— Tu ne diras pas ça la veille de Noël, quand tu te battras contre les foules désespérées et frénétiques des clients de dernière minute au centre commercial.

— Je n'attendrai pas la veille de Noël. Enfin, j'espère.

Elle secoua la tête désespérément.

— J'ai prévu d'aller à Kalispell pour faire du shopping samedi, lui indiqua-t-elle. Tu peux venir avec moi, si tu veux.

— J'imagine que ça ne me ferait pas de mal d'avoir une longueur d'avance cette année, marmonna Bailey en souriant. Et plus sérieusement, merci pour ta proposition.

— Pas de souci. Mais attention : tu n'as pas le droit de te plaindre si notre escapade dure presque toute la journée.

— Je ne peux rien promettre à ce stade, Serena.

— Dans ce cas, moi, je ne peux pas te promettre de te ramener à la maison.

Quand ils eurent nettoyé tous les restes du repas, Bailey remercia Serena pour son hospitalité et se dirigea vers la porte. Il aurait pu trouver une excuse pour rester un peu plus, lui demander une tasse de café avant de prendre la route, lui proposer de sortir promener Marvin ou encore lui suggérer d'allumer la télé pour vérifier le score du match de la soirée… Mais, quand il se rendit compte qu'il cherchait une raison pour prolonger ce tête-à-tête, il comprit qu'il était l'heure pour lui de partir. Parce que plus il passait de temps avec Serena, plus il avait envie d'être avec elle. Et ce désir devenait dangereux.

De toute façon, il devait la revoir samedi.

Oui, dans quatre petits jours. Et peut-être avait-il besoin d'un peu d'espace pour prendre du recul et se rappeler qu'il ne cherchait pas à se caser.

Pas avec Serena. Pas avec qui que ce soit. Plus jamais.

Sauf que quand elle le raccompagna à la porte, il fut terriblement tenté de lui dire « au revoir » avec un baiser.

Malheureusement, elle lui avait demandé de ralentir les choses. Elle voulait qu'ils soient « amis ». Il doutait que cela soit possible, surtout quand il mourait d'envie de la mettre dans son lit. Car, d'après son expérience, le désir avait tendance à entraver l'amitié. Pourtant, il décida d'essayer, à sa façon, au moins pendant quelque temps.

Il ne l'embrassa donc pas pour lui dire « au revoir », mais le souvenir du baiser qu'ils avaient partagé à Owl Rock lui réchauffa le corps et l'esprit lorsqu'il remonta dans son pick-up glacial.

Avant de pouvoir retourner à Sunshine Farm, il devait encore faire étape : il avait promis de rendre les costumes à Annie après la visite à l'école primaire, promesse qu'il avait presque oubliée jusqu'à ce qu'il aperçoive les sacs volumineux sur la banquette arrière.

— Le voilà ! s'exclama Annie en venant lui ouvrir après qu'il avait frappé à la porte.

— Qui est-ce ? lança Janie depuis l'autre bout de la maison.

— Oncle Grooge ! répondit sa mère.

— Balivernes ! Ce ne sont que des balivernes ! grommela Bailey en se glissant dans la peau de son personnage.

Il tendit les sacs de costumes à Annie et entendit Janie pouffer de rire.

— Hum, fit Annie en prenant les sacs et en s'écartant de la porte pour le laisser entrer. Tu ne m'as pas l'air aussi cynique qu'il y a quelques jours. Peut-être que ce costume a des pouvoirs magiques ?

Il ignora son commentaire pour se concentrer sur sa nièce, assise à table avec ses livres scolaires ouverts devant elle.

— Devoirs ? devina-t-il.

Elle hocha la tête.

— Sciences, lâcha-t-elle d'un air maussade. Papa m'aidait, mais maman lui a ordonné d'aller se reposer quand tu es arrivé.

— C'est qu'il est encore en convalescence, affirma Annie d'une voix péremptoire.

— Ah… C'est vrai.

Cet échange intrigua Bailey, mais sa belle-sœur ne lui laissa pas le temps de réfléchir.

— Vu que l'école a fermé il y a presque cinq heures, j'espère que tu ne reviens pas tout juste de ta prestation du Père Noël, nota-t-elle.

— Bien sûr que non. Serena et moi sommes allés faire un tour en voiture, avoua-t-il. Et puis on a décidé de dîner ensemble.

— Tu veux dire, une espèce de rendez-vous ? voulut savoir Janie.

— Non, répondit-il aussitôt.

— Pour moi, ça y ressemble, insista sa nièce.

— Qu'est-ce que tu y connais ?

— Rien, admit-elle en soupirant. Rien du tout.

— Tes devoirs ! rappela Annie à sa fille. En tout cas, Bailey, ton non-rendez-vous avec Serena m'intéresse.

— Qu'est-ce qu'il y a de si intéressant ? maugréa-t-il.

— Pour autant que je sache, tu n'es sorti avec personne depuis ton retour à Rust Creek Falls.

— Et je ne sors avec personne maintenant, assura-t-il.

Sa belle-sœur soupira.

— Bref, merci encore d'avoir remplacé ton frère aujourd'hui.

— Comment va-t-il ?

— Beaucoup mieux. En fait, il est dans le salon devant la télé, si tu veux le saluer.

Bailey se rendit dans le séjour, où son frère était allongé sur le canapé, en train de regarder un match.

— Salut, lança Dan, en coupant le son. Comment ça s'est passé aujourd'hui ?

— Plutôt bien, admit Bailey.

— Janie m'a dit que tu faisais un Père Noël très crédible.

— Ho ho ho ho ! dit-il en imitant le personnage.

Dan hocha la tête.

— Pas mal pour un Grooge. Sérieusement, frangin, merci de m'avoir encore remplacé.

— Ce n'était pas grand-chose, répondit Bailey.

— Ça l'était pour moi. Pendant trop d'années, je ne savais plus ce que c'était de faire partie d'une famille, d'être entouré de gens sur qui je pouvais compter.

— Je suis désolé de t'avoir laissé tomber, à l'époque…

Dan secoua la tête.

— Ce n'est pas ce que je dis.

— Ça ne m'empêche pas de regretter.

— Nous avons tous commis des erreurs. Et ça a beaucoup compté beaucoup pour moi que tu sois revenu à Rust Creek Falls pour mon mariage.

— Je ne l'ai pas fait exprès, avoua Bailey. Mais Annie et toi, vous allez tellement bien ensemble. Pas seulement en tant que couple, mais en tant que famille.

— Rentrer à la maison a été la meilleure chose que j'aie jamais faite, affirma Dan. Je regrette juste de n'avoir pas eu le courage de le faire plus tôt, je n'aurais peut-être pas manqué les onze premières années de la vie de Janie.

Certes, son frère avait perdu beaucoup de temps avec sa fille. Et, même si Bailey ne doutait pas que tout ne serait pas rose entre eux alors qu'ils apprenaient tout juste à se connaître, le père et la fille se rapprochaient un peu plus chaque jour.

Dan éprouvait du ressentiment parce que sa fille était toujours proche de Hank Harlow, qui l'avait élevée comme sa propre fille durant la première décennie de sa vie, même après avoir divorcé d'Annie, pourtant, il était assez intelligent pour ne rien en montrer. Et, à en croire Dan, il était sincèrement reconnaissant à Hank d'avoir été au côté de Janie pendant ces années durant lesquelles son père biologique était absent.

— J'espère que tu découvriras bientôt que ton retour à la maison a été la meilleure décision que tu aies jamais prise, murmura Dan.

Bailey haussa les épaules, refusant de rentrer dans ce débat-là. Lorsqu'il était arrivé à Rust Creek Falls en décembre l'année dernière, il ne se considérait que de passage. Il pensait juste renouer avec ses frères et sœurs, avant de repartir. Presque un an plus tard, il était toujours en ville, à réfléchir à son projet vie.

Il aurait dû reprendre la route, mais il gardait un goût d'inachevé. Bien qu'il ait repris contact avec tous ses frères et deux de ses sœurs, il savait qu'ils garderaient tous un vide dans leurs vies tant qu'ils n'auraient pas retrouvé la trace de Liza.

Le mari de Bella, Hudson Jones, avait volontiers dirigé les recherches des frères et sœurs disparus de sa femme. Bien sûr, Hudson ne lésinait pas sur les dépenses : le multimillionnaire était prêt à tout pour Bella. En fait, c'était le grand détective privé qu'il avait engagé – David Bradford – qui avait réussi à retrouver leur frère Luke à Cheyenne, même s'il avait dû travailler sous le nom de Lee Stanton à ce moment-là.

Bailey était revenu à Rust Creek Falls de son plein gré, quelques semaines après Luke. Mais, si le détective privé continuait à chercher leur plus jeune sœur, il n'avait pas encore fait de progrès significatifs.

— Bref, reprit Bailey pour ne pas s'attarder sur les

erreurs du passé ou les problèmes actuels, je suis content que tu aies finalement vaincu cette mauvaise grippe.

— Pas autant que moi, assura Dan. Ça ne me dérange pas de rester au lit toute la journée si ma jolie femme est avec moi. Mais bon, la fièvre et les frissons sont capables de mettre un homme à terre.

Bailey agita la main.

— Je ne veux vraiment pas savoir ce qui se passe dans votre chambre.

— Tu es juste jaloux que j'aie une vie amoureuse, le taquina Dan.

Peut-être bien – pas tant du fait que son frère ait une vie sentimentale et sexuelle, mais du lien évident et profond qu'il partageait avec sa femme et sa fille dont il n'avait que récemment découvert l'existence. Dan faisait de nouveau partie d'une famille et il s'épanouissait dans ses rôles de mari et de père.

Dan et Annie étaient tombés amoureux alors qu'ils n'étaient qu'adolescents, et leur amour avait survécu non seulement à une douzaine d'années d'absence, mais aussi au mariage d'Annie avec un autre homme durant cette période. Bailey savait que les choses n'étaient pas simples lorsque Dan avait fini par revenir à Rust Creek Falls – il y avait beaucoup de blessures à pardonner – et il se demandait ce que ce serait de partager ce genre de relation avec quelqu'un.

Lui-même avait cru être amoureux d'Emily et voulu construire sa vie avec elle, mais il était rapidement devenu évident que cette femme et lui avaient des aspirations très différentes. Il avait pris un risque et il l'avait gâché. À présent, il n'avait aucune envie d'ouvrir son cœur à quiconque et de le voir de nouveau se briser.

Pourtant, il avait beau laisser vagabonder ses pensées, une image de Serena se forma dans son esprit et son cœur se serra. Elle était manifestement beaucoup plus forte et courageuse que lui. Elle avait subi la disparition de sa sœur et l'éclatement de sa famille et, d'une façon ou d'une autre, elle parvenait tout de même à afficher chaque jour un sourire radieux. En plus de cela, elle avait hâte de célébrer les fêtes de Noël et de partager sa joie avec les autres, y compris lui.

— Ça ne t'a pas dérangé de t'associer à Serena Langley pour le rôle ? lança Dan qui semblait avoir lu dans ses pensées.

— Non, ça s'est bien passé, répondit-il simplement.

— Très bien ?

— Que veux-tu que je te dise ?

Son frère haussa les épaules.

— Je me demande juste ce qui s'est passé entre vous. Bon d'accord, Annie se posait la question, finit par admettre Dan. Tu sais qu'elle et Serena sont amies et collègues ?

— Je sais. Et si ta femme veut savoir ce qui s'est passé, elle n'a qu'à poser la question à son amie et collègue.

— Crois-moi, je ne t'embêterais pas si Annie avait obtenu de vraies réponses à ses questions.

— Peut-être que Serena ne lui a rien dit parce qu'il n'y a rien à dire, suggéra Bailey.

— Luke a raconté que tu avais dansé avec elle au dîner de charité et que tout le monde a vu les étincelles entre vous.

— Peut-être entre lui et Eva, rétorqua-t-il. Mais ça fait plaisir de voir que mes frères n'ont rien trouvé de mieux pour s'occuper que de lancer des ragots à mon sujet.

— Puisque tu ne nous racontes rien, c'est le seul moyen de suivre ce qui se passe dans ta vie.

Il voulut protester contre le fait qu'il n'y avait rien à raconter, mais il se souvint alors du baiser. Qui avait vraiment eu lieu et lui avait donné envie d'aller plus loin… Beaucoup plus loin.

Or il n'avait pas l'intention de le confier à Dan, qui ne manquerait pas d'ébruiter aussitôt la chose auprès du reste de la famille. Même si c'était sympa de constater que ses frères et sœurs se souciaient de lui.

En ce samedi matin, Serena attendait que Bailey vienne la chercher pour leur séance de shopping quand son téléphone sonna. S'apprêtant à aiguiller l'appel vers sa boîte vocale, elle vit le nom « Janet Carswell » s'afficher à l'écran. Et décrocha aussitôt.

— Salut, mamie !

— J'ai reçu ta carte de Noël par la poste hier, ma chérie. En voyant ce joli paysage d'hiver, je ne peux pas dire que la neige me manque, mais toi, si !

— Tu me manques aussi, murmura Serena.

— Comment ça va à Rust Creek Falls ?

— Il fait froid et le temps est à la neige.

— Rien de nouveau ? Vraiment ?

— J'ai vu ma mère, la semaine dernière.

— Comment va-t-elle ? demanda sa grand-mère d'un ton circonspect.

— Bien.

Elle informa alors Janet de la conversation qu'elle avait eue avec sa mère à propos de son nouveau petit ami.

— Je suis contente d'apprendre que ma fille va bien, déclara sa grand-mère. Mais je veux tout savoir de ce qui se passe entre ma petite-fille et son nouvel homme.

— Toi, tu as parlé à Melba Strickland, rétorqua Serena.

— Il faut bien que quelqu'un me tienne au courant des potins de Rust Creek Falls.

— Je te téléphone toutes les semaines, lui rappela Serena.

— Mais tu censures toujours les choses intéressantes.

Elle pouffa de rire.

— Ça, c'est ce que tu penses. La vérité, c'est qu'il n'y a rien d'intéressant à censurer.

— C'est peut-être pour ça que je m'inquiète pour toi, Rena.

— Tu n'as pas à t'inquiéter, je vais très bien, assura-t-elle.

— Tu es seule, affirma sa grand-mère sur un ton doux.

— Pas tant que ça.

— Tes animaux ne comptent pas.

— Ne dis pas ça devant eux.

Sa grand-mère soupira.

— Tu as tant d'amour à offrir, mais tu as peur…

— Je n'ai pas peur.

— C'est compréhensible, poursuivit sa grand-mère en ignorant ses protestations. Tu as été blessée, profondément, par bien des gens qui étaient censés t'aimer.

— C'est toi qui as toujours répété que tout ce qui ne nous tuait pas nous rendait plus forts.

— Je paraphrasais Nietzsche, avoua sa grand-mère.

— Pourtant, je trouve qu'il y a beaucoup de vérité dans cette citation.

— Et moi, je trouve que tu es l'une des femmes les plus fortes que je connaisse. Avec un cœur gros comme ça. Mais tu ne laisses pas beaucoup de gens y pénétrer, dans ce cœur.

— J'ai ouvert mon cœur à beaucoup de gens.

— Tu sais ce que je veux dire, répliqua sa grand-mère. Tu n'es sortie avec personne depuis ta rupture avec Bobby Ray.

Elle disait vrai. Tout comme il était exact qu'elle n'aurait jamais dû tomber amoureuse d'un homme dont tout le monde savait qu'il en pinçait encore pour sa petite amie du lycée, même si elle avait déménagé et en avait épousé un autre.

Mais Serena avait pour habitude de tomber amoureuse d'hommes dont le cœur était déjà pris. Avant Bobby Ray Ellis, elle était sortie avec Howard Shelton, un veuf propriétaire d'un magnifique *labradoodle*, un labrador issu d'un croisement avec un caniche. Avant Howard, il y avait eu Kevin Nolan, un avocat de Kalispell, qui était tellement pris par son travail qu'il lui restait rarement du temps à consacrer à Serena.

En parlant de temps, elle jeta un coup d'œil à l'horloge et s'aperçut que Bailey ne tarderait pas à arriver.

— Je dois te laisser, mamie, mais je te rappelle la semaine prochaine, promit-elle.

En coupant la communication, elle ne put s'empêcher de se demander si elle n'était pas en train de commettre avec Bailey la même erreur commise tant de fois auparavant.

Elle savait qu'il avait une ex-femme, mais elle ne connaissait pas les détails de son mariage, ni pourquoi il avait pris fin. Avait-il encore des sentiments pour elle ? Le trouble grandissant qu'elle éprouvait pour ce séduisant cow-boy allait-il se solder par un nouveau chagrin d'amour ?

Peut-être… Et pourtant elle ne put empêcher son cœur de s'emballer joyeusement quand elle aperçut le pick-up de Bailey qui s'arrêtait devant son immeuble.

- 8 -

Bailey avait appelé Serena vendredi soir pour confirmer leur virée shopping du lendemain et lui proposer de l'emmener en voiture. Elle l'avait taquiné : ah, il l'aurait donc soupçonnée d'avoir projeté de le laisser en plan au centre commercial ? Mais elle accepta la proposition. Elle lui demanda cependant un léger détour quand il vint la chercher samedi matin.

— Je dois faire une halte au bazar de Chez Crawford avant de rejoindre le centre commercial, lui dit-elle en bouclant sa ceinture de sécurité.

— Tu ne penses pas pouvoir trouver tout ce dont tu as besoin à Kalispell ?

— Non, parce que j'ai besoin de récupérer une étiquette de l'Arbre de l'Espoir.

Il la dévisagea d'un air interloqué.

— De quoi ?

— L'Arbre de l'Espoir. C'était l'idée de Nina, précisa-t-elle en faisant référence à celle dont le nom de jeune fille était Crawford mais qui était maintenant mariée à Dallas Traub, dont elle élevait les trois fils ainsi que sa propre fille. Cela date d'il y a environ cinq ans, à l'époque où les familles se démenaient pour se remettre des inondations catastrophiques de cet été-là : il y avait des tas de gens qui n'avaient plus aucun cadeau à déposer sous leur sapin de Noël, quand bien même ils en possédaient un.

Elle poursuivit en expliquant que des étiquettes cadeaux

portant l'âge et le sexe du destinataire prévu étaient accrochées sur les branches d'un arbre décoré à l'intérieur de la boutique de Chez Crawford. Les clients choisissaient une ou plusieurs des étiquettes, achetaient les cadeaux appropriés et les retournaient au magasin avec les étiquettes. Ensuite, Nina, aidée de tous les autres bénévoles qu'elle avait réussi à recruter, emballait et livrait les cadeaux.

— Il y a une vraie solidarité, ici, à Rust Creek Falls, remarqua Bailey en se garant sur le parking devant le bazar.

— Parfois, nous avons besoin d'un peu d'aide de la part de nos voisins, déclara Serena en détachant sa ceinture. Après les inondations, nous avons eu la chance de voir de nombreux habitants de Thunder Canyon venir en ville pour aider au nettoyage et à la reconstruction.

— C'est la deuxième fois que tu parles de cette crue, observa-t-il en lui ouvrant sa portière.

— Je suppose que ça n'a pas fait les gros titres dans la presse du Nouveau-Mexique.

— J'ai l'impression que non.

— C'était il y a cinq ans, vers le 4 juillet. Il y a eu des pluies torrentielles dans la région et beaucoup de maisons ont été détruites par les inondations. Plusieurs édifices publics ont été endommagés, le pont de la rue commerciale a été emporté par les eaux, celui de la rue principale était impraticable, et Hunter McGee, l'ancien maire, est mort d'une crise cardiaque après qu'un arbre s'est écrasé sur l'avant de sa voiture. Collin Traub et Nate Crawford se sont alors disputé le poste vacant que Collin a fini par remporter : il est toujours maire aujourd'hui.

— C'est la première fois que j'entends parler de tout ça, avoua Bailey.

— Je n'avais jamais vu de tels dégâts. Ensuite, tout le monde a participé au nettoyage et à la reconstruction, mais ça a quand même pris des mois. Voilà donc en résumé, l'histoire des inondations qui ont conduit à la création de l'Arbre de l'Espoir, conclut-elle, en passant par la porte qu'il lui ouvrait pour entrer dans le magasin.

Bailey suivit Serena jusqu'à l'arbre de Noël qui semblait dépourvu d'étiquettes. En y regardant de plus près, il en dégota seulement deux.

— Il ne reste que quelques semaines avant Noël, expliqua-t-elle.

Il s'empara de l'étiquette la plus proche et lut l'inscription au verso.

— Homme, soixante-douze ans, diabétique, pointure 42.

— Il y a des habitants âgés en ville qui n'ont pas de famille pour fêter Noël, alors Nina les a ajoutés à l'Arbre de l'Espoir pour qu'on ne les oublie pas pendant les fêtes.

— Tu penses pouvoir m'aider à trouver un cadeau pour un diabétique de soixante-douze ans qui chausse du 42 ?

— Des bonbons sans sucre et une paire de chaussons douillets, suggéra-t-elle aussitôt.

Il hocha la tête, et Serena décrocha la dernière étiquette sur l'arbre.

— Qu'est-ce que tu as eu ? demanda-t-il.

— Un petit garçon de sept ans, dit-elle en s'approchant de Natalie Crawford, qui rangeait un rayon de jeux de construction à proximité. Est-ce que Nina a mis une étiquette de l'Arbre de l'Espoir de côté pour moi ?

— Oh ! salut, Serena, dit Natalie. Oui, bien sûr.

Natalie finit d'empiler ses cartons, puis se dirigea vers la caisse enregistreuse. Ouvrant un tiroir sous le comptoir, elle récupéra une étiquette qui y avait été soigneusement rangée.

— Et voilà pour toi.

— Merci.

Serena glissa les deux étiquettes dans la poche latérale de son sac à main, puis se retourna vers Bailey.

— Et maintenant allons faire un peu de shopping.

— Tu comptes m'expliquer de quoi il s'agissait ?

demanda Bailey quand ils furent installés à bord de son pick-up, en route pour Kalispell.

— Tu veux parler de l'étiquette que Natalie m'a donnée ?

Il hocha la tête.

— S'il y a une fillette de trois ans qui a besoin d'un cadeau, Nina met cette étiquette de côté pour moi, confia-t-elle. Je sais que c'est idiot, mais…

— Non, protesta-t-il. Ce n'est pas idiot du tout. C'est un bon moyen de se souvenir de ta sœur pendant les fêtes, au moins jusqu'à ce que tu la retrouves.

Elle lui fut reconnaissante de faire preuve de compréhension et de faire comme si elle allait retrouver sa petite sœur un jour. Mais elle l'attendait depuis si longtemps qu'elle devait accepter l'éventualité que cela n'arrive jamais.

— *Si* je la retrouve un jour, précisa-t-elle en un murmure.

— Moi, je ne pensais pas revenir à Rust Creek Falls, lui rappela-t-il. Et pourtant je suis là.

— Et ta famille est ravie de t'avoir à la maison.

— Je n'en sais rien, mais ça m'a fait du bien de renouer avec la plupart de mes frères et sœurs. Je n'ai pas pu passer beaucoup de temps avec Dana, bien sûr, parce qu'elle vit toujours en Oregon avec sa famille adoptive… Et nous ne savons toujours pas où se trouve Liza, bien que le détective privé de Hudson affirme progresser dans ses investigations.

— Tu ne le crois pas ?

Il haussa les épaules.

— Je pense que si j'étais détective privé avec un client aux poches aussi profondes que celles du mari de Bella, je m'arrangerais pour faire durer le plaisir.

— Je ne pense pas que Hudson Jones soit du genre à payer quelqu'un sans résultats, remarqua-t-elle.

— Tu as sans doute raison, admit-il. Mais je sais que Bella se sentirait beaucoup mieux si elle voyait le fruit de ces recherches, c'est-à-dire si on retrouvait notre jeune sœur.

— Je suis sûre que vous vous sentirez tous mieux

le jour où vous retrouverez Liza, prédit-elle alors qu'ils arrivaient sur le parking du centre commercial. Mais pour l'instant tu dois trouver une place de libre.

— Je déteste les courses de Noël, déclara Bailey quelques heures plus tard, en emboîtant le pas à Serena jusqu'à son appartement, les bras chargés de sacs de shopping.

— Qu'est-ce que tu détestes, au juste ? demanda-t-elle en glissant sa clé dans la serrure. Les décorations de fête ? Les chants de Noël ? Les commerçants qui souhaitent de joyeuses fêtes à qui veut l'entendre ?

— Les automobilistes fous prêts à se battre pour une place de stationnement, les acheteurs désespérés qui fouillent dans les rayonnages de jouets et les piles de vêtements, avant de se précipiter vers les caisses enregistreuses comme des adolescentes sur la scène à un concert de Justin Bieber.

La comparaison fit sourire Serena, qui esquiva un Marvin très excité, l'accueillant d'un câlin entre ses pieds.

— Le secret, reprit-elle simplement, c'est de ne pas se laisser happer par le chaos.

— Facile à dire, mais pas facile à faire quand le chaos est partout.

— Mais tu ne peux nier que c'était une journée réussie.

Il déposa ses sacs de courses au sol, puis se mit à genoux pour offrir à Marvin un peu de l'attention qu'il réclamait.

— Sauf qu'apparemment je suis censé emballer tous ces machins, à présent.

— C'est vrai. Mais tu verras que j'ai déjà tout le nécessaire d'emballage sur la table, pour que tu puisses commencer pendant que je réchauffe la sauce et que je mets une casserole d'eau à bouillir pour les pâtes.

— À moins que je prépare les spaghettis pendant que toi, tu t'occupes du papier cadeaux ? suggéra-t-il.

Elle secoua la tête.

— Je t'aiderai après le repas.

Malgré l'euphorie que provoquaient chez lui les caresses que lui prodiguait Bailey sur le ventre, Marvin reconnut ce dernier mot et se rua aussitôt vers sa gamelle.

Elle pouffa de rire.

— Oui, c'est presque l'heure du repas pour toi aussi, assura-t-elle au bouledogue impatient. Même si tu ne dois pas avoir très faim, vu que tu as traîné toute la journée dans l'appartement.

— Il a probablement besoin d'exercice, décréta Bailey. Tu veux que je l'emmène faire une promenade avant le dîner ?

Le pauvre Marvin ne savait pas s'il devait s'allonger et feindre l'épuisement – sa réponse habituelle au mot « promenade » – ou rester assis devant sa gamelle en prévision de son repas.

Serena secoua la tête.

— Si tu préfères t'occuper du chien plutôt que d'emballer les cadeaux, sa laisse et son gilet sont sur la patère près de la porte.

— Son gilet ? répéta-t-il sur un ton dubitatif.

— On est en décembre et ses poils ras ne le protègent pas du froid.

Bien sûr, Marvin détestait le gilet, mais avec l'aide de Serena ils réussirent à l'enfiler tant bien que mal au chien.

Quand elle retourna à la cuisine pour remuer la sauce, Bailey attacha la laisse à son collier et lança :

— Allons-y !

Mais Marvin ne voulait pas bouger. En fait, il s'assit obstinément sur son derrière et refusa de remuer, même quand Bailey se mit à tirer sur la laisse.

— Je crois que ton chien est épuisé, dit-il à Serena.

— Il n'est pas épuisé, il déteste la neige.

— Tu aurais pu me le dire plus tôt, remarqua-t-il.

— J'aurais pu, admit-elle sans vraiment cacher son amusement, mais il a réellement besoin d'exercice.

— Tu as entendu ça, Marvin ? Tu as besoin d'exercice !

Le chien baissa la tête comme s'il avait honte, mais son arrière-train resta fermement ancré au sol.

Bailey se pencha et le souleva.

— Il doit peser au moins vingt-cinq kilos !

— Vingt-sept et demi à son dernier examen, précisa Serena.

— Au moins, moi, je vais faire de l'exercice en le tirant par la laisse jusqu'en bas de l'escalier ! Mais attention, Marvin : dès qu'on atteint la rue, tu te remets sur tes pattes.

Bailey ignorait si le chien comprenait ses paroles. Pour l'heure, Marvin se blottit au creux de ses bras pour profiter du voyage.

Serena avait tenu sa part du marché.

Quand Bailey et Marvin furent revenus de leur promenade et que les humains comme les animaux se furent restaurés, elle aida Bailey à emballer les cadeaux qu'il avait achetés.

Leurs efforts étaient parfois entravés par ses animaux de compagnie. La curiosité de Molly à l'égard de Bailey se révéla finalement plus forte que sa méfiance habituelle, et elle s'aventura à sauter de chaise en chaise – et parfois même sur la table –, faisant tomber les divers objets au sol. Max parvint à s'emberlificoter dans un ruban de bolduc mais, une fois que Serena l'eut démêlé, il se tint à l'écart, se contentant de grignoter un rouleau de papier d'emballage vide. Marvin, lui, jouait les rebelles. Malgré sa promenade d'avant dîner avec Bailey qui, contre toute attente, avait réussi à le faire marcher, il était resté plein d'énergie et déterminé à faire des bêtises.

Quand Bailey plia le pull qu'il avait choisi pour Bella et le plaça au centre du papier prédécoupé, Serena secoua la tête.

— Quoi ? demanda-t-il.

— Il te faut une boîte.

— Pourquoi ?

— Parce que les habits devraient toujours être emballés dans une boîte et qu'il est plus facile d'emballer une boîte qu'un vêtement, même bien plié, expliqua-t-elle.

— Sauf que tu ne m'as pas fait placer les pyjamas que j'ai achetés pour les triplés dans des boîtes…

— Parce que les cadeaux pour les enfants doivent être faciles à ouvrir, précisa-t-elle.

— Les règles sur l'emballage de cadeaux m'ont l'air innombrables… Tu devrais peut-être me les écrire.

Elle choisit une boîte à la taille adaptée, la combla de mouchoirs en papier, replia le pull – après en avoir détaché l'étiquette de prix – puis le déposa à l'intérieur, referma le couvercle et lui rendit la boîte.

Il déplia alors le papier cadeau autour de la boîte et le fixa avec du ruban adhésif.

Serena souleva le paquet qu'elle venait de finir d'emballer et regarda en dessous, puis sous la table.

— C'est toi qui as pris le nœud ?

— Quel nœud ?

— J'avais un nœud vert que je comptais placer sur ce cadeau.

— Tu en as toute une boîte, lui fit-il remarquer.

— Et j'en ai sorti un vert que j'ai posé sur la table juste ici, dit-elle, indiquant l'endroit.

Puis un petit bruit attira son attention, et elle soupira.

— Molly…

Bailey aperçut alors le chat au milieu du salon, jouant au sol avec le nœud manquant. Serena s'éloigna de la table juste au moment où Marvin décida de japper devant elle, ce qui la fit trébucher. Bailey la rattrapa instinctivement par le bras et l'attira contre lui.

— Désolée, bredouilla-t-elle, les joues brûlant d'embarras à cause de sa maladresse.

D'autant qu'elle avait les seins écrasés contre le corps chaud et puissant de Bailey.

— Moi, non, répondit-il d'une voix rauque en resserrant encore ses bras autour d'elle.

Puis il approcha ses lèvres des siennes et l'embrassa. Peut-être qu'elle aurait dû résister à la saveur enivrante de son baiser, mais, au moment où sa bouche effleura la sienne, seuls quelques mots se bousculaient en vrac à son esprit : *Oui… Comme ça… Encore* !

Et Bailey sembla lire dans ses pensées.

Lui entrouvrant les lèvres du bout de sa langue, il approfondit son baiser. Puis, glissant les mains le long de son dos, il les faufila sous son pull. Elle frissonna au contact de ces mains calleuses qui se déplaçaient sur sa peau nue. Instinctivement, elle plaqua sa poitrine contre ce torse robuste, sentant ses seins durcir de désir.

Inlassablement, Bailey lui mordillait les lèvres, la taquinant avec des coups de langue qui attisaient son désir. Son corps tout entier était brûlant, elle était en transe.

Soudain, il arracha brusquement sa bouche de la sienne.

— Qu'est-ce que…

Elle inspira lentement, profondément, pour tenter de maîtriser le vertige qui s'emparait d'elle.

— Quoi ?

Il baissa les yeux au sol, où Molly se léchait la patte avant de la passer sur son visage. Mais Serena ne se laissa pas attendrir.

— Molly ! s'écria-t-elle sur un ton de réprimande.

— Je crois qu'elle m'a griffé, dit Bailey.

— Elle n'aime pas trop les inconnus, admit-elle. Et elle est très protectrice envers moi.

Il se frotta le tibia.

— Eh bien, il faudra plus qu'un chat, même aussi gros que celui-là, pour m'effrayer, assura-t-il.

— Peut-être qu'elle nous a rendu service, suggéra-t-elle.

— Je ne me sens pas reconnaissant.

— Mais on était d'accord pour ne pas recommencer, lui rappela-t-elle.

— Pour quelle raison, déjà ?

— Parce que aucun de nous n'est très doué en matière de relations.

— C'est vrai, reconnut-il. Et, même si je sais que je ne suis pas très doué pour partager mes émotions, je te promets que je sais quand même être un amant tout à fait honorable.

— Tu sais vraiment comment tenter une fille.

— Es-tu en train de dire que tu n'es pas tentée ?

— Je suis plus tentée que je ne devrais l'être, avoua-t-elle.

— Manifestement pas assez, sinon nous serions déjà passés à l'action.

— Tu as encore des cadeaux à emballer, argua-t-elle.

— Je préfère t'enlever tous les habits qui t'emballent, toi, susurra-t-il en la dévisageant d'un regard enjôleur.

Soudain, elle avait les jambes en coton. Peu à peu, elle sentait les digues de protection céder une à une. D'un geste lent, elle ramassa un rouleau de papier cadeau et le pointa sur lui.

— Il nous reste quelques cadeaux à emballer.

Bailey comprit l'allusion.

Il était indéniablement déçu qu'elle freine de nouveau les choses entre eux, mais comment lui en vouloir ? Bien qu'ils aient passé beaucoup de temps ensemble au cours de la dernière semaine, ils se connaissaient à peine.

Pendant que Serena allait chercher le nœud que Molly lui avait volé, il essaya de se concentrer sur la découpe du papier plutôt que de scruter les courbes affriolantes de son derrière.

— Parle-moi de ton mariage, suggéra-t-elle soudain en apposant le nœud sur le cadeau empaqueté.

— Eh bien, on peut dire que tu sais casser l'ambiance, plaisanta-t-il avec un demi-sourire.

— Ce n'était pas mon intention.

— Tu en es sûre ? Peut-être que tu veux connaître toutes les raisons pour lesquelles mon mariage a échoué afin de trouver une justification au fait que tu me repousses.

— Je ne te repousse pas, contesta-t-elle. Mais je n'ai pas non plus l'habitude de me précipiter au lit avec un homme que je viens tout juste de rencontrer.

— Je t'en ai raconté plus sur moi qu'à la plupart des gens qui m'entourent, confia-t-il.

— Alors pourquoi tu refuses de parler de ton mariage ?

Visiblement vaincu, il haussa les épaules.

— Qu'est-ce que tu veux savoir ?

— Combien de temps as-tu été marié ?

— Presque deux ans. Et avant de me dire : « Ça n'a pas beaucoup duré », crois-moi, ça a été suffisant pour que l'on soit sûrs tous les deux que ça ne marcherait pas.

— Je suis désolée. Je ne voulais pas être indiscrète. Je n'avais pas compris que c'était un sujet aussi délicat.

Il soupira.

— Ça ne l'est pas vraiment. Je n'aime pas admettre mes échecs. D'autant qu'en l'occurrence c'était ma faute. Parce que dès le jour où nous avons échangé nos vœux, je m'attendais à ce que tout s'écroule.

— Pourquoi en étais-tu aussi certain ?

Il haussa les épaules.

— Peut-être à cause de ce qui est arrivé à mes parents.

— Tes parents ? Mais ils sont morts par la faute d'un chauffard ivre.

— En effet. Et avant ils étaient heureux ensemble, dirigeant la ferme et élevant une famille. Et puis tout a basculé.

— À cause d'un tragique accident.

— À cause de moi, assura-t-il.

Serena fronça les sourcils.

— Qu'est-ce que tu racontes ?

— C'est ma faute s'ils se trouvaient sur cette route, ce soir-là.

Il lui raconta alors les événements de cette soirée fatidique. Comment son frère aîné l'avait invité dans un bar à l'extérieur de la ville. Bien que Bailey n'ait pas encore l'âge légal de consommer de l'alcool, Luke lui avait assuré qu'il connaissait un établissement qui ne se souciait guère de savoir si ses clients avaient une pièce d'identité, du moment qu'ils payaient leur bière. Bailey était toujours ravi de suivre son frère et, quand Danny avait appris que ses frères sortaient ensemble, il avait refusé d'être laissé pour compte.

Le barman n'avait pas bronché quand Luke avait commandé un pichet de bière et trois verres, qu'il avait portés à la table où ses frères l'attendaient. Mais Danny, toujours respectueux des règles, était retourné au bar pour prendre un soda.

Lorsque Bailey avait vidé le pichet dans son verre, Danny avait voulu rentrer, leur demandant les clés. Bailey, qui avait conduit, refusa d'obéir à son petit frère. D'autant qu'un trio de jeunes femmes venait justement de s'installer à la table voisine et d'engager la conversation avec les trois cow-boys.

— Sauf que Danny, déjà lié à Annie, n'était pas plus d'humeur à flirter qu'à consommer de l'alcool, poursuivit-il. Et, quand Luke et moi avons refusé d'écouter ses avertissements et ses supplications, il est allé à la cabine téléphonique et a appelé nos parents.

Même après toutes ces années, les souvenirs étaient limpides, la douleur intacte. Tout avait basculé cette nuit-là. Pas seulement pour Bailey, Luke et Danny, mais aussi pour leurs quatre frères et sœurs cadets.

— Ils sont venus vous chercher, réalisa Serena.

Il hocha la tête.

— Parce que j'étais trop têtu, trop arrogant, pour laisser mon petit frère récupérer les clés de la voiture.

— Et tu portes la culpabilité de cette décision depuis plus d'une douzaine d'années, comprit-elle.

— Parce que c'était ma décision.

— C'était ta décision de garder les clés, affirma-t-elle. Et la décision de Danny d'appeler tes parents. Et leur décision de venir vous chercher. Mais le seul responsable de leur mort, c'est le chauffard ivre qui a provoqué l'accident.

— Alors pourquoi je n'arrive pas à me débarrasser de cette impression que tout est ma faute ?

- 9 -

Pour ce qui était de se sentir coupable, Serena en connaissait un rayon. Pendant des années, elle avait porté sa part de culpabilité et, bien qu'elle soit plus ou moins parvenue à se défaire de ce poids, il y avait encore des moments où elle se demandait ce qu'elle aurait pu faire, des moments durant lesquels les remords, cruels, douloureux, l'envahissaient. Elle était donc mal placée pour suggérer à Bailey de « lâcher prise ». Mieux que quiconque, elle savait que c'était plus facile à dire qu'à faire, tout comme elle savait aussi que les idées noires avaient tendance à s'autoalimenter.

— Je ne sais pas pourquoi tu te sens fautif, répondit-elle après un long silence. Mais ce que je sais, c'est qu'en parler peut parfois faire du bien.

— Comme je te l'ai dit, je ne suis pas doué pour exprimer ce que je ressens, lui rappela-t-il à voix basse.

— Il suffit d'un peu d'entraînement, assura-t-elle.

— Je ne suis pas convaincu, marmonna-t-il. Mais je constate que je me confie plus facilement à toi.

— Tant mieux, ça me fait plaisir.

— En fait, tout ce que je viens de te raconter, au sujet de la nuit où mes parents sont morts, je ne l'avais jamais dit à Emily, avoua-t-il.

— Pourquoi ? répliqua-t-elle avec étonnement.

— Quand elle m'a posé des questions sur ma famille, je lui ai dit que mes parents étaient morts et que mes frères et sœurs vivaient dispersés aux quatre coins du pays. Et elle n'a pas posé plus de questions, précisa-t-il en haussant les épaules. Probablement parce qu'elle était très proche de sa propre famille : le fait que moi, je n'aie pas de famille, nous a simplifié la vie. On ne s'est jamais disputés pour savoir chez qui on fêterait Noël : c'était toujours avec sa famille.

— Comment se passaient les fêtes, chez eux ? demanda Serena d'une voix prudente.

— Bien.

— Pourquoi ai-je l'impression que ce n'était pas aussi bien que ça ?

— Non, c'était réellement bien, insista-t-il. Je veux dire, je ne me suis jamais investi dans l'organisation des fêtes, mais c'était ma faute. J'avais coupé les ponts avec ma famille et je n'arrivais pas – ou peut-être que je ne voulais pas – me lier avec la sienne.

— Est-ce devenu une source de tensions entre vous ?

Il secoua la tête.

— Il n'y avait vraiment pas de tensions entre Emily et moi. Il n'y avait pas grand-chose à vrai dire. En fait, je ne suis même pas sûr qu'elle ait remarqué toute absence de véritables contacts entre sa famille et moi.

À présent, ce fut au tour de Serena de froncer les sourcils.

— Comment ça, elle n'a pas remarqué ?

— Elle était la benjamine de trois enfants, et la seule fille. Une petite princesse à son papa et la meilleure amie de sa maman, adulée par ses frères, proche de leurs deux épouses. Elle avait l'habitude d'être le centre du monde et s'y complaisait allègrement. Mais tout a dégénéré quand la femme de son plus jeune frère a eu son premier enfant. Bien sûr, nous nous sommes précipités à l'hôpital pour célébrer l'événement, et Emily est immédiatement tombée sous le charme de sa petite nièce. Je me suis préparé à ce que je pensais être la prochaine étape.

Serena hocha doucement la tête, anticipant la suite.

— Elle a regardé son frère et sa belle-sœur avec leur nouveau-né et m'a dit : « C'est ça que je veux. » Un bébé, j'ai pensé, m'étant résigné à cette éventualité, parce que après le mariage viennent les enfants, non ? Mais Emily m'a surpris en secouant la tête. « Oui, je veux un bébé, m'a-t-elle confirmé. Mais je veux plus que ça. » Bien sûr, je ne suis pas très doué pour lire dans les pensées, alors j'ai demandé : « Tu veux dire, deux enfants ? — Non, je veux tout ce qui va avec. Je veux un mari qui me regarde comme Matt regarde Tanya. Un mari qui veut avoir un bébé avec moi parce qu'il sait que cet enfant combinera le meilleur de nous deux en un lien qui nous unira pour toujours. » Bref, on savait tous les deux que ce mari, ce ne serait jamais moi. Et ça a été la fin.

— Les choses se sont apaisées entre vous, maintenant ? s'enquit Serena.

— Si on considère qu'être divorcé, c'est aller mieux, répondit-il sèchement.

— Je voulais dire : êtes-vous tous les deux satisfaits de la décision de mettre fin à votre mariage ? précisa-t-elle.

— J'imagine que oui. Je ne lui ai pas parlé depuis que j'ai signé les papiers du divorce, il y a trois ans.

— Tu n'as eu aucun contact avec elle depuis trois ans ?

— J'ai pensé qu'une rupture nette serait la meilleure solution, confia-t-il.

— Tu devrais lui parler, fit Serena. Et elle a probablement besoin de te parler aussi.

— Pourquoi donc ?

— Pour tourner la page.

Il se renfrogna.

— Comment ça ?

— Pour comprendre comment et pourquoi votre relation n'a pas tenu, afin que vous puissiez l'un et l'autre passer à autre chose, expliqua-t-elle.

— On est divorcés, lui rappela Bailey. Je crois que

ni elle ni moi ne nous faisons d'illusions quant à une hypothétique reprise de nos relations.

— Mais êtes-vous passés à autre chose ? demanda-t-elle à voix basse.

— Je dirais que les deux mille kilomètres qui nous séparent désormais démontrent que oui.

— Tu as eu beaucoup d'aventures depuis ton divorce ?

— Pas vraiment, admit-il.

— C'est une réponse plutôt vague.

— Tu veux un nombre précis ?

— Un ordre d'idée devrait suffire, assura-t-elle.

— Alors je suppose que ce serait… plus de zéro et moins de deux, confessa-t-il.

— Une seule ? s'étonna-t-elle.

— Et seulement si on considère nos rendez-vous comme une relation.

— On a des rendez-vous ?

— Eh bien, c'est ce qu'il me semble : je suis venu te chercher, on a partagé un repas, puis un baiser. Ça ne remplit pas tous les critères ?

— On dirait que si, admit-elle d'une voix hésitante. Enfin, peu m'importe comment on appelle ça, je ne suis pas sûre de ce que je ressens à l'idée d'être ton lot de consolation.

— Ça fait trois ans, lui rappela-t-il. Il y a longtemps que je ne cherche plus à être réconforté.

— Trois ans sans le moindre rendez-vous galant… Ça laisse entendre que tu as été plus marqué par l'échec de ton mariage que tu ne veux l'admettre.

— Ou peut-être que j'ai juste tiré les leçons de mon passé : je sais que je n'ai plus rien à offrir à une femme.

— Alors qu'est-ce qui a changé pour que tu acceptes de sortir de nouveau avec une femme ?

— Ben… Je t'ai rencontrée.

À ces trois petits mots, le cœur de Serena chavira.

*
* *

Elle y pensait encore le lendemain en glissant la dernière plaque de biscuits sablés dans le four. Marvin, qui somnolait dans un coin, dressa soudain les oreilles.

— Tu entends quelque chose ? demanda-t-elle.

Il sauta de sa niche et courut vers la porte. Elle s'essuya les mains sur une serviette et suivit son chien, ouvrant la porte avant d'entendre frapper.

— Quelle surprise ! s'exclama-t-elle en découvrant Bailey sur son seuil.

— J'ai laissé un message sur ta messagerie vocale et je t'ai envoyé plusieurs SMS, mais tu n'as pas répondu, alors je me suis dit que j'allais tenter ma chance en passant ici après avoir fait quelques courses, expliqua-t-il.

Elle s'écarta de la porte pour le laisser entrer.

— C'est étrange, je n'ai pas du tout entendu mon téléphone sonner… Ah mais j'y pense : je ne l'ai pas branché hier soir, donc il y a des chances que la batterie soit à plat.

— Ça ne te dérange pas que je débarque à l'improviste ?

— Eh bien, Marvin est certainement ravi de te voir, dit-elle en jetant un regard amusé vers le chien qui s'était retourné sur le dos pour montrer son ventre.

Bailey pouffa de rire en se penchant pour offrir au bouledogue les caresses qu'il réclamait. Dans son autre main, il tenait une enveloppe rembourrée.

— Quand je suis rentré hier soir, j'ai trouvé ça sur le pas de ma porte.

— Qu'est-ce que c'est ?

— Un autre cadeau de Noël que j'ai besoin d'emballer et que tu livreras pour moi, je l'espère.

Elle s'empara de l'enveloppe et regarda à l'intérieur.

— Un PKT-79 ?

— Deux PKT-79 ! rectifia-t-il fièrement. Un pour Owen et l'autre pour son ami Riley.

— Je n'arrive pas à croire que tu aies réussi à mettre

la main non seulement sur un, mais sur deux des jouets les plus recherchés de la saison !

— J'ai suivi ton conseil, avoua-t-il.

— Tu es allé sur eBay ? Je ne vais pas te demander ce que ça t'a coûté, ajouta-t-elle après qu'il eut hoché la tête.

— Tant mieux, parce que je ne vais pas te le dire.

— Tu sais que ce n'était pas obligatoire, n'est-ce pas ?

— Je sais, assura-t-il. Mais j'y tenais.

— Cela va rétablir une fois pour toutes la confiance d'Owen en Noël, murmura Serena.

— Je l'espère. Parce que passer du temps avec toi semble avoir aussi rétabli ma confiance en l'esprit de Noël.

Elle sourit.

— Tout le matériel d'emballage est encore sur la table, je n'ai pas encore eu le temps de le ranger.

— On dirait que tu as été très occupée, constata-t-il en jetant un coup d'œil dans la cuisine avant de renifler d'un air conquis. Hum, des sablés de Noël ?

Elle hocha la tête.

— Mais beaucoup plus simples que ceux de ta belle-sœur.

— Inutile de faire des biscuits trop fantaisie pour qu'ils aient bon goût, nota-t-il en se lavant les mains à l'évier.

Elle en prit un sur la grille de refroidissement et le lui offrit. Au lieu de prendre le biscuit, il baissa la tête et mordit dedans.

— Hum, dit-il en dégustant sa bouchée. Délicieux !

Puis il croqua de nouveau dans le sablé, jusqu'à lui mordiller les doigts. Et soudain Serena eut les jambes en coton.

Reculant d'un pas, elle s'essuya les mains sur le devant de son tablier, époussetant les miettes.

Il sourit, sans doute conscient de l'effet qu'il lui faisait.

— Alors, lança-t-il en s'approchant de la table et en choisissant un rouleau de papier cadeau, quels sont tes projets pour le reste de l'après-midi ?

— L'après-midi est presque fini, lui fit-elle remarquer.

— D'accord, quels sont tes plans pour ce soir ?

La minuterie du four retentit, et elle glissa les mains dans les maniques pour récupérer la plaque de biscuits chauds.

— Quand j'aurai nettoyé la cuisine, je vais me préparer un grand bol de pop-corn et me blottir sur le canapé avec Marvin, Molly et Max pour regarder un de mes films de Noël préférés.

— Je n'imagine pas Molly en mode câlin, objecta-t-il. Bien sûr, c'est peut-être parce que je sens encore ses griffes dans la peau de ma jambe.

— Elle est vraiment adorable, une fois qu'on apprend à la connaître.

Il ricana, sans chercher à dissimuler son incrédulité. Elle remplit l'évier d'eau chaude savonneuse et commença à faire la vaisselle.

— Tu n'as rien de prévu pour le dîner ? reprit Bailey alors qu'il finissait d'emballer son cadeau.

— Je pensais sauter le dîner, parce que j'ai goûté à mes biscuits tout au long de la journée, avoua-t-elle.

— Je pourrais aussi aller à l'Ace prendre des burgers.

— Pour moi, ce ne serait pas raisonnable.

Sauf qu'à présent qu'il lui avait mis cette idée dans la tête elle en avait l'eau à la bouche.

— Mais tu en as envie ? insista Bailey d'un ton sous-entendant qu'il connaissait déjà la réponse.

— Maintenant, oui, admit-elle.

— Avec frites ?

— Non, répondit-elle d'une voix ferme.

— OK, juste un hamburger, s'esclaffa-t-il.

— Cheeseburger, précisa-t-elle.

— Autre chose ?

Elle s'apprêtait à secouer la tête, mais se ravisa.

— Pourquoi tu fais ça ?

— Parce que j'ai faim ? suggéra-t-il.

— Je ne parle pas seulement de la nourriture. Je veux dire, qu'est-ce que tu fabriques ici ?

Il brandit le paquet qu'il venait de finir d'emballer.

— Tu veux me faire croire qu'Eva n'avait pas de papier cadeau ? ajouta-t-elle.

— OK, c'était peut-être juste un prétexte pour te revoir.

— Tu ne devrais pas avoir besoin d'un prétexte pour rendre visite à une amie.

Il soupira.

— Tu persistes à me caser dans la catégorie « amis » ?

— Je trouve que l'amitié reste un bon point de départ.

Un point de départ ? Pour aller où ? se demanda Bailey.

Mais il ne posa pas la question. Il n'avait pas le droit d'exiger des réponses de Serena quant à la nature ou à l'avenir de leur relation, alors que lui-même ne savait pas encore ce qu'il voulait vraiment.

La seule chose dont il était sûr, c'était qu'il la désirait. Et plus il passait de temps avec elle, plus ce désir s'intensifiait.

Un homme normalement constitué aurait mis une certaine distance entre elle et lui, afin de maîtriser ses hormones. Un homme normalement constitué aurait ignoré cette pulsion qui l'avait poussé à rendre visite à Serena dans son appartement.

À l'évidence, il n'était pas normalement constitué.

Au lieu de cela, il était allé chercher des burgers – et des frites pour lui-même – à l'Ace in the Hole. Quand il revint chez Serena, Marvin lui fit la fête comme s'il était parti depuis plusieurs jours et non une quarantaine de minutes.

Il avait toujours grandi avec des chiens et des chats à la Sunshine Farm, mais il n'avait plus d'animal domestique depuis qu'il avait quitté Rust Creek Falls, treize ans auparavant. Il n'avait pas voulu se charger d'une telle responsabilité. Mais il commençait à comprendre à quel point un compagnon comme Marvin pouvait apporter de la joie au quotidien. Il était plus réservé au sujet de Molly, et indécis quant à Max, qui demeurait très discret.

Pendant son absence, Serena avait débarrassé la table de la salle à manger pour qu'ils puissent s'y attabler. Bailey emmena Marvin faire un tour pendant qu'elle préparait du pop-corn et choisissait le film.

Il ne lui avait pas demandé ce qu'ils allaient regarder, car cela n'avait aucune importance. Il avait juste envie de passer du temps avec elle, même devant un film à l'eau de rose.

Autant dire qu'il fut surpris quand, au lieu des notes d'une chanson sirupeuse, il vit apparaître un avion atterrissant sur un fond de ciel orange.

— *Piège de cristal* est ton film de Noël préféré ? s'exclama-t-il. Vraiment ?

— C'est un classique de Noël.

— Ce n'est pas moi qui dirai le contraire.

— Mais tu croyais que je voulais regarder *Mary Poppins* ?

— Peut-être, reconnut-il, ravi de s'être trompé.

Il s'installa sur le canapé, le bol de pop-corn sur les genoux. Marvin se précipita à côté de Serena et s'endormit rapidement. Max se tint près de ses pieds, mastiquant son jouet en forme de carotte. Apparemment, Molly s'était cachée quelque part, ce qui convenait tout à fait à Bailey et lui permit de se concentrer sur la femme assise à côté de lui.

Parce qu'il n'arrivait pas à se concentrer sur le film, pas avec Serena si près de lui. Pas quand ses doigts effleuraient les siens chaque fois qu'il plongeait la main dans le bol. Pas quand ses cheveux lui chatouillaient le menton quand elle penchait la tête en arrière. Et certainement pas quand il inhalait son parfum enivrant à chaque respiration.

Or elle semblait absorbée par le film, pour sa part. Quand il ne resta plus que quelques pop-corn au fond du bol et que les premiers coups de feu éclatèrent à l'écran, Molly se mit à déambuler dans le salon, remuant fièrement sa queue en l'air.

Le chat se dirigea vers le canapé, puis se figea, ses yeux vert pâle formant deux fentes. Apparemment, Bailey lui avait pris sa place et elle lui en voulait à mort, car elle se mit même à cracher en sa direction.

— Molly ! gronda Serena.

Le chat continua à le fixer, ignorant les réprimandes de sa maîtresse.

— Je suis désolée, s'excusa Serena en plissant le front. Elle n'est jamais… Enfin, pas jamais, mais elle se conduit rarement comme ça. Sauf quand j'ai un visiteur masculin. Mais comme je te le disais, ce n'est pas souvent le cas.

— Elle fait ça pour te protéger, nota-t-il.

Elle baissa les yeux vers la boule de poils qui ronronnait en se pressant contre sa jambe.

— Contrairement à Marvin, qui serait prêt à me trahir pour un massage du ventre.

À ces mots, Bailey éclata de rire.

Serena se pencha pour attraper le félin, qu'elle regarda droit dans les yeux.

— Bailey est notre ami, annonça-t-elle d'un ton ferme mais doux. Et tu dois être gentille avec nos amis. Ni morsures, ni griffures, ni grognements, ni crachats !

La minette démoniaque frotta doucement son museau contre le nez de Serena et se mit à ronronner à tue-tête.

— Je t'avais dit qu'elle pouvait être affectueuse.

— Est-ce vraiment de l'affection ? Ou plutôt de la jubilation ?

— Comment ça ?

— Elle te fait des câlins, mais m'observe pour se vanter que c'est elle, ta préférée.

Serena éclata de rire.

— Tu te sens en compétition avec mon chat ?

— Je ne peux m'empêcher de constater qu'elle a plus facilement accès à ton affection que moi.

— Molly vit avec moi depuis onze ans, lui rappela-t-elle. Toi, je te connais depuis un peu plus d'une semaine.

— J'espère que tu n'insinues pas qu'il me faudra encore dix ans et cinquante et une semaines pour passer à l'étape suivante.

Elle secoua la tête, affichant un demi-sourire.

— Je suggère qu'on regarde la fin du film.

Ce qu'ils firent. Mais, quand le générique s'afficha à l'écran, Bailey n'avait pas vu le temps passer. Le moment était venu de lui souhaiter bonne nuit et de retourner dans son chalet froid et désert de la Sunshine Farm. Il n'avait aucune envie de se retrouver seul. Pourtant, il avait l'habitude de la solitude, cela ne l'avait jamais gêné. Néanmoins, ce soir, il aurait aimé rester auprès de Serena – et même de sa ménagerie.

— Merci pour cette belle soirée, murmura-t-il quand elle le raccompagna à la porte.

— C'était sympa.

— Peut-être qu'on pourrait remettre ça le week-end prochain ? suggéra-t-il. Mais, au lieu de rester à la maison, on pourrait sortir dîner et aller au cinéma.

— Avec plaisir. Même si, à cette époque de l'année, le cinéma du lycée programme surtout des films de Noël.

— Ou on pourrait aller à Kalispell voir des films récents dans un vrai cinéma.

— Ça ressemble beaucoup à un rendez-vous, chuchota-t-elle.

— Ça m'en a tout l'air, répliqua-t-il. À quelle heure termines-tu le travail vendredi ?

— À 16 heures.

— Je passerai te chercher à 18 heures, déclara-t-il, en comptant déjà les heures.

* * *

Amanda Langley était assise à l'intérieur de la boutique Daisy's Donut lorsque Serena la rejoignit le vendredi suivant, à midi. Elles avaient choisi cette adresse en raison de sa proximité avec la clinique vétérinaire, car Serena ne disposait que d'une heure pour le déjeuner et les plats y étaient aussi bons que le service rapide.

— Je suis contente que tu aies pu te libérer pour me voir aujourd'hui, dit-elle à sa mère en s'asseyant face à elle.

— Je te remercie de m'avoir invitée, répondit Amanda.

Serena posa son menu de côté. En habituée de la maison, elle savait déjà ce qu'elle commanderait. D'ailleurs, la serveuse vint très vite s'occuper d'elles.

— Je tenais à m'excuser auprès de toi, marmonna Serena, une fois que la serveuse se fut éclipsée.

— T'excuser ? Mais de quoi ? s'étonna Amanda.

— D'avoir interrompu ton rendez-vous samedi soir dernier.

Sa mère agita la main d'un air nonchalant.

— Pas de souci. D'ailleurs, Mark était content d'avoir enfin pu te rencontrer.

— Alors tu lui avais parlé de moi ?

— Je lui ai tout raconté, assura Amanda.

— Vraiment ?

Sa mère hocha la tête.

— J'ai fini par comprendre que garder les choses pour soi, ce n'est pas bon : je dois arrêter de me comporter ainsi, ajouta-t-elle avant de sourire. Mark est très gentil avec moi.

Par pudeur, Serena préféra ne pas demander de détails.

— Eh bien, je suis ravie que tu aies quelqu'un à qui parler.

— Et toi ? Est-ce que tu as un confident ?

— Bien sûr.

Serena savait qu'elle disait vrai. Aussi vrai qu'elle détestait parler du passé.

Et pourtant, contre toute attente, elle n'avait eu aucune peine à s'ouvrir à Bailey. En fait, elle avait eu envie de lui parler de Mimi. Plus surprenant encore, elle s'était aperçue qu'il savait écouter, faire preuve de compréhension et d'empathie.

En plus d'embrasser comme un dieu.

Bien sûr, elle ne devrait sans doute pas penser à ce genre de choses en ce moment. Pas seulement parce qu'elle déjeunait avec sa mère, mais aussi parce que c'était elle qui avait suggéré à Bailey de ralentir les choses. Même si elle avait été un peu déçue qu'il n'ait pas tenté davantage quand il avait quitté son appartement l'autre soir.

— C'est toujours difficile, de ne pas savoir, hein ? murmura soudain Amanda.

Cette remarque sortit Serena de sa rêverie. Elle acquiesça d'un signe de tête, comprenant que sa mère faisait là allusion à Mimi et au jour tragique où elle avait disparu.

— Il y a tellement de possibilités. La plupart d'entre elles sont trop horribles pour qu'on s'attarde dessus, nota sa mère.

— Alors n'y pense pas, maman.

— J'essaie, admit Amanda. Je veux croire qu'elle a été enlevée par quelqu'un, une femme ou même un couple, qui désirait désespérément un enfant, mais ne pouvait pas en avoir. Ça a dû leur paraître injuste, que j'aie deux si jolies petites filles, moi, chuchota-t-elle en tamponnant sa serviette sur les larmes qui lui inondaient le visage. Alors ils en ont emporté une chez eux.

C'était le scénario auquel Serena s'accrochait, elle aussi, celui qui lui permettait de dormir la nuit. Cela ne changeait rien au fait que sa sœur avait été cruellement arrachée à sa famille aimante, mais Serena avait désespérément besoin de croire que, où qu'elle soit maintenant, Mimi était aimée et choyée et que sa véritable famille ne lui manquait pas trop.

Elle posa la main sur celle de sa mère.

— C'était une enfant si gentille, ajouta Amanda en étreignant la paume de sa fille dans la sienne.

Serena hocha la tête, le cœur serré.

— J'aurais dû la garder contre moi, susurra sa mère.

— J'étais… C'est moi qui tenais la main de Mimi, rappela Serena la gorge nouée.

Sa mère plissa le front, comme pour convoquer ses souvenirs, puis elle secoua la tête.

— Tu n'étais toi-même qu'une enfant. Je n'aurais jamais dû te confier la responsabilité de ta sœur.

— Je croyais que tu m'en voulais. Je pensais que c'était pour ça que…

— Que j'étais devenue alcoolique ? compléta Amanda.

De nouveau, Serena hocha la tête.

— Je déteste l'idée que tu aies pu croire une chose pareille, protesta sa mère, les yeux emplis de larmes. Et que moi je t'aie laissée y croire.

— Je m'en suis voulu, confia Serena.

— Ce n'était pas ta faute. S'il te plaît, dis-moi que tu as conscience que rien de ce qui est arrivé n'est ta faute, implora Amanda.

— Je le sais, je le sais. Maintenant, je le sais, assura-t-elle. Enfin, je crois.

Sa mère lui relâcha doucement la main alors que la serveuse approchait avec leurs plats.

— Tu étais la seule lumière dans mes jours les plus sombres, avoua Amanda, une fois qu'elles furent servies. Tu n'as jamais été responsable de mes mauvaises décisions, mais tu es la raison principale pour laquelle j'ai finalement réussi à décrocher de l'alcool.

— Je n'ai rien fait, bredouilla-t-elle en se sentant malgré tout un peu coupable.

— Tu as toujours été, et tu es toujours, ma douce et jolie petite fille. Et je veux mériter le droit d'être à nouveau ta maman, d'être digne de ton amour.

— Tu as toujours été, et tu es toujours, ma maman. Et je t'ai toujours aimée, lui assura Serena.

Amanda esquissa un sourire, mais ses lèvres se mirent à trembler.

— Zut ! marmonna-t-elle, en essuyant ses larmes. Je m'étais promis de ne pas pleurer aujourd'hui.

Les yeux embués, Serena reprit sa fourchette.

— Parle-moi de Mark, dit-elle pour alléger l'ambiance.

— Il m'a invitée à l'accompagner, demain, pour couper un sapin de Noël dans la forêt.

Sirotant son eau, Serena réfléchit. Pour la plupart des gens, couper l'arbre de Noël représentait un simple rituel de fête, mais elle savait que les fêtes avaient souvent eu un effet déclencheur pour sa mère.

— Qu'en penses-tu ? demanda-t-elle prudemment.

— Je suis terrifiée, avoua Amanda. C'est plus facile pour moi de faire l'impasse sur les fêtes de fin d'année.

— Pas simple, quand toute la ville est parée de rouge et de vert, remarqua Serena.

— Eh bien, apparemment, la terre continue de tourner tout le mois de décembre, du moins pour la plupart des gens.

— Tu sais, tu peux lui dire « non », maman. Si tu ne te sens pas prête.

— Je lui dis « non » depuis trois ans, confia Amanda. Je pense qu'il est temps d'accepter. Je veux que tu le saches : je suis assez forte pour dire « oui ».

— Ne le fais pas pour moi, implora Serena. S'il te plaît.

— Si je le fais, c'est pour Mark et pour moi. D'accord, et peut-être un peu pour toi… et aussi pour Mimi.

Émue, Serena avala une autre gorgée d'eau.

— Alors tu ferais mieux de choisir un arbre immense et de le décorer avec des centaines de guirlandes scintillantes.

— C'est ce que nous ferons, promit sa mère.

Et Serena sut qu'elle pouvait avoir confiance en ces paroles.

- 10 -

Il y avait suffisamment à faire à la Sunshine Farm pour occuper Bailey tout au long de la semaine, mais le travail physique ne l'avait pas empêché de penser à Serena, de se demander ce qu'elle faisait, de se dire qu'il aurait aimé être avec elle au lieu de réparer la clôture, déplacer le foin ou encore nettoyer les tracteurs. Mais il savait qu'elle était aussi très prise par ses responsabilités à la clinique vétérinaire, les préparatifs des fêtes et, bien sûr, ses animaux.

Le vendredi venu, il était impatient de préparer leur rendez-vous. Dans l'après-midi, il quitta le ranch quelques heures pour rejoindre Brendan Tanner au centre de loisirs.

— Cette ville est vraiment incroyable, nota Brendan après qu'ils eurent trié les nombreux dons reçus pour les Patriots.

— Alors tu ne dois pas sortir beaucoup, rétorqua Bailey sèchement.

Son comparse pouffa de rire.

— J'ai connu des grandes villes, des villes plus jolies, lâcha-t-il dans un soupir nostalgique. Des villes où on peut se faire livrer des pizzas.

— C'est vrai que c'est le luxe de se faire livrer son repas à sa porte, convint Bailey.

— D'un autre côté, les gens qui n'ont pas cette possibilité sont forcés de sortir et d'avoir du lien social, nota Brendan. C'est peut-être pour ça qu'il y a un si fort sentiment de cohésion à Rust Creek Falls.

— Je ne pense pas qu'une boutique de pizzas à emporter compromettrait la cohésion de cette ville.

— Ça mérite réflexion, dit le marine en retraite.

Bailey se tint à l'écart et regarda la pile de cadeaux.

— D'où ça vient tout ça ?

— Selon la rumeur, c'est Arthur Swinton qui fait don de la majorité des cadeaux chaque année, révéla Brendan.

— Depuis quand tu écoutes les ragots ? demanda Bailey.

Son ami haussa les épaules.

— On dirait que c'est un des passe-temps favoris dans cette ville.

— Parce qu'il n'y a pas grand-chose d'autre à faire.

— Le fait est que Swinton a financé ce bâtiment, convint Brendan, en regardant autour d'eux. Le centre Grace Traub a pu voir le jour grâce à son généreux soutien.

— Qui est ce Swinton ?

— L'ancien maire de Thunder Canyon. Il a été en prison pour détournement de fonds, il y a quelques années.

— Il a construit cet endroit avec de l'argent volé ?

Brendan pouffa de rire.

— Non, je suis presque sûr qu'il a tout remboursé.

Bailey était captivé par cette histoire, mais à présent il était temps de songer à sa soirée avec Serena. Il passa en revue tout ce qu'ils avaient accompli.

— On dirait qu'on en a fini ici. Je peux y aller à présent ?

— Tu as un rendez-vous ? lança son ami d'un ton moqueur.

— Je vais à Kalispell pour manger un morceau et voir un film, répondit-il évasivement.

— Tout seul ?

— Non, avoua-t-il. Avec une amie.

— Serena Langley ?

— Mouais.

— Je suppose que la rumeur dit vrai sur ce point aussi.

— Je ne veux pas savoir, rétorqua Bailey.

Son ami se mit de nouveau à rire.

— Amuse-toi bien, ce soir !

C'était ce que Bailey comptait faire.

Il avait réservé dans un restaurant populaire de viandes et de fruits de mer et récupéré le programme du cinéma pour qu'ils puissent choisir le film pendant le dîner. Toute la semaine, il avait attendu impatiemment ce rendez-vous avec Serena et il espérait qu'elle aussi.

Autant dire qu'il fut surpris lorsqu'elle lui ouvrit la porte vêtue d'un pyjama de flanelle avec des pantoufles aux pieds.

— Je ne crois pas que le restaurant ait un code vestimentaire particulier, mais vu qu'il fait - 6 °C dehors tu devrais enfiler des bottes.

— Le restaurant ? répéta-t-elle avant de grimacer. Oh ! c'est vrai… Notre soirée ciné-resto…

— Tu as oublié notre rendez-vous, bredouilla-t-il, à la fois incrédule et déçu.

— Je suis désolée. J'ai juste passé une journée calamiteuse, et quand je suis rentrée à la maison, tout ce dont j'avais envie, c'était de mon pyjama. Et de crème glacée, confessa-t-elle.

Il s'approcha pour la dévisager.

— Tu as pleuré ?

— C'est juste que je suis en pénurie de crème glacée, balbutia-t-elle, les yeux s'embuant soudain.

— Tu devais déjeuner avec ta mère aujourd'hui, ajouta-t-il.

Elle hocha la tête.

— Ça s'est bien passé. Elle est en grande forme.

— Qu'est-ce qui ne va pas, alors ? interrogea-t-il.

— Thelma McGee est venue avec son Oreo…

— Je ne vois pas encore le rapport entre tes larmes et des biscuits…

Elle parvint à sourire en secouant la tête.

— Oreo, c'est… enfin, c'était, le chat de Thelma.

Enfin, il comprit la cause de son désarroi. Il l'attira dans ses bras, pour la réconforter en silence.

— Je suis désolé, Bailey, sanglota-t-elle.

— Tu n'as pas à t'excuser, assura-t-il.

— Crois-le ou non, je m'améliore quand il s'agit de faire face à la perte d'un animal, reprit-elle. Mais ce n'est jamais facile. Et Thelma a vécu avec Oreo pendant dix-sept ans.

— C'est une assez bonne espérance de vie pour un chat, non ?

— En effet, répondit-elle.

Mais il comprenait bien que lorsqu'on aime quelque chose – ou quelqu'un – et que la fin de l'histoire est proche, ça n'a jamais duré assez longtemps.

— Elle était assise avec lui dans la salle d'examen, en attendant l'arrivée du vétérinaire, Oreo serré contre elle, les larmes aux yeux. Et il a levé une patte sur sa joue, comme pour la réconforter…

En écoutant Serena lui raconter l'histoire, lui-même sentit son cœur se serrer. Il ne pouvait qu'imaginer à quel point ce moment avait dû être déchirant pour elle.

— J'adore mon travail, affirma-t-elle.

Bailey continua à lui frotter le dos.

— Je sais.

— Mais parfois, soupira-t-elle, je le déteste vraiment.

— C'est normal, Serena.

— Il me faut un mouchoir, dit-elle en reniflant.

Il en trouva un dans la boîte sur le buffet et le lui offrit.

— Merci, fit-elle en s'essuyant le nez. Je n'arrive pas à croire que j'ai complètement oublié nos projets pour ce soir.

— Il n'est pas trop tard, si tu veux aller enfiler des habits.

— Je suis désolée, Bailey, mais je ne suis franchement pas d'humeur à sortir, ce soir.

— Tu préfères être seule ?

— Tu veux rester ?

— Eh bien, je sais de source sûre que tu as une bonne collection de films. Et du pop-corn.

— Mais plus de crème glacée.

— Tu veux que j'aille t'en acheter ?

Elle hocha la tête contre sa poitrine.

— Quelle saveur ?

— Peu importe, tant que c'est de la vraie glace.

— Je ne savais pas qu'il existait de la vraie et de la fausse glace, murmura-t-il.

— Crème glacée allégée, yaourt glacé, sorbet… Tout ça, ce ne sont que de fausses glaces.

— Bon. Je vais te rapporter de la vraie glace, lui promit-il.

Bailey revint assez rapidement, avec un bouquet de fleurs empaqueté dans un papier orné d'un ruban.

— Je voulais t'offrir des fleurs tout à l'heure, mais j'ai oublié.

— Au moins, tu n'avais pas oublié notre rendez-vous, toi, répliqua-t-elle en sortant la composition d'œillets rouges et de chrysanthèmes blancs ornés de baies rouges et de verdure. Et elles sont magnifiques, merci, Bailey.

— Tout le plaisir est pour moi, assura-t-il.

— Que rapportes-tu d'autre ? demanda-t-elle en désignant les deux sacs de courses qu'il déposa sur le comptoir.

— De la crème glacée.

— Mais il y en a des tonnes ! s'esclaffa-t-elle.

— J'ai aussi pris quelques pizzas congelées, au cas où tu aurais envie de salé. Comme ça, on n'aura pas besoin de sortir, ajouta-t-il en ouvrant le congélateur pour y ranger les pizzas.

Puis il déballa les pots de crème glacée : pâte à cookies et pépites de chocolat, chocolat à la menthe, cerise noire et caramel au beurre salé.

Elle sortit des bols du placard, puis récupéra des couverts et une cuillère à glace dans le tiroir à ustensiles.

— Et si tu nous servais la crème glacée pendant que je mets ces fleurs dans un peu d'eau ? lança-t-elle.

— Quelle saveur as-tu envie de goûter ?

— Comment suis-je censé décider ? Il y a trop de choix…

— Une cuillerée de chaque ? proposa-t-il.

— Ce ne serait pas raisonnable, répondit-elle en attrapant un vase sous l'évier, qu'elle remplit d'eau. Peut-être une boule de chocolat menthe et un peu de pâte à cookies et pépites de chocolat ?

Pendant qu'il servait la crème glacée, elle coupa les tiges des fleurs, les arrangea dans le vase, puis déposa le bouquet au centre de la table de la salle à manger.

Il lui tendit un bol de glace. Elle remarqua qu'il avait opté pour la saveur caramel.

— *58 minutes pour vivre* ? suggéra-t-elle.

— Ça me va !

Ils s'assirent alors avec leur glace et se préparèrent pour voir Bruce Willis combattre les méchants à l'aéroport international de Washington.

Au moment où le *jet* britannique s'écrasait sur la piste, Bailey aperçut du coin de l'œil quelque chose qui bougeait sur le côté. C'était Molly agitant sa queue de gauche à droite. Apparemment, la minette avait surmonté sa méfiance à son égard, du moins suffisamment pour grimper sur la table près du canapé et laper les restes de glace dans son bol.

— Elle a le droit d'en prendre ? demanda-t-il à Serena.

— Tu te sens de lui dire « non » ?

— Eh bien… Pas vraiment, admit-il.

Elle sourit.

— Une petite portion de glace ne peut pas lui faire de mal.

— Mais est-ce que ça suffira pour qu'elle m'aime ?

— Ça reste à voir.

— Et toi ? poursuivit-il, en glissant un bras autour de ses épaules. Est-ce que j'ai gagné des points en te fournissant de la crème glacée ?

— En effet, chuchota-t-elle avant de caler son visage contre son torse pour mieux se concentrer sur le film.

Même si au départ il aurait dû l'emmener à un « vrai rendez-vous », il se rendit compte qu'il était ravi d'être là, avec elle. Il ne se souvenait pas de s'être jamais senti aussi à l'aise et détendu avec son ex-femme. Mondaine, Emily avait toujours eu envie de sortir, de rencontrer des gens, et il en avait presque oublié combien il pouvait être agréable de rester chez soi, au calme.

— Je vais préchauffer le four pour la pizza, annonça-t-il après que le héros se fut éjecté du cockpit de l'avion.

— Pourquoi est-ce que j'ai l'impression que tu passes ton temps à me donner à manger ? demanda Serena quand il revint s'asseoir à côté d'elle.

— C'est juste une pizza congelée.

Elle se redressa légèrement pour lui faire face.

— Ce qui ne répond pas à ma question, souligna-t-elle.

Il haussa les épaules.

— On se voit aux heures des repas, c'est tout. Et tu m'as préparé le dîner, après notre séance shopping de la semaine dernière.

— Ce n'est arrivé qu'une fois.

— Est-ce qu'on compte les points ? s'enquit-il d'un air amusé.

— Non, murmura-t-elle. Quoique… peut-être.

Il se mit à rire.

— Si tu tiens vraiment à équilibrer la balance, tu pourrais proposer de cuisiner à nouveau pour moi un de ces jours.

Serena réfléchit alors que d'autres pensées lui envahissaient l'esprit et qu'un puissant désir bouillonnait au creux de ses veines.

— Pourquoi pas le petit déjeuner ? proposa-t-elle impulsivement.

— Le petit déjeuner ? répéta-t-il en balbutiant.

— Tu sais, le repas que les gens prennent en se levant le matin, précisa-t-elle d'un ton délibérément nonchalant qui contrastait avec les battements frénétiques de son cœur. Peut-être après que tu auras passé la nuit ici ?

À ces mots, le regard de Bailey s'embrasa.

— Et quand penses-tu pouvoir me le préparer, ce petit déjeuner ?

Serena repensa aux baisers qu'ils avaient déjà échangés : elle savait désormais que son attirance pour lui était réciproque. Alors, elle rassembla son courage pour répondre de but en blanc :

— Demain matin.

Et puis, parce qu'elle avait plus envie de lui que de regarder un film qu'elle déjà avait vu une douzaine de fois, elle se rapprocha et posa sa bouche sur celle de Bailey.

Ce premier contact réveilla le désir qui couvait en elle, irradiant chaque cellule de son corps. Ce qu'elle pensait être un baiser furtif se prolongea à mesure que leur désir mutuel s'intensifiait. Il l'allongea sur le canapé et elle l'attira contre elle, accueillant le poids de son corps entre les coussins. Entrouvrant les lèvres, elle s'ouvrit à sa langue qui entraîna aussitôt la sienne en une danse frénétique.

Les mains de Bailey se promenèrent partout sur elle, lui brûlant la peau, même à travers son pyjama. Elle avait envie de se déshabiller, de sentir ses mains sur sa peau nue et de lui arracher ses habits, de poser les mains sur lui. Elle voulait…

Censuré.

Pantelant, Bailey finit par s'écarter doucement.

— Je ferais bien de mettre cette pizza au four.

Après avoir repris son souffle, Serena finit par rouvrir

les yeux. Ses trois animaux étaient assis en rang et la fixaient du regard.

— Vous n'avez pas le droit de me juger ! leur marmonna-t-elle en prenant la télécommande pour arrêter le film. Surtout toi, reprit-elle en pointant l'objet sur Marvin. Toi qui te roules sans pudeur aux pieds du premier venu, juste pour un massage du ventre !

Le chien vint appuyer sa truffe humide sur sa jambe.

— Et toi, tu te comportes comme s'il ne te plaisait pas, lança-t-elle à Molly. Mais ça ne t'a pas empêchée de lui finir son bol de glace.

La jolie écaille de tortue souleva son arrière-train et étendit ses pattes avant, pour s'étirer paresseusement.

Max la regarda, en fronçant le nez. Elle le gratta doucement derrière ses oreilles.

— Et toi, tu ferais des câlins à n'importe qui…

— Tu me parlais ? demanda Bailey en revenant au salon.

— Non…

Heureusement, il ne réclama pas d'explications puisqu'il se réinstalla à côté d'elle sur le canapé. Et bien que la sensation de sa cuisse qui effleurait la sienne suffise à la bouleverser de nouveau, elle appuya sur le bouton Lecture de la télécommande.

Vingt minutes plus tard, ils dégustaient la pizza alors que les animaux se recroquevillaient sous le bruit de fusillade qui émanait de la télévision.

Soudain, ils s'embrassaient derechef.

Elle ignorait comment c'était arrivé et même qui avait fait le premier pas, cette fois-ci. Elle savait seulement qu'elle avait envie que ce baiser ne s'arrête jamais.

Ivre de désir, elle enroula les genoux autour des hanches de Bailey, plaquant son pubis contre le sien. Elle devinait son désir au creux de son jean. Il poussa un gémissement en donnant un petit coup de reins, lui offrant un avant-goût de ce qu'elle voulait, de ce qu'ils voulaient tous les deux.

Suffoquant d'excitation, elle poussa néanmoins un

cri de surprise lorsqu'une langue de chien mouillée lui frôla la joue.

— On devrait peut-être aller dans la chambre et fermer la porte, suggéra-t-elle.

Sans un mot, Bailey se leva et lui tendit la main pour l'aider à se relever. Mais, quand elle l'entraîna dans le couloir, il fit une pause.

— Qu'est-ce qu'il y a ? demanda-t-elle.

— Tu disais vouloir ralentir les choses, lui rappela-t-il.

— C'était la semaine dernière. Il y a dix jours, à vrai dire.

Elle ne voulait plus ralentir. Elle voulait avancer à toute vitesse, avec Bailey. Elle voulait ses mains sur son corps. Sur tout son corps. Et elle voulait explorer chaque centimètre de son corps en retour.

— Je n'arrive pas à croire que je dise ça, mais dix jours, ce n'est pas si long, continua-t-il. Et si ça arrive ce soir, je pourrais m'inquiéter ensuite que ce soit arrivé simplement parce que tu essayais d'équilibrer la balance.

— Si cela arrive ce soir, c'est parce que j'en ai envie, pas parce que tu m'as apporté de la crème glacée, de la pizza ou même des fleurs, affirma-t-elle.

— Tu as eu une sale journée, insista-t-il.

— Je suis presque sûre que me retrouver au lit avec toi me ferait oublier cette sale journée…

— Je suis presque sûr que me retrouver au lit avec toi me ferait oublier mon nom, mais je ne veux pas abuser de ta vulnérabilité.

Avant de partir, il lui donna un dernier baiser.

Celui-ci fut long et langoureux, l'assurant que Bailey la désirait autant qu'elle le désirait, malgré son insistance à prendre ce fameux temps qu'elle ne voulait plus prendre, dont elle n'avait plus besoin.

Et, quand il finit par s'écarter, elle le regarda s'éloigner alors qu'elle aurait tellement aimé pouvoir le convaincre de rester.

*
* *

Dix jours avant Noël, de nombreux bénévoles se réunirent au centre communautaire pour emballer les cadeaux pour les Patriots. À 19 heures, la salle fourmillait d'activité et se révélait presque trop petite pour accueillir tous les volontaires.

Pour les habitants de Rust Creek Falls, cette séance annuelle d'empaquetage de cadeaux était une occasion bienvenue de se retrouver entre voisins et de se tenir au courant des derniers potins. En regardant autour de lui, Bailey ne put qu'être d'accord avec le constat de Brendan : il y avait là un esprit de communauté incroyable.

Plus surprenant pour lui, il comptait autant de personnes qu'il avait reconnues de son passé que de personnes dont il avait fait la connaissance plus récemment. Mallory et Caleb Dalton étaient présents, ainsi que Paige, la sœur de Caleb, et son mari, Sutter Traub. Will et Jordyn Clifton s'affairaient à une table avec Craig, le frère de Will, et sa fiancée, Caroline Ruth. Claire et Levi Wyatt étaient à une table adjacente, non loin de Lani et Russ Campbell. Même le maire et sa femme étaient venus apporter leur aide pendant un court moment, avant d'être obligés de s'éclipser pour assister une autre manifestation de Noël.

Un peu plus tard, Winona Cobbs fit son apparition et, pendant que la médium excentrique sirotait du cidre de pomme chaud, elle prédit à Bailey que sa vie allait être bouleversée avant la fin de la soirée, mais seulement s'il était prêt à accepter le changement. Tout le monde en ville étant habitué aux bizarreries de la vieille femme, Bailey s'efforça de ne pas se laisser troubler par ses mots.

Tout au long de la soirée, il capta des bribes de conversation et apprit que Thelma McGee avait déjà proposé d'accueillir des chats pour le refuge pour animaux. Elle ne se sentait pas prête à remplacer son Oreo adoré, mais elle était disposée à offrir son aide.

Il y eut aussi la rumeur, non confirmée, que Paige et Sutter attendaient leur deuxième enfant et que la sœur de Paige, Lani, était enceinte de son premier.

Il y eut les soupirs de soulagement et quelques rires, lorsqu'il fut révélé que la crise cardiaque qui avait poussé Melba Strickland à emmener son mari, Gene, aux urgences de Kalispell, s'était avérée… une indigestion.

De la musique de Noël résonnait doucement en arrière-fond tout au long de la soirée, et il y avait un buffet de cidre chaud, café, thé et chocolat chaud, ainsi qu'un assortiment de biscuits et autres gourmandises de saison. Il y avait beaucoup à faire pour occuper les bénévoles, mais Bailey s'affairait surtout dans l'ombre.

Même s'il avait participé à la planification et à l'organisation de l'événement presque dès le début, il se sentait toujours plus ou moins spectateur devant cette généreuse communauté. Bien sûr, c'était sa faute. Il avait surtout refusé de s'impliquer parce que, comme il le rappelait à sa famille depuis quasiment un an, il n'avait pas l'intention de s'installer vraiment ici.

Et pourtant il n'avait toujours pas prévu de date de départ.

Il réapprovisionnait les tables de travail à mesure que les fournitures en papier cadeau s'amenuisaient, ramassait les rouleaux vides et enlevait les débris, tout en regardant régulièrement du côté de la porte. Il ne cherchait personne en particulier, mais, quand son regard croisa celui de Serena et que son cœur tambourina dans sa poitrine, il dut reconnaître la vérité.

Il l'avait guettée.

Et il pensait à elle presque sans arrêt depuis qu'il avait décliné son invitation à la rejoindre dans son lit. En rentrant chez lui, après l'avoir embrassée devant sa porte hier soir, il s'était maudit lui-même d'avoir été aussi bête. C'était peu de consolation pour son corps endolori de savoir qu'il avait pris la bonne décision. Et il ne pouvait s'empêcher de se demander si elle lui offrirait une autre opportunité de changer d'avis.

— Je n'ai pas vu ton nom dans la liste des volontaires, déclara-t-il, après avoir traversé la pièce pour la rejoindre.

— Tu as cherché mon nom ? murmura-t-elle, les yeux brillant d'une lueur taquine.

Il l'avait fait, parce qu'il avait espéré l'y trouver. Et, maintenant qu'elle était là, il ne se sentait pas prêt à jouer cartes sur table.

— J'ai regardé tous les noms, affirma-t-il.

— Alors tu savais qu'il y avait assez de volontaires inscrits pour cette séance d'emballage, reprit-elle. Je me suis donc dit que j'arriverai plus tard, afin d'aider au nettoyage une fois que tout serait terminé.

— Nous avons assez de volontaires inscrits pour ça aussi.

— C'est ce que je constate. Tu vas donc me renvoyer ?

— Bien sûr que non, susurra-t-il en posant délicatement sa bouche sur la sienne. Je suis content que tu sois là.

Ce geste inespéré – et inattendu en public – surprit Serena. Quand il avait quitté son appartement hier soir, elle craignait d'avoir mal interprété la situation. Mais ce baiser, en plus de la faire frémir de désir, la rassura : elle ne s'était pas trompée quant à ce qui se passait entre eux.

— Et moi, je suis contente d'être venue à pied, chuchota-t-elle en souriant.

Il recula d'un pas pour la regarder.

— Ne me dis pas que tu es venue à pied par - 20 °C ?

— Seulement pour pouvoir te demander de me ramener chez toi.

— J'en serai ravi, mais je ne suis pas sûr du temps où je vais encore être coincé ici.

— À partir de maintenant, tu es relevé de tes fonctions, intervint Brendan, ayant manifestement entendu au moins une partie de leur conversation. Fiona a déjà accepté de rester et, sans vouloir t'offenser, elle est bien plus jolie que toi.

Bailey pouffa de rire.

— Ne le prends pas mal, mais Serena est bien plus jolie que toi aussi, donc je suppose qu'on y gagne tous les deux !

Brendan lui tendit la main.

— Merci de ton aide.

— Ce fut un plaisir, assura Bailey en lui serrant la main avant de le saisir par l'épaule.

Serena vit ce geste amical comme un témoignage de la camaraderie qui s'était nouée entre eux lors des derniers mois.

— Tu es resté ici toute la journée ? lança-t-elle en sortant du centre de loisirs avec Bailey.

— Non, juste deux heures.

— Quand même, ça fait une grande plage de disponibilité

— Oui, mais la journée a été bonne, affirma-t-il. À vivre loin de Rust Creek Falls pendant si longtemps, j'ai failli oublier ce que c'était que d'appartenir à une communauté aussi soudée.

— Ça t'a manqué ?

— Je ne me suis pas posé la question, admit-il en lui ouvrant la portière passager de son pick-up. Pas la ville. Et certainement pas ma famille.

— Pourquoi es-tu revenu alors ? demanda-t-elle pendant qu'il s'installait derrière le volant.

Il tourna la clé de contact, puis mit le dégivreur en marche pour réchauffer l'habitacle.

— Après l'échec de mon mariage, j'étais un peu paumé. J'aurais pu rester au Nouveau-Mexique, mais je n'en avais pas envie, alors j'ai décidé de retourner dans le Wyoming, pour voir si je pouvais retrouver Luke et Danny. Bien sûr, ils étaient tous les deux partis, mais le contremaître du ranch où Luke travaillait m'a appris qu'il vivait à Rusty River. J'ai eu du mal à comprendre pourquoi il a voulu revenir dans la ville où on pensait s'être dit « au revoir » pour toujours.

— Eh bien, quelles que soient ses raisons, je suis ravie qu'il soit revenu, déclara-t-elle, alors que Bailey se garait derrière son immeuble. Comme ça, tu es rentré à la maison, toi aussi.

Elle détacha sa ceinture, il l'imita, puis vint l'aider à sortir du camion.

— Je n'avais pas prévu de rester à Rust Creek Falls, précisa-t-il, tandis qu'ils montaient les marches menant à son appartement. Mais les jours sont devenus des semaines, puis des mois, même si j'étais sûr que j'allais faire mes valises et repartir bientôt.

— Sauf que tu es toujours là, nota-t-elle.

— Et pour l'instant je ne veux être nulle part ailleurs.

Elle déverrouilla sa porte, puis se tourna vers lui.

— Tu veux entrer boire un chocolat chaud avec des biscuits ?

— Je ne sais pas. Je me souviens que tu m'as suggéré un jour de réduire ma consommation de cookies de Noël.

— Je crois me rappeler que c'était une tentative de diversion à ton commentaire maladroit face à un petit garçon.

— Tu ne crois pas que je doive surveiller ma ligne, alors ?

Elle plaqua les paumes sur son torse. Même à travers sa veste de cuir doublée de peau de mouton, elle sentait ses muscles bien ciselés.

— Je ne pense pas que quelques biscuits te fassent du mal.

— Et le chocolat ?

Elle glissa les mains le long de ses épaules avant de les enrouler autour de sa nuque.

— Peut-être qu'on peut se passer du chocolat, susurra-t-elle avant de capturer ses lèvres avec les siennes.

- 11 -

Ils contournèrent la cuisine et filèrent directement vers sa chambre. Sur le chemin, Serena manqua de trébucher sur Marvin, qui s'était mis à courir devant eux avec empressement, avant de sauter sur le lit.

Elle soupira.

— Il croit que c'est l'heure de jouer avec moi.

— J'espérais la même chose, dit Bailey. Mais juste toi et moi.

Elle sourit puis réprimanda Marvin d'un ton ferme :

— Descends !

Le chien se calma aussitôt et baissa la tête avant de ramper jusqu'au bord du matelas. Il s'arrêta alors, comme pour donner à sa maîtresse l'occasion de revenir sur son ordre. Mais Serena lui désigna la porte du doigt. Marvin sauta alors du lit à contrecœur et se retira de la chambre.

— Voilà un sentiment nouveau pour moi, chuchota Bailey.

— Quoi donc ?

— Je suis déchiré entre l'impatience de t'arracher tes habits et la culpabilité d'avoir fait fuir ce chien.

— Si ça peut te rassurer, je te promets que Marvin ne t'en voudra pas. En fait, il est probablement déjà blotti sur l'oreiller de Molly.

— Donc tu me certifies qu'il n'y a aucun mal à me concentrer sur le fait de te débarrasser de tes habits ?

— Je suggère que l'on se concentre sur le fait de nous déshabiller tous les deux, répondit-elle.

Il sourit et l'attira dans ses bras.

— Ça me convient.

À ces mots, il l'embrassa de nouveau. Sa langue s'insinua entre ses lèvres, se mêlant allègrement à la sienne. Ses mains se faufilèrent sous son pull, cherchant le contact de sa peau, mais rencontrèrent un T-shirt en coton à la place.

— Maudit hiver du Montana, grommela-t-il en soulevant la chemise pour enfin poser ses mains sur elle.

Effleurant de ses paumes calleuses la peau de Serena, il attisa son désir avec ses caresses.

D'une main fébrile, elle défit les boutons de sa chemise, impatiente de le toucher à son tour, et découvrit qu'il portait un T-shirt thermique en dessous.

— Maudit hiver du Montana, répéta-t-elle en écho d'une voix plaintive.

Il gloussa en passant la chemise par-dessus sa tête et la jeta sur le côté. Le reste de leurs vêtements suivit rapidement le même chemin. Puis il allongea Serena sur le lit, recouvrant son corps dénudé avec le sien.

Le souffle court, elle promena les mains le long de ses bras, traçant les contours de ses muscles, puis de ses épaules nues, si larges, si fortes… Elle s'attarda sur son torse bombé et son ventre. Il avait un corps d'athlète, solide et élancé, et elle avait envie d'en explorer chaque recoin du bout de la langue. Mais, pour l'heure, elle descendit plus bas et enroula les doigts autour de lui.

Il étouffa un petit cri. Elle le relâcha aussitôt.

— Je t'ai fait mal ?

— Oui, souffla-t-il. Mais au sens positif du terme.

Retenant son souffle, elle se mit à le caresser, lentement, du haut vers le bas. Il était si chaud, si dur… Inlassablement, elle poursuivit ses caresses, regardant ses yeux qui s'assombrissaient alors qu'il serrait sa mâchoire. Soudain, il se mordit les lèvres et l'attrapa par le poignet.

— Je n'en peux plus, Serena, avertit-il.

— Alors prends-moi, susurra-t-elle. J'ai envie de toi.

— Moi aussi, répondit-il en lui mordillant le lobe de l'oreille avant de lui embrasser la gorge.

— Alors qu'est-ce que tu attends ?

— Ça fait un moment que je n'ai pas… Enfin, je veux être sûr que c'est ce que tu veux.

— Pour moi aussi, avoua-t-elle. Et je ne veux pas attendre une minute de plus.

— Dans ce cas, accorde-moi cinquante-cinq secondes.

— Quoi ?

— C'est moins d'une minute, fit-il remarquer en continuant de promener les mains le long de ses courbes.

Il poursuivit son exploration avec sa bouche, embrassant ses seins, son ventre, atteignant enfin le centre de son désir. Du bout de la langue, il lui prodigua la plus intime des caresses. Elle était folle de désir.

— Bailey, tu n'as pas à…

— Chut, chuchota-t-il contre sa chair à vif. Il ne me reste plus que quarante secondes.

Elle aurait pu sourire, mais il plaqua sa bouche sur la sienne, la mordillant, se délectant, la provoquant. Alors elle rejeta la tête contre l'oreiller, se mordant les lèvres pour ne pas pleurer de plaisir.

Elle essayait de tenir le choc, refusant de lâcher prise aussi vite. Elle voulait attendre qu'il soit en elle.

Ses doigts s'agrippèrent à la couverture et elle ferma les yeux, s'efforçant de compter les dernières secondes à rebours. Mais les chiffres s'estompaient dans son esprit, à mesure que son corps était envahi par les désirs les plus fous.

— Ton temps n'est pas écoulé ? haleta-t-elle enfin.

— Pas encore, murmura-t-il en poursuivant son exploration intime.

Plus moyen de résister à l'assaut des sensations. La tension en elle atteignait un point de rupture, et elle se laissa submerger par la déferlante de plaisir qui s'abattit sur elle.

Lorsque son corps cessa de convulser, Bailey enfila un préservatif, se dressa au-dessus d'elle, puis la pénétra.

Enfin. Elle tressauta à son contact. Comme il était chaud. Dur. Palpitant. Jamais elle ne s'était sentie comblée à ce point.

Ondulant des hanches pour l'accueillir au plus profond, elle lui arracha un gémissement de satisfaction alors qu'elle resserrait ses petits muscles autour de lui.

Il se mit à aller et venir, lentement au début, en un rythme régulier, avant d'accélérer légèrement, puis de plus en plus fort. De nouveau, elle se déhancha pour accompagner son mouvement, planta les ongles dans son dos alors qu'il les propulsait tous les deux au sommet du plaisir et bien au-delà.

Bailey avait à peine repris son souffle qu'il entendit Marvin pleurnicher à travers la porte de la chambre.

— Il a besoin de sortir ? demanda-t-il en marmonnant la question dans les cheveux de Serena.

— Il a une porte battante rien que pour lui, lui rappela-t-elle.

— Alors pourquoi se plaint-il ?

— Il a peut-être eu peur des bruits que l'on vient de faire, admit-elle.

— Tu veux dire des bruits que tu faisais, ironisa-t-il.

— Je vais plaider le cinquième amendement.

Il tourna la tête pour lui mordiller l'oreille.

— Tu plaidais tout autre chose il y a vingt minutes…

Elle lui donna un petit coup sur l'épaule.

— Un gentleman ne devrait jamais embarrasser une dame.

— Je ne suis pas un gentleman, je suis un cow-boy, se défendit-il.

— Les cow-boys ont un code de l'honneur eux aussi, souligna-t-elle.

— Mouais. Un cow-boy ne doit jamais dégainer le premier, frapper un homme plus faible, ni laisser une femme insatisfaite.

Elle s'étouffa de rire.

— Je pense que tu viens d'inventer la dernière partie de la phrase.

— Mais ai-je honoré le code ?

— Tu sais bien que oui.

— Tant mieux, dit-il en relevant la tête pour effleurer ses lèvres avec les siennes. Parce que tu as aussi fait chavirer mon univers.

— Ah oui ?

— Naturellement, répliqua-t-il.

Elle sourit.

— Je ne regrette pas d'être allée au centre de loisirs, ce soir.

Il l'embrassa de nouveau, doucement, langoureusement.

— Je suis content que tu m'aies invité à prendre un chocolat chaud et des cookies.

— Même si on a oublié de les consommer.

— Je sais, admit-il entre deux baisers. Et je pense qu'on devrait continuer à ne pas en consommer.

— Là, tout de suite ?

— Tout de suite, déclara-t-il.

Depuis le début, Bailey était persuadé que Serena serait une maîtresse généreuse et il n'avait pas exagéré quand il lui avait dit qu'elle avait fait chavirer son monde. Bien sûr, elle était la première femme qu'il fréquentait depuis qu'il avait mis fin à son mariage, alors peut-être que cette période de célibat prolongé avait quelque chose à voir avec l'intensité de leurs ébats.

Sauf que la deuxième fois qu'ils avaient fait l'amour

avait été meilleure que la première. Et que la troisième avait encore dépassé toutes ses attentes. Et même après trois séries d'ébats passionnés, son désir pour elle était toujours intact.

Cette prise de conscience provoqua le premier élan de panique.

Non, il n'était pas amoureux de Serena.

Il n'était pas assez fou pour retomber dans ce piège, surtout avec une femme qu'il ne connaissait que depuis quelques semaines.

Bien sûr, Serena était une femme incroyable. Magnifique. Intelligente. Sexy. Passionnée. Empathique. Résiliente. Bienveillante. Ses nombreuses et merveilleuses qualités étaient sans fin… Bref, elle était trop bien pour lui.

Et pourtant, par un coup de chance, elle avait choisi de faire de lui son amant. Et il était assez égoïste pour prendre ce qu'elle était prête à lui offrir, aussi longtemps qu'elle serait disposée à le faire.

Il s'endormit, la tête nichée contre son épaule et se réveilla avec un gros poids sur la poitrine. Au sens propre.

Il s'avéra qu'il s'agissait d'un chat d'au moins cinq kilos.

— Je croyais que tu avais dit que les animaux ne dormaient pas dans ton lit, remarqua-t-il quand Serena revint de la salle de bains attenante à la chambre.

— Ce n'est pas toujours le cas.

— Tu ne vas pas me croire, mais j'ai un chat qui dort sur mon torse.

— Une minette complètement réveillée qui réclame son petit déjeuner.

— Elle n'est pas la seule, répondit-il avant de prendre le même ton que Serena avait si efficacement utilisé avec Marvin hier soir. Molly, descends !

Le chat le regarda fixement de ses yeux vert pâle. Il retenta sa chance en désignant le sol du doigt.

— Descends !

Molly continuait à le scruter.

— Ton chat n'est pas très obéissant.

— C'est un chat, rétorqua Serena, amusée.

— Je peux quasiment entendre les pensées qui lui passent par la tête, reprit-il avant de changer de ton pour réciter les pensées imaginaires du gros félin. « Je bougerai quand j'aurai envie de bouger ! »

Serena rit en nouant la ceinture de sa robe de chambre autour de sa taille.

— J'admets que je parle à mes animaux, mais je ne prétends pas qu'ils me répondent.

— Regarde-la et dis-moi que ce n'est pas ce qu'elle pense !

Elle inclina la tête pour observer Molly.

— Ce n'est pas ce qu'elle pense.

— Alors à quoi pensait-elle ?

— Elle espère que le Père Noël laissera un peu d'herbe à chat dans sa grosse chaussette cette année.

— De l'herbe à chat ?

Serena se dirigea vers la porte.

— Allez, Molly !

Et ce satané chat la suivit. Secouant la tête, Bailey repoussa les couvertures et s'extirpa du lit.

— Est-ce une odeur de café que je sens ? demanda-t-il en la rejoignant dans la cuisine, après s'être douché et habillé avec ses vêtements de la veille.

Elle lui tendit une tasse fumante et odorante.

— Qu'est-ce que tu veux pour ton petit déjeuner ?

— Tu n'as pas besoin de cuisiner pour moi. Ou s'agit-il encore d'équilibrer la balance ?

Elle rit doucement.

— C'est parce que j'ai faim et que je pensais que toi aussi.

— C'est vrai, j'ai faim, affirma-t-il.

— Des œufs, ça ira ?

— Parfait !

— Avec ou sans bacon ?

Il acquiesça d'un signe de tête emphatique.

— C'est la seule chose que j'aime plus que les œufs.

Ils préparèrent le petit déjeuner ensemble et le prirent en tête à tête, dans une ambiance très agréable, domestique. Et peut-être bien que cela donnait envie à Serena d'avoir quelqu'un avec qui partager non seulement un petit déjeuner mais, pourquoi pas, le reste de sa vie ? Et peut-être même qu'elle pourrait imaginer Bailey dans le rôle de cette personne.

Mais à quoi bon se laisser aller à de telles frivolités ? Elle savait qu'une nuit d'ébats passionnés ne scellait pas une relation. Elle espérait cependant que cette nuit conduirait à une deuxième, voire plus.

Elle venait de se lever de table pour un café quand le téléphone fixe sonna. Elle consulta l'écran.

— Tu comptes répondre à cet appel ? demanda Bailey alors qu'elle continuait à fixer l'appareil du regard.

— Je ne sais pas qui c'est, avoua-t-elle, apportant la cafetière à la table pour remplir sa tasse. L'indicatif régional est l'Arizona, où vit ma grand-mère, mais le numéro ne me dit rien.

Alors elle laissa la messagerie faire son travail. Et comme elle avait un répondeur téléphonique à l'ancienne, branché à sa ligne fixe, le message fut clairement retransmis par le haut-parleur.

« Salut, Rena, c'est mamie ! Tu as dit que tu me rappellerais la semaine prochaine, la dernière fois qu'on s'est parlé, mais je ne suis pas vraiment à la maison en ce moment… Je suis chez George. »

Elle prononça cette dernière phrase à voix très basse.

Bailey haussa un sourcil intrigué.

« On s'est bien amusés hier soir, poursuivit sa grand-mère en gloussant. Et aussi ce matin. »

À ces mots, Serena enfouit son visage entre ses mains.

« Honnêtement, les effets thérapeutiques de l'orgasme ne devraient pas être sous-estimés, et je sais que tu as une vie très stressante, c'est pourquoi il faut absolument que tu mettes le grappin sur ce fameux frère Stockton et… »

Serena sauta de sa chaise et arracha le combiné téléphonique du socle, coupant de fait l'enregistrement.

— Mamie, salut ! lança-t-elle en tournant le dos à Bailey, pour qu'il ne voie pas que ses joues étaient cramoisies. Je viens juste de sortir de la douche.

Ce qui n'était pas vrai, puisqu'elle s'était douchée au réveil. Mais ce n'était pas tout à fait faux non plus…

— Tu as un bon pommeau de douche ? demanda sa grand-mère. Je ne dis pas qu'ils peuvent remplacer les mains d'un homme, mais dans un moment désespéré…

Serena crut mourir sur place.

— Alors, mamie, dis-moi ce qui se passe dans ta vie, reprit-elle, dans une tentative éperdue de changer de sujet.

Pendant les quelques minutes qui suivirent, sa grand-mère se mit à lui raconter précisément ce qui lui arrivait – avec force détails inutiles – pendant que Serena priait en silence pour que le sol s'ouvre sous ses pieds et la happe définitivement. Mais, bien sûr, cela n'arriva pas.

— Souviens-toi de ton dernier principe, répliqua Serena alors que sa grand-mère observait une pause dans son récit pour reprendre son souffle.

— Je me souviens de tous mes principes, assura sa grand-mère.

— Mais les suis-tu ?

— Oh ! je dois te laisser, ma chérie… George me dit que le petit déjeuner est prêt.

Et, avant que Serena puisse répondre, elle avait raccroché.

— C'était ta grand-mère, hein ? lança Bailey, d'un ton manifestement amusé.

— Exact.

— Et ce « fameux frère Stockton », ce serait moi ?

— Tu pourrais au moins faire semblant de ne pas avoir entendu cette partie de la conversation, murmura-t-elle.

— Désolé, lâcha-t-il, d'une voix qui n'avait pourtant rien de contrit. Mais je me demande ce que tu as pu raconter à ta grand-mère à mon sujet.

— Rien, répondit-elle aussitôt.

— Et pourtant elle veut apparemment que tu me mettes le grappin dessus et… Qu'avait-elle en tête exactement ?

— Tu t'amuses un peu trop de la situation, Bailey.

— Pas autant qu'hier soir, lui assura-t-il. Mais ce coup de fil a certainement ajouté un peu de piquant à ma matinée.

— Tu peux oublier cet appel, s'il te plaît ?

— D'accord. Mais parle-moi de ta grand-mère.

— Que veux-tu savoir ? s'enquit-elle avec méfiance.

— Il est évident que vous êtes proches, toutes les deux.

— J'ai grandi avec elle, lui rappela Serena.

— Et elle t'a toujours donné des conseils aussi… avisés ?

Elle hocha la tête.

— Mamie m'a souvent exaspérée avec ses opinions bien arrêtées, mais elle m'aime de tout son cœur et de façon inconditionnelle. Elle avait aussi des règles assez strictes pour tous ceux qui vivaient sous son toit.

— Comme ?

Elle déplia ses doigts à mesure de leur énumération :

— Un : dis toujours où tu vas et avec qui tu y vas. Deux : appelle quand tu arrives. Trois : sois rentrée pour minuit. Quatre : ne laisse jamais ton verre sans surveillance. Cinq : ne conduis jamais en état d'ébriété. Six : ne partage jamais de photos de toi dénudée. Sept : n'aie jamais de rapports sans préservatif.

— Cela ressemble à des règles plutôt intelligentes et pleines de bon sens, remarqua-t-il.

— Grand-mère est une femme intelligente et futée.

— Sa petite-fille aussi.

— Tu crois ?

— Eh bien, cette petite-fille m'a donné de bons conseils.

— Des conseils ? répéta-t-elle avec surprise.

— À propos de la nécessité de parler à Emily…

— Tu l'as appelée ?

Il hocha la tête en guise de réponse, et Serena insista :

— A-t-elle été surprise de recevoir de tes nouvelles ?

— En effet, affirma-t-il. Et puis, elle m'a annoncé des nouvelles surprenantes.

— Ah bon ?

— Elle s'est remariée. Il y a six mois.

— C'est une grande nouvelle, nota Serena.

— Mais ce n'est pas tout : elle est enceinte.

— Waouh !

Il hocha de nouveau la tête.

— Et qu'est-ce que tu en penses ?

— Ça ne me concerne en rien.

— Ton ex-femme attend un bébé avec son nouveau mari, ça doit bien te faire quelque chose.

— Je suis heureux pour elle, dit-il simplement. Vraiment. Et… soulagé.

— Soulagé ? s'étonna-t-elle.

— Parce que d'une certaine façon je me demandais si je n'avais pas fichu sa vie en l'air.

— En divorçant ?

Il secoua la tête.

— En l'épousant.

— Tu l'aimais, lui rappela-t-elle.

— C'est ce que je croyais, du moins, reconnut-il. Mais avec le recul je crois que ma décision d'épouser Emily était aussi une tentative, pas très heureuse, de reprendre le contrôle de ma vie.

— Qu'est-ce que tu veux dire ?

— La nuit où mes parents ont été tués, en plus du chagrin et de la culpabilité, j'ai eu un sentiment d'impuissance accablant. Ils avaient disparu et je ne pouvais absolument rien faire pour réparer ça, pour combler le vide dans notre vie à tous. Et puis nos grands-parents nous ont annoncé qu'ils ne pouvaient pas accueillir sept enfants, alors mes deux frères et moi, on s'est retrouvés seuls. On n'avait pas le choix : on s'est résolus à quitter Rust Creek Falls et à mener notre propre vie. Oui, c'était assez illusoire, mais on avait besoin de sentir que l'on avait le contrôle de quelque chose. Partout où je suis allé après ce drame, chaque travail que j'ai eu, chaque décision que j'ai prise a été un effort pour me prouver que j'avais pris mon destin en main. Puis j'ai rencontré Emily et décidé de me marier. Mais est-ce que j'étais motivé par mes sentiments pour elle ou par un désir désespéré de faire à nouveau partie d'une famille ?

À ce stade du récit, il haussa les épaules, comme s'il n'était toujours pas certain de la réponse à cette question.

— Et est-ce vraiment important ? Parce que je n'ai jamais réussi à m'intégrer dans sa famille. C'est ma faute, je sais. Car je n'ai pas réellement essayé. Bref, il ne m'a pas fallu longtemps pour comprendre que je ne voulais plus faire partie d'une famille, je voulais retrouver ma famille à moi. Et ça n'allait jamais arriver. Bref, c'est toi qui avais raison, poursuivit-il, après quelques instants de réflexion. Il restait trop de non-dit entre nous et se dire toutes ces choses nous aidera à tourner la page de ce chapitre de notre vie.

— J'en suis heureuse, fit-elle sincèrement.

Il termina son café et emporta son assiette et sa tasse vides à la cuisine. Posant la vaisselle sur le comptoir, il sortit son téléphone portable de sa poche et soupira.

— Quatre SMS de Luke depuis une heure…

— Il y a un souci ? demanda-t-elle aussitôt, inquiète.

— Non, il me harcèle parce que je ne suis pas là pour les corvées matinales.

— C'est ma faute, affirma-t-elle. Je suis désolée.

Il sourit.

— Pas moi, rétorqua-t-il en l'embrassant délicatement. Mais je dois quand même y aller.

— Je sais, murmura-t-elle.

— J'ai passé un très bon moment hier soir.

— Moi aussi.

Plutôt que tourner les talons, il ne broncha pas.

— Je ne sais pas quoi dire d'autre, bredouilla-t-il.

— Tu n'as rien d'autre à dire, Bailey.

— J'ai envie de dire autre chose.

— Quoi donc ?

— Eh bien, j'aimerais te demander si je peux te revoir ce soir, mais ne va pas imaginer que je me fais des idées ou que j'ai des attentes particulières par rapport à ce qui s'est passé hier soir. Je veux dire, pour la suite…

Elle réfléchit un instant à ses paroles.

— Tu veux dire qu'hier c'était une aventure d'un soir ?

— Non, répondit-il aussitôt. Enfin, j'espère que non.

— Tant mieux, dit-elle. Parce que j'espère que non, moi aussi.

— Alors… On peut se voir ce soir ?

— J'ai prévu de décorer mon sapin de Noël.

— J'ai été surpris que tu n'en aies pas déjà un, nota-t-il.

— Grand-mère et moi allions toujours en chercher un le 16 décembre, alors je perpétue cette tradition.

— Où est-ce que tu le trouves ?

— Juste à côté du bosquet en ville.

— J'ai une meilleure idée, suggéra-t-il.

— Je t'écoute, dit-elle d'un ton circonspect.

— Viens à la Sunshine Farm avec moi maintenant, et nous couperons un sapin ensemble avant de le rapporter ici.

— Tu es déjà en retard pour les corvées matinales, lui rappela-t-elle.

— Elles seront bouclées avant mon retour.

— Et tu penses que ton frère sera moins enclin à te crier dessus si je suis là ?

— Tu veux m'embêter ou bien acheter un sapin de Noël ?

— Les deux, répondit-elle avec un sourire effronté.

Mais je suppose que je devrais m'habiller pour la seconde option.

Il lui donna une petite tape sur les fesses.

— Alors fais vite.

- 12 -

— Tu vas encore nous faire croire qu'il n'y a rien entre toi et Serena Langley ? demanda Dan à Bailey.

En ce lundi après-midi, les quatre frères s'étaient tous retrouvés pour réparer un bout de clôture à la Sunshine Farm. Les réparations s'étaient révélées plus rapides que prévu et, de retour à la grange, ils s'efforçaient de réchauffer leurs mains gelées autour d'un bon café chaud.

— Pourquoi je vous ferais croire un truc pareil ? rétorqua-t-il sans vraiment nier les faits.

Il voulait surtout savoir ce que son frère savait ou croyait savoir de la situation.

— Parce que ton pick-up est resté garé devant son appartement toute la nuit, nota Dan.

— De samedi et de dimanche, renchérit Jamie.

— C'est la seule chose que je déteste dans les petites villes, grommela Bailey.

— Alors, vous en êtes où ? s'enquit Luke.

— Je ne sais pas si on en est quelque part, répondit-il.

— Tu passes tes nuits chez elle, insista Dan.

— Deux nuits. Et même dans une petite ville je ne crois pas que ce soit illégal.

— Dans une petite ville, les gens parlent, lui rappela Jamie. Et Serena n'est pas une fille facile…

Bailey ressentit un pincement au cœur – et ce n'était pas la première fois –, en prenant la mesure des allégations de son frère. Bien sûr, il n'avait pas pensé aux répercussions potentielles sur la réputation de Serena quand il avait accepté de monter chez elle, après la séance de bénévolat pour les Patriots, samedi soir. La seule chose à laquelle il avait pensé, c'était à son désir pour elle.

D'un autre côté, ce n'était pas comme s'il avait la réputation de collectionner les maîtresses. En fait, il n'avait pas de réputation particulière, sinon d'être l'un de ces « frères Stockton » revenus à Rust Creek Falls après plusieurs années d'absence. Et, depuis un an qu'il était revenu, Serena était sa première aventure. En fait, c'était la première femme qu'il fréquentait depuis son divorce, même s'il n'avait pas l'intention de l'admettre devant ses frères.

— Tu penses probablement que ce ne sont pas nos affaires, commença Luke.

— Bingo, lâcha-t-il.

— Mais ça nous regarde, insista Dan. Pas seulement parce que tu es notre frère, mais parce que Serena est une amie, une amie très chère d'Annie.

— J'en suis conscient, dit-il à ses frères. Je sais aussi que c'est une adulte capable de prendre ses propres décisions.

— Je n'ai jamais prétendu le contraire, assura Dan en agitant les mains.

— Alors cette discussion est terminée, marmonna Bailey, en regardant tour à tour chacun de ses frères dans les yeux.

— Sois juste prudent, murmura Luke.

— Je le suis, toujours, affirma-t-il.

Mais les mises en garde de ses frères continuèrent à le perturber pour le reste de la journée. Et même quand il retrouva Serena après le travail, comme ils l'avaient prévu, pour faire une promenade avec un Marvin toujours aussi réticent, et lors du dîner qu'ils partagèrent.

Sans surprise, Serena sentit qu'il était préoccupé. Ou peut-être qu'il n'était pas doué pour cacher ses soucis, parce que quand elle lui prit la main pour le conduire au salon après qu'ils eurent fait la vaisselle il refusa.

— Qu'est-ce qui ne va pas ? lança-t-elle.

— Je me demande si je ne devrais pas y aller, avoua-t-il.

— Oh ! fit-elle en lâchant aussitôt sa main. Si c'est ce que tu veux.

— Ce n'est pas le cas, assura-t-il.

— Alors pourquoi tu te poses cette question ?

— Parce que les gens parlent déjà du fait que mon pick-up est resté garé devant chez toi hier soir. Et la nuit d'avant.

— Vraiment ? fit-elle, visiblement surprise avant de sourire à nouveau. Tant mieux.

— Comment ça, « tant mieux » ?

— Parce que j'ai toujours été une fille sans histoire, ne donnant jamais la moindre raison de spéculer à mon sujet.

— Eh bien, les gens spéculent à présent.

— Grand-mère sera tellement fière…

— S'il te plaît, dis-moi que tu ne vas pas raconter ça à ta grand-mère !

— Je n'aurai pas à le faire. Elle l'apprendra sûrement de Melba Strickland, si ce n'est déjà fait.

Il grimaça à cette idée.

— Et elle se demandera, comme tout le monde, ce qu'une chouette fille comme Serena Langley fait avec un garçon sans ambition comme Bailey Stockton ?

Elle passa les mains autour de son cou, caressant du bout des doigts les mèches qui tombaient sur son col de chemise.

— Je ne pense pas que tu sois sans ambition, rétorqua-t-elle. Tu prends juste le temps d'appréhender les situations.

— Alors qu'est-ce que tu fiches avec moi ? répliqua-t-il.

— Laisse-moi t'expliquer.

Elle se hissa sur la pointe des pieds pour lui chuchoter son idée à l'oreille.

— Tes désirs sont des ordres, murmura-t-il avant de la prendre dans ses bras pour la porter jusqu'à la chambre.

Après cette première nuit avec Bailey, Serena savait qu'elle était en passe de tomber amoureuse de lui. Lorsqu'il l'avait invitée à couper un arbre de Noël à la Sunshine Farm, où il avait sans doute participé au même rituel avec ses parents et ses frères et sœurs pendant les vingt premières années de sa vie, elle ressentit une lueur d'espoir : peut-être commençait-il à éprouver la même chose qu'elle ?

Or elle ne voulait pas brûler les étapes, car elle savait qu'il avait dressé une muraille autour de son cœur gravement blessé et qu'il ne baisserait peut-être jamais assez sa garde pour retomber amoureux. Entre-temps, elle s'efforçait d'apprécier chaque instant passé auprès de lui, de se créer de nouveaux souvenirs en participant à tous ces petits rituels de fêtes de fin d'année.

Malheureusement, elle ne pouvait demeurer constamment à ses côtés, car ils avaient chacun un travail, des responsabilités. En fait, elle était en train de couper les griffes d'un dogue allemand, ce mercredi après-midi, quand on frappa à la porte. À sa surprise, elle vit Bailey pénétrer dans la salle d'examen.

— Annie m'a dit que je pouvais entrer, expliqua-t-il.

— Bien sûr. Mini est toujours ravi de rencontrer de nouvelles personnes.

La queue du dogue allemand cognait bruyamment sur la surface de la table de métal, mais l'animal ne bronchait pas tandis qu'elle continuait de s'occuper de lui.

Bailey regarda ostensiblement autour d'eux.

— Euh… Où est Mini ?

Elle sourit.

— Là, entre mes mains !

— Je doute que cet animal ait un jour été « mini », même à sa naissance, remarqua-t-il.

— Norma Wilson a un sens de l'humour hors du commun. Son autre chien, un chihuahua, s'appelle Monstre, précisa-t-elle en coupant la dernière griffe. Et voilà, Mini, c'est fini !

D'un mouvement agile, Mini sauta de la table. Une fois debout, sa tête arrivait au niveau du ventre de Serena. Puis il s'assit lourdement au sol, dans l'expectative.

Elle récupéra une friandise dans la poche de sa blouse blanche et la lui donna à manger.

— Tu es un gentil garçon, lui dit-elle, en lui frottant le dessus du crâne.

— Et moi, j'ai droit à une friandise aussi ? lança Bailey.

Elle lui tendit un cookie pour chien. Au lieu de le prendre, il l'embrassa sur la bouche.

— Voilà à quoi je pensais, déclara-t-il à voix basse.

— C'était sympa, concéda-t-elle. Mais je soupçonne que tu n'es pas venu en ville juste pour un baiser.

— C'est vrai. Même si un seul de tes baisers en valait la peine. Bref, Luke m'a demandé d'aller chercher des trucs à l'épicerie. Et comme j'étais dans le coin je voulais te proposer de reporter le dîner et le film qu'on a ratés la semaine dernière. Vendredi soir, ça te va ?

— En fait, j'ai déjà des projets pour vendredi soir…

— Oh ! bredouilla-t-il en fronçant les sourcils. Quel genre de projets ?

— La marche aux flambeaux.

Il la dévisagea d'un air interdit.

— Tu n'étais peut-être pas encore de retour en ville au moment de la marche de l'an dernier. Tous les habitants se retrouvent avec bougies et flambeaux pour une procession le long de la rue principale.

— Ouais, j'ai dû rater ça, marmonna-t-il.

— Tu n'as pas l'air de trop le regretter.

Il haussa les épaules.

— Tu sais toutes ces fantaisies de Noël, ce n'est pas vraiment mon truc.

— C'est pourquoi je ne t'avais pas proposé de m'y accompagner.

— Donc, mes seules options sont une marche aux flambeaux avec toi ou une soirée de vendredi en solitaire. Autant dire que mon choix est fait.

— C'est vrai ? Tu veux venir avec moi ?

— Et comment !

À force, Serena s'habituait aux papillons dans le ventre. La première fois qu'elle avait rencontré Bailey Stockton, lors d'une brève visite à la clinique où il était passé voir Annie, elle avait senti son estomac se nouer. Même chose quelques mois plus tard, quand elle l'avait croisé chez Crawford. Et, bien sûr, le jour où ils avaient joué au Père Noël et à la Mère Noël au centre de loisirs.

Ils avaient passé beaucoup de temps ensemble depuis et, pourtant, il suffisait d'un regard, d'un sourire ou d'une caresse pour que ces papillons l'envahissent de nouveau.

Alors qu'elle se préparait pour la marche aux flambeaux, elle avait l'impression que ces papillons bien connus faisaient une overdose de caféine. Parce qu'elle savait qu'en se présentant à l'événement de ce soir accompagnée de Bailey, cela équivaudrait à officialiser leur relation devant toute la ville.

Alors même qu'elle se vaporisait un peu de son parfum préféré, elle se demanda si c'était une bonne idée. Ne se montait-elle pas la tête au sujet de leur relation ? Quand elle était avec Bailey, elle ne se posait pas la question de savoir si elle s'investissait trop dans leur relation. Ce n'est que lorsqu'elle se retrouvait seule, à l'approche des fêtes de Noël, que les doutes et les craintes la submergeaient.

Parce que chaque jour les rapprochait du 25 décembre.

Or Bailey ne lui avait rien dit de ses projets pour Noël, ni posé de questions sur les siens.

Non pas qu'elle ait des projets. Alors que la plupart des résidents de Rust Creek Falls s'organisaient pour passer du temps en famille, elle avait l'habitude d'être seule avec ses animaux de compagnie. Et cela lui allait bien. C'était sa propre tradition, une journée au calme, à compter ses cartes de vœux.

Pour le reste de la tradition, elle passait le lendemain de Noël avec sa mère, quand Amanda se sentait à la hauteur. Mais cette année sa mère serait avec Mark et, bien qu'ils célèbrent Noël très simplement, ils avaient invité Serena à se joindre à eux. Naturellement, elle avait refusé. Non seulement parce qu'elle ne voulait pas s'immiscer dans leur premier Noël en tant que couple, mais aussi parce qu'elle espérait – peut-être à tort – célébrer son premier Noël avec Bailey.

Mais, ayant accepté une invitation à déjeuner chez Mark le dimanche, deux jours seulement avant Noël, elle avait commandé une tourte aux pommes – la préférée de sa mère – chez Daisy's. Ce serait sa participation au repas. Elle avait parlé à Bailey de ses projets, soulignant le fait qu'elle ne fêterait donc pas Noël avec sa mère, mais il n'avait pas réagi à l'allusion.

Bien sûr, Bailey n'avait retrouvé sa famille que depuis un an et il serait donc compréhensible qu'il fête Noël auprès des siens. Il était également possible qu'il ait prévu de l'inviter à se joindre à lui, mais il ne l'avait pas encore fait.

Ce soir, peut-être ! pensa-t-elle en croisant les doigts avant de sortir son chapeau et ses mitaines du placard. Puis elle prit ses bottes, et Marvin partit immédiatement se cacher.

Elle rit, puis serra le lacet de sa botte droite en faisant la grimace. La veille, elle s'était tordu la cheville à la clinique. Malgré la glace et le bandage qu'elle avait appliqués sur son articulation, elle avait encore un peu mal, pas assez toutefois pour renoncer à participer à l'une de ses manifestations préférées des fêtes.

Elle venait de finir de boutonner son manteau quand Bailey frappa à la porte. Il lui donna un baiser furtif, puis regarda ses pieds au sol.

— Où est Marvin ?

— Caché, répondit-elle.

— Pourquoi donc ?

— Parce que ce sont mes bottes de p-r-o-m-e-n-a-d-e expliqua-t-elle. Et même la promesse d'un massage du ventre ne l'inciterait pas à sortir pour une seconde p-r-o-m-e-n-a-d-e en une journée.

— Ce chien a des problèmes, déclara-t-il.

— Et sa phobie de l'exercice physique n'est que la pointe visible de l'iceberg, admit-elle en verrouillant la porte derrière elle. Il a aussi peur des chevaux, des vaches et des cochons.

— Tu plaisantes ?

— Non, assura-t-elle en descendant l'escalier à côté de lui, non sans ménager son pied droit. Un jour, alors qu'on se baladait, deux jeunes filles montaient à cheval sur une piste : Marvin s'est réfugié entre mes jambes et n'a plus voulu bouger.

— C'est peut-être une autre raison pour laquelle il se cache, suggéra Bailey en l'entraînant devant l'immeuble.

Elle s'arrêta net.

— Mais… Qu'est-ce que c'est que ça ?

— À ton avis ?

— On dirait un traîneau tiré par des chevaux.

— Bien vu ! s'exclama-t-il. Plus précisément, il s'agit d'un attelage à deux places.

Il était magnifique, avec ses finitions de bronze étincelant, ses sièges de velours et les branches de conifère enveloppées d'un ruban qui ajoutaient une touche festive.

— Où diable est-ce que tu as trouvé un truc pareil ? demanda-t-elle après un instant de stupéfaction.

— C'est Dallas Traub qui me l'a prêté. Et Trina, dit-il en désignant la magnifique jument attelée au traîneau, vient de ses écuries.

— D'accord, bredouilla-t-elle. Mais pourquoi emprunter un traîneau pour une marche aux flambeaux ?

— Parce que Annie m'a dit que tu t'étais foulé la cheville au travail, ce que tu t'es bien gardée de m'avouer, marmonna-t-il.

— Parce que ça n'est pas bien méchant. Et j'ai mis un bandage, précisa-t-elle en le voyant plisser le front.

— Peut-être, cependant je n'imagine pas que tu sois remise demain si tu marches dessus toute la soirée…

— Je ne voulais pas rater la promenade, confessa-t-elle.

— Et maintenant tu n'as plus à t'en inquiéter, dit-il en la prenant par la main pour l'aider à monter sur l'attelage.

— Bailey, c'est tellement… gentil.

— Et romantique ?

— Incroyablement romantique, admit-elle.

À quoi bon le nier ?

La marche débutait en haut de la rue principale, où des bénévoles du conseil municipal distribuaient des bougies allumées dans de grands photophores. Bailey la laissa dans le traîneau pour aller lui chercher un lumignon, puis ils emboîtèrent le pas des marcheurs à l'arrière de la foule. Bien sûr, la nuit tombait tôt en décembre, mais le scintillement de toutes ces bougies et flambeaux créait une belle lueur dorée alors que la procession avançait lentement vers le parc où l'on avait allumé un feu de joie.

Bailey tenait les rênes dans une main et, de l'autre, il serrait la paume de Serena.

— Les gens vont jaser, prévint-elle.

— Ils jasent déjà.

— Et tu viens de leur donner du grain à moudre…

— À cause de ça ? dit-il en soulevant leurs mains jointes. Ça m'étonnerait. Mais peut-être que ça fera l'affaire ?

Sur quoi, il lui bascula le menton pour poser ses lèvres sur les siennes.

— Si tu cherches à me donner envie de zapper l'étape feu de joie pour te ramener chez moi et faire de toi ce que je veux, alors je pense que ça fera l'affaire…

— Je te rappelle que c'est toi qui tenais à participer aux festivités de ce soir.

— C'est vrai, je le reconnais.

Et elle était heureuse que Bailey ait accepté de venir. Non seulement parce qu'il lui avait si gentiment fourni un moyen de transport lui permettant d'épargner sa cheville blessée, mais aussi parce qu'elle appréciait toujours d'être avec lui.

À la fin du parcours, après l'allumage du feu de joie sous les vivats et les applaudissements de la foule, ils aperçurent le frère de Bailey, Jamie, avec Fallon et leurs triplés, Henry, Jared et Katie.

Les enfants étaient excités de voir des « cheuh-vals » et, après avoir consulté Serena, Bailey offrit les rênes à son frère pour que sa femme et lui puissent emmener leurs enfants faire une petite balade.

Pendant ce temps, Bailey et Serena se mêlèrent à la foule. Et quelle foule ! Les O'Reilly étaient venus en force : Paddy et Maureen, leurs fils Ronan et Keegan, et leurs filles Fallon, Fiona et Brenna, ainsi que leurs conjoints respectifs. Il y avait plusieurs représentants de chacune des familles Crawford et Traub, ainsi que les Dalton.

Ils s'arrêtèrent pour discuter un instant avec le vieux Gene et Melba Strickland, cette dernière demandant des nouvelles de la grand-mère de Serena. Et, même si Serena fut tentée de lui faire remarquer qu'elle parlait probablement à Janet Carswell plus souvent qu'elle-même, elle assura simplement à la vieille dame que Janet allait bien.

Peu de temps après Jamie et Fallon revinrent, et Bailey et Serena reprirent place à bord du traîneau. Bailey demanda alors à Trina de les ramener chez Serena.

— Cette soirée était… incroyable, murmura-t-elle quand Bailey l'eut portée jusque sur le seuil de sa porte de derrière.

— Je suis content que tu aies passé un bon moment.

— Je suppose qu'il faut ramener le cheval et le traîneau au Triple T, dit-elle, en faisant allusion au ranch Traub où Dallas et Nina vivaient avec leurs quatre enfants.

— Oui, répondit Bailey.

— Tu voudras repasser ici après ? demanda-t-elle.

Il l'enlaça.

— Quel cheval ? Et quel traîneau ? susurra-t-il.

Elle rit doucement.

— Je suis flattée. Mais je sais que tu dois prendre soin de Trina après qu'elle nous a escortés toute la soirée.

— Je reviens dès que possible, promit-il.

— Je serai là, assura-t-elle.

Et Bailey tint sa promesse.

Quand il lui fit l'amour ce soir-là, ce fut un moment magnifique, magique, et Serena s'avoua enfin ce qu'elle avait tenté de nier : elle était amoureuse de Bailey Stockton.

Cette prise de conscience remplit son cœur de joie, mais lui noua l'estomac d'inquiétude. Parce qu'elle savait que Bailey ne cherchait pas une relation sérieuse. Il avait été honnête à ce sujet depuis le début. Sauf qu'elle était malgré tout tombée amoureuse de lui.

Elle n'avait jamais ressenti cela auparavant et elle était déchirée entre le désir de tout lui avouer et l'angoisse de ce qu'un tel aveu risquait de susciter : une muraille plutôt qu'un pont. Alors, pour l'instant, elle décida de garder ce secret.

Mais, tandis que leurs corps se fondaient dans l'obscurité de la nuit, elle prit conscience que chaque contact de ses lèvres, chaque caresse de ses mains, chaque étreinte trahissait la profondeur de ses sentiments pour Bailey.

*
* *

— Tu sais, la première tarte que j'ai faite pour Luke, c'était une tarte aux pommes, lui confia Eva en emballant le dessert que Serena avait commandé.

— Ce qui prouve que le chemin vers le cœur d'un homme passe par son estomac ?

— Je ne peux que constater les résultats, dit Eva en brandissant, tout sourire, sa main gauche sur l'annulaire de laquelle scintillait un diamant.

Serena sourit en déposant l'argent sur le comptoir.

— Alors tu vas me dire en quel honneur est cette tarte ? poursuivit Eva. Ou tu comptes jouer aux devinettes ?

— Je vais déjeuner chez le petit ami de ma mère.

Comme il était étrange de prononcer ces mots, « le petit ami de la mère », mais Amanda et Mark semblaient assumer pleinement leur relation. Au contraire de Serena et Bailey.

— Alors j'aurais perdu aux devinettes, reprit la boulangère. Est-ce que Bailey vient avec toi ?

— Non, répondit-elle en secouant la tête.

— Pourquoi ?

— Parce que je ne l'ai pas invité.

— Pourquoi pas ? insista Eva.

— Parce que je ne suis même pas sûre d'avoir envie d'y aller, avoua Serena. Je n'embarquerai personne de façon délibérée au cœur de mes histoires de famille.

— Chaque famille a ses histoires, lui assura Eva. Mais les lumières scintillantes des fêtes de fin d'année rendent les choses supportables.

— C'est vrai, convint-elle en soupirant.

— Alors, quels sont tes plans pour le réveillon de Noël ?

— Comme d'habitude, marmonna Serena.

— C'est-à-dire ?

— Traîner avec Marvin, Molly et Max.

À ces mots, Eva plissa les paupières.

— Marvin ? Ce n'est pas ton chien ?

Serena hocha la tête.

— Mon chien, mon chat et mon lapin.
— Tu ne réveillonnes pas avec ta mère ?
— Ce serait trop mélodramatique, même pour moi.
— Dans ce cas, tu devrais venir à la Sunshine Farm !
— Oh…

Déconcertée par cette invitation inattendue, Serena n'en fut pas moins touchée.

— Merci, Eva, mais je ne voudrais pas m'immiscer dans votre fête familiale.

— Ne sois pas idiote, répliqua la boulangère. Tout le monde sera ravi de te voir.

— Je ne sais pas. Bailey ne m'a pas du tout parlé de ses projets pour les fêtes.

En tout cas, il n'avait à aucun moment laissé entendre qu'il souhaitait les passer avec elle.

— Parce que c'est un homme. Il ne sait pas anticiper quoi que ce soit au-delà de vingt-quatre heures.

Serena sourit, mais elle n'était pas convaincue. D'autant que la veille de Noël, c'était dans moins de vingt-quatre heures.

— Promets-moi que tu viendras, insista Eva. Ce sera bien plus amusant pour toi que de traîner avec Marvin, Molly et Matt.

— Max, corrigea-t-elle machinalement. Tu sais, notre journée « câlins de Noël » est une tradition.

— Mais je parie que tu préférerais faire des câlins à mon beau-frère, ironisa Eva.

Difficile de nier. D'ailleurs Eva, visiblement très confiante, conclut :

— Le dîner sera servi à 18 heures !

À deux jours de Noël, Bailey emballa le dernier de ses cadeaux, celui qu'il offrirait à Serena.

Ce n'était rien de sophistiqué ou de cher : un simple agrandissement d'une photo de ses animaux qu'il avait prise avec son téléphone, un jour où il se trouvait chez elle. Sur l'image, Marvin était étendu à plat ventre – le derrière sur son coussin, les épaules et la tête au sol. Max était allongé à côté de lui mais la tête dans la direction opposée, et Molly était lovée sur elle-même, le museau juste à côté de celui de Max et une patte sur son dos. Ce cliché pris sur le vif témoignait de la camaraderie et de l'affection entre les trois animaux. Il était certain que Serena l'apprécierait.

Il n'avait pas encore décidé comment ni quand il allait le lui offrir. Parce que lui prendre la main, lui voler des baisers en public était une chose, mais passer Noël ensemble, c'était faire passer une relation au niveau supérieur. Or il n'était pas sûr d'être prêt à cela, ni même de l'être un jour.

Il passait toujours de beaux moments avec Serena et il pensait souvent à elle quand ils n'étaient pas ensemble, mais cela ne signifiait pas pour autant qu'il désirait s'engager dans une relation sérieuse. Or quoi de plus sérieux que de passer Noël ensemble ? Voilà pourquoi il avait décidé de rester solo le temps des fêtes.

Et voilà surtout pourquoi il avait été pris de court quand la femme de Luke lui avait annoncé ce qu'elle venait de faire.

- 13 -

— Tu as fait quoi ? s'exclama Bailey, certain qu'il avait dû mal comprendre ou mal interpréter les paroles d'Eva.

— J'ai invité Serena pour le réveillon de Noël, répéta sa belle-sœur.

— Mais pourquoi ? bafouilla-t-il.

N'ayant manifestement pas anticipé son manque d'enthousiasme, Eva fronça les sourcils.

— Parce qu'elle est venue chez Daisy's et, quand je lui ai demandé ce qu'elle faisait pour les fêtes, elle m'a avoué n'avoir rien de prévu, sinon traîner avec ses bestioles.

— Elle reste avec ses animaux de compagnie, rectifia-t-il. C'est un peu son truc.

— Et parce que je me suis dit que ça te ferait plaisir qu'elle soit là, ajouta Eva.

— Tu aurais dû me poser la question avant, grogna-t-il.

D'abord déconcertée, Eva parut soudain préoccupée.

— Tu ne veux pas d'elle ici ?

— Je ne veux pas qu'elle s'imagine qu'une invitation à fêter Noël avec ma famille signifie… Enfin tu vois.

— Serena ne me semble pas être le genre de femme à s'imaginer qu'une simple invitation de la belle-sœur de son petit ami constitue un feu vert pour commencer à réfléchir au plan de table pour votre mariage, rétorqua-t-elle sèchement.

— Je ne suis pas son petit ami.

— Alors tu es quoi ? riposta Eva. Juste un type qui rebondit sur son lit aussi longtemps que ça lui conviendra ?

En vérité, oui. Mais l'entendre dire par la femme de son frère en des termes si crus lui parut exagéré. Et inexact.

— Pourquoi tout le monde insiste-t-il pour mettre une étiquette sur notre relation ?

Car, même s'il n'avait jamais cherché à avoir une relation avec Serena, il ne pouvait plus nier que cela en était une !

Il tenait à cette femme. Il aimait être avec elle. Et, oui, être son amant lui plaisait. Or il était évident que leur relation ne se résumait pas au sexe. Il aimait parler avec elle, il appréciait les silences confortables qu'ils partageaient et il aimait aussi la compagnie de ses animaux. Même si Marvin était indéniablement son préféré, il n'avait aucun souci avec Max et se sentait raisonnablement confiant quant à ses rapports avec Molly.

Sauf qu'il n'était pas prêt pour une nouvelle relation. Ou peut-être qu'il n'avait pas assez confiance en sa capacité à ne pas tout gâcher avec Serena, comme il l'avait fait pour son mariage.

— Tu veux que je la retire mon invitation ?

— On peut faire une chose pareille sans passer pour un incroyable goujat ? demanda-t-il.

— Probablement pas, reconnut-elle. Mais je préfère avoir une conversation embarrassante avec Serena aujourd'hui plutôt que de la voir mal à l'aise ou mal accueillie demain.

— Pas la peine, soupira-t-il. C'est bon.

Mais Serena avait raison. Il ne suffisait pas de dire : « C'est bon » pour que les choses soient réglées, et il décida d'aller faire un tour en voiture pour se vider la tête.

Bien qu'il n'ait eu au départ aucune destination en tête, il ne fut pas vraiment surpris de ralentir à l'approche du cimetière.

Son cœur tambourinait contre sa poitrine, et ses paumes étaient moites lorsqu'il se gara et coupa le contact. N'étant pas venu ici depuis ce jour maudit de l'enterrement de ses parents, il fut immédiatement submergé par les souvenirs et l'émotion. Descendant de voiture, il sortit dans le froid.

Au pied de la pierre tombale, quelqu'un avait déposé une couronne à feuilles persistantes décorée de baies de houx et de pommes de pin sur un chevalet. *Bella*… C'était le genre d'attentions qui la caractérisaient. Il savait qu'elle se rendait régulièrement au cimetière et qu'elle s'occupait tout au long de l'été des fleurs qu'elle plantait au printemps.

Il fit quelques pas et se jeta à genoux dans la neige, le regard embué, incapable de se concentrer sur les noms et les dates gravés dans la pierre. Soudain, le poids des regrets éternels lui pesa infiniment sur le cœur.

— J'ai tout gâché, bredouilla-t-il, la gorge nouée. Depuis cette soirée fatidique au bar, il y a treize ans. J'ai été tellement négligent, tellement impulsif. Tellement bête.

Il secoua la tête. Ce soir-là, il avait ignoré les conseils de Danny qui voulait partir, parce qu'il y avait de jolies filles avec qui danser et de la bonne bière. Et, oui, il s'était moqué de son petit frère qui jouait la mère poule un peu pincée.

« J'ai déjà une mère. Je n'en ai pas besoin d'une deuxième ! » avait-il lancé à son frère. Le visage de Danny s'était assombri, mais Luke avait ri de bon cœur à cette boutade.

Puis l'adjoint du shérif était entré dans le bar, et les rires s'étaient tus.

— C'était ma faute, avoua Bailey à ses parents en scrutant la pierre tombale. Pourtant, ils ne m'en veulent pas. Je ne sais pas comment c'est possible, mais Bella, Jamie, Dana… Même Luke et Danny ne m'en veulent pas de ce qui s'est passé cette nuit-là. Sauf que je connais la vérité. C'était ma faute. Serena pense que je me punis encore. Que je ne me permets pas d'être heureux parce que je crois que je ne le mérite pas. Elle a peut-être raison, après tout. Je n'ai jamais parlé à Emily de cette nuit-là, parce que j'avais peur qu'elle me regarde différemment.

Du moins, c'est la justification que je me suis donnée. Mais peut-être que je n'étais pas prêt à renoncer à ma culpabilité et à mon chagrin, ni à les partager.

C'était une possibilité qu'il n'avait jusqu'alors pas envisagée. Une vérité qui lui paraissait soudain évidente.

— Mais, je ne sais pas comment, je me suis retrouvé à tout raconter à Serena. Peut-être parce qu'elle a dû surmonter ses propres traumatismes. Et pourtant, malgré cela, elle est l'une des personnes les plus optimistes que j'aie jamais rencontrées. Déterminée à trouver le bonheur tous les jours et à m'inonder de sa joie chaque fois que je suis avec elle. J'aurais sincèrement aimé que vous puissiez la rencontrer et qu'elle ait la chance de vous connaître. C'est véritablement une femme incroyable. Belle, intelligente, douce, sensuelle… Et sans doute trop bien pour moi, conclut-il non sans ironie.

Bien sûr, il n'obtint aucune réponse. Mais, quand il se releva enfin, il avait le cœur plus léger. Et, pour la première fois depuis longtemps, il était optimiste, pensait à son avenir, enclin non seulement à apprécier, mais aussi à embrasser la félicité que Serena introduisait dans sa vie.

Pendant une douzaine d'années, Bailey n'avait pas voulu entendre parler des fêtes de fin d'année. L'an dernier, lors de son retour à Rust Creek Falls après douze années d'absence, il s'était senti mal à l'aise, avec l'impression d'être un imposteur dans la maison de sa sœur. Non que Bella ait fait ou dit quoi que ce soit pour qu'il ne se sente pas le bienvenu. Bien au contraire, elle s'était mise en quatre pour lui, s'assurant même qu'il ait bien des cadeaux avec son nom inscrit dessus, sous le sapin de Noël.

Or cette année, alors qu'il retrouvait de nouveau ses frères et sœurs, ainsi que leurs conjoints et enfants, il se sentait vraiment à sa place. Même Dana avait fait le voyage depuis l'Oregon – avec la bénédiction de ses parents adoptifs – pour passer les vacances avec ses frères et sa sœur.

Bien sûr, la famille n'était pas tout à fait au complet, mais ceux qui se réunissaient éprouvaient un réel plaisir à renouer leurs liens d'enfance, à les renforcer, tout en continuant de penser à ceux qui n'étaient pas avec eux à la Sunshine Farm. Tous espéraient que Liza reviendrait un jour au bercail, mais pour l'instant il se concentrait sur la joie du moment présent, notamment sur la femme magnifique à ses côtés.

— Raconte-moi comment tu as rencontré Bailey, murmura Dana à Serena.

— En fait, je l'ai rencontré il y a plusieurs mois à la clinique vétérinaire où je travaille avec Annie. Mais je n'ai vraiment appris à le connaître que lorsque Dan a eu la grippe. Bailey a dû le remplacer dans le rôle du Père Noël et j'ai remplacé Annie dans celui de Mme Noël, pour qu'elle puisse rester au chevet de son mari malade.

— Quelle chance pour vous deux que Dan ait attrapé la grippe ! s'exclama Dana.

N'entendant que la dernière partie de la remarque de sa tante alors qu'elle regagnait le salon via la cuisine, Janie s'arrêta dans l'embrasure et regarda avec inquiétude du côté du canapé, où ses parents étaient assis.

— Papa a la grippe ?

— Plus maintenant, se hâta de répondre sa mère d'un ton rassurant. Il est complètement rétabli à présent.

Janie parut perplexe.

— Ah ? Il a été malade ? demanda-t-elle.

— Oui, quand oncle Bailey a dû remplacer le Père Noël au centre de loisirs, soupira Annie.

— Et à ton école, insista Dan.

— Oh ! c'est vrai, s'esclaffa alors Janie. Ta fausse grippe !

Bailey fronça les sourcils.

— Ta « fausse grippe » ?

— Oui, poursuivit sa nièce, sans remarquer la boîte de Pandore qu'elle venait d'ouvrir. Maman et papa pensaient qu'en t'obligeant à jouer au Père Noël ça t'aiderait à te mettre dans l'esprit des fêtes.

Un lourd silence suivit la révélation de Janie, jusqu'à ce que Fallon prenne la parole.

— Vous avez entendu ? demanda-t-elle, bien que personne n'ait perçu de bruit particulier. Je crois que les enfants commencent à se réveiller. Janie, tu peux m'aider à m'occuper d'eux ?

Bien sûr, l'adolescente ne rechigna pas, toujours ravie de donner un coup de main à ses bébés cousins.

— Je viens aussi vous aider, annonça le père des triplés. Trois paires de mains, ça n'est jamais trop avec trois bébés.

Bailey attendit qu'ils se soient éclipsés avant de se tourner vers Dan.

— Tu as fait semblant d'être malade ?

— J'ai eu un petit rhume, assura Dan.

— Tu m'as raconté que tu vomissais tripes et boyaux, lui rappela Bailey avant de se tourner vers sa belle-sœur. Et toi, tu étais si inquiète que tu es allée chez Daisy's pour lui acheter de la soupe. Tu as même demandé à Serena de te remplacer, car tu ne voulais pas risquer de laisser ton mari si malade seul… Et maintenant j'apprends que tout ça n'était que du cinéma ?

— Ou une rencontre arrangée, depuis le début ? Trop romantique, marmonna Eva d'une voix rêveuse.

Amoureuse folle de son mari, elle était persuadée que tout le monde avait droit à son happy end.

Le rouge qui montait aux joues d'Annie la dispensa de répondre à la question.

— Il est possible que j'aie demandé à Serena de me remplacer parce que je prévoyais qu'elle et Bailey s'entendraient bien

— Et elle a eu raison, souligna Dana pour apaiser les tensions entre ses frères et sœurs.

*
* *

Serena comprit que Bailey n'était pas d'humeur à s'apaiser. Difficile de lui reprocher d'être en colère et contrarié par les machinations de son frère et de sa belle-sœur. Elle-même n'était pas spécialement ravie de s'être retrouvée au cœur d'une telle manigance.

— Tu étais de mèche ? lui demanda-t-il soudain.

Elle secoua vigoureusement la tête.

— Bien sûr que non ! rétorqua-t-elle, vexée que Bailey ait pu croire une telle chose.

Cela dit, il était manifestement trop en colère pour réfléchir de façon rationnelle en ce moment.

Il se tourna de nouveau vers son frère.

— Tu crois toujours savoir ce qu'il y a de mieux pour les autres, hein ? Sans te soucier des conséquences ! maugréa Bailey d'une voix neutre qui n'enlevait rien à la fureur tranquille de ses paroles. J'aurais pensé que tu avais retenu la leçon, quant au fait de fourrer ton nez dans les affaires des autres, il y a treize ans.

En voyant Dan blêmir, Serena comprit que les frères ne se disputaient pas seulement à propos d'une grippe simulée.

— Ça suffit ! intervint Luke.

Mais Dan refusa d'écouter cet avertissement.

— Peut-être que j'essayais, à ma façon, de rattraper les erreurs que j'ai commises dans le passé, admit-il. Peut-être que j'essayais de t'aider à trouver le bonheur que tu ne crois pas mériter.

— Contrairement à ce que tu crois, je suis capable de gérer ma propre vie, affirma Bailey. Je n'ai besoin de l'ingérence de personne.

Puis il se tourna vers Eva, comme si, à présent qu'il avait enfin libéré ses émotions, il ne pouvait plus s'arrêter.

— Et je n'ai besoin de personne pour m'arranger un

rendez-vous la veille de Noël. Si j'en avais voulu un, je m'en serais trouvé un moi-même. Et je n'ai pas fait ce choix.

Ces paroles, cinglantes, étaient sans équivoque, et elle les reçut comme un coup de poing en pleine face. Si elle avait pu entrevoir l'illusion qu'elle avait sa place ici, auprès de Bailey, la véhémence de ses propos venait de lever toute ambiguïté.

Un autre silence, encore plus lourd, tomba sur la pièce.

— Eh bien, déclara-t-elle après s'être raclé la gorge. Je crois qu'il est temps pour moi de vous laisser.

— Mais le dîner n'est même pas servi, bredouilla Dana.

— Et moi, j'ai des animaux chez moi qui attendent d'être nourris, répondit Serena.

Personne ne dit plus rien. Personne ne chercha à la retenir. Surtout pas Bailey.

Elle ne le regarda même pas en sortant de la pièce. Et elle prit son temps avant de s'éclipser, gardant le menton relevé et le regard fixé devant elle, pour que personne ne devine que son cœur venait de se briser en un million de morceaux.

Elle retrouva facilement ses bottes, mais il y avait tellement de manteaux empilés sur les patères près de la porte qu'elle ne repéra pas le sien tout de suite. D'autant que les larmes lui brouillaient la vue.

Elle avait été idiote de penser que Bailey et elle se rapprochaient, voire qu'ils étaient en train de construire une relation. Elle avait hésité à accepter l'invitation à passer le réveillon chez les Stockton à Sunshine Farm, mais Eva lui avait assuré que cela ferait plaisir à Bailey.

Le silence dans le salon se rompit brusquement. Des éclats de voix s'élevaient maintenant de la pièce, se mêlant les uns aux autres dans un brouhaha inintelligible. De toute façon, elle ne voulait plus rien entendre. Finalement, elle mis la main sur son manteau qu'elle enfila à la va-vite, glissa les pieds dans ses bottes et poussa vigoureusement la porte.

Elle cligna alors des yeux, surprise par les centaines de

flocons de neige qui lui fouettèrent le visage. Une heure plus tôt, alors qu'elle roulait vers la Sunshine Farm, elle avait été émerveillée par les jolis flocons qui dansaient innocemment dans le ciel. Le vent s'était de toute évidence levé depuis et la neige tombait à verse, à présent, ce qui n'avait plus rien de charmant ou d'inoffensif.

Essuyant une larme qui roulait sur sa joue, elle inspira lentement. L'air glacial tranchait comme une lame aiguisée dans ses poumons. Mais cette douleur n'avait rien de comparable à la douleur qui lui étreignait le cœur.

Serena monta à bord de son SUV et lança la marche arrière, reculant prudemment entre les véhicules stationnés dans la longue allée. Tous appartenaient aux frères et sœurs de Bailey. Preuve qu'il était très entouré par sa famille. Preuve qu'il n'avait pas besoin d'elle.

Certes, il avait reproché à son frère son ingérence, avec autant d'exaspération que d'affection. Certes, le comportement de Dan et Annie démontrait qu'il avait raison. Même si Serena se doutait bien que le frère de Bailey et sa belle-sœur avaient agi avec les meilleures intentions du monde, espérant l'aider à trouver le même bonheur qu'eux-mêmes au quotidien.

Pourtant, elle comprenait la colère de Bailey, bien que son intensité l'ait surprise. Quoique… Le jour où il lui avait parlé de la conversation qu'il aurait dû avoir depuis longtemps avec son ex-femme, il lui avait aussi confié à quel point il avait détesté avoir l'impression de ne plus rien contrôler dans sa vie après la mort de ses parents. Ainsi son courroux actuel était-il compréhensible, car quelles que soient les motivations de Dan et Annie, ils avaient pris le contrôle de la situation, de la vie de Bailey…

N'empêche, les sentiments que Bailey et elle avaient l'un pour l'autre étaient réels, mais le fait d'avoir été manipulé risquait d'amener Bailey à remettre en question la légitimité de ses émotions. Or c'était une chose dont il devait se rendre compte par lui-même. Évidemment, les frères et sœurs Stockton avaient leur lot de soucis à régler, mais elle n'avait aucun doute quant au fait qu'ils les surmonteraient, car malgré leurs différences ils formaient une famille profondément soudée.

Elle pensa à sa propre famille, à elle-même, à sa mère et à sa grand-mère. Trois générations de femmes qui avaient vécu tant de choses et failli être séparées par les épreuves de la vie. Mais même les blessures les plus profondes avaient fini par guérir et, pour la première fois depuis des années, elle était optimiste quant au rétablissement de sa mère et à la relation qu'elles commençaient à reconstruire.

Amanda se trouvait avec Mark aujourd'hui. Il avait compris que Noël était une période particulièrement difficile pour elle et il était ravi de lui offrir tout le soutien dont elle avait besoin pour passer les fêtes sans se décourager ou retomber dans ses vieux travers.

Serena fêterait donc Noël comme l'année dernière et la précédente : avec Marvin, Molly et Max. Elle n'avait besoin de personne d'autre. Certainement pas d'un homme idiot qui ne mesurait pas la chance qu'il avait de l'avoir rencontrée.

Bon, peut-être qu'elle n'avait pas besoin de Bailey, mais il lui était difficile de nier qu'elle l'aimait.

Et cela lui faisait mal de constater que ses sentiments n'étaient pas réciproques. Les larmes lui montèrent de nouveau aux yeux, roulèrent le long de ses joues. Mais au lieu de les essuyer elle agrippa ses mains au volant, car la neige tombait très fort et elle sentait ses pneus glisser sur les plaques de verglas qui s'étaient formées sous la neige fraîche.

The Christmas Song passait sur la station de radio locale qu'elle écoutait en boucle et, quand Nat King Cole finit de chanter, la voix du DJ résonna dans les enceintes :

— J'espère que tout le monde profite de ce réveillon

de Noël à l'abri des routes enneigées. La police locale a en effet émis une alerte météo avec les conseils suivants : les chutes de neige vont s'intensifier dans les prochaines heures, pouvant atteindre cinquante centimètres en cas de blizzard dans de nombreuses régions, ce qui rend les déplacements difficiles, voire dangereux. Certaines routes seront fermées à la circulation… Alors, si vous n'avez d'impératifs, restez au chaud, servez-vous un verre de lait de poule et restez au coin du feu, à écouter des chants de Noël. Je suis là pour vous tenir compagnie toute la nuit !

C'était un bon conseil, et elle se promit de le suivre à la lettre dès qu'elle serait rentrée chez elle.

Mais pour cela elle devait d'abord rentrer chez elle.

Soudain quelque chose entra dans son champ de vision. Elle décéléra et tourna la tête juste à temps pour apercevoir un cerf à l'arrière-train blanc sauter hors du fossé et traverser la route devant elle.

Instinctivement, elle écrasa la pédale de frein pour éviter la créature majestueuse, mais, vu l'état de la route, ce freinage brutal fit patiner les pneus sur l'asphalte verglacé et son SUV effectua une violente embardée.

Elle tenta à tout prix d'éviter le dérapage, mais en vain. Le véhicule continua de tourner sur lui-même, comme au ralenti, puis glissa dans le fossé. Comme le point d'impact était à l'arrière, l'airbag ne se déploya pas, mais elle fut projetée contre sa ceinture de sécurité et, lorsque le SUV s'inclina brusquement, elle se cogna la tête contre la vitre latérale du conducteur.

Elle grimaça sous l'effet d'une douleur explosive et sentit un filet humide dégouliner sur le côté de son visage. La fenêtre était-elle fissurée ? Était-ce de la neige ?

Elle s'essuya d'un revers de main, mais s'aperçut que ses doigts étaient couverts de rouge.

Ce n'était pas de la neige.

Mais du sang.

Ce n'est pas vrai… Joyeux Noël à toi, Serena !

- 14 -

Elle resta dans le véhicule. Pas la peine de chercher à sortir. Elle voyait bien qu'elle n'arriverait pas à se dégager du fossé sans un câble de remorquage. Elle détacha donc sa ceinture de sécurité pour récupérer son sac à main, qui avait glissé du siège passager. Elle grimaça un peu, car son épaule était endolorie à cause du choc. Heureusement, elle ne roulait pas à une vitesse excessive, mais, à n'en pas douter, elle aurait de nombreuses bosses et contusions le lendemain.

Enfin, elle trouva son téléphone dont elle déverrouilla l'écran. Mais il demeura éteint.

Des larmes lui montèrent aux yeux. En plus d'une déception sentimentale, elle était maintenant envahie de frustration et de colère. En cette veille de Noël, elle voulait juste rentrer chez elle retrouver Molly, Marvin et Max. Au lieu de quoi, elle se retrouvait coincée sous la neige dans un fossé avec un téléphone en panne.

Elle n'aurait jamais dû accepter l'invitation d'Eva à réveillonner avec les Stockton à la Sunshine Farm. Elle aurait dû se douter que si Bailey ne l'avait pas conviée ce n'était pas un oubli, mais un signe qu'il ne souhaitait pas sa présence. Elle aurait dû se satisfaire de leur amitié, quitte à ce qu'elle devienne une amitié sensuelle, et ne pas s'imaginer que cette relation pourrait évoluer vers autre chose.

Le front appuyé contre le volant, elle laissa les larmes

rouler le long de ses joues. Elle n'était pas vraiment blessée, pas physiquement. Mais son cœur était brisé. Elle avait le moral au plus bas. Et en cette veille de Noël, avec ce blizzard qui balayait la ville et sa région, elle pressentait que les chances qu'un autre automobiliste passe par là étaient égales à zéro.

Heureusement, elle avait un chargeur de secours dans sa console centrale. Elle y dégota aussi un paquet de mouchoirs. Après avoir branché le chargeur à son téléphone, elle prit quelques mouchoirs en papier et les pressa sur sa tempe pour éponger le sang.

Or, en regardant par la fenêtre, elle aperçut soudain des lumières au loin. Serait-ce un véhicule qui approchait ?

Son cœur, pourtant meurtri, s'emballa joyeusement.

Peut-être que la roue de la chance avait enfin tourné ?

Avec la manche de son manteau, elle essuya la buée sur la vitre latérale, mais difficile de distinguer quoi que ce soit à travers la neige qui tombait toujours dru. Cela dit, elle était presque certaine à présent que des phares se rapprochaient.

Apparemment, elle n'était pas la seule habitante de Rust Creek Falls à ne pas avoir tenu compte de l'alerte météo.

Même si, pour sa défense, elle n'avait appris ces conditions difficiles qu'après avoir quitté la Sunshine Farm pour rentrer chez elle. Non pas qu'elle soit restée chez les Stockton, même si elle avait été au courant de l'état des routes. Pas après que Bailey avait fait comprendre à tout le monde qu'elle n'était pas la bienvenue parmi eux.

Son cœur se serra, rien que d'y repenser. Oui, la vérité était douloureuse, mais elle s'en remettrait. Tout comme elle se remettrait de Bailey. Cela prendrait peut-être un certain temps, mais son cœur avait déjà prouvé sa résilience à maintes reprises.

Alors que le véhicule se rapprochait, elle vit qu'il s'agissait d'un pick-up bleu. Le même que celui de Bailey.

Et son cœur meurtri s'emballa de nouveau.

Elle s'en voulut aussitôt de réagir ainsi et se ressaisit. Ça ne pouvait pas être Bailey. Il n'y avait aucune raison qu'il l'ait suivie quand elle était partie.

Bien sûr, il était encore possible qu'il ait quitté le ranch pour une autre raison, mais elle imaginait mal ce qui l'aurait obligé à s'aventurer dehors par un temps pareil. Or, à mesure que le véhicule avançait vers elle, elle réalisa qu'il s'agissait bien de celui de Bailey.

Oh non, ce coup de chance se transformait en cauchemar. Elle se sentait déjà bête, la dernière chose dont elle avait besoin, c'était que l'homme qui venait de lui briser le cœur vole à son secours. Parce que, naturellement, il allait s'arrêter, puis insister pour la ramener chez elle. Et chaque kilomètre de ce trajet serait atrocement désagréable.

« Si j'avais voulu un rendez-vous, je m'en serais trouvé un moi-même. » Elle se mordit les lèvres en repensant à ses paroles.

Le pick-up ralentit et se gara prudemment sur le bas-côté, derrière son SUV accidenté.

Elle essuya les larmes sur ses joues. Pas question de lui laisser voir qu'elle pleurait. À cause de lui.

Avant qu'elle n'ait le temps de reprendre son souffle, sa portière s'ouvrit brusquement et une bouffée d'air glacial froid s'engouffra dans l'habitacle. Elle se figea.

— Bon sang, Serena, que s'est-il passé ? Tu es blessée ? s'écria Bailey d'une voix à l'inquiétude sincère, peut-être même un peu paniquée. Mais tu saignes !

D'un geste délicat, il lui souleva le menton et examina soigneusement la plaie au-dessus de son œil.

— J'ai pilé pour éviter un cerf, confia-t-elle.

— Évidemment, marmonna-t-il en secouant la tête. Sans penser au danger pour toi-même.

— C'était un réflexe, rétorqua-t-elle, sur la défensive.

— Tu as besoin d'un médecin ? D'une ambulance ?

Cette fois, elle secoua la tête en grimaçant, mais ce geste intensifia la douleur lancinante à l'intérieur de son crâne.

— Je vais bien. Je suis juste coincée. J'allais appeler une dépanneuse quand j'ai vu tes phares.

— Il faudra peut-être du temps à un chauffeur de dépanneuse pour arriver jusqu'ici, si tu en trouves un qui accepte de s'aventurer dans cette tempête. On conseille à tout le monde d'éviter les déplacements inutiles.

— J'ai entendu l'alerte à la radio, une fois que j'ai pris la route, admit-elle. Mais toi, que fais-tu donc ici ?

— Je suis un imbécile, Serena. Et je suis désolé.

Il monta dans l'habitacle pour la prendre dans ses bras et la serrer contre lui.

Elle resta parfaitement immobile. Comment était-elle censée répondre à cette manifestation inattendue d'affection ? Car elle ne voulait pas croire que quelque chose avait changé dans le court laps de temps qui s'était écoulé depuis qu'elle avait quitté la Sunshine Farm.

— Je m'en veux, Serena, chuchota-t-il au creux de son oreille, visiblement ému.

— Pourquoi donc ? demanda-t-elle prudemment.

— Parce que je suis un imbécile, répéta-t-il en l'enlaçant comme s'il craignait qu'elle ne s'envole. J'en voulais à Danny d'avoir joué les entremetteurs, parce que j'avais enfin l'impression d'avoir repris le contrôle de ma vie. Et voilà que je découvrais qu'il avait tout manigancé. Eh bien, ça m'a énervé, c'est vrai. Mais de toute évidence il me faut quelqu'un pour me dire ce que j'ai à faire, parce que j'ai l'impression que je fiche tout en l'air, autrement.

— Tu n'as pas à t'excuser de ce que tu ressens, répondit-elle un peu sèchement.

Il la relâcha pour mieux la dévisager – ou peut-être pour qu'elle puisse lire la sincérité dans son regard.

— Je ne m'excuse pas de ce que je ressens. Je m'excuse d'avoir nié mes sentiments et de t'avoir entraînée dans une vieille querelle familiale.

Elle haussa les épaules, toujours réticente à s'autoriser le moindre espoir.

— Je n'aurais pas dû me trouver là où je n'étais manifestement pas la bienvenue.

— Mais je voulais que tu sois là, insista-t-il. Même si j'avais peur de l'admettre. J'avais peur d'admettre à quel point je tenais à ce que notre relation fonctionne, alors je l'ai sabotée. Parce que te laisser partir me semblait plus facile que de t'ouvrir mon cœur.

— Alors pourquoi m'as-tu suivie ?

— Parce que la porte s'était à peine refermée derrière toi que j'ai compris que tu étais déjà dans mon cœur. Je ne veux jamais te laisser en sortir, murmura-t-il en prenant son visage entre ses mains. Dan et Annie ont peut-être organisé notre rencontre, mais mes sentiments pour toi sont réels. Je t'aime, Serena, et je veux passer non seulement ce Noël, mais tous les Noëls du reste de ma vie avec toi.

Cet aveu, tellement inattendu et presque irréel, lui embua de nouveau les yeux.

— Ne pleure pas, Serena. Je sais que je t'ai fait mal, mais il n'est jamais trop tard. Dis-moi qu'il n'est pas trop tard.

— Il n'est pas trop tard, chuchota-t-elle après un bref silence. Ce sont des larmes de joie.

— Est-ce que ça veut dire que tu me pardonnes ? s'enquit-il avec espoir.

— Je te pardonne. Et je t'aime aussi.

— C'est vrai ? demanda-t-il avec un demi-sourire.

— Vrai de vrai. Pour aujourd'hui et pour toujours.

— Tu veux bien revenir fêter Noël avec ma famille remuante et versée dans l'ingérence ?

— Tu veux bien me rendre un service ?

— Tout ce que tu voudras, promit-il.

— Emmène-moi. Parce que ma voiture n'est pas près de redémarrer de sitôt.

Ils retournèrent donc à la Sunshine Farm, où le reste de la famille Stockton fut soulagé de retrouver Serena.

Tout le monde s'inquiéta de sa blessure. Mais une fois qu'Annie et Eva eurent fini de s'agiter, de désinfecter et de panser sa plaie, tout le monde s'assit enfin autour du dîner.

— J'ai déjà présenté mes excuses à Serena, déclara Bailey à ses frères et sœurs, une fois que chacun eut son assiette remplie. Mais je tiens à m'excuser auprès de vous tous aussi, de m'être énervé de façon aussi mal élevée.

— Puisque tu es revenu à la raison et que tu as récupéré ta petite amie, on peut te pardonner, concéda Jamie.

Bailey sourit en glissant un bras autour des épaules de Serena.

— Tu as entendu ça ? Tu es ma « petite amie » !

— J'ai entendu. Et je pense que l'étiquette me convient.

— Tant mieux. Parce que je ne veux pas vivre sans toi, assura-t-il avant de se tourner vers Dan et Annie. Et je suppose que je devrais vous remercier tous les deux de m'avoir présenté à Mme Noël… Ou peut-être à la future Mme Stockton ?

Il avait prononcé ces derniers mots en se tournant vers Serena, qui le dévisagea, stupéfaite.

— Est-ce que tu…

Elle se tut, incapable d'aller au bout de sa pensée, de crainte de se tromper.

— Je te demande si tu veux m'épouser, Serena.

Elle ne s'était pas trompée ! Le cœur submergé de bonheur et d'amour, elle arrivait à peine à respirer. Sans même parler de répondre à sa question.

— Youpi ! s'esclaffa Janie en applaudissant à tout rompre. Et un mariage de plus, un !

Ayant vraisemblablement capté l'excitation de leur cousine à son ton, Henry, Jared et Katie se mirent à leur tour à frapper dans leurs mains.

— Bien que j'apprécie votre enthousiasme, Serena n'a pas encore répondu à ma question, objecta Bailey à ses neveux et nièces. Qu'en dis-tu, Serena ?

— Je dis « oui » ! Et sans hésiter…

Aussitôt, un sourire soulagé éclaira le visage de Bailey, juste avant qu'il ne l'embrasse.

À cet instant, tout le monde se mit à applaudir.

Un peu plus tard, une fois la table débarrassée, Jamie reprit la parole.

— Je sais qu'il est impoli de s'en aller sitôt le repas fini, mais il neige vraiment dehors.

— C'est vrai, déclara Fallon. On devrait emmitoufler les enfants et s'échapper tant qu'il en est encore temps.

— Est-ce bien raisonnable ? lança Eva, inquiète.

— Pourquoi ne pas passer la nuit ici ? suggéra Luke. Après tout, nous avons plein de chalets.

— Parce que le Père Noël vient ce soir, lui rappela Fallon.

— Et nous n'irons pas loin, souligna Jamie. Sans parler du fait qu'Andy et Molly seraient très malheureux de rester seuls pour la nuit, dit-il en faisant référence aux chiots qu'il avait adoptés dans la portée de sept qu'il avait recueillis deux ans auparavant.

— Et Marvin ? demanda soudain Bailey à Serena. Et si sa porte battante était bloquée par la neige ?

— J'ai déjà appelé Dee, expliqua-t-elle en faisant référence à la voisine qui s'occupait occasionnellement de ses animaux lorsqu'elle devait s'absenter. Elle veillera à ce que mes fidèles compagnons ne manquent de rien.

— Est-ce qu'elle sait qu'il faut donner à Max sa friandise à la pomme ? Et secouer le coussin de Molly ?

— Elle est au courant, affirma Serena.

À ce moment-là, elle sut que si elle n'avait pas déjà été folle amoureuse de lui, l'attention que portait Bailey au bien-être de ses compagnons l'aurait fait craquer.

— Donc ils seront d'accord si tu restes ici avec moi ce soir ? demanda-t-il.

— Je leur manquerai peut-être, mais ils s'en sortiront, lui promit-elle.

— Tant mieux, conclut-il. Car tu m'aurais encore plus

manqué si je n'avais pas pu passer la nuit avec la femme que j'aime.

— J'ai décidé que Noël était ma période préférée de l'année, annonça Bailey à Serena le lendemain matin.

— Quand es-tu arrivé à cette conclusion ? répliqua-t-elle.

— Tout à l'heure, en me réveillant à tes côtés, avant d'avoir l'immense plaisir de faire l'amour avec ma sublime fiancée le 25 décembre.

— J'ai toujours adoré Noël, lui rappela-t-elle. Mais tu m'as donné encore plus de raisons d'aimer et d'attendre avec impatience tous les Noëls que nous allons partager ensemble.

Alors qu'elle se blottissait dans ses bras en écoutant le battement de son cœur, elle ne put s'empêcher de penser à sa sœur et d'espérer que, où que soit Mimi – car de tout son cœur et de toute son âme, elle voulait croire que sa petite sœur était là, quelque part –, elle célébrait aussi cette fête auprès de gens qu'elle aimait.

— J'ai l'impression de vivre un rêve, murmura-t-elle.

— Mon rêve à moi s'est réalisé, répondit Bailey.

— Tu veux vraiment m'épouser ?

— Pourquoi en douterais-tu ?

— Tout s'est passé si vite et…

— Tu as des doutes ? l'interrompit-il.

— Non, assura-t-elle aussitôt. Mais ce n'est pas moi qui ai dit que je ne me remarierais jamais.

— C'est vrai que j'ai dit ça, reconnut-il. Parce que j'en ai longtemps été convaincu. Avant de tomber amoureux de toi.

— Cette demande en mariage n'était pas juste un coup de tête ?

— Le timing était un peu impulsif, admit-il. J'aurais dû attendre d'avoir une bague, mais je te promets que dès que les magasins rouvriront, le 26 décembre, je réparerai cette erreur.

— Je devrais probablement te répondre que je n'ai pas besoin d'une bague, mais je veux un symbole visible pour montrer au monde entier, ou du moins à tout Rust Creek Falls, que je suis fiancée à Bailey Stockton.

Il chercha son regard, puis rangea ses cheveux derrière son visage pour lui caresser doucement la joue.

— Je t'aime, Serena.

Elle sourit.

— Je t'aime aussi.

Ils scellèrent leurs promesses avec un autre baiser, qui aurait pu déboucher sur de nouveaux ébats, si le téléphone de Bailey ne s'était pas mis à vibrer sur la table de nuit. Avec une réticence évidente, il écarta ses lèvres des siennes et s'empara de l'appareil pour lire le message à l'écran.

— Nous sommes convoqués à la maison principale pour le petit déjeuner et les cadeaux.

— Je pourrais peut-être emprunter ton pick-up et retourner chez moi pour voir Marvin, Molly et Max, suggéra Serena.

— Si tu t'inquiètes pour eux, on ira tous les deux.

— Je ne suis pas vraiment inquiète, avoua-t-elle. Je me dis juste que je devrais te laisser un peu de temps avec ta famille.

— Cette famille est aussi la tienne maintenant, lui rappela-t-il.

Après s'être habillés, ils se dirigèrent vers la maison principale, où tout le monde était déjà rassemblé autour de la table débordant de victuailles savoureuses : œufs brouillés, bacon et saucisses, piles de toasts et bols de fruits frais.

— Tu es en retard, lança Jamie alors que Bailey s'installait sur une chaise vide à côté de lui.

— Je dirais que je suis pile à l'heure, répliqua-t-il en

ajoutant une assiette de petits pains fraîchement sortis du four à l'assortiment de victuailles déjà sur la table.

— J'attends avec impatience l'heure de la sieste, confessa Fallon. On est déjà debout depuis des heures avec les triplés et, quand on en aura terminé ici, on ira chez mes parents pour le troisième round de Noël.

— Je suis contente que vous ayez réussi à tout caler dans votre emploi du temps, déclara Bella avec sincérité.

— Tu plaisantes ? C'est le meilleur moment de la journée, s'esclaffa Fallon en souriant à celle qui était son amie bien avant d'être sa belle-sœur.

— C'est tellement spécial, s'exclama Dana, de pouvoir célébrer les fêtes avec vous tous.

Bien sûr, tout le monde savait que le groupe n'était pas tout à fait au complet. Tant que l'on n'aurait pas retrouvé Liza, il resterait toujours un vide. Mais, pour l'heure, tous se concentraient sur le bonheur d'être ensemble. Et, quand chacun eut mangé à sa faim, on se retira au salon pour la distribution des cadeaux qui s'entassaient sous le sapin.

— C'est incroyable, non ? s'extasia Annie en donnant un coup d'épaule à Bailey alors que les triplés s'attaquaient à un énorme paquet sur lequel étaient inscrits leurs trois noms.

— Quoi donc ? Tout ce bruit ? Le désordre ? Le chaos ?

Sa belle-sœur eut un petit rire.

— Eh bien, tout ça, avoua-t-elle. Parce que ça fait partie intégrante de cette famille. Mais je pensais surtout à la différence qu'il peut y avoir d'une année à l'autre.

— L'an dernier, à la même époque, Dan et toi étiez de jeunes mariés, nota Bailey.

— Et tu venais de rentrer à Rust Creek Falls : un vrai Grooge amer et cynique, persuadé que tu ne resterais pas.

Difficile de nier. Il y avait encore quelques semaines, il était convaincu qu'il n'avait aucun avenir dans cette ville. Et puis son frère et sa belle-sœur avaient comploté pour lui faire revêtir le costume du Père Noël.

Pourtant, il n'était pas la meilleure personne pour endosser un tel rôle. Faire partager l'esprit de Noël à des enfants était bien la dernière chose dont il s'était senti capable. Serena l'avait aidé non seulement à retrouver cet esprit de Noël, mais aussi à tourner la page de son passé, à envisager enfin son avenir.

Elle avait tout chamboulé.

— C'est vrai, admit-il. Beaucoup de choses peuvent changer en une année : on peut trouver enfin la seule personne avec qui on va passer le reste de sa vie.

— De rien, murmura Annie en riant.

— Ouais, je te dois peut-être un merci, reconnut-il.

— Et je sais comment tu peux me renvoyer l'ascenseur.

— Et comment donc ? demanda-t-il, un peu méfiant.

Elle sourit.

— Sois heureux !

Puis elle l'embrassa sur la joue et s'éloigna pour retrouver son mari.

Mais Bailey savait qu'il l'était déjà, heureux.

En regardant autour de lui, il éprouva de la reconnaissance, de l'humilité à faire partie de cette famille folle dont les liens et l'affection avaient non seulement perduré malgré les épreuves, mais s'étaient renforcés avec le temps. Bien sûr, leur famille s'était aussi agrandie, avec les conjoints de ses frères et sœurs et leurs bébés. Ou, dans le cas de Dan et Annie, une quasi-adolescente.

Il aperçut Serena au milieu de ce joyeux tumulte et sentit son cœur s'accélérer contre sa poitrine. Elle était assise au sol près du feu avec Jared – ou était-ce Henry ? – sur ses genoux. Son neveu tenait un pain d'épices à la main, qu'il rongea pendant un moment avant de l'offrir à Serena, qui accepta une bouchée de la friandise ramollie avant que le petit bonhomme ne la remette à la bouche.

Elle était tellement dans son élément, ici. Avec sa famille. Avec lui.

Annie avait raison : il s'en était passé des choses, en

seulement une année. Et il espérait qu'à Noël prochain Serena serait son épouse, et non plus sa fiancée. Peut-être même auraient-ils un jour un enfant à eux, pour participer à son tour à ce joyeux bazar.

Cette pensée lui serra le cœur.

Henry – ou était-ce Jared ? – s'approcha de son frère avec deux gros camions serrés dans ses poings, animé de l'espoir évident de l'inciter à s'éloigner de son biscuit pour jouer. Enclin à abandonner son goûter, son frère embrassa la joue de Serena avant de glisser de ses genoux et elle sourit en regardant les deux comparses s'éloigner.

Bailey trouva une serviette sur une table à proximité et la lui offrit. Elle enveloppa les restes du biscuit détrempé, puis essuya les miettes baveuses de sa main.

— Tu avais l'air perdu dans tes pensées, lui confia-t-elle alors qu'il s'asseyait à côté d'elle.

— Je me demandais juste combien de temps il faut pour organiser un mariage, expliqua-t-il en glissant un bras autour de son épaule. — Tu parles de notre mariage ?

— Pourquoi pas ?

— Disons qu'on vient juste de se fiancer…

— Sais-tu pourquoi je t'ai demandé de m'épouser ?

— Parce que tu m'aimes et que tu veux passer le reste de ta vie avec moi ?

— Certes, mais aussi parce que j'ai envie de commencer notre vie commune dès que possible.

— Je le veux aussi.

— Alors, fixons une date ! insista-t-il.

— D'accord, le 25 juin.

— C'est dans six mois.

— Je pense que c'est probablement le temps qu'il faut pour organiser un mariage.

— À moins que quelqu'un ne s'en charge à notre place, nota-t-il. Caroline Ruth a fait du bon boulot avec la soirée de gala pour les Patriots.

— C'est vrai. Et maintenant que tu le dis, la Sawmill Station serait l'endroit idéal pour un mariage.

— Alors je suggère qu'on la contacte dès que possible pour lancer l'organisation.

— Pourquoi es-tu si pressé ? demanda-t-elle.

Il inclina la tête vers elle, le visage soudain illuminé par une lueur d'espoir.

— Eh bien, je me disais : plus vite on se marie, plus vite on pourra envisager de faire un bébé.

Émue aux larmes, elle sentit son cœur battre la chamade.

— Dans ce cas, reprit-elle à voix basse, le plus tôt sera le mieux !

Cette journée fut presque parfaite.

Bien sûr, en passant cette matinée de Noël avec ses frères et sœurs, il était naturel que Bailey pense à leurs parents disparus. Et, si leur absence lui tiraillait le cœur, il était certain que Rob et Lauren Stockton veillaient sur leurs enfants de là où ils se trouvaient, heureux de les voir réunis pour les fêtes.

Bien sûr, ils n'étaient pas tous réunis. Pas encore. Mais l'éternel optimisme de Serena devait déteindre sur Bailey, car il commençait à croire que les retrouvailles de la fratrie au complet n'étaient désormais qu'une question de temps.

Il venait de chasser cette pensée de son esprit quand la sonnette de la porte retentit autour d'eux.

Cela n'interrompit pas les festivités, mais plusieurs des adultes échangèrent des regards curieux, se demandant en silence qui pouvait sonner ainsi le jour de Noël. Puis Luke alla chercher la réponse à cette question tacite.

Quelques instants plus tard, il revint avec une invitée aussi inattendue que bienvenue.

Le cœur tambourinant contre ses côtes, Bailey saisit la main de Serena et entremêla ses doigts aux siens.

— Liza…

Ce fut Bella qui murmura son nom en premier. Et les yeux bleus familiers de la jeune femme s'emplirent aussitôt de larmes.

Puis, d'une voix plus assurée, à l'attention de ceux qui n'avaient pas compris qu'une nouvelle arrivante s'était jointe aux festivités, Bella annonça :

— Liza est rentrée à la maison !

À ces mots, tous ses frères et sœurs se précipitèrent vers la jeune femme depuis longtemps disparue pour l'embrasser. Finalement, elle était revenue !

Serena décida que c'était le moment pour elle de s'éclipser de cette réunion de famille. Bien qu'elle se réjouisse pour Bailey et ses frères et sœurs, leurs retrouvailles impromptues lui rappelèrent douloureusement que sa famille à elle était toujours en miettes. Oui, elle commençait à renouer avec sa mère, mais elle souffrait encore de l'abandon de son père qui était sorti de sa vie quinze ans plus tôt et, encore plus profondément, de la disparition de sa petite sœur.

Mais les efforts de Serena pour s'éclipser furent contrecarrés par son fiancé.

— Où vas-tu donc ? demanda Bailey.

— À la maison, répondit-elle. Je suis déjà restée plus longtemps que prévu.

— Ta voiture est dans un fossé, lui rappela-t-il.

Elle lui montra les clés dans sa main.

— Eva me prête la sienne.

— Inutile, rétorqua-t-il. Je peux t'emmener.

— Je sais bien, mais tu attends ces retrouvailles avec ta sœur depuis si longtemps.

— Et toi, tu attends toujours la tienne, réalisa-t-il.

— C'est vrai. Mais te voir avec tes frères et sœurs réunis, savoir que vous vous êtes retrouvés après toutes ces années, ça me redonne l'espoir de retrouver un jour Mimi.

— Ce jour viendra, affirma-t-il avec conviction.

— Mais pour le moment mes animaux ont besoin de moi…

— Dans ce cas, on va chercher Marvin, Molly et Max, et on les ramène ici.

— Tu ne crois pas que ce serait un peu… chaotique ?

— Non, je pense que ce sera très chaotique, admit-il. Mais c'est Noël, et une famille doit rester unie en un jour comme celui-ci.

— Tu n'imaginais pas passer une telle journée, n'est-ce pas ? remarqua Serena plus tard, après que Bailey et elle eurent retrouvé le calme relatif de son chalet après le dîner avec sa famille – et celle de Serena.

Parce que Amanda et Mark étaient chez elle quand ils étaient allés récupérer ses animaux. Alors Bailey les avait convaincus de se joindre à eux pour participer aux festivités de la Sunshine Farm.

— C'était aussi chaotique que tu l'avais promis, affirma-t-il. Et je n'en changerais pas la moindre seconde.

Marvin, Molly et Max auraient pu manifester leur accord, mais ils étaient déjà blottis l'un contre l'autre et endormis dans le lit du chien, épuisés par toutes ces attentions et cette excitation.

— Grand-mère n'a même pas protesté d'avoir été détournée de sa fête sur la plage pour qu'on lui annonce nos fiançailles, nota Serena.

— Elle a quand même demandé qu'on organise un mariage d'été.

— Le 25 juin, c'est l'été, précisa-t-elle en lui rappelant la date qu'elle avait initialement suggérée.

— Et c'est long d'attendre autant pour faire de toi mon épouse, grommela-t-il.

— Je sais que tu as hâte de fonder une famille, mais un mariage en juin nous laissera beaucoup de temps pour perfectionner notre technique de fabrication de bébés.

— Tu insinues que j'ai besoin d'entraînement ? demanda-t-il d'un ton indigné.

— Bien sûr que non, s'esclaffa-t-elle. Je suggère seulement que j'aimerais beaucoup m'entraîner avec toi.

— Dans ce cas, c'est d'accord, murmura-t-il apaisé.

— En fait, j'espérais qu'on pourrait s'entraîner dès ce soir.

Et ce fut exactement ce qu'ils firent.

Toute la nuit.

Épilogue

— Tu connais la nouvelle ? lança Vivienne Shuster Dalton, jeune mariée, à sa collègue et amie Caroline Ruth, récemment fiancée.

— Si tu fais référence à la demande en mariage de Bailey Stockton à Serena Langley, le jour de Noël, alors oui, je suis au courant, répliqua Caroline.

— Ça fait six fiançailles en six mois !

— Il y a vraiment de l'amour dans l'air à Rust Creek Falls, constata Caroline.

— Croisons les doigts, murmura Vivienne. Cela nous fera beaucoup de mariages à organiser dans l'année qui vient.

— Cela dit, il reste encore de nombreux célibataires en ville, nota Caroline.

Vivienne applaudit joyeusement.

— Encore du travail pour les années à venir !

Bien que Caroline partage l'optimisme de son associée, elle se sentit obligée de nuancer ses propos.

— Certains d'entre eux auraient besoin d'un petit coup de pouce pour s'engager dans la voie du mariage.

— Oh ! mais tu as raison, dit Vivienne avant de réfléchir, puis d'acquiescer. C'est une super idée !

Caroline s'étonna devant l'enthousiasme de sa collègue.

— Qu'est-ce que j'ai dit ? Quelle super idée ?

— Ajouter : « conseillères matrimoniales » à notre liste de services !

— Ce n'était pas mon idée, protesta-t-elle aussitôt.

Mais, à présent qu'elle était formulée, cette éventualité lui parut indéniablement des plus prometteuses…

Retrouvez en novembre 2019,
dans votre collection

Passions

Des jumeaux pour Ella, de RaeAnne Thayne - N°827

Une citadine snob ? Voilà toute l'estime que lui porte Beckett, le père des ravissants jumeaux à qui elle donne des cours de musique ? Ella peine à retrouver son calme. Bien sûr, elle vient de la ville de Boston, pour aider son père malade à gérer son ranch, mais elle a travaillé dur pour s'intégrer à la petite communauté de l'Idaho qui l'accueille. Et plus encore pour que Beckett, ce célibataire, tellement séduisant, apprécie les qualités qui sont les siennes.

Trompeuses preuves , de Jules Bennett

Trahie, bafouée. Chelsea peine à recouvrer ses esprits après avoir découvert que Gabe, son petit-ami, possède dans son tiroir des photos d'elle nue, alors qu'il n'en a jamais été question entre eux. Cet homme serait-il finalement le complice de Maverick, le maître-chanteur qui a révélé les photos intimes de toutes les femmes du prestigieux club de Texas Cattleman, dont elle est membre, pour ruiner leur réputation et leur tranquillité ?

Un Noël sous les tropiques, de Teresa Southwick - N°828

Insupportable, ignoble tyran ! Calhoun Hart est un bourreau de travail qui, même une jambe dans le plâtre, n'accepte pas le repos. Pourtant Justine, sa nouvelle assistante, ne se résigne pas. Elle parviendra à initier cet homme séduisant aux loisirs et à lui faire profiter de l'île paradisiaque sur laquelle ils séjournent. Elle saura lui donner la saveur de l'instant présent, peu importent les conséquences…

La fougue d'un baiser, de Joanne Rock

Prise à son propre piège, Emma ne peut plus reculer, elle le sait. Carson McNeill, le séduisant propriétaire du ranch qui accueille le tournage du film où elle est cascadeuse, est sur le point de l'embrasser. Un baiser dont elle rêve depuis leur rencontre. Pourtant, si Carson apprenait qu'elle lui a menti sur son expérience dans le métier, mettant ainsi en danger son domaine, jamais il ne lui pardonnerait…

Un amour sous la neige, de Jessica Lemmon - N°829

Alors qu'une tempête de neige sévit dans le Montana, Miriam se sent perdue. Chase Fergusion, l'homme qui l'a quittée sans aucune explication dix ans plus tôt, lui propose de se réfugier dans son chalet, le temps que le climat soit plus clément. Or Miriam compte bien maintenir Chase à distance, celui-ci lui faisant encore beaucoup trop d'effet malgré les années écoulées.

Un sauveur séduisant, de Tracy Madison

Doit-elle fuir au risque de sa vie ? Meredith y songe face à l'attitude hostile de Liam Daly, le propriétaire chez qui elle a trouvé refuge contre son gré durant la terrible tempête qui dévaste le Colorado. Ce célibataire, aussi attirant que bougon, semble vivre leur proximité dans son chalet comme une torture, et elle le lui rend bien. Si Meredith ne peut pas partir, elle ne peut pas non plus accepter que cet homme fascinant la rejette sans ménagement.

Un miracle sous les flocons, de Karen Rose Smith - N°830

Lorsqu'un inconnu des plus charmants vient la supplier de lui venir en aide pour faire mettre bas l'une de ses juments, en plein milieu du réveillon familial de Thanksgiving, Hadley hésite. La neige s'abat avec violence sur Rust Creek Falls, et elle risque de se mettre en danger en le suivant. Pourtant, sa profession de vétérinaire lui interdit d'ignorer la détresse d'un cow-boy en difficulté…

L'enfant du secret, de Joss Wood

Enceinte… Bouleversée, Alex ne peut y croire. Son histoire avec Daniel Clayton devait rester une pure attraction sensuelle sans engagement. Doit-elle alors lui révéler la vérité au risque de ranimer les animosités ancestrales qui divisent la ville de Royal entre leurs deux familles, alors que leur amour est resté secret jusqu'à présent ?

La danseuse et le pianiste, de Teri Wilson - N°831

SÉRIE: IDYLLES À NEW YORK 1/4

Tessa, danseuse de ballet rendue sourde par un accident, ne peut y croire. Non seulement elle ressent mais elle entend chaque note jouée par le pianiste Julian Shine, musicien de génie qui a perdu toute confiance en lui. Pour elle, l'espoir renaît. Mais ne serait-ce pas un artifice de son imagination, malvenu en ce jour d'audition où elle n'a pas le droit à l'erreur ?

Entre les bras d'un traître, de Janice Maynard

Infâme goujat ! J.B. Vaughan, pour apporter à sa mère un peu de paix sur son lit d'hôpital, vient d'annoncer leurs fiançailles imaginaires. Même si Maizie nourrit une profonde affection pour cette dernière, elle ne peut décemment pas le laisser faire alors qu'elle voue à cet homme une haine viscérale depuis qu'il l'a humiliée durant le bal de promotion quelques années plus tôt.

Une irrésistible surprise, de Christine Rimmer - N°832

Une princesse au fin fond du Montana ? Si Arabella s'est aventurée à Elk Creek, c'est qu'elle doit rencontrer Preston McCade pour lui annoncer une nouvelle qui risque de bouleverser sa vie. Mais à peine arrive-t-elle au ranch qu'elle tombe sous le charme de ce cow-boy si séduisant : sa virilité, son sourire, son air prévenant, tout en lui la grise. Seulement voilà, un monde les sépare et, surtout, elle doit bientôt retourner au château familial de Montedoro…

Brûlante revanche, d'Andrea Laurence

Tori est furieuse. Pourquoi Wade Mitchell est-il revenu dans leur petite ville ? Et, surtout, pourquoi veut-il racheter à tout prix le terrain sur lequel elle projette de faire construire la maison de ses rêves ? Déjà, à l'époque, il avait failli ruiner sa carrière, et maintenant il se met de nouveau en travers de son chemin. Mais cette fois pas question de se laisser faire ! Même si cela signifie ignorer le feu qui couve dans ses yeux verts, encore plus sombres et plus fascinants que dans son souvenir…